出走的人

作家与家人

New Ways to Kill Your Mother

Writers and Their Families

〔爱尔兰〕科尔姆·托宾 著

Colm Tóibín

张芸 译

人民文学出版社

PEOPLE'S LITERATURE PUBLISHING HOUSE

著作权合同登记号　图字 01-2018-6390

图书在版编目(CIP)数据

出走的人：作家与家人/(爱尔兰)科尔姆·托宾著；张芸译. —北京：人民文学出版社，2019(2021.6 重印)
(经典写作课)
ISBN 978-7-02-014855-4

Ⅰ. ①出… Ⅱ. ①科… ②张… Ⅲ. ①散文集-爱尔兰-现代 Ⅳ. ①I562.65

中国版本图书馆 CIP 数据核字(2019)第 014719 号

责任编辑　卜艳冰　何炜宏　邰莉莉
装帧设计　高静芳

出版发行　人民文学出版社
社　　址　北京市朝内大街 166 号
邮　　编　100705

印　　刷　上海盛通时代印刷有限公司
经　　销　全国新华书店等

字　　数　200 千字
开　　本　889×1194 毫米　1/32
印　　张　11.75
版　　次　2019 年 8 月北京第 1 版
印　　次　2021 年 6 月第 2 次印刷

书　　号　ISBN 978-7-02-014855-4
定　　价　59.00 元

如有印装质量问题，请与本社图书销售中心调换。电话：010-65233595

目录

简·奥斯丁、亨利·詹姆斯和母亲之死

一八九四年十一月，亨利·詹姆斯在记事本里写下八年后出版的小说《鸽之翼》的故事提纲。他打算写一位命在旦夕、却热爱生活的女主人公。“她悲惨的命运和她对这命运的恐惧，一样可怜而叫人同情。要是她能享受一点生活的乐趣就好了；只要多一点点——时间再长一点点。”在大纲里，詹姆斯还构思了一个男青年，“希望自己可以让她品尝幸福，给她某些令她心碎却不自知的东西。这个‘某些东西’只能——理所当然——是爱与被爱的机会。”詹姆斯亦注明可能会安排另一名女子，她是男子“以前恋爱倾心的对象……男子与悲剧女孩的相遇应当是经由这另一名女子，那似乎是无可避免的，或者说是必然的序曲”。他也预见了男青年和他倾心的女子不能结婚的缘由。“他们被迫等待……男方没有收入，女方没有家产，或是在女方父亲一边有难以克服的阻力。她的父亲、她的家人，有种种理由不喜欢这个男青年。”

就这样，一边是命在旦夕的妙龄女郎和一文不名的男青年，一边是父亲、家人和没有家产的年轻女子，这个构想盘桓在詹姆斯创作力旺盛的头脑中。里面似乎看不到那名附加的年轻女子有母亲的存在，反对婚事的是“她的父亲、她的家人”；在随后的五六年里，詹姆斯将设计出这种反对的表现形式，以及“她的家人”确切是谁。

露丝·佩里在她的《新型关系》[①]一书里检视早期小说中家庭的组成。她写道：“十八世纪后期，尽管社会强调婚姻和母性，但在那一时期的小说里，众所周知缺少母亲的角色——过世抑或失踪。就在母性日渐成为定义女性特质的关键，当养育万物、温柔慈爱、给人抚慰和照料的母亲这一现代观念在英国文化中得以巩固之际，她在小说里却是以回忆的方式呈现，而不是一个活生生、真实登场的人物。”

在十九世纪和二十世纪初的小说里，家庭通常是破碎、混乱或处于暴露、易受攻击的状态，女主人公常常孤立无援，或受到不可思议的约束和管制。如果说女主人公和故事本身追求的是走进婚姻殿堂，那么在实现的道路上，不是要在直系亲属之外寻找支持者，便是要挣脱和企图限制或主宰事务的家庭成员的关系。要在婚姻的基础上创建新家庭，女主人公需重新定义自己的家庭或夺取其掌控权。在致力将此戏剧化的过程中，小说家会使用一系列巧妙的手法或方式，对简·奥斯丁和继她之后的小说家而言，这些几乎是天生唾手可得的；他们可以利用形象模糊或缺席的母亲和耀眼或善于操纵他人的“阿姨”[②]。必须规避或抹杀父母的影响力，以实际或象征意义上的阿姨角色来代替，这在整个十九世纪的英语小说里比比皆是，这类阿姨

---

① Ruth Perry, *Novel Relations*: *The Transformation of Kinship in English Literature and Culture*, *1748—1818* (Cambridge University Press, 2006).

② 本书中的“阿姨”泛指女性长辈，包括姨母、舅母、姑母等。

既亲切又刻薄，既心怀好意又表里不一，既是援救者又是破坏者。小说这一体裁，适合描写孤儿，或是那些其孤儿身份因具有象征性而更富感染力的角色，或是对代理父母的建议，无论喜恶，都乐意敞开心扉的角色。

十八和十九世纪小说里母亲的缺席，不难归因于大批妇女在分娩时身亡的事实，十八世纪时的死亡率高达百分之十。例如，简·奥斯丁三个兄弟的第一任妻子都死于生产，留下了没有母亲的孩子。可这个解释过于简单。若小说家觉得适合在书里填补上活着的母亲一角——譬如，简·奥斯丁的母亲就活得比她长——那么他们必然本会这么做。露丝·佩里在《新型关系》里提出，十八世纪小说里所有没有母亲的女主人公——和各种替代的做法——“也许源自一个强化个人主义的时代里的新需求”。这种需求包括与母亲分离、或摧毁她，代之以一个特别挑选的母亲形象。“这位母亲，”佩里写道，“也是一位局外人，故能够使女主人公获得精神上的独立白主。”

于是，母亲在小说里成了碍事的角色；她们占据的空间，可以更好地用犹疑、希望、个性的缓慢成长、用伴随小说自身发展而产生的某些更加有趣而重要的东西来填满。这便是孤独的主题，在这个主题下，小说的一幕关键场景发生在女主人公形单影只、无人保护她、无人听她倾诉、无人给她建议、无这样的可能的时刻。从而她的思绪转向内心，演绎出一系列戏剧性的事件，不是发生在两代人或两种观点之间，而是在受伤、受骗或矛盾冲突的自我内部。小说追踪思考时的心理活动、沉默时的心理活动。母亲的存在会破坏新兴自我所必需的独处空间，破坏单一性和完整性，破坏不确定的道德意识，破坏小说开始仰赖的一种纯粹并流动的个人主义。因此，小说里的共谋关系不是存在于母亲和女儿之间，而恰恰是在主人公和读者之间。

简·奥斯丁后期的三部小说里，女主人公都没有母亲。不过奥斯丁并未让这表现为一种失缺，也没有因此使女主人公失去保护，或让这占去她的许多时间。相反，那增强了她的自我意识，使她的个性得以在故事里显得更加鲜明，仿佛在缓缓填满暗中悄然为此目的而留出的空间。

在《傲慢与偏见》里有一位母亲，但亦有两位阿姨，伊莉莎白·班纳特的舅母嘉丁纳和达西先生的姨母咖苔琳·德·包尔夫人。奥斯丁的才华之一在于，当小说消解了母亲的权威和影响力，把她化作一个无关紧要、各方面既滑稽又迟钝的人物时，两位阿姨却给涂上迥然不同的色彩，让其中一位具有冷静、教化人的细密心思，赋予另一位夸张造作的特权意识。可是这三位上了年纪的妇人，尽管其中两位企图攫取支配地位和影响力，但没有一个在书里有实际的权威；相反，决定权直接转到女主人公手里，这种权力来自她本身的才智。她本人独处、独行、独自被人看见、独立作出结论的能力，使得她与众不同。

当简·奥斯丁的侄女也成为阿姨后，奥斯丁写信给她："既然当上了阿姨，你就是个有一定地位的人，无论做什么，都必会激起人们的莫大兴趣。我始终尽可能维护阿姨这一角色的重要性，我相信如今你一样会这么做。"奥斯丁和自己的侄女侄儿关系亲密，在其中有些人的母亲死后负责照顾他们，这些侄女侄儿似乎都深情地记得她。此外，她也希望能从母亲的哥哥、在巴斯结婚定居的李-佩罗特先生那儿得到一笔遗产。李-佩罗特一家没有子嗣，也不好玩，可不得不巴结他们。一八一七年，舅父在遗嘱里留给奥斯丁及其兄弟姐妹一千英镑，但要等他们的舅母过世以后，这没有接济到奥斯丁，不久她就病逝了。

在《傲慢与偏见》里，两位阿姨也代表了变迁中的英国。嘉丁纳太太的丈夫，即班纳特太太的弟弟，以从事贸易为生。我们获知，他“无论在个性方面，在所受的教育方面，都高出他姐姐很多”[①]，小说亦指出，尼日斐花园的太太小姐，彬格莱先生的姐妹，高傲、势利、对阶级差异很敏感，“实在难以相信，一个出身商界的人，见闻不出货房堆栈之外，竟会这般有教养，这般讨人喜爱”。他的妻子“是个和蔼聪慧而又很文雅的女人……外甥女儿们都很喜欢她，两个大外甥女儿跟她特别亲切。”书中，姐妹俩在彬格莱和达西都消失不见、吉英的希望也随同他们幻灭的那段无声的过渡期里，前往的正是嘉丁纳太太位于伦敦的家。伊莉莎白在和舅母舅父的旅行途中，恢复了与达西的关系。透过他们，她发现了达西搭救妹妹丽迪雅的事。换言之，《傲慢与偏见》里的嘉丁纳夫妇提供了平静的环境、非强迫性的机会和至关重要的信息，没有一样可以在她们的母亲乃至父亲那儿获得。为了小说的推进，必须让姐妹俩离开家，这一安排，使舅父舅母成为书中必不可少的角色，并且是浑然天成的。

---

① 译文引自王科一译《傲慢与偏见》（上海译文出版社 1980 年版），下同。

另一方面，奥斯丁毫无顾忌地把咖苔琳·德·包尔夫人塑造得专横跋扈、滑稽可笑，她的财富和权势足使她丢人现眼，而非受人敬仰。她是个不得势的阿姨；书中，她的出现使外甥达西更加独立、自我，更疏离任何既有的体制秩序。如此一来，他姨母的作用，不只是逗我们发笑，或向我们展示英国风俗里简·奥斯丁认为愚蠢的一面，而且让拒绝听从她的外甥获得某种自由，某种程度的孤立，使他配得上伊莉莎白，亦担得起小说寓意的化身。它暗示，随着十九世纪的推进，只有准备走出左右命运的家庭舞台、冲破血缘和遗产围筑的控制中心、迈向自主和个体的人，才会在英国生活的其他领域取得举足轻重的地位。

然而，奥斯丁深悉大家庭内部奇特的动力，和在此范围内，有多少可以转化为流动、不确定的因素，可以分离、半分离出来。诚如玛丽莲·巴特勒在《简·奥斯丁和观念的战争》① 里所指出的，简·奥斯丁和姐姐卡珊德拉在家族内“扮演着关键角色，往来于［兄弟］几户人家间，孜孜不倦地通信……简更亲近和关心两个弟弟一些——住在伦敦、据说一直是她心头最爱的亨利，和当水兵的弗兰克，他从不同的战争前线向她汇报情况……姐妹俩既是好姑妈，又和下一代成为朋友。”

由于两个兄弟弗兰克和查尔斯长期出海，离家在外，因此不难理解《曼斯菲尔德庄园》里范妮·普莱斯对也是出海的哥哥威廉的深挚不变的感情，这是奥斯丁情感世界的一个基本元

① Marilyn Bulter, *Jane Austen and the War of Ideas* (Oxford University Press, 1998).

素。小说本身以打碎家庭为开端，把范妮·普莱斯从她本身穷困潦倒的家中抽离出来，犹如一个遭偷换后留下的孩童，交给两位阿姨照管。一文不名的事实，将她置于毫无保护的境地，要求她必须怯声怯气，百依百顺。

既然小说的开场具备了所有童话的特征，那么对奥斯丁而言，把范妮·普莱斯将要寄居的那户人家里的姨母伯特伦夫人塑造成可怕的恶魔，让住在隔壁的姨母诺里斯太太扮演和蔼警觉的阿姨，想必是个诱人的主意。或者，把两人都塑造成恶魔。她最终选择的是把所有的坏全放在诺里斯太太身上，由她来突显范妮·普莱斯岌岌可危的境遇，因为是家族中的一员，有资格获得一隅栖身之所，可又是个外人，足以常受侮辱。例如，当范妮·普莱斯拒绝参加演戏时，姨母诺里斯让她的孤立和易受攻击尽显无遗："她要是不肯做她姨母、表哥、表姐希望她做的事，我就认为她是个非常倔强、忘恩负义的姑娘——想一想她是个什么人，就知道她真是忘恩负义到了极点。"①

于是，读者可以无所负担的因诺里斯太太的刻毒而讨厌她，欣赏范妮·普莱斯的隐忍。奥斯丁的传记作者克莱尔·托玛琳（Claire Tomalin）视诺里斯太太为"文学作品里的大恶人之一"；批评家托尼·坦纳（Tony Tanner）认为她是"简·奥斯丁笔下最触目惊心的一个角色，甚至是小说史上最面目可憎但又真实可信的一个角色"。这些都清楚无疑，有时甚至过于明显。不清楚的是，读者该对另一位阿姨，曼斯菲尔德庄园的女主人伯特

① 译文引自孙致礼译《曼斯菲尔德庄园》（译林出版社 2004 年版），下同。

伦夫人，持何感想。托玛琳不喜欢她："范妮·普莱斯在曼斯菲尔德庄园的辛酸经历，有别于奥斯丁作品里别的童年。她的姨母伯特伦夫人堪称是个白痴；她或许是个喜剧角色，不易动怒；但她波澜不惊的个性，效果并不好笑。"坦纳的看法类似：

> 伯特伦夫人一角是对（讲求文静安详的）社会价值观的戏仿。她毫无生气，不明情况，没有一丝行使意志、付出努力或独立判断的能力。她当然是个无比逗趣的人物；可她也揭示了曼斯菲尔德价值观的衰落。事实上，她从不思考、行动或关心：因为不恶毒，尚算和蔼可亲，她表现出麻木不仁的怠惰，作为曼斯菲尔德庄园的监护人，一无是处，在为人父母方面，绝对难辞其咎。正是她粘在沙发上一动不动的惰性，给诺里斯太太有了上位的机会。伯特伦夫人象征的，与其说是文静安详，不如说是冷漠溃败。

莱昂内尔·特里林（Lionel Trilling）在评《曼斯菲尔德庄园》的文章里对伯特伦夫人有另一番解读，声言她是以自嘲的方式，表现了简·奥斯丁想"变得富有、肥硕、温和、呆笨……坐在垫子上，墨守成规，被奉为例行尊重的对象"的愿望。

另一方面，有理由可以认为，伯特伦夫人，与其说仅是一例自嘲，不如说是奥斯丁一次最巧妙、克制、聪明的设计。这或许要求换一个角度来看待小说，不同于托玛琳、坦纳或特里林所展示的角度。小说不是道德寓言，不是《圣经》里的传说，不是探索个人在社会中扮演的角色；我们的任务，不是喜欢或讨厌小说里的人物，不是评断他们的优点长处，也不是从他们身上学习怎么生活。我们可以在真人，或如果愿意的话，在历史人物身上做到这些。他们是供道学家尽情发挥的素材。小说是一种形式，我们的任务是品味和看清它的纹理和影调，注意纹理怎么编织，影调怎么安排到位。这不是认定小说里的人仅是文字搭建的产物，与已知的世界没有关联，它的意思是，我们不该像评断人一样，评断小说里的角色。相反，我们必须找寻形式内部的致密度、重量和强度，找寻小说人物不只有一个简单的特征、一种单一的情感的表现方式。一部小说是一组策略，更近似于数学或量子物理学里的某些东西，而不是伦理学或社会学的。它释放出某些能量，生动地展现出这些能量可如何被操纵、被赋予形态。

放在这个语境下，《曼斯菲尔德庄园》里的伯特伦夫人便不难读懂；她在该书范型中的作用一目了然。她不好，她没有做出任何好心或善良的要紧举动；她也不坏，因为同样，她没有做出任何恶意的要紧举动。但她出现在书里，在那栋屋子、那户人家里。范妮已经失去一个母亲，那个实际把她送走的人。诺里斯姨母扮演偶尔现身的恶阿姨的角色。伯特伦夫人自己有四个孩子，随着范妮·普莱斯的到来，有了第五个。由于在奥斯丁的想象系统里存在某些东西，倾向抗拒积极主动的母亲，因此奥斯丁在伯特伦夫人身上遇到了难题。假如她把伯特伦夫人仅仅塑造成一个令人厌恶的角色，那么范妮将不得不一幕接一幕地应付这种情况，因为非同寻常，伯特伦夫人是个常驻阿姨，而不是来了又走的。如此一来，这就会变成全书的中心，一个简单的迫害和抵抗迫害的故事。假如伯特伦夫人积极主动地虐待范妮，那么她将怎么对待自己的孩子呢？假如她对他们和蔼可亲、关怀备至，那么这些孩子的作用就会被冲淡。假如她对他们也刻薄恶毒，那么书中范妮的唯一性，她的孤独作为一种力量，将显现不出来。

其实，把伯特伦夫人干掉，或不让她登场，让她成为故事里一个未被提及的母亲，一种难以察觉的缺席，这是非常合情合理的做法。可那样的话，就少了促使范妮住进她家而不是诺里斯姨母家的真正驱力，范妮将失去每天和关注她、后又不理睬她的埃德蒙的接触机会，从而流失书中重要的戏剧能量。

在构建这本书、创造其动力和戏剧效果中，奥斯丁不得不让作为母亲的伯特伦夫人同时在场又不在场；她不得不赋予她本质上中立的性格特征。这个角色或许本可像《傲慢与偏见》里的班纳特太太一样，轻易地逗人发噱、惹人恼怒或傻里傻气。由于丈夫很多时候不在家，她要承担的角色也许本该更重。《曼斯菲尔德庄园》的范型，究其本质，是家庭这一范型。连局外人亨利·克劳福德也是挟带了两个姐妹而来。因此，我们在寻找这本书的范型时，必须考查家庭的动态、把握和保留权力的奇特方式，这种方式使小说的事件得以展开，并且最重要的，让表面如此迟钝、无权无势、被动的范妮·普莱斯，深陷在无声的自我意识中，并在其中变得异常强大。小说给了她某种在别的范型下不可能获得的自主性；这使她从一个外人转变成故事的主人，更确切地说，是普遍意义上的主人。

于是，奥斯丁想出一个巧妙的主意，把沙发，而不是整个家，变成伯特伦夫人主宰的领域，把睡觉或半睡半醒变成她的动态内容。她因为太困，无暇关心周围的事。在丈夫将要前往西印度群岛时，奥斯丁写道："伯特伦夫人压根儿不想让丈夫离开她，不过她之所以感到不安，既不是出于对他安全的担心，也不是出于对他安适的关心。她属于这样一种人，只知道自己会有危险、困难和劳顿，而别人全然不会遇上这类事情。"即便在考虑自己的安适时，她的思绪也没有在这个问题上停留太久。这决定了她不做什么，而不是做什么。她几乎什么也不做。奥斯丁写道："伯特伦夫人不跟女儿们一起出入社交场合。她过于懒散，甚至都不愿牺牲一点个人利益，感受一下做母亲的喜悦，亲自去看看自己的女儿们在社交场合如何荣耀，如何快活……"书中，伯特伦夫人大多数时间所做的不仅是忽略他人的存在，而且事实上也忽略自己的存在；她过着严重缺乏自省的生活，从而使她置于恰好和范妮相反的力场里，范妮花费大量、近乎侵入式的心思留意自己，犹如一个年幼的孤儿小说家。伯特伦夫人懒惰、少语、身体微恙。她的消极被动和常见的倦怠，与她姐姐的活力形成有趣的对比。可最重要的是，这种不在的状态，只有轮廓没有线条的现身，什么都不做的惰性，对自己平和之美的威力深信不疑，让小说中的其他力量——她的几个孩子的唯利是图，埃德蒙的真诚——有了成长或施展影响的空间，不是因为他们母亲或家庭的缘故，甚至可以说，正因为没有母亲或家庭的缘故；代之的，是自然而然、有机的，每人均获得属于自己的自主权，从而使《曼斯菲尔德庄园》以一种复杂的形式展开。例如，伯特伦夫人是书里一个受人爱戴的形象，但也滑稽可笑。她不仅引起读者的兴趣，而且有一种能吸引其他角色的惊人本领。在全书的中心，像一团奇特而经久不衰的物质般，屹立着范妮·普莱斯的意识。她不活泼、不机智；她大多时候沉默不言。她使人讨厌的程度和招人喜欢的程度一样。譬如，特里林就不喜欢她，他写道："我相信，从来没有人会觉得有可能喜欢上《曼斯菲尔德庄园》里的女主人公。范妮·普莱斯的高尚情操带有明显的目的和意图。"倘若我们坚持从外部、把她当作人去看待她的话，也许的确如此。更重要的是，这部小说是她核心本质的载体。这种本质，除了惹人厌的美德，还包括理智和感情。她所具有的观察和记录的本领，与美德无关，而与把读者吸引住的叙事动力密切相关。她在书中的命运未卜不定，从而给整本书注满动量。

为了生成这种动量，必须让她离开母亲，被置于两位姨母的照看下，其中没有一位表现得像母亲一样。这使她在书中的存在有了所谓的密度和强度。然而，十九世纪小说里阿姨的意义，不仅是赋予主人公强大的力量。它源自一种更基本的需求，需要将小说结构本身表现为奇特的混合体，并非稳定牢固，易受改变和影响。

小说的不确定，在于它究竟是一则由单一叙述者讲述的故事，还是一出由一众演员演绎的戏剧。小说在其体系中既处于静态又具有戏剧性，相当于一个空间，内有单独居于支配地位的声音或多个对抗竞争的声音，发生作用。在一部小说的戏剧结构里，阿姨的作用在于抵达然后离开。她们打破空间，给事件增添趣味。因而，在《傲慢与偏见》中，达西先生的姨母咖苔琳·德·包尔夫人的抵达，为小说起伏的氛围注入一股巨大的新能量，仿佛那是演给一大群热切的观众，而不是单独一位被动的读者所看的。其描述如下：

> 有一天上午，大约是彬格莱和吉英订婚之后的一个星期，彬格莱正和女眷们坐在饭厅里，忽然听到一阵马车声，大家都走到窗口去看，只见一辆四马大轿车驶进园里来。这么一大早，理当不会游客人来，再看看那辆马车的配备，便知道这位访客决不是他们的街坊四邻。马是驿站上的马，至于马车本身，车前侍从所穿的号服，他们也不熟悉。彬格莱既然断定有人来访，便马上劝班纳特小姐跟他避开，免得被这不速之客缠住，于是吉英跟他走到矮树林里去了。他们俩走了以后，另外三个人依旧在那儿猜测，可惜猜不出这位来客是谁。最后门开了，客人走进屋来，原来是咖苔琳·德·包尔夫人。

阿姨抵达然后离开，行文节奏内部的情节发展刻上这一刺激带来的迹象，这个构思贯穿十九世纪的小说。例如，乔治·艾略特的《弗洛斯河上的磨坊》第一部第七章的标题叫作“姨父姨母们来了”，仿佛小说的那一页是个剧场舞台。在描绘塔利弗夫人、葛莱格夫人、迪安夫人和浦来特夫人四姐妹时，她运用对话和机智的著述者的观察，时而滑稽，时而严肃；在仅围绕上一代人设计的场景中，她把年轻的汤姆和麦琪当作观察者，近似读者，近似观众。这一章中攸关利害的是家庭作为一个单位、一个统一行动的整体的概念，事态在这种传统意识内部如何变化和发展成为该小说范型的一个重要方面。这可以用最简单、最日常的话来概括，就像葛莱格夫人所记得的，在她“可怜的父亲在世的时候”，每个家庭成员于同一时间抵达赴宴。过了没多久，当浦来特夫人为一个邻居的死而哭泣时，她的姐姐以家庭传统而非理智的名义，与她争执起来：“‘莎菲，’葛莱格夫人再也按捺不住自己的性子，非给她一个合理的劝告不可了，‘莎菲，我真弄不懂，你居然会为了与你无关的人烦恼，影响了你的身体。你的可怜的父亲并不是这样的，你的弗兰西丝姑母也不是这样的，我没听说家里有谁是这样的。’”①

组成小说的不是舞台上身穿华丽戏服、懂得如何运气发声的走动的人物，而是冰冷的白纸黑字，因而阿姨的另一个效果是让她们张扬的离去或恶毒的拌嘴同时给年轻一代和读者提供笑料。例如，咖苔琳·德·包尔夫人的离去，精彩绝伦。“我不向你告辞，班纳特小姐。我也不问候你的母亲。你们都不识抬举。我真是十二万分不高兴。”或《弗洛斯河上的磨坊》里葛莱格夫人的离去：“‘很好，’葛莱格夫人站起来说，‘葛莱格先生，我不知道你是不是认为坐在一边、听人家咒骂我是件有趣的事，我可要马上离开这屋子，一分钟也不耽搁。你尽可以待在这儿，等会儿坐马车回家，我可要走回去了。’”抑或半个世纪后，在詹姆斯·乔伊斯的《一个青年艺术家的画像》里，圣诞节斯蒂

① 译文引自祝庆英、郑淑贞、方乐颜合译《弗洛斯河上的磨坊》（上海译文出版社2008年版），下同。

芬的父亲与阿姨丹特之间的争吵："丹特使劲把她的椅子推到一边，离开了餐桌，把一个餐巾圈碰掉到地上，由它慢慢在地毯上滚过去，一直滚到一把安乐椅的腿边。迪达勒斯先生很快站起来，跟着她朝门口走去。在门口丹特猛地转过身来，朝着屋子里大叫，满脸通红，气得浑身直发抖……"①

因此，小说里阿姨的离去和抵达一样，打破安宁，减轻负荷。在所有小说家里，最常不信任母亲而使用阿姨一角的是亨利·詹姆斯。在他的评论著作、绪言和书信里，詹姆斯极少提到简·奥斯丁。早期，他言明自己对她的崇拜："奥斯丁小姐，"他写道，"她最优异的小说，引人入胜到最后一页；她的叙事组织始终严密牢固，她虽然巨细靡遗，善于分析，但从不会显得啰嗦或冗余。"可詹姆斯也写道："简·奥斯丁，因她轻巧的精当表达力，使我们好奇她的创作过程，或为此提供养料的经历，就如好奇在花园枝头讲自己故事的褐色歌鸫差不多。"他暗讽"多数出版商、编辑、插画家、时下杂志里胡说八道的作者，发现他们'亲爱的'、我们亲爱的，大家亲爱的，简，可以被永无止境地当作他们的素材"。这句话有多种解读方式，但应注意到，詹姆斯，一般来说，不习惯称赞别的小说家；他把自己的作品视为有深刻自觉性的艺术，经过提炼，形成一套体系，一块精致完美的挂毯。他没有发现谁在创作上具有和他一样的投入和深思熟虑的程度。可是，和每个小说家一样，他从同行的作品里吸取自己所需的，但不像"在花园枝头讲自己故事的褐

① 译文引自黄雨石译《一个青年艺术家的画像》(外国文学出版社 1983 年版)，下同。

色歌鸫”，他认为没有理由弄得人尽皆知。

不管怎样，无论是不是歌鸫，在创造阿姨一角上，詹姆斯从奥斯丁那儿继承的，不仅是她的做法轮廓，而且还有她探索的复杂性和为了小说目的而瓦解家庭时所成功建立的紧密形式。在奥斯丁和詹姆斯制造的小说空间内，事情出现意外或改变形态，存在诸多含糊性和两重性。若说他们是在玩弄形式，那么，这是一种给闪烁和变化之物留出空间的形式。奥斯丁和詹姆斯都在各自范型的正中央安置了一种跳动的意识，一个努力奋斗的形象，懂得分拣筛选经历，人生的经历以种种不可预知遂令读者着迷的方式加诸在其身上。

在詹姆斯最杰出的六部作品中，缺席的母亲被一位真正意义上的阿姨或一组代理阿姨所接替。例如，在《华盛顿广场》里，斯洛泼医生的妻子死了，遗下女儿凯瑟琳。她的帮手兼知己变成凯瑟琳的阿姨，她爱搞阴谋、搬弄是非、格外热心、略带傻气，时时濒临被斯洛泼医生赶出家的边缘。在《一位女士的画像》里，伊莎贝尔·阿切尔也没有母亲，而且连父亲也死了，当姨母杜歇夫人在奥尔巴尼找到她时，她是个无依无靠的孤儿。杜歇夫人怪癖、固执、专横、可笑，既热心又难相处，她接管了伊莎贝尔的人生，带她去英国和意大利，领她走进一个丰富多彩的新世界；阿姨，实际是推动小说情节发展的中介人。

詹姆斯把母亲干掉、用阿姨代替她们的方法易会遭到误解。他和自己的母亲关系亲密，和姨母凯特也一样，在詹姆斯的成长过程中，大部分时光姨母凯特和他们住在一起，跟他们一同旅行，往返于大西洋两岸。可另一方面，他也试图摆脱母亲，借定居欧洲实现这一点。他深爱母亲，却有意不和她常常见面，从而在岁月的流逝中让这份爱变得益发诚挚浓烈。他给母亲写信或写到她时，饱含为人子女的柔情，她的去世，令他大受打击，悲痛万分。

他与母亲的关系，既亲近又脆弱，这也许是他设法在自己最优秀的作品中把那么多母亲抹除的一个原因。那是他不想探索的领域；它复杂蒙昧，过于复杂蒙昧而无法轻易将它体现在叙事中。他用阿姨或代理阿姨替代母亲的做法，或许与自己的姨母凯特时常出现在家中有关，我们会得出这个见解，是因为詹姆斯习惯使用自己人生中、自己恐惧中那些隐藏或不为人知的一面，用隐喻的方式将其表现在小说中。因此，弑除母亲、用阿姨代替她，也许可以满足詹姆斯的某种渴求，他把这锁在小说之家的柜子里，在特定的时机下拿出来。

不过，这种解读太粗浅，就像考察简·奥斯丁自己当阿姨的经历、或她透过小说标榜自己没什么可写的母亲的需要，然后将这些作为她后期三本书里没有母亲角色的理由一样，过于简单。有关詹姆斯把母亲送入永恒而他笔下的人物却活在有限的时间里的动机或缘由，有另一种解读。那只是为了配合他试图要讲的故事的形态；驱使其如此的是小说而不是小说作者。换言之，詹姆斯需要处理的是小说的一个技术问题，而不是他本人的心理问题。在他的小说里，他必须让母亲缺席，因为有她们在场，会破坏他的全盘计划。在他最出色的几部作品里，主人公展现的是自力更生、实现自我的剧情；他们孑然一身，心灵上缺乏教养。詹姆斯可以把阿姨塑造得愚蠢、糊涂、多变、怪癖，从而让她们的抵达和离开对读者而言变得引人入胜、津津有味，可他无法让自己像奥斯丁在《傲慢与偏见》和《曼斯菲尔德庄园》里一样，塑造一个很笨或很懒的母亲。这不是因为他没有勇气或冲动——毕竟，在像《梅西所知道的》和《波音顿的珍藏品》，他不是没有塑造过乖戾多变的坏母亲——而是因为这样的写法不含蓄，太易流于漫画色彩，会损害他在表现人物和让他们互动方面所试图反映出的严肃的道德水准。

在《华盛顿广场》里，斯洛泼医生的丧妻和失去第二个孩子，不仅是个人的事，也与从事的职业联系起来。“这对于一个以救死扶伤为职业的人来说，在自己家里简直是一败涂地。”[①]詹姆斯写道。当他唯一在世的孩子凯瑟琳十岁时，斯洛泼医生“把他的姐姐佩尼曼太太请到家来同住”。佩尼曼太太的名字叫拉维尼娅，她“嫁给了一个贫寒的牧师。牧师身体体弱多病，但口若悬河，辞藻华丽。他三十三岁那年不幸病故，丢下一个寡妇，无儿无女，一贫如洗。佩尼曼先生什么也没有留给他的妻子，只有他雄辩的口才深深地印刻在她的记忆中，他浮华的作风不时地浮现在她的谈吐里”。她沉迷于戏剧般的事件和浪漫的爱情故事，她是个阴谋家，詹姆斯写道，她“喜欢读些轻松的书，只是性格上有些转弯抹角，不够直截了当，有时显得傻里傻气。她浪漫多情，有点想入非非，对逸闻秘史一类事情非常起劲”。

这让她有机会可以出谋划策、插手干预，让她可以逗乐读

① 译文引自侯维瑞译《华盛顿广场》（上海译文出版社 2012 年版），下同。

者，但也让她与凯瑟琳·斯洛泼处于截然对立的位置，纵然她一心想给予帮助和支持。她在书中的出现使凯瑟琳益发孤独，使她以更坚韧的力量和信念做自己，让读者可以把凯瑟琳看得更清楚，更深入她的精神世界。凯瑟琳懂得怎么去感受，小说探索并生动地表现了这种能力和这些感受。随着这个短长篇的推进，凯瑟琳感受到的东西变得越发坚实、越发复杂；在不变的孤单、专一和固执中，她变得简直英勇无畏。詹姆斯借鉴的不仅是范妮·普莱斯一角——《曼斯菲尔德庄园》里的少女，迟钝沉默的孤儿——还有民间传说里的孤儿，他给她安排了一位诡计多端的阿姨、一位面目可憎的父亲和一个被禁锢的性别角色。他还赋予她沉默的个性，只有小说能够完全充分地利用这种沉默，由它主导她渴望的心灵，让她的动机具有痛苦的复杂色彩。凯瑟琳不同寻常的高尚情操，部分源自她在这个世上孤苦伶仃、没有母亲、阿姨是个笨蛋的事实。

在此后不久创作的《一位女士的画像》里，伊莎贝尔的姨母杜歇夫人是这样的：

> 是一个相貌平庸的老妇人，谈不上文雅的举止，也缺乏优美的风度，但是对自己的一举一动，她都十分注意……她不喜欢英国的生活方式，一般提到的有三四个理由，它们涉及的不过是那种古老生活秩序中的枝节问题，但在杜歇夫人看来，它们已足以证明，她不住在英国是正当的。她讨厌面包沙司，说它的外形像药膏，味道像肥皂。她反对她的使女喝啤酒，她还断言，英国的洗衣妇没有掌

握这一行的本领。①

于是，在介绍杜歇夫人和佩尼曼夫人时，詹姆斯得以采用一种可称之为自娱性的手法。选择用来描绘两位阿姨的句子，如同为这两人所起的名字一样，下笔时想必是件乐事。这些句子奠定了一种基调，可足令人称奇的是，它不是小说本身的基调，小说本身将有另一种不同的影调和纹理。相反，这些句子提醒读者，书中受苦的女主人公将独自承受苦难，默默隐忍，无法用属于上一代女性的语汇将它表达出来。这些小说突显个体在世上的孤独，女主人公的形单影只也许是对世界变化和发展的一个隐喻，与必须获取资本、资本怎么注定增长所属的那个时空形成呼应；不过这些非虚构性的议题是次要的枝节，小说里个体的孤独，最重要的是让小说本身能够呼吸成长，生机勃勃。为此，必须把年轻的姑娘凯瑟琳·斯洛泼和伊莎贝尔·阿切尔从家庭的控制与束缚中抽离出来。她们的行动、决定、生活方式将跌宕起伏；没有什么是必然的，或同属一种共有的感受体系，某些世代相传的东西。在这些小说里，世代的概念，不是指血缘的、不可分割的有机体；世代，作为能量，存在于个体的、自我建立的道德感中，它在里面独来独往。

《一位女士的画像》渗透出比《华盛顿广场》更多的能量，除了因为它的女主人公在精神和学识上所占的空间更加广阔，还有另两个原因。第一，伊莎贝尔的孤独，不仅更加浓厚丰富，

① 译文引自项星耀译《一位女士的画像》(人民文学出版社 1984 年版)，下同。

而且被赋予更多戏剧性的重量。在二十多年后所写的序言中，詹姆斯分析自己怎么处理伊莎贝尔·阿切尔的“内心世界”，他提到有一幕，他让伊莎贝尔的思绪兜兜转转，令她和读者意识到在那一刻以前一直瞒着双方的事。詹姆斯写道：

> 我不能想象，这一理想［本书作者注：把人物的内心世界写得和任何一系列外部事件一样惊心动魄］的应用还有比后半部那长长的几段文字更彻底的，这是关于我这位少女深夜所作的离奇沉思，这次沉思成了她生命中一个里程碑。从实质来看，这不过是一种探索和评价，但是它的作用却比二十件“事件”更大。我的构思是要使它既具备事件的全部活力，又保持最经济的画面。她坐在即将熄灭的炉火旁边，时已深夜……在整个过程中，没有人一个人走近她，她也没有一刻离开座位。这显然是全书中最好的部分……

詹姆斯在序言里提到书中同样是全书发展关键的另一幕，那一幕是：

> 伊莎贝尔在花园山庄，一天下午天正下雨，她出外散步或做什么后回到客厅中，她看到了梅尔夫人，后者异常安详地坐在那里，全神贯注地弹着钢琴，就在这个时刻，在这个人物面前，在逐渐降临的暮色中，伊莎贝尔深深意识到，这个前一分钟她还完全不知道的人物，将在她的生活中引起一个转折点。

梅尔夫人作为伊莎贝尔的代理阿姨，同时出现在伊莎贝尔和读者面前，她将代替杜歇夫人，或助她一臂之力，引导伊莎贝尔走向她注定的命运。当然，伊莎贝尔可以自由抵抗这种指引，别像杜歇夫人那么冷漠自私，别像梅尔夫人那么世故、爱交际。詹姆斯接下来所做的，是让梅尔夫人这个角色在书中发生转变，抑或说，从阿姨变成对手。他塑造了一个性感的阿姨，这一举动赋予《一位女士的画像》其力量。他极大地颠覆了阿姨这类角色，把梅尔夫人从一个保护伊莎贝尔、代替其母亲却不具备一个母亲的操控权的角色，变成一个企图伤害她、击败她的角色。他让伊莎贝尔依靠自己、凭借自己的力量认识到这一点，从而使她的孤独变成锐利的武器，近似一项战术，同时又是一种脆弱、易受伤害的境遇。

然而，詹姆斯也追求戏剧化，想要把发生在自我密室里的事、把沉默时的心理活动，用小说家的文字记录下来，并将此转化成对话、公开的剧情。梅尔夫人当面质问伊莎贝尔，为什么沃伯顿勋爵没有继续对伊莎贝尔丈夫的女儿帕茜感兴趣的那一幕，显示了高超的编剧技巧，精妙地营造出戏剧般的错觉，深悉一部小说通过类似两个女演员在纸上演剧的方式来呈现所具有的十足威力，而不是经由沉默的小说作者传递给沉默的读者。当梅尔夫人高估自己的能力，要求伊莎贝尔“把他交给我们吧”①，把沃伯顿勋爵交给她、奥斯蒙德和帕茜时，詹姆斯

① 由于上下文的衔接关系，这里《一位女士的画像》里的引文由本书译者翻译。

写道：

> 梅尔夫人讲的时候显得小心翼翼，一边讲一边观察她的朋友的脸色，显然认为这么说下去还不致有什么妨碍。在她这么讲的时候，伊莎贝尔脸色发白，把按在膝上的两只手握得更紧了。这倒不是由于她的客人认为终于已到了可以无所顾忌的时候，因为这还不十分明显。那是一种更坏的厌恶情绪。“你是谁——是什么人？”伊莎贝尔嗫嚅着说，“我的丈夫跟你什么相干？”这是很奇怪的，在这个时候，她忽然跟他站到了一起，好像她真的爱着他。“啊，你终于大胆提出来了！我很抱歉。不过，不要以为我也会像你一样。”“你跟我又有什么关系？”伊莎贝尔继续说。梅尔夫人慢慢站了起来，拍拍她的皮手筒，但没有把眼睛从伊莎贝尔的脸上移开。“关系大得很！”她回答。

那一刻，当上一辈的妇人揭去阿姨的伪装、戴上竞争者的面具时，全书发生了性质微妙的转变。里面另一个值得注意的变形时刻，是人物从所扮演的一个角色进入另一个角色之际，从而增加小说的质感。在最后一章，拉尔夫·杜歇死后，伊莎贝尔拥抱她的姨母时：

> 她走到姨母跟前，用胳膊搂住了她。杜歇夫人对这种抚爱既不表示欢迎，也不感到愉快，只是机械地站了起来，似乎在接受她的拥抱。但是她站得笔直的，眼睛里没有一

> 点泪水，那张精明的苍白的脸，显得那么可怕。“可怜的莉迪亚姨妈。”伊莎贝尔嗫嚅道。“感谢上帝吧，因为他没有赐给你孩子。”杜歇夫人说，挣脱了她的怀抱。

于是人们看到，杜歇夫人除了是个大胆无畏、引人发笑的阿姨以外，同时也始终是一位母亲，在全书的进程中，照看日渐衰弱的拉尔夫。和梅尔夫人一样，她在小说里的双重角色，具有两面性；她不只扮演一个角色，或者说在和伊莎贝尔的那一幕里，她角色的单一性被彻底打破的事实，让小说富有层次感，充实了故事本身的进程，赋予其千变万化的动态。

在詹姆斯二十多年后创作的小说《使节》里，兰伯特·斯特莱塞以叔叔的身份登场，正如初始时玛丽·德·维奥的身份是阿姨。因此，查得可以在他们俩面前扮演侄子的角色，让人觉得他感兴趣的是德·维奥夫人的女儿。随着小说的发展，詹姆斯又一次玩起缺席的手法。查得的父亲死了；他的母亲活着，但未在书中现身，只是作为一种把他往自己身边拉的能量而存在。就这样，在父母缺席留下的空白里，显然必定有事发生。代理叔叔将爱上代理阿姨。两个年轻人将彼此吸引。小说将再度成为把母亲进一步排除在外的故事，她的泯灭，因她的汲汲渴求而变得更加戏剧化，更加充分彻底。

不过，詹姆斯另有安排，他把这些安排交代在一幕微妙含蓄的辨认场景中，当时，斯特莱塞无意来到巴黎郊外，盯着一艘船上的两个人看，慢慢地，发现船上的人也认出了他；然而，那不是查得和德·维奥夫人的女儿，而是查得和夫人本人。从他们企图遮掩、不想被人发现的举动中，一切变得清楚明了。詹姆斯写道：

> 这一小小的冲击，遽然快速，以迅雷不及掩耳之势击中斯特莱塞。他也在瞬间领悟到某些事，发现自己认识那位女士，她的阳伞，动来动去，仿佛想遮住自己的面孔，在耀眼的光线下形成一个异常优雅的粉红圆点。这太过惊人，百万分之一的机会，可是假如他认识那位女士，那么那位依旧背对他、避人耳目的男士，田园风光中未穿外套的男主角，对女士的惊觉作出反应的男士，要达到同样令人惊奇的程度，除了查得，不可能是别人。

从而詹姆斯又一次塑造了一位性感的阿姨。那就像亨利·克劳福德来到曼斯菲尔德庄园，找的是伯特伦夫人，而不是范妮；或是发现达西先生在乡间脱了外衣只穿衬衫，和他在一起的不是别人，而是班纳特太太或嘉丁纳舅母；或是发现彬格莱先生与咖苔琳·德·包尔姨母同在一辆马车内。换言之，詹姆斯吸收他那个年代里具有威力和分量的小说必要元素——用阿姨代替母亲——然后考虑各种可能性，把阿姨塑造成一个不单是能呼风唤雨、或刻毒滑稽、或消极被动的形象，而且赋予她妩媚的女性特征，于是，在小说的动态范围内，一个可以任意变换角色、在为她创造的叙事体系里兴风作浪的形象应运而生。

在《螺丝在拧紧》和《金碗》里，仿佛根本不存在母亲，人物仿佛是通过某个由小说家特别创造的方法来到世间，而不是照自然规律生下来的。母亲不是缺席；她压根不存在。她是不可想象的。相反，出现的是一位代理阿姨，在前一本书里她有严重的神经质，在后一本书里则特别爱管闲事、机智幽默。小孩弗洛拉和迈尔斯从而占据了留给维多利亚式小说人物的丰富空间；他们成了孤儿，在阿姨一角以家庭女教师的身份到来以前，他们什么事都没有，到来以后，什么事都有可能发生。在《金碗》里，就在夏洛特·斯当特嫁给麦琪的父亲亚当·沃沃，看似准备成为麦琪·沃沃未来的继母之际，她也变成麦琪的对手，与她争夺那位贵族，即麦琪的丈夫。当书中其他各种力量都稳固不变时，夏洛特这个元素变幻不定、靠不住、具有两面性。她周围的人，因代理阿姨范妮·艾金汉姆的出现，得以免受夏洛特的毒害，范妮·艾金汉姆站在和读者相同的立场，把书中发生的事看作故事，此外她也是后来打破金碗的人。

在《鸽之翼》里，凯特·寇罗伊因母亲过世，投奔富有的姨母莫德，母亲几乎没有给她留下任何遗产，姨母莫德向她提出一个要求，内容概括在全书的开端。这个要求，是从奥斯丁到詹姆斯以来小说的根基。莫德姨母希望外甥女变成孤儿，希望主宰她的人生，或操控她的未来。她要外甥女去见她的父亲。凯特对父亲说："莫德姨母开出条件，要我和你彻底斩断关系；永不见你，不和你说话或通信，永远不接近你，也不和你打招呼，不以任何方式和你保持联络。她要求你从我的生命中消失。"

与父亲断绝关系后的凯特落入姨母手中，正是这双手，慢慢塑造她，在不知不觉中差点毁了她。正是姨母的意志，导致她做出那样的行为。她的姨母以极强的占有欲监视她，和晚三年出版的、伊迪丝·华顿的《欢乐之家》里的佩尼斯顿姑母对莉莉·巴特所做的一样。在这两本书里，年轻一代的女性都没有得到上一辈妇人的疼爱或受到她们无条件的保护；在这两本书里，阿姨都是个善于操纵、难以相处的角色，而不是给成为孤儿的侄女外甥女提供热情的招待、安慰或理解。在华顿的书里，莉莉·巴特被推向毁灭；在《鸽之翼》里，凯特·寇罗伊在一个远更模糊暧昧的精神层面上使自己走向毁灭；在这两本书里，阿姨短暂而咄咄逼人的存在，笼罩情节的发展，像一只硕大、饥渴的爬虫，在故事中窜进窜出。

走入情节发展的是继承了大笔遗产的年轻女郎密莉·席尔，有关她的过去，我们得知：

> 是一段在纽约的过去，至今仍含混不明，但层层叠叠，包括失去双亲、兄弟、姐妹，几乎每个有关系的人，每件事的规模和气势，都要求有更广阔的舞台；那是一则纽约传奇，具有动人、浪漫的孤独色彩，而超越一切之上的，是众说纷纭、鉴于女孩身后背负的大笔财富而存在的一系列纽约的潜在可能。她孤身一人，她身患重病，她富有，尤其是性格古怪——一种本质上浑然天成的结合，引起斯特林厄姆太太的注意。

当然，斯特林厄姆太太没有子嗣，年纪大得足以当密莉的阿姨，她成为密莉的代理阿姨，对应小说中凯特的姨母，围绕的两个女子，都是孤儿，都处在阿姨的照顾下，都慢慢走向毁灭，一个是身体上的，一个是道德心灵上的。

十九世纪里，家庭不见容于小说，或者说，小说作为演绎家庭破碎和新式道德感或个人主体精神兴起的载体，这一点不仅仅体现在用阿姨代替母亲上。诚如莱昂内尔·特里林指出的："简·奥斯丁小说里的所有父亲，托马斯［伯特伦］爵士是唯一受人敬仰的一个。"消除群体、代之以个人的观点，和把小说当作传递这种观点的中介，同时也是其结果，在整个十九世纪却是通过母亲的淡出和阿姨的到来而呈现的。正如鲁伯特·克里斯蒂安森在《阿姨大全》[①] 里指出的，这不止出现在奥斯丁和詹姆斯的作品里，也同样出现在奥斯丁后、詹姆斯前的小说里，出现在狄更斯的小说（《大卫·科波菲尔》和《小杜丽》)、夏洛特·勃朗特的小说（《简·爱》)、萨克雷的小说（《名利场》）和特罗洛普的小说（《他知道他是对的》）里。

但是，随着十九世纪的推进，小说家不得不思考伊莉莎白和达西、范妮·普莱斯和埃德蒙·伯特伦的后半生，不得不面对这些小说正是从冲破家庭的举动中来建立家庭的事实。显然，既然已在小说里对父母的概念做了某些根本性的改动，那么也必须对婚姻这个概念本身做些处理，因为婚姻意味着主人公个体自主性的削弱。在特罗洛普、乔治·艾略特和亨利·詹姆斯之间可以看出他们的区别。他们三人将一模一样的场景戏剧化，每人都敏锐地察觉出其中隐含的暗示。他们每人都注意到小说

---

① Rupert Christiansen, *The Complete Book of Aunts* (Faber & Faber, 2006).

里单身未婚男性的威力。这名男子没有公开想找个太太，这使他成为一个危险人物，比哪个阿姨都更危险。他通过留意和倾听，得以散发出一种令人不安的、产生两性联想的风采。他得以拥有道德的力量，和属于没有明显欲望的人的纯粹优势。他可以代表小说里的小说作者，也可以代表未来的小说作者，来自一个实现婚姻不再是小说家笔下的主题的时空。又一次，是孤单赋予了他力量，就像《傲慢与偏见》里的达西，在和伊莉莎白结婚前，他的力量既来自他的财富，也来自他孤身一人的处境。

在一八六九年出版的特罗洛普的小说《菲尼亚斯·芬》里，有一章叫作“劳拉·肯尼迪夫人的头痛”，里面，劳拉·肯尼迪告诉菲尼亚斯，她的婚姻是个错误。在这么做的时候，她直呼他的名字，这是以前不曾有过的，并与他变得格外亲密，同时表明，用她自己的话说，“我像傻子一样犯了错，自以为很聪明，选择了正确的道路，没有咨询任何人的建议。我失了策，跌跌撞撞，摔倒在地，如今我满身伤痕，站不起来。”

倾谈过程中，她把年轻英俊、富有同情心、是自由之身的菲尼亚斯，和自己冰冷乏味、盛气凌人的丈夫作对比。就她这么做的时候，丈夫走过来，进一步威吓她，当着菲尼亚斯的面这么做，那一刻，菲尼亚斯真正见识了事情的黑暗。

在一八七六年出版的乔治·艾略特的《丹尼尔·德龙达》里，格温德伦把德龙达当作知心人，德龙达本人对此一清二楚。和劳拉·肯尼迪夫人一样，格温德伦嫁了一个恶霸。一如在《菲尼亚斯·芬》里，读者了解菲尼亚斯或丹尼尔这个人物的危险性，了解那位凶狠霸道的丈夫会多么恨他，那位被禁锢在婚姻噩梦里的妻子将多么依赖他，不仅在梦里，也在她本人叙述的遣词造句里。在小说的这一部分，菲尼亚斯和丹尼尔行事无需负责，他们犹如不会复制的细胞，或是其力量无法被穿透或消融的原子。他们站在婚姻之外，作为一种比丈夫本身更具破坏性的力量，某个家庭以外的人，魅力无穷，为自己窃取权力。一个女人向另一个男人谈论自己的丈夫，这给小说注入一股扣人心弦的紧张感，这种紧张感恰好体现在格温德伦对自己的坦白所做出的反应中：

> 她突然不语，嘴唇颤抖着，望着德龙达，可他脸上的表情刺痛了她，给她一种前所未有的感受。他满脸困惑，难以置信地察觉出，自己一直力劝她的事，在她惯常的情绪爆发面前，被投向只停留在想法里的无力的远方。那就像眼看她溺水而束手无策。他凝视她，痛心的怜悯布满他的脸，一种她以前不曾感到过的懊悔触动了她……

与此同时，格兰德考特，那个暴君丈夫，监视妻子和丹尼尔："格温德伦任何与丹尼尔有关的举动，都逃不过他的眼。"在后来一幕中，当格温德伦再度恳求德龙达理解她婚姻所出的状况，而德龙达对她说"我唯一的遗憾，是自己几乎什么都帮不了你"时，文中呈现一股气势，洋溢着闪烁的变化和戏剧性的刺激。"言语，"艾略特写道：

> 本身似乎不能救人，如同他眼睁睁看一艘船濒临失事一样——那艘可怜的轮船屡遭劫难，受到不可避免的风暴的侵袭。他如何能理解不幸在这个年轻人儿身上日积月累的过程？——如何用一句话来阻止并改变？他对自己说话的分量感到害怕，涌入脑海的言语，软弱无力，似乎和被化作声音的绝望，或和用规诫抚慰痛苦的对他人苦难的麻木无异。他感觉自己把一大堆话屏在嘴里，仿佛若让它们脱口而出，会冒犯在我们人类命运之谜前的敬畏。最强烈的念头是——“把这一切向你丈夫坦白；什么也别隐瞒”——他在脑中为这席话准备了充分的理由，原本需要加倍详细的说辞才能让格温德伦领会其意思，可他还没动口说出那几句简短的话，门开了，那位丈夫走了进来。

在一八七九年动笔创作《一位女士的画像》之前，亨利·詹姆斯一直密切关注《丹尼尔·德龙达》的连载。他仔细阅读了该书，对其不以为然，但又从中吸取了他所需要的东西。在拉尔夫·杜歇身上，他安排了另一个男性角色，这个角色既玩世不恭，又起着关键作用，他的怀疑主义和病弱的身体，使他丧失了恋爱成家的可能。他的作用类似书里的代理小说作者，与父亲合谋，留给伊莎贝尔一大笔财产，让他能乐滋滋地看伊莎贝尔可能会怎么利用这份自由。伊莎贝尔和奥斯蒙德结婚后，拉尔夫成为那个猜到她不幸福的人，猜到她的丈夫如何蛮横冷漠。在他临死时，又一个婚姻不幸的妻子把一个单身未婚男子视作救星，视作将帮助她冲破婚姻牢笼的人。当他说“我相信是我害了你”时，伊莎贝尔毫不掩饰地回道：“他是为了钱跟我结婚的，”接着在这一幕的下文里，她又说：“是的，我受到了惩罚。”

不久，拉尔夫死了，家碎了。当他的母亲杜歇夫人听说梅尔夫人已返回美国时，她道出了书中最真实也最好笑的一句话：“到美国去？她一定干了见不得人的事。”伊莎贝尔回到丈夫身旁，在全书结尾，给人一种感觉，她回去，不是重新去当妻子，去做他家庭的一员，而是带着一股她新获得的力量，一种使她能够反抗丈夫、抵御他的源泉，使她能够在这世上独来独往，摆脱家庭的束缚，不仅是她接管和继承的家庭，而且包括她选择和试图建立的家庭。

第一卷　爱尔兰

威廉·巴特勒·叶芝：弑父新法

在十九世纪最后二十五年和二十世纪最初二十五年里，涌现了大批兄弟或姐妹艺术家，海因里希·曼和托马斯·曼、亨利·詹姆斯和威廉·詹姆斯、弗吉尼亚·伍尔夫和凡妮莎·贝尔、威廉·巴特勒·叶芝和杰克·叶芝，对他们而言，父亲的死，父亲在世时的压倒性的存在，或是比喻意义上的一步步、多充满戏剧色彩的弑父之举，使这些孩子得以拥有一种奇特崭新的自由，拥有做自己的权利，并进而在政治主张和艺术风格上互相较量。

在曼氏兄弟和弗吉尼亚·伍尔夫与凡妮莎·贝尔的例子中，父亲在他们年轻、性格尚未定型时就过世了，这使他们得以搬往新的住处——既是身体上也是心理上的——解除了一份负担，仅仅是这种负担的阴影将继续缠扰他们。在詹姆斯兄弟和叶芝兄弟的例子里，这种负担一直活生生的存在。理查德·埃尔曼在他的《叶芝其人与面具》① 里引用伊凡·卡拉马佐夫的话："谁不企盼自己的父亲死？"埃尔曼写道：

① Richard Ellmann，*Yeats*：*The Man and the Masks*（Dutton，1948）.

从乌拉尔山脉到多尼戈尔，这一主题反复出现在屠格涅夫、萨缪尔·巴特勒和戈斯的笔下，在爱尔兰尤为显著。乔治·摩尔在他的《一个青年的自白》里，公然宣称父亲死后他所感到的解放和如释重负。辛格把一桩弑父未遂事件作为他《西方世界的花花公子》的主题。詹姆斯·乔伊斯在《尤利西斯》里叙述与自己生父脱离关系的斯蒂芬·迪达勒斯如何寻找另一个父亲……一八八四年在一本未出版的剧作中触及这一题材后，叶芝在一八九二年的诗歌《库丘林之死》里重拾它，于一九〇三年把同样的故事改编成剧本，还翻译了两版《俄狄浦斯王》，第一版在一九一二年，第二版在一九二七年，并在去世前不久又创作了一部包含弑父情节的剧作《炼狱》。

一

一八二八年秋，小说家亨利·詹姆斯的父亲，老亨利·詹姆斯，曾短暂就读于纽约州斯克内克塔迪市的联合学院，他全身心融入学生生活里，到小酒馆喝酒，穿当地裁缝制作的昂贵西装。他把一切费用交由父亲威廉买单，他的父亲财力雄厚，连联合学院校区所在的那块地皮也是属于他的。出生在爱尔兰卡文郡贝利伯勒镇的威廉·詹姆斯亦是学院的两名董事会成员之一。

入学没多久，老亨利·詹姆斯就离开联合学院，开始了追寻思想自由和永恒真理的毕生旅程，同时也是找寻有趣的、懂得倾听的伙伴。和威廉·巴特勒·叶芝的父亲约翰·巴特勒·叶芝一样，詹姆斯非常健谈。这两个男人有很多相似之处。例如，他们娶的都是自己同窗好友的姐妹。他们一辈子懒散急躁，既为之所苦，又乐在其中；他们是一家之主，却在更广阔的天地里一事无成，或似乎一事无成；他们不顾家族从商和经营实业的传统，却在艺术和宗教里追求自我的实现。

在他们创建的家庭中，画家和作家往来不断，成为艺术家是理所当然的事。他们都相信自我是变化不定的，反对一成不变的生活和思维。因此，小说家亨利·詹姆斯和威廉·巴特勒·叶芝都既没有从大学教育中获益，也没有因此而使自己的思维受损。他们的父亲自信可以凭自身实力与优秀的高校比肩，所以没兴趣让他们的儿子面临任何竞争。两位父亲都雄心勃勃，却几乎没能完成任何一项宏伟的计划。对他们俩而言，说代替了做，但两人也都能写出惊人漂亮的文句。两人都喜爱纽约，不是因为其精神文化生活，而是因为拥挤嘈杂的街头生活，他们着迷地观察这些场景。老亨利·詹姆斯相信（或是为了逗乐听众，声称相信）和拥挤的马拉街车在一起，是他体会过的人世间最接近天堂的情状。在朋友眼里，他们俩是无比讨人喜欢的同伴；很多人想结交他们。他们都笃信未来，视自己的孩子是未来力量和潜在可能的迷人化身，不时令孩子深感沮丧。他们俩都具有真正的创造性。例如，一九一七年六月四日，在儿子创作诗歌《再度降临》前，约翰·巴特勒·叶芝写信给他：“千禧年将会到来，当科学和应用科学解除了我们劳动及其他必要工作的负担后，千禧年真的会来临。目前，若让人从艰苦劳作的桎梏和约束下释放出来，人会立刻变质，堕落成禽兽。”类似的，一八七九年，比儿子创作《螺丝在拧紧》早近二十年，老亨利·詹姆斯写了下面这段话，描述一个平常的夜晚，在温莎公园租来的房子里，一种袭向他的恐惧：

> 表面看来，这完全是荒唐可鄙的恐惧，没有显见的缘由，根据我茫然的想象，只能描述为某种蜷伏在房间内、不为我所见的可恶的幽灵，从他恶臭的身上散发出致命的影响。这东西持续不到十秒钟，我就感觉自己是个废人，从坚毅、健硕、愉快的男儿变成几近无助的婴孩。

老亨利·詹姆斯有五个孩子，约翰·巴特勒·叶芝有六个，但其中两个早年夭折。两人都有一个女儿，拥有丰富、锐利、敏感的智慧，甚至可以说是太过敏感而在某种程度上阻止了莉莉·叶芝和爱丽丝·詹姆斯脱离她们的家庭；这两名女子的书信风格都华丽尖刻。两位父亲对各自两个年长的孩子的关心，似乎胜过其余子女：威廉和亨利·詹姆斯，威廉·巴特勒·叶芝和莉莉·叶芝受到的待遇，与比他们小的兄弟姐妹不同。约翰·巴特勒·叶芝和老亨利·詹姆斯每人培养了两个天才儿子，这四个人——亨利·詹姆斯和威廉·詹姆斯，威廉·巴特勒·叶芝和杰克·叶芝——不像他们的父亲，也许简直背离他们的父亲，专事于把几乎每样着手进行的工作都付诸完成。他们中的三人在晚期形成了一种复杂、大胆、非凡独特的风格。

四个男孩都攻读艺术；威廉·詹姆斯怀着雄心壮志，想成为画家。其中两人——威廉·巴特勒·叶芝和威廉·詹姆斯——从涉猎魔法和神秘宗教起步，逐渐使之成为他们一生创作中一个重要的方面。虽然四个人都深受各自父亲的影响——有时是负面影响，但关于各自的母亲，他们几乎无话可言。两位父亲都把大西洋当作他们军械库里的武器，约翰·巴特勒·叶芝利用它作为晚年逃离家庭的途径；老亨利·詹姆斯用它让本已居无定所的孩子更加漂泊不定。

虽然在十九世纪八十年代和九十年代，小说家亨利·詹姆斯在伦敦常和格雷戈里夫人见面，但他与威廉·巴特勒·叶芝并不是朋友。等叶芝开始在伦敦活跃后，詹姆斯已到拉伊隐居。不过一九〇三年五月，詹姆斯在肯辛顿看了叶芝的戏《沙漏》，一九一五年，他代表伊迪丝·华顿和叶芝联络，请他给一本为战争筹款的诗集创作一首诗。在亨利·詹姆斯的问题上，约翰·巴特勒·叶芝有独到的见解。一九一六年七月，他写信给儿子："我刚读完亨利·詹姆斯的一本厚小说。里面很多内容令我想起牧师被迫无奈地长时间聆听修女的告罪。詹姆斯隔着远远的距离观察生活。"当詹姆斯未完成的自传第三卷在他身后出版时，约翰·巴特勒·叶芝写信给一位朋友："有些人相信这场战争是因祸得福。对我而言，它阻止亨利·詹姆斯写出《中年》的续篇就够了。"两年前，他在给诗人儿子的信里写道："在琢磨亨利·詹姆斯时，我好奇，他为什么如此晦涩难解，为什么在努力想把他认清时，人的注意力会休止或涣散……在詹姆斯笔下，他的狡黠使悬念变得乏味无趣，叫人厌烦，让你不由自主地受其控制。”

当怒气冲天的约翰·奎因——纽约的律师兼艺术收藏家——想要描述约翰·巴特勒·叶芝无休止地留在纽约、过着大手大脚的生活时，他把詹姆斯当作自己的文学范本。“这整件该死的事，”奎因写道，“可以写成一本不折不扣的亨利·詹姆斯小说，他把事情看得可真透彻！”奎因把自己比作使节，把约翰·巴特勒·叶芝比作喇嘛：

> 因此这本书是个胜利的结局，喇嘛战胜了他的家庭、战胜了使节、战胜了医生、战胜了护士，也战胜了他的朋友，这完全是一次成功的辩护，为自我哲学，为这个眼里只有自己的男人的胜利，为这个当别人停止逗乐他、他就不把他们放在心上的男人，这个艺术家的自我，这个穿着诗人的唱诗长袍、招摇过市的自我——用一种我确信亨利·詹姆斯必会很喜欢的粗俗说法，这个自我中心主义者，这位身穿唱诗长袍、头戴桂冠、高明绝顶的艺术家，西二十九街的花花公子，八十岁无忧无虑的小伙子，从不考虑自己的家人或朋友，恒久的自我放纵，在八十岁的年纪大吃大喝，令年轻的朋友羡妒，令使节失望透顶；这个青春焕发的家伙享受了五十年游戏人生、夸夸其谈、健康欢快的时光，还有美酒佳酿和雪茄，这个家伙享尽当艺术家的借口——亨利·詹姆斯会说，他“得逞了”。

一八八四年，老亨利·詹姆斯过世两年后，大儿子威廉编了一本他的作品选集。该书的出版令小说家亨利·詹姆斯感到“说真的，可怜的父亲，孤独奋斗了一生，毫无世俗或文学的野心，却是一位杰出的作家”。父亲去世时，亨利·詹姆斯三十九岁，已出版了《一位女士的画像》，是当时最赫赫有名的一位小说家。他可以有资本表现出雅量。父亲的作品集中围绕宗教问题，没有涉足小说的领地。

二

一九〇四年，当威廉·巴特勒·叶芝三十九岁时，他可以期盼父亲再活十八年；约翰·巴特勒·叶芝据说是少有的活到受儿子影响的一位父亲。一九〇七年底，他搬到纽约，在那座城市度过了人生的最后十四年。他写给威廉·巴特勒·叶芝的信，由威廉·M.墨菲收集整理，不辞辛苦地用打字机打出来，安然存放在斯克内克塔迪市联合学院的图书馆里。二〇〇四年夏，我在那儿读到这些信，图书馆外的广场对面是餐厅，里面挂着一幅奥尔巴尼的威廉·詹姆斯的画像。一九二二年，约翰·巴特勒·叶芝去世后，约翰·奎因提议出版一本新的书信选集。他写信给威廉·巴特勒·叶芝：“我极力主张他的信应该像亨利·詹姆斯的信一样，以完整的面貌出版，而不是摘录其中的选段。”

这些父亲写给儿子、从纽约寄往都柏林、由一事无成者写给事事有成者的书信，是有史以来最杰出的书信佳作之一。它们集中围绕艺术和人生，两者分量相当，大部分友好愉快，但受到刺激时写信的人会生气发怒。叶芝和亨利·詹姆斯两人都写了自传，内含精心的自我定位和部分编造的内容，那给家人和朋友造成麻烦；不过詹姆斯写自传时，父亲和哥哥都已过世。叶芝写自传散文《四年》时父亲仍在世。当时，他的父亲直言不讳地抨击儿子的作品。他写道：

> 假如你留在我身旁，没有离开我去投奔格雷戈里夫人和她的朋友及同僚，你本该会热爱并崇尚实在的人生，据我所知，你真心喜欢那种人生。那该会是什么结果？诗意写实的剧作，将积极乐观的现实和人生的错综复杂最紧密结合的诗歌。那才是世界期待出现的诗人，迄今仍未有所获。

在像叶芝和詹姆斯这样的家庭里，讨论艺术和表现风格是精神生活的一部分，写作备受尊敬，互相攻击对方诗歌和散文的格调，可以作为一种指东打西的手段，或使攻击更具杀伤力。文学批评变成一种偿还和回敬家族宿怨的筹码。于是，一九〇五年，在读了《金碗》后，威廉·詹姆斯可以写信给六十二岁的弟弟说：“可为什么你不能——就当取悦哥哥，坐下来写一本新书，故事毫不晦暗或迟滞，情节发展朝气蓬勃、坚定果决，对话中没有闪避，没有心理描写，风格直截了当的？”同样，一九二一年六月，在儿子五十多岁时，约翰·巴特勒·叶芝写道：

> 你的用词，从来没有比在谈话中描绘和点评生活时来得更加妥贴巧妙。可你一写起诗歌，似乎就像穿上燕尾服，把自己禁闭起来，忘了对一个穿燕尾服的人来说什么是粗俗。我相信，总有一天，你会写出一部反映现实生活的戏剧，诗歌将是里面激励人心的力量，就像宣传鼓动之于萧伯纳的戏剧一样。生活中最美好的事是人生的游戏，总有一天，诗人会发现这一点。我希望那位诗人是你。创作远离生活的诗歌相较容易，但创作生活的诗歌更加精彩无限。

威廉·詹姆斯起先从事绘画，后来成为心理学家，可他也是一位有深刻自觉意识的散文文体家。在一九〇七年写给弟弟的信里，他说，他的文风是"用一句话讲一件事，尽可能使它直接明了，然后就放下，永不再提"，和亨利相反，用威廉的话说，他"避免把一件事直接讲出来，而是借助围绕它兜兜转转的呼吸和叹息，在可能已有类似认识的读者心中（假如没有上天会帮他！）唤起对一个实实在在的对象的幻影。"

老亨利·詹姆斯死后，他的作品集所遭受的冷遇加重了他一生的失败。一八八七年，当清楚看到销量反映评论界的反响后，曾致信一位评论者，说他对该书的抨击野蛮粗暴、令人鄙夷的亨利，写信给威廉："关于可怜的父亲的那本书，你告诉我的情况，让我欲哭无泪，"于是，两位功成名就的作家，威廉和亨利·詹姆斯，各自在巅峰时期，成功把父亲彻底干掉，在某种程度上，用的是让父亲的作品以书的形式出版的方式。

三

约翰·巴特勒·叶芝待在纽约期间，身为诗人的儿子担忧他，为他出谋划策，并提供经济上的资助，在写到和提到父亲时，仿佛他是个迷途的少年，如约翰·奎因所言，一个“八十岁无忧无虑的小伙子”。慢慢的，经年累月，父亲和儿子对换了角色。在绘画上，约翰·巴特勒·叶芝无法与大儿子匹敌，也没有因他而相形见绌。但从开始在纽约过着离乡背井的生活后，约翰·巴特勒·叶芝也开始创作短篇小说、诗歌和一个剧本，并在给儿子的信中提及它们，犹如一位新手写给一位更有资历和经验的作家一样。那就像参议员曼先生读了儿子的《布登勃洛克一家》后开始写起自己磕磕巴巴的小说，或是莱斯利·斯蒂芬爵士看了女儿凡妮莎·贝尔的画后开始涉猎绘画一样。在父子间的书信史上，没有比约翰·巴特勒·叶芝和儿子之间讨论写作的这些信，更鲜明地体现出一种缓慢而羞辱式的谋杀。那位老人像个婴儿，单纯地怀着骄傲和希望，儿子则远远的，像神一般，无所不能，做好不予理睬、批判和悄然摧毁的准备。儿子冰冷无情；老人拼命自寻死路。那犹如俄狄浦斯、希律王和从弗洛伊德阴暗的实验室溢出的某种第三方力量联合作用的结果。

世纪之交，约翰·巴特勒·叶芝在给剧作家儿子的一封信里，称赞儿子杰克的剧作，触怒了神灵。他写道：“从科蒂［杰克的妻子］那儿得知，你似乎不太把杰克的《虚华》(*Flaunty*)放在眼里，我深感失望。我真觉得你大错特错。”几个月后，他又再度写道：“我和你讲过杰克给木偶剧院写的剧本吗？那是我读过的最美妙最有诗意的短剧……你和摩尔、皮尼罗、亚瑟·琼斯应该学学杰克。我很肯定地告诉你，那出戏让我久久难忘。在结构方面，他定有一种了不起的天赋。”一九〇一年和一九〇二年，当威廉·巴特勒·叶芝的新戏上演时，父亲成了一员评论他的人。“我无法告诉你，我有多么喜欢你的戏，”一九〇二年他写道，“但我要强调，结尾不行。”一九一三年，在纽约看了《凯瑟琳伯爵夫人》的演出后，他写道：“我认为这出戏应该有个开场白。那将有助于营造幻觉，提供必要的氛围。期望我们在毫无预兆的情况下，一下子融入超自然、由幽灵鬼怪组成的世界，这太突然了。”

约翰·巴特勒·叶芝写给儿子、谈论自己作品的部分书信，可追溯到二十世纪初。一九〇二年，他写道：

> 我的故事即将完成，我渴望把它念给你听，如果你不喜欢，我会失望。迄今，除了苏珊·米切尔和诺曼以外，没有人听过这个故事，他们表现出极大的兴趣。前阵子，G. 摩尔听了第一部分，大加赞赏，尽管这不是他天生会喜欢的那类故事。

三月，他又写道：“如果我能把故事写完，我想你会感到高兴。我把第一部分念给摩尔和麦基听，他们的褒奖给了我继续写下去的动力。”

一九〇八年在纽约，约翰·巴特勒·叶芝写了两个短篇，寄给儿子。“我不知道你对这两篇故事的看法如何。”他写道。

一个月后，在未收到回音的情况下，他写道："我担心，你没写信，表示你不喜欢我的故事（说不定被判为束之高阁）。无论如何，如果你能将它们装入一个大信封，寄还给我，我将感激不尽。"近一年后收到的简慢回信，里面没有一句有用的建议。信上的日期是一九〇九年十月十日，寄自库勒庄园。结尾写道："我找到了你的两篇故事——它们在格雷戈里夫人的文档里。想必是我借给她，请她阅览的。我将它们寄给你。我觉得没有名字的那篇绝对是最好的。"

十一月十一日，约翰·巴特勒·叶芝再次不悦地提到自己的故事，事实上仍未寄还给他。他似乎搞不清威廉·巴特勒·叶芝喜欢的是哪一篇：

> 你没有给我任何线索，让我知道你读的是哪一篇。有两篇。我真后悔把它们寄给你，可如今，若你能尽快把它们寄还给我，我将不胜感激。我需要这两篇故事。其中一篇《鬼妻》，我没有别的副本。

他们之间关于这些故事的单方面的论争仍在继续。第二年，他向儿子宣布："我有四个短篇在一位文学经纪人手里，一篇是现代风格的，非常简洁利落。"

一九〇九年，约翰·巴特勒·叶芝开始在和儿子的通信里提到一部剧作，他正在纽约和很多人讨论，但尚未真正动笔。与他谈过的其中一位是个戏剧导演，名叫珀西·麦凯。三月二十四日，他写道："我附上《太阳报》里的一小段话，让你了解，对我剧作表现出莫大兴趣的珀西·麦凯是个有一定地位的人。”三个星期后，他写说，就是那位珀西·麦凯告诉他，“假如我提交一份剧情大纲，他确信保证能找到人委托我创作这个剧本。这件事，他向我提了不止一遍，而是十多遍……他兴致勃勃，恳请我把提纲写出来，并说，他将亲自把提纲拿给纽约的每位剧院经理看。”

四年后，满怀希望的约翰·巴特勒·叶芝继续在给儿子的信里提到这部戏，可剧本仍停留在想象阶段。“我决心写一部戏，”一九一三年二月他写道：

> 一出心理喜剧，里面有若干扣人心弦的地方，人们会流下欢喜的泪水，它将一如一个聪明的女孩所讲的，“经过精心编织”。你也许记得，很少夸人的辛格称赞过我。他说我会写对话。这出戏符合三一律里的行动一致原则，情节发展紧促。珀西·麦凯对我说，假如我提供一份书面大纲给他，他有把握能找到人，委托我创作这个剧本。

在提到辛格的褒奖时，约翰·巴特勒·叶芝也许有所耳闻辛格对一同主持艾比剧院的同仁威廉·巴特勒·叶芝和格雷戈里夫人的剧作的看法。退一步讲，辛格的确吝于赞美。

一九一六年，时年七十七岁的约翰·巴特勒·叶芝继续提醒儿子有关他那部依旧尚未写出来的剧作。一月六日，他写道：“你知道，我脑中有一个剧本，打算哪一天把它写出来……你知道，辛格称赞过我的对话。我敢打赌，如果写出来，肯定会成功。你就等着瞧吧。”九天后，他又重拾这个话题。“我越来越多地想着我的剧本。我相信它会让你大吃一惊，不过现在，我正忙着画我的自画像。”六年后，到他过世时，这幅自画像仍未完成。

剧本没有完成，但威廉·巴特勒·叶芝的父亲倒写了几首诗，在一九一六年一月末的一封自荐信里寄给儿子。“我给你寄上几段即兴创作的诗句……我觉得它们包含艺术的萌芽，生气勃勃，有开篇、中段和收尾，可谓相当不错。”当儿子没有回音时，他再度去信：

> 我给你寄了许多信。我开始觉得自己是个天生的作家。你收到我的“诗”了吗？我认为它具有灵魂，具有一种流动的鼓舞人心的力量，以涓涓细流的方式，达到高潮。我在读圣三一学院时曾写过一些诗，把它们拿给一位聪颖的朋友看，就是现在印度议会的约翰·埃奇爵士，他宣称，这些诗比E.唐登的任何一首都强，当时，唐登正在给校刊写诗。也许，假如我把我的“成功”进行到底，你就不会是第一个姓我姓氏的诗人。呃哼。

两天后，约翰·巴特勒·叶芝又写道：“我想我有权利称自己是‘一个未尽的声望的继承人’。我把我的剧本的总体情节告诉［派屈克］科伦和他的太太。我从未见过人们那么喜悦或那么热切地盼望它能被写出来。珀西·麦凯，若说他曾央求过我，他央求了我二十次，把剧本写出来。”相隔不到两周，他又寄了一封信，谈他准备动笔的这部剧作：

> 等［四月四日］我的讲座一结束，我就打算着手写我的剧本。这是命，必须完成。所有细节都在我脑中，我将使之成为戏剧。人物、对话，一切都要戏剧化——通过恢弘的、会带来良好效果的处理方式。主人公是个诗人，他的理想是反抗任何女性的主宰，他本身格外易受女性的影响——女主人公深爱着男主人公——她的爱是一个女人的爱，注重心灵多过情欲。

父亲叶芝第三次提到辛格："别忘了，辛格说我会写对话。"他写道，接着又说："整出戏将是一次创新。我有信心。我知道主题，我相信把它付诸笔端，对我来说是水到渠成的事。这出戏会成功，我将唱颂我的'西缅祷词'①。"他言及自己写作和寄诗的这些信，没有收到来自大西洋彼岸的一丝回音。一九一六年三月十九日，他写道："你对我的'诗'只字不语。我多希望听到一份嘉奖，称赞'我诗句的活力和生气'。"在附言里，他加了一句："不管怎样，请告诉我，你是否收到了我的诗。"

到五月底，他的剧本写作有了更多进展：

> 我告诉你，那是出好戏——不是悲剧、讽刺剧，也一点不艰深难懂，而是一部活泼的喜剧。一部心理喜剧，每个人物具有清晰的轮廓，快乐地欢笑，更加快乐地落泪。

① 西缅祷词，《圣经·路加福音》第2章29—32节西缅（Simeon）的祈祷语，用作颂歌。

我毫不怀疑，总有一天它会上演。整部剧，从头至尾都在我脑中，已写了一半或一半多，它有其自身的旋律，通篇是一场梦。

一九一六年十月，剧作完成。十月二十五日，他写信给儿子：

我已把剧本修改完毕，将尽快用打字机打出来。你会错愕地听见［我］让鬼魂用押韵的台词来表达他的心情，凭良心说，我认为那是诗——朴素的诗，如同明白这一点的那个可怜的鬼魂，他唯一的愿望是可以脱离鬼身，获准下到地狱，他的心上人在那儿等候。

剧本用打字机打出来后，这位作者欣喜若狂，昏聩到写了下面这段话给儿子，到那时为止，他的儿子已创作了十一部戏：

我会设法尽快把我的剧作寄给你。这是一部心理喜剧，情节飞快，言之有物。我确信，你读了以后，会写信向我请教有关你下一部戏的问题，用散文的形式写出来给我看。我相信我能帮你。我记得以前你一点就通。你既有创造力，又有很强的接受力。

十一天后，威廉·巴特勒·叶芝的父亲有了更多关于他剧作的好消息。“昨日第一次，”他写道，“我朗读我的剧本给一群朋友听，我［向你］断言，我的首演大获成功。还要着重指出的是，他们称赞我的诗，我向你保证，那是出色的韵诗。”八天后，他又写道：

> 几天前的晚上，在斯隆家，我向在场的一小拨人朗读了我的短剧。他们不是从事文学的人，只是普通上戏院看戏的观众，他们满腔热情。剧本受到他们的厚爱，我获得一次非常成功的“初演”。其中有一位男士精通文学，他夸奖我的诗。剧中有个鬼魂，用韵文讲述自己的故事，这些韵文和你的城堡一样古老。城堡的古老唤起人的崇敬，可在韵文方面也许是另一回事。

第二年一月，约翰·巴特勒·叶芝又重提自己可在戏剧创作上给儿子当老师的事。“有时我希望，”他写道，“若有可能，你能就你的剧本向我请教一下就好了。我觉得我有戏剧创作的天分，我的剧本……证明了这一点。如果说它简单，那是因为不矫饰、不造作、平易近人，而且像六月的早晨一样清新。”

晚些时候，约翰·巴特勒·叶芝又创作了一个短篇，他写信给儿子，夸示自己对这篇作品的信心。“我刚完成一篇在我看来非常美妙的故事，一则魔法传奇，我相信会被很多人反复转述或传诵。你瞧我多有信心。”一周后，他又写道：“我刚写了一个短篇，我毫不犹豫地称它为是一则可爱的故事，斯宾塞估计不会为想出这个故事而害臊。当我把它念给科伦听时，他表现出的巨大兴趣，是我见过最狂热的。我确信这个短篇能卖出去。我还写了其他几个短篇。这里面可藏着钱。”两周后，他依旧陶醉在自己的短篇中：“昨天，我在奎因那儿，把两个刚完成的短篇念给他听，其中一篇源自幻想的国度，叫《巫士的女儿》，另一篇取材于现实生活。他不［知］该更喜欢哪一篇，但两篇都激起他的莫大兴趣。科伦听了巫士那篇后，当即要把它拿去给一家杂志。”第二天，约翰·巴特勒·叶芝决定亲自把作品送到杂志社。“昨天，”他写信给儿子，“我把我的两个短篇留在《哈泼》杂志社，我觉得希望很大。”

虽然努力创作短篇，但他对戏剧的兴趣并未减退。一九一七年十一月五日，他写信给儿子：“我相信，这些年，假如你和我见面的次数更多一些，那么你本可写出数量庞大的剧作。”一月二十五日，他再次提及自己的剧本：

> 你一定记得，有个剧本在我脑海中构想了很长时间。现在，剧本已经完成，用打字机打了出来（花了六美元）……我肯定你会喜欢这出戏，也许它会驱使你把里面我写的部分抒情诗改写一遍。这些诗非写不可，但显然十分业余。我想，在读了这部剧作后，你会受到启发，是的，启发你写出真正的抒情诗。我确信这部戏有商机，它会持续卖座，并有可能多次重返舞台。

两周后，剧本寄了出去。“我希望这时，”他写道，“你已看到我的剧本，在约翰·奎因寄给莉莉［原文如此］和萝莉［叶芝］的挂号信里。”十二天后，一九一八年二月二十一日，他又写到这件事："我在期待听到你对我剧作的看法。如果得知你喜欢，那会驱使我再加写一幕（关于这一幕，我已想了很久）。"然而大洋彼岸依旧无声无息。"你为什么不和我讨论我的剧本？"六月他写道。"你无需对夸赞［它］有所顾虑……我十分确信，总有一天，［它］会上演，并获得成功。"

四

四天后，当时五十二岁的威廉·巴特勒·叶芝从戈尔韦郡的巴里纳曼藤庄园——巴里利古堡整修期间他所住的地方——写信给七十八岁的父亲。"我亲爱的父亲，"信的开头写道：

> 我亲爱的父亲，我从未写信和你谈过你的剧作。你选了一个很难的对象，所有体裁里最难的，不出所料，它是你全部作品中最不济的。我为艾比剧院审阅剧本多年，所以对这个问题有实际的认识。戏剧看起来简单，却困难重重，近乎有点数学的意味——法国剧作家把这种结构展示出来，十七世纪的英国剧作家将其掩盖，但它始终存在。说来不无奇怪，这一点我一直没搞懂，一部剧作，假如缺乏这种数学色彩，连读起来都不尽人意。你是位成就斐然的批评家——我相信你的自传会非常出色，对一个人而言，这已足矣。要掌握戏剧这种体裁，需要一生的时间。

一九一八年三月，约翰·奎因收到一封威廉·巴特勒·叶芝的信，信里，诗人定下一桩他们此前讨论过的事：由奎因给叶芝在纽约挥霍无度的父亲提供经济资助，作为交换，叶芝将把自己的手稿寄给奎因。叶芝还写道：

> 你可知悉，他是否打算写自传？如果他可以完成，我或许能够争取到一个很好的价钱，确切地说，是从麦克米伦出版社那儿，并可以翻印他自己的、波特（Potter）的、内特尔希普（Nettleship）的及其他人的画，作为里面的插图。我不无担忧地听说，他在创作一个剧本，那是一切文学体裁里对技巧要求最高的，他绝不会成功，相反在自传方面，他肯定能有所建树，也许可以写出一本当前最杰出的自传。

儿子对他创作剧本的意见并未对约翰·巴特勒·叶芝形成太大干扰。一九一八年七月八日，他在给儿子的信里写道：

> 你对我剧作的看法没有动摇我的看法。我十分确信，它终会登上舞台，被大众看到，虽然无疑需要修改。但这些改动是表面的。根本的主题不会变。我毫不怀疑你是多虑了，这部剧作是你父亲写的。这再自然不过。善于表达意见的珀西·麦凯，是所有批评指点我的人里给我最大鼓励的。他没看过实际的剧本，但我把内容统统告诉了他。

在召唤出未读过剧本的珀西·麦凯的魂后，父亲叶芝显然觉得可以毫无异议地把辛格的魂再召一遍，那时，辛格过世已快十年。“当我告诉辛格，你不鼓励我写剧本，你讲了很多有关法则等等的东西时，他说：‘问问他，他自己是否有遵守那些法则。’辛格称赞我的对话。‘不管怎样，你会写对话’，这是他的原话，如你所知，得到辛格的赞誉可是十分难得的事。”

“不管怎样，你会写对话。”这句话的含义，儿子叶芝不会看不出来。它的言下之意是，有别的人不会写对话，暗示这些人里可能包括威廉·巴特勒·叶芝本人。他的父亲继续写道：

> 我的剧作里有幻想。焕发青春的老人是幻想的产物，保持美好的幻想，并固守其本身，这具有充分的可信度。我认为他是一位亲切的老人，我的女主人公爱上他是有道理的，即便当他堕入罪孽中。上校一角是我这出戏的发端，观众不会不注意到。我嘲笑所有的乌鸦嘴。但我必须小心，因为你本身就是我唯一的乌鸦嘴。

约翰·巴特勒·叶芝写给儿子的、有关他自己作品的信很容易遭到曲解，被视为仅是愚蠢或吹牛的表现。应该说，这些信反映了他极小一部分的兴趣所在。他主要的爱好是当诗人，在这方面，他干劲十足，富有创意，写的作品包罗万象；他也沉迷于人生的意义，是一位对美国有敏锐洞见的观察家。但不像老亨利·詹姆斯，因一次危机而退化到无助的婴儿状态，约翰·巴特勒·叶芝不需要危机；他追求那种状态，把它当作自由的一方面，一种人世间的生活方式，轻松、满怀希望、不疑不虑。他经常在通信中表达这一观点，最淋漓尽致的一次，也许是在一九一六年二月二十七日写给威廉·巴特勒·叶芝的一封信里，他把自己的谦卑和强烈的乐观主义与儿子崇高尊贵的心灵对立起来：

> 我觉得在我身上始终残留着某样东西，一种藏在我哀伤的际遇深处的东西，这种东西是一份信念，一种与生活不可分离的直觉——即没有什么是真正永远失去的，假如我们可以看见我们的世界和发生在其表面的各种活动，远远的、仿佛从太阳的中心去看，那么我们应会发现，世界是一台精密的机器，毫厘不差地朝着特定的目标运行。在我个人独有的哲学里，我怀抱一份信仰，和苏格拉底的信仰一样，建立在我有意识的无知的基础上——那是一种升华的乐观主义，我非常满意自己的无知，就像比我高明的人满意他们的学问一样——我称它是升华的，因为它所飞升的高度之高，那些讲求逻辑的人无法用他们的箭射达，我相信，倘若能认识和承认真相，有意识的无知这门学说，在当前这个时刻，可以给所有和我一样的凡夫俗子以恒久的安慰和希望。崇高尊贵的心灵会唾弃它，除了像我这样消极、怠惰的人以外，当时辰到来，活力不再有用、傲气被打垮时，我们全体会重拾起它，把它当作最后一丝希望，甚至是唯一仅存的希望——在我看来，这千真万确，以致我觉得自己在写的只是陈词滥调；此外，我认为这只是一门针对诗人的学说。

威利和乔治

一九七九年，在新版《叶芝其人与面具》的序言里，理查德·埃尔曼写到都柏林拉思曼斯区帕默斯顿路四十六号，自一九三九年丈夫死后，乔治·叶芝[①]在那儿住了近三十年，直至辞世。埃尔曼形容，叶芝夫人住在已故诗人的文稿堆里。“那儿的书架上收藏着他工作学习的书，常常写满注释，柜子里和文件箱里是他的全部手稿，经过精心整理……她有本事立刻找到一首诗、一部剧作或一篇散文作品的某份初稿，或是一封叶芝收到或写下的信。”一九四六年，当埃尔曼为写他那本书而来到都柏林时，“她拿出一个旧行李箱，里面装满了我要研究的手稿。起先，她很紧张其中的一份，是未出版的叶芝自传的初稿，要求我速速归还……我准时把手稿还了，得以消除她的不安。”埃尔曼写道，她为叶芝提供了“一隅安静的住所，她理解他的诗，她喜欢他这个人”。如今，她细心谨慎地守护着诗人的遗产。

一九一六年都柏林起义后，毛德·冈分居的丈夫约翰·麦克布莱德被处决，叶芝再次向她提出结婚的事，后又与她的女儿伊索尔特扯上关系，叶芝也向她求了婚。约瑟夫·霍恩在

① 叶芝夫人本名乔吉（Georgie Hyde-Lees），但叶芝不喜欢她的名字乔吉，她婚后改名乔治（George）。

一九四二年出版的、经这位诗人授权的传记①里写了此事。当伊索尔特最终在一九一七年夏拒绝了他后，他决定向一名年轻的英国女子乔吉·海德-利斯求婚。他写信给格雷戈里夫人："无疑我感到非常疲惫，汲汲渴望井然有序的生活，若能找到一位友好、顶用的女士，我将心满意足。我只知道……我觉得这个女孩友好、顶用而且非常能干。"

她还有钱。诗人写信给自己的父亲："她是我课上一名优异的学生，有足够的钱，可让我们衣食无忧，但也不是太多钱。她的财产比我的薪水略多一点，以后还会增长，这两份收入加在一起，可使我们过上安逸舒适的生活。"他们在一九一七年十月结婚。他五十二岁；他的新婚妻子，不久将自称乔治的她，二十五岁。婚礼的伴郎埃兹拉·庞德写信给在纽约的约翰·奎因说，他认识乔吉·海德-利斯的时间和认识他妻子的时间一样长，她们是闺中密友；他觉得乔吉通情达理，认为她"也许会拂去他钟塔上的几缕蛛网。无论如何，她绝不会惹他和他的朋友生厌"。

叶芝在《幻象》的序言里写到他们的蜜月：

> 一九一七年十月二十四日下午，结婚四天后，我的妻子尝试起自动书写②，叫我惊讶。支离破碎的句子，几乎

---

① Joseph Hone, *W. B. Yeats*, *1865—1939* (Macmillan & Co., Ltd, 1943).

② 自动书写（automatic writing），一种心灵能力，在无意识状态下，一个人可以自动写出某些书面内容。相信者认为书写者的手是自动写出某些讯息，但是这些内容不是书写者本人故意去写出的。在某些状况下，书写者是陷入无意识状态。但是也有书写者自认意识清楚，他的手部受到某种外力影响而写出非他本人想写出的讯息。科学界认为是一种自我暗示作用。

> 难以辨认的笔迹，里面包含的内容如此激动人心，有时如此深奥，故我说服她日复一日抽出一两个小时给这位不知名的作者……自动书写开始之际，我们身在亚士顿森林（Ashdown Forest）边的一家酒店，但未几就返回爱尔兰，一九一八年的大多数时光，我们待在格兰达洛、罗席斯海角（Rosses Point）、库勒庄园、庄园附近的一栋别墅、巴里利古堡，总是或多或少的离群索居，妻子因这项几乎每天进行的工作而感到厌倦疲乏，我极少思考和谈论别的事。

罗伊·福斯特的《叶芝传》第一卷[①]带我们到一九一四年为止，它阐明了虽然不能从表面理解叶芝的主张或公开的立场，但这不表示他是个变色龙或永远处于含糊其辞的状态。他看似像只变色龙，如果那合乎他想象的意图或当他在爱尔兰海上时。一旦抵岸，他便会满怀坚定而好斗的信念。在记叙叶芝的一生时，福斯特注意到他的政治手腕、信念和他运筹帷幄的意识，与此同时，又对叶芝变化不定的热情和忠诚做了细致入微的解读。

过去六十年里叶芝文稿和书信的逐步公开促进了这种认识的确立，一个不断重塑中的叶芝自我。安·萨德迈尔的《乔治·叶芝传》[②]里所描述的叶芝夫人的一生，比布伦达·马多克

① R. F. Foster, *W. B. Yeats*, *A Life*, *Vol. I*: *The Apprentice Mage*, *1865—1914* (Oxford University Press, 1997).

② Ann Saddlemyer, *Becoming George*: *The Life of Mrs W. B. Yeats* (Oxford University Press, 2002).

斯的《乔治的魂灵》[1] 里写的更加艰辛沉重，可它没有解开围绕叶芝婚姻与他作品关系的谜团：相反，它使这些谜团益发令人着迷、益发容易引起不同的解读和阐释。

乔治·海德-利斯对神秘学的兴趣始于她遇见叶芝的数年前，那是当时的一股潮流。一八九一年，乔治出生的前一年，爱丽丝·詹姆斯在日记中吐露："我想，'灵媒'干的事，更多是使心灵的概念退化，而不在于它是物质主义或偶像崇拜的最极端形式：除了最细小、琐碎、粗浅的事实和枝节以外，还有什么可传达的：什么超越世间人事龌龊之内里的东西？"尽管她反对，但詹姆斯一家继续笃信和灵界的沟通。一九〇五年，在波士顿的一场降神会上，一个灵媒在威廉·詹姆斯夫人面前讲出一位"玛丽"给亨利的口信，他们把消息的内容尽职地转达给在英国的亨利·詹姆斯，他写道，是他"亲爱的母亲未熄灭的意识，冲破两人相隔的茫茫宇宙，有效地逮住第一个给我捎信的机会"。无论詹姆斯在他的短篇小说里，还是托马斯·曼在《魔山》(1924) 里，都深知鬼魂和降神会的场景在读者想象中所具有的威力。诚如马多克斯所言，第一次世界大战期间，"数百万悲痛的民众转向唯灵论运动，寻找失去的亲人给他们的消息。"亚瑟·柯南·道尔写道："我似乎恍然大悟，那真是件了不得的事，两个世界间的墙轰然倒塌，来自彼岸的、直接的、不可否认的消息，在这个最苦难深重的时代，为人类召唤起希望和指引。"

---

① Brenda Maddox, *George's Ghosts*: *New Life of W. B. Yeats* (Picador, 1999).

十九世纪八十年代的叶芝和三十年后他未来的妻子都在伦敦利用这股神秘学思潮，成了大学高墙外的自学手段。叶芝描述自己早期和“没有奖学金”的人混在一起，“他们的谈吐和文笔拙劣，但在讨论重大问题时的热忱、坦率、不拘一格，也许就和中世纪大学里讨论重大问题的人一样。”一九一一年，乔治·海德–利斯十九岁时，继父给了她一本威廉·詹姆斯的《实用主义》(*Pragmatism*)，书中宣称，“真实，是一切证明自身在信仰方面有用的事物的代名词。”在此后的一生里，乔治一如既往地欣赏威廉·詹姆斯的著作。一九一二年，她听有关早期宗教和神秘主义的课，广泛阅读中世纪宗教和东方宗教方面的书籍。她办了一张大英博物馆的阅览证，表现出她想读遍“头三个世纪宗教史方面的所有现成文献”的兴趣。一九一三年夏，她把超凡学研究纳入自己的阅读范围；她可能早在一年前就已开始参加伦敦的降神会。不久她对占星学发生兴趣。在环境允许的条件下，她尽可能认真系统地向学，这得益于一位雄心勃勃的母亲、一份坐享其成的收入和她所掌握的意大利语及拉丁语。自好友多萝西·莎士比亚一九一四年嫁给埃兹拉·庞德后，她定期去她伦敦的公寓拜访她；和庞德夫妇的往来拓宽了她的阅读视野，也为她，更确切地说是为她母亲，提供了一个范本，像她这种不同寻常、既聪明认真又有独立主见的人，可以有怎样的婚姻。

在这个由秘教读物、有闲的神秘主义和让它保持常新的客座讲师及诗人组成的世界里，叶芝居于偶像地位。乔治的母亲认识他：她第二任丈夫的姐姐奥莉维亚·莎士比亚，多萝西的母亲，和叶芝有过一段情，并仍保持良好的关系。乔治在一九一一年遇见叶芝。她清晰地记得，一日早晨，她在大英博物馆看见他，并认出了他，同一天的晚些时候，叶芝和他母亲在奥莉维亚·莎士比亚家喝茶，她经人介绍认识了叶芝。叶芝比她母亲年长三岁，与她已过世两年的父亲同龄。在此后的一段时光里，当乔治的母亲和她社交圈内的人旅居伦敦郊外时，这位诗人好几次加入他们的行列。一九一二年二月，叶芝写信给格雷戈里夫人："我在马盖特，与塔克夫妇在一起（塔克太太以前是海德-利斯太太，和我认识约有数年）。我身体抱恙，消化紊乱和其他等等问题，我想什么都不做，休息一两天……这地方阴郁沉闷，终日下雨，但非常静谧，是个有益的调节，我和亲切可爱的人们在一起，摆脱了都柏林的氛围。"

一九一四年七月，在叶芝郑重其事的引介下，乔治·海德-利斯加入了金色曙光秘术修道会，一个类似共济会会馆的组织，为对神秘学感兴趣的人而设立。此时她再度显现出安守本分、严肃认真的个性，在修道会森严的等级下步步进阶，于一九一七年达到和叶芝同一高度。那些年里，随着战事吃紧，她在伦敦一边兼职做志愿护工，一边继续去大英博物馆看书。一九一七年二月底，她和叶芝同赴一个降神会；似乎是在下个月，叶芝和她讨论了结婚的事。接着他没有正式提出求婚，却把她晾在一边，自己则和毛德·冈及她的女儿调情。

六个月后，当他真的提出求婚时，乔治接受了。他把自己形容成"一个屡遭船难、终于找到港口的辛巴达"，但在接下来的日子里，又说明自己打算继续和毛德·冈、还有她的女儿伊索尔特保持亲密的关系。他把这一点先后明确地告诉自己的未婚妻和未婚妻的母亲。这位母亲忧虑地写信给格雷戈里夫人，她知道那是对叶芝最有影响力的人，也是少数已得知订婚一事的人之一："现在，我发现这场订婚是基于一连串误解，难以置信到只有综合事情的来龙去脉才能证明那是误解。"她的女儿，她写道，以为诗人想和她结婚已有一段时间，可如今母亲本人的观感并非如此，而是"诗人想到，如果他想结婚，她也许会同意"。乔治，她写道：

> 臣服在一位比自己年长三十岁、擅于示爱的伟大男人的魅力之下。可她有强烈鲜明的个性，我可以向你坦言，对她来说，没有什么会比这样的婚姻更糟……只要乔吉隐约察觉出事情的真相，她就永远不会同意再见他；假如在婚后发现此事，她会立刻离他而去。

格雷戈里夫人质问了到库勒庄园去的诗人，在一封现已佚失的信里，她似乎努力安抚这位母亲。她也写信给乔治，表示希望她能尽快在洪水没过巴里利古堡前到戈尔韦去，那座废弃的城堡是叶芝一年前买下的。与此同时，叶芝已带乔治见过毛德·冈和伊索尔特。毛德写信给叶芝：

> 我觉得她优雅美丽，穿着明艳别致的礼服，会给巴里利古堡灰蒙蒙的四壁注入活力，增添美感。我认为她有自己强大的精神世界，在这点上，你务必小心，莫令她失望……伊索尔特很喜欢她，伊索尔特苛刻挑剔，她中意的人不多。

尽管如此，她还是告诉别人，她相信这段婚姻将“平淡无奇”。亚瑟·西蒙斯写信给约翰·奎因：“要是你能听见毛德如何嘲笑叶芝的婚姻就好了——一个二十五岁的好姑娘——当然家底殷实——不得不侍候他；或可能变成他的奴隶，或过一段时间后离他而去。”

于是，一九一七年十月，乔治·海德-利斯不知不觉踏上跟叶芝的蜜月之旅，当时叶芝正身患神经性胃功能紊乱。他们先到他在伦敦的公寓，然后去了一家酒店，叶芝在那儿收到伊索尔特祝他健康的短笺。日后，乔治告诉一位采访者，她觉得他“与她逐渐疏远”。叶芝写信给伊索尔特，明确表示他相信自己犯了一个错。他和乔治两人都痛苦万分。叶芝开始创作一首描写伊索尔特·冈的诗，最终成为《欧文·阿赫恩与他的舞伴》，用的是一本毛德·冈送给他的笔记本：

> 我能够与任何邻近的头脑交换意见，切磋琢磨
> 我拥有任何诗人所拥有的健康的血肉之身
> 可是啊！当那高地把风挡住时我的心无法承受更多；
> 我跑啊，跑，离开我爱人身边，因为我的心发了疯。①

“此后发生的事，”萨德迈尔写道，“乔治自己讲了好多遍……充分意识到他不快的缘由，起初，她打算离开他。但后

① 文中的叶芝诗歌引自傅浩译《叶芝诗集》里的译文，下同。

来，她不愿放弃自己这么多年追求的目标，考虑通过他们对神秘学的共同爱好来勾起他的兴趣。她决定‘尝试一次假的自动书写’，一旦等心烦意乱的丈夫平静下来，就向他坦白自己的骗局。”

二十世纪五十年代初，乔治向正在为《独角兽：威廉·巴特勒·叶芝对现实的追索》[①]一书做调查研究的弗吉尼亚·摩尔承认了造假的事。叶芝记得最初的几句话是：“和那只鸟在一起，一切令人从心底感到满意。你的举动对两人都有利，可在伦敦，你误解了其含义。”乔治记得写的是：“你所做的，对猫和兔子都有利。”叶芝也许理解为她是猫，伊索尔特是兔子或鸟。根据叶芝的说法，乔治的手继续移动，写下：“你既不会后悔也不会埋怨。”

“‘造假’一词将持续困扰乔治，即便那是她本人在和弗吉尼亚·摩尔及埃尔曼的谈话中所持的说法。”萨德迈尔写道。一九六一年，诺曼·杰弗斯在为叶芝的《诗歌选集》撰写引言时，乔治写信给他：“我不喜欢你用‘造假’一词……我之前告诉过你，在你的书里有个更妥切的说法。然而，我无法要求你把这改了。‘造假’这个词将世代流传下去。”

不管怎样，她写的话产生了奇妙的作用。不出几日，叶芝向格雷戈里夫人描述他新近愉快的心情：“说来不可思议，在写下这条消息后的不到半个小时内，我的风湿痛、神经痛和疲惫感都消失了，我很开心。解除了记忆中比自毛德·冈结婚以来

---

① Virginia Moore, *The unicorn: William Butler Yeats' search for reality* (Macmillan, 1954).

更甚的痛苦，我感到畅快无比。这种畅快感一直持续至今。”

尽管那是乔治自己的说法，但她对“造假”一词的反感不难理解。在她向年轻热忱的学者讲述这些事时，降神会、神秘学和自动书写已早不流行。而且，蜜月中与那位大诗人在酒店房间里的回忆，一定生疼得难以名状，漫不经心的一语带过比费力的解释更加容易。她自己用“造假”一词是自卫；看见别人用这个词是另一回事。

在嫁给叶芝前，她读过他的作品，听过他的课，买过他的书；她知晓叶芝对毛德·冈的爱，还有他和她继父的姐姐的情事。她也知晓叶芝对伊索尔特·冈的爱，甚至可能知晓母亲给格雷戈里夫人的信。如今她发现，非但这位著名的诗人不爱她，和她结婚是一时冲动，而且原本以为会令她着迷的诗人形象，与眼前这个和她一同关在狭小的空间内的暴躁、病弱、冷漠、可怜的男子相去甚远。

那日，慌乱中的她开始在房内写东西，不管怎样，无论她的动机，还是想到的语言，都不能准确地说成是“造假”。实际的情况是，当她开始把神秘学和伴之而来的力量转化成和情色有关时——正如毛德·冈在对待爱尔兰民族主义上所做的一样，她的需求和她读过的东西汇聚在一起。她在压力下怀着绝望的渴求提笔；她写出的句子，将那些渴求表露无遗，紧接着的信口之辞轻易地从她有意识和无意识的自我中流淌而出，赋予她一种非凡感受力的恐惧和痛苦将这两个自我彼此拉得更近。对于自己在做的事，她似乎既相信又不相信。她的移动，既经过深思熟虑又同时像在梦游。在埃尔曼自一九四六年开始采访她的手记里可以读到："如果不是因为有感情的投入，她相信什么也写不出来——可事实是，她觉得自己的手被一股不可抗拒的力量抓住和驱动。"

叶芝不知疲倦、不觉尴尬地向神灵发问，例如，提出诸多有关以前恋人的问题。反过来，乔治不时让自动书写明示出自己在性方面的需求。在那个不寻常的时代，介于布拉瓦茨基夫人（Madame Blavatsky）和弗洛伊德的广泛影响之间，他们俩对灵媒控制无意识心灵的自发力的本领，一直抱持模棱两可的态度。一九一三年，叶芝写道："灵媒的功能相当于编剧，即便主灵媒有时也会骗人，或是故意，或是因为有部分身体从清醒的意志中解脱出来，几乎总是真话和谎言混在一起。"乔治的问题是，如今，她每天都要化身一遍这样的编剧，面对种种含混不明、错综复杂的情况。她既骗人，又让一部分的自己从有意识的克制中解放出来。

她游走于危险地带，在神秘学的圈子里待的时间够久，使她清楚在冒牌和造假方面已累积了多少污名。她的丈夫需要有她来继续创作，尤其是当灵媒用优美的言辞说出他来"给你诗歌的隐喻"时；反过来，她需要阻止他公开谈论这件事，她借灵媒之口警告他必须三缄其口。她告诉埃尔曼，在他们那么多年的婚姻里，她与叶芝唯一一次剧烈的争吵是关于叶芝想在第二版的《幻象》里刊登一篇讲述她自动书写的文章。

遵照承诺，灵媒果然给了他诗歌的隐喻。这番经历和乔治想保守秘密的心愿，又赐给他一首叙事诗《哈隆·阿尔-拉喜德的礼物》（*The Gift of Harun Al-Rashid*），诗中，那位女子在睡梦里授以学者隐秘的学问：

是她在讲话，还是某位伟大的神灵？
我说是神灵在讲话。整整一个钟头，
她像渊博的学者，我像无知的小孩。①

叙述者有理由想知道，就像乔治在他们婚后最初几个月内必定想知道的一样，那名女子授予的睡梦中的智识，是否是他爱情的唯一基石：

要是她不再无知，并梦想到
我爱她仅仅是为了那声音，
每一件礼物和每一句赞美
都不过是那午夜的声音的报酬，
那声音之于老人，就像牛奶之于小孩，那会怎样？

他对这个问题的回答想必意义重大：

所有那些螺旋、立方体和午夜的事情，
都不过是她的身体陶醉于青春的甘苦，
和新的表现形式。
现在我的终极奥秘出来了：

① 叶芝《幻象》里的引文，采用或参考了西蒙的译文，下同。

女人的美是一面暴风雨摇撼的旗。

婚后不久，乔治随丈夫去了爱尔兰，她的一举一动，受到五位和诗人关系最深厚的女性的密切审视。她们分别是诗人未结婚的妹妹莉莉和萝莉；毛德·冈和伊索尔特；还有格雷戈里夫人。乔治勉力做到绝不和其中任何一人发生口角、同时与每个人保持距离的事实，极大说明了她的耐心和性情。

莉莉和萝莉写信给在纽约的父亲，描述她们的新嫂子。“你感觉她个性很强，可她的脾气温和极了，很少坚持主见，”萝莉写道，“不是由于迟钝，而是因为她最是乐意和周围的人和睦相处。”他们去艾比剧院时，莉莉注意到，“在灯光暗下来之际，乔治常会在座位上探身，绕过我，看看他，暗自微笑，重新靠回椅子上。”一九一九年乔治的女儿安妮出生，一九二一年儿子迈克尔出生，两个妹妹当起热心的保姆和哥哥家中事务的头号记录人。“我觉得乔治很享受在店里报上自己名字时涌起的那份激动，”萝莉写道，“威廉·巴特勒·叶芝夫人。”莉莉认为，她的嫂子“令人欣喜的神智健全，想想到处活动的各种神经兮兮、并把那当作灵性的害人精——还有某个倒霉的男人，在娶了她们前也这么认为——威利是幸运的”。

婚后不久在伦敦，乔治开始亲近伊索尔特·冈，邀请她去过夜，圣诞节送她礼服，总体上容忍她带来的伤害。第二年，伊索尔特的母亲因煽动叛乱罪而入狱，伊索尔特住在伦敦叶芝过去的公寓，乔治给她寄钱，并以一个操心的母亲的口吻写信给埃兹拉·庞德（不久他将与伊索尔特有染），说她需要找份工作，拿不准她是否愿意从事“机械加工的活”。当伊索尔特开始和地位悬殊的温德姆·刘易斯的情妇合住一间公寓后，叶芝和乔治两人一同从都柏林赶来，奔向那地方，犹如她的父母一般，把伊索尔特、她的女仆约瑟芬、她的猫、鸟和家具带走，搬到较为体面的住处。乔治比她大了不到两岁。

事实证明，更难的是容忍毛德·冈的伤害。一九一八年十月，当毛德·冈在狱中时，叶芝和乔治租下她在都柏林圣史蒂芬公园七十三号的房子。“万一你获释，”叶芝写信给她，“并获准可以住在爱尔兰，那么我们会搬出去，而陌生人不会。”下一个月，身怀第一胎孩子的乔治感染了肆虐欧洲的流感病毒。叶芝担心她生命垂危。毛德·冈在霍洛韦监狱也染了病，经过大肆呼吁，她被转到伦敦一家疗养院。她从那儿逃到叶芝过去的公寓，伊索尔特正住在那儿。她写信给叶芝：“对我们大家而言，最好的地方是我在都柏林的家，有约瑟芬为我们下厨。请设法安排一下。”埃兹拉·庞德写信给约翰·奎因：“但愿没有人会蠢到让她踏上爱尔兰……真可惜，魅力无穷的她，头脑里扭曲了一切吸收进的东西，特别在这个方面，”——他指的是政治，并在括弧里补充道：“正如叶芝在对待他的魂灵上一样。”十一月二十四日，萨德迈尔写道，“毛德扮成瘦弱的红十字会护士（穿的也许正是乔治结婚时丢弃的制服），溜过边境线，来到圣史蒂芬公园七十三号门前，要求庇护。”陪同她的是她的两个孩子，和一大堆五花八门的东西。

叶芝拒绝让她进门，即便来了一位医生，告知毛德·冈，她继续待在那儿，也许会危及乔治的生命，“那个疯子依旧不肯走，”莉莉·叶芝在给约翰·奎因的信中写道。叶芝“和她大吵了一场，把她赶了出去”。她写了数封恶毒的信给叶芝，宣布他不再是自己民族主义的战友。“日后，她会抱怨，”萨德迈尔写道，“尽管娶了个有钱太太，但叶芝趁她入狱期间，占她便宜，付的租金格外低，她永远忘不了，乔治养的兔子把她花园里的绿色植物吃得精光。”尽管如此，等叶芝一家一搬出去后，他们便又建立了友好但疏远的关系，叶芝开始于每周二到七十三号毛德家参加“家庭招待会”。第二年夏天，当乔治和襁褓中的女儿留在戈尔韦，爱尔兰准备展开游击战时，她的一个灵媒告诫她的丈夫，“不要卷入任何事……如果出现动荡，你也许会受到诱惑，卷入政治阴谋中，千万不要。”在自动书写里，毛德的形象是一只“有黑白相间的脑袋和翅膀的鸟”。她是个“危险人物……任何事，除非她开口言及，否则什么都别提——接着就说你正在摧毁数百青年的灵魂。这种做法在这个国家里是罪大恶极的——因少数人的残暴而引发大规模的屠杀……我对她没有信心。”几年后，叶芝写信对乔治说，毛德·冈“不得不在扫帚柄和纺纱杆之间做出选择（也许是所有女人都必须做的选择），结果她选了扫帚柄”。

在和叶芝关系亲密的女性中，他婚后最常见的是格雷戈里夫人。叶芝的父亲在纽约与乔治见面时注意到，她是“我遇过的、唯一不怵格雷戈里夫人的女子。我猜想格雷戈里夫人对她一定分外彬彬有礼——理所当然的”。她，叶芝的父亲写道，“聪慧过人”，不会看不出格雷戈里夫人的“巨大价值，但仍意识到自卫的必要”。这两位女性有很多共同点：出了名的坚定踏实，认真尽责，深信叶芝的天赋。“她们识人敏锐犀利，”萨德迈尔写道，“又乐于助人；虽然是个好听众，但既不当吃亏的傻子，也不做喜滋滋的骗子。”

后来，叶芝一家在都柏林有了一栋房子，格雷戈里夫人进城时就住在他们那儿。她参加叶芝家的“周一沙龙”。“照理只有男士可以参加，”她写道，“也许那样更好。”然而，与负责主持丈夫晚宴的奥利弗·圣约翰·戈加蒂夫人不同，乔治·叶芝“总是小心翼翼地躲起来，只在端茶送水时再度现身”。格雷戈里夫人来住时，乔治把自己的房间让给她，替她传口信、接电话，由始至终与她保持礼貌的关系，大多时候热情友好。一九二七年，她在给一位朋友的信中写道：“G 夫人在这儿住了整整一个月……昨天才走，我一直坐在小到不能再小的壳中，以便维持表面适度的理智。”虽然她把围绕艾比剧院拒绝肖恩·奥凯西的《银杯》而引起的争议归咎于格雷戈里，称她是“一个顽固不化的老太婆”，但她只向少数几个通信者透露她的憎恶之情，其中包括多萝西·庞德：

> 天哪，她现在可真能唠叨……她会在不到一个小时内，把同一个故事，几乎一字不差地向你讲上三遍，第二天又唠叨一遍，再后一天亦然。阅后即焚……她要 W（威利）抽出九月的大部分时间去库勒庄园。我希望他去——他似乎不介意这种翻来覆去的唠叨。对我而言，他们快把我逼疯的程度，超过我有生以来遇过的任何事。

宅邸、公寓、房间，对叶芝而言，它们具有和月相一样的威力。婚后没多久，他让伊索尔特搬入他在伦敦的公寓和之后租下毛德·冈位于都柏林的房子，这并非巧合。通过让伊索尔特占据他在伦敦的房间，他自己则每天在伊索尔特母亲买下的房子里走动，后来又拒绝让她们踏进圣史蒂芬公园七十三号，他既是在演示又是在驱除这两个女人对他的纠缠。他的行为也合乎情理。叶芝擅长确保让即便合理的举动底下也暗藏象征性的回响。

因此，一九一七年他买下巴里利古堡废弃的诺曼式城堡主楼，目的是协助他造梦，他对格雷戈里夫人说，城堡的布置将“仰赖我的妻子，假如我结婚的话”。六月，他写信给一位友人：“我五十一岁了，毫不觉得欢喜，时时想着自己干过的种种荒唐事，在夜幕降临后没有可倾诉的人，没有人给我捎来邻居的家长里短。尤其现在，我将拥有一栋城堡和一整英亩的土地。”一结婚后，乔治就加入这个梦想，开始筹划巴里利古堡的修缮。“她接手的任务之一，”马多克斯写道，“是和修葺巴里利古堡的建筑商拉弗蒂通信。她做的事不止如此。她用自己银行账户上的钱支付塔堡的账单，一栋她从未见过的塔堡，在一个她从未踏足过的国家里。”

乔治筹划修缮塔堡的工作，和她的自动书写一样，变成她在储备神话和象征上所做的贡献，这两者将继续为叶芝的作品提供养分。然而，叶芝和格雷戈里夫人都担心，不能让乔治见到塔堡冬天最不适宜居住的状态，那时里面淹水，墙壁受潮湿嗒嗒的。他们在那儿度过了一九一九年夏的部分时光，叶芝向他的父亲描绘了一幅充满田园风光的图景。“很有可能，”威廉·墨菲日后在他所著的叶芝父亲的传记里写道，“一九一九年七月十六日是他一生中最快乐的一天。在塔堡旁的小溪里钓鱼，乔治在做针线活，‘安妮醒着，躺在十七世纪的摇篮里’，他看见一只水獭在追逐一条鲑鱼。”他的塔堡，叶芝在给约翰·奎因的信中写道，是“一处感化不法青年的地方，以其肃穆与古朴。乔伊斯出事时，假如我已有了这栋塔堡，也许本可以出上力，介绍他结识那些本可能对他有帮助的人”。不过乔伊斯也许更感兴趣的是塔堡条件异常简陋的事实。最近的商店在四英里半之外。塔堡没有电和水管。马多克斯写道：

> 洗漱用的水，必须从河里汲取，装在巨大的镀锌水容器中，用推车运送，饮用水来自另一处更远的水源。全家人的生活主要集中在茅舍（那儿安放了唯一的装土便桶）；烧泥煤的炉火或煤油灶必须一直燃着，减轻从墙里渗出的湿气。屋顶和塔堡最上面的几层尚未完工，无法睡在那儿。

严格来说，巴里利古堡属于作家的第二类住所，提供庇护的对象是想象活力所属的领域，而非日益扩大的家庭；它从梦想变成现实，然后经过再加工和重建，正如一首诗的诞生过程一样。乔治和叶芝两人都让自己全身心地融入在塔堡的世界里，为它投下大笔钱，包括一九二〇年叶芝美国之行的许多收入，并不断提及那是他们最想去的地方。它也是爱尔兰独立战争烽火连天时，他们与爱尔兰的主要连结。一九二〇年十二月格雷戈里夫人从库勒庄园去信时，心中想必暗自窃喜，“你们在牛津的生活听来风平浪静——这儿还是一片混乱……黑棕部队[①]造访了巴里利古堡，用钥匙开门而入，有传言说，他们将驻扎在那儿。”这害得庞德出面向奎因报告：“乔治刚来过，说黑棕部队玷污了巴里利古堡。”然而塔堡完好无损，第二个孩子出世后，叶芝一家仍计划重返那儿，叶芝写信告诉格雷戈里夫人，他的妻子“时常”说起“那些树、她的花园和那条河”。

一九二一年四月，在离开了十八个月后，他们回到塔堡，第一次能真正睡在塔里，在一楼上面的大卧室里。叶芝写信给奎因：“乔治把这地方布置得每一刻都像十四世纪的画卷，住在里面真是一大乐事。屋外，河畔的山楂树都开花了，一切如此美丽，若去别处就等于弃美不顾。”叶芝坐在窗边的桌旁写作，在那儿他能望见燕雀，或叫欧椋鸟，飞入和飞出鸟巢，一九二二年四月内战爆发时，这给他提供了《我窗边的燕雀巢》里每一诗节的最后一句：

石头或木头垒起的路障；
十四天左右内战尚未停息；
昨夜他们推车沿路送葬，
年轻的兵在血泊中死亡：
来，筑居在燕雀的空房里。

---

① 黑棕部队（Black and Tans）是1920年英国在爱尔兰建立的两个准军事警察组织之一，用于镇压爱尔兰共和军在爱尔兰发动革命。

爱尔兰独立战争期间，他们在牛津置身事外，现在他们将目睹内战——叶芝是自由邦的支持者，处境危险。八月，巴里利古堡的桥被炸毁，乔治写信给奥托琳·莫瑞尔：

> 当导火索被点燃，大家拼命跑开时，有一人留在原地说："只要几分钟。会有两次爆炸。晚安！谢谢。"他仿佛在为桥而感谢我们！……当时，我们听见游击队员的敲门声，不得不出去和他们说话，一阵惊慌后，人什么感觉也没有，只有好奇，想看看结果如何，想设法挽救窗户等等。可事后，我们俩都感到相当难受，我们的心脏既怦怦直跳，又像要停止似的。

一九二三年底，内战结束，她的丈夫获得诺贝尔奖，并当上爱尔兰自由邦的议员，在梅瑞恩广场（相当于伦敦的伯克利广场，叶芝写信告诉一位友人）有了一栋房子，塔堡修整完毕，有两个可爱的小孩，爱尔兰海将她与会惹恼她的母亲隔开，此外，乔治·叶芝结交了不少属于她自己的爱尔兰友人，又增添一份快乐。和众多属于她这个阶层的女性一样，她需要找一对同性恋男子倾吐心事，闲话家常，来的是冠着剧作家头衔的伦诺克斯·鲁宾逊和冠着诗人头衔的托马斯·麦格里维。由于都柏林的大部分人都怀疑他们是同性恋，因此，"两人谁也不会对威廉·巴特勒·叶芝夫人的好名声构成威胁。"萨德迈尔写道。她与他们俩一起参与组建都柏林戏剧联盟，该联盟旨在创作更多世界性的作品，超过在艾比剧院上演的数量。一九二五年，麦格里维搬去伦敦，她在信中写道：“要是你能回来这儿该有多好。昨晚，威利沉着脸说：‘如今，麦格里维不在这儿，我们得自己找话聊了。’”同年八月，叶芝一家与鲁宾逊和麦格里维同游米兰。叶芝似乎不像乔治和她的两位新朋友一样玩得那么开心。当其他人出去观光时，他都留在酒店。

“伦诺克斯只比乔治大六岁，”萨德迈尔写道，“很快便成为她的挚友。他们一同玩抽彩赌博，看跑赛（既有赛马也有赛狗），看歌剧、电影和话剧；他们交流各自在园艺和饲养金丝雀上的经验。”他们都喝酒喝得很凶，鲁宾逊逐渐变成无可救药的酒鬼。

令乔治大感错愕的是，麦格里维在伦敦也和她母亲成了朋友，她母亲立刻开始勾引他。“你让我觉得，假如我能和你一般年纪就好了，”她母亲在给他的信中写道，“我们可以尽情地玩一场。”通过鼓励他当个艺术家，她似乎觉得自己也成了其中一员：“爱情必须牢牢把握在时下，它是一样没有过去和未来的事物……不变的事实是，本质上，无论多么痛苦，我们是艺术家，并将永远是艺术家，我们都明白，艺术是唯一要紧的东西，是让世界变得可容忍的东西。”

不久，乔治的母亲和这位年轻的爱尔兰诗人开始讨论乔治，令乔治大为光火：

> 拜托拜托，你在给我母亲写信时，除了依照惯常的必要以外，请别向她提到我的名字……我的母亲喜欢兴风作浪，尤其在假如能把我卷入其中的情况下，她说不定已想方设法

要激恼我，以作为她圣诞假期的乐子。正因如此，我在伦敦不计后果地对你说："你可别和我母亲讨论我的事。"

鲁宾逊和麦格里维在与乔治相识的最初几年里，由于一味追求得不到回报的爱情而使局面更加复杂。一九一九年，把叶芝当作偶像的鲁宾逊爱上了伊索尔特·冈，尽管叶芝建议他们结婚，可伊索尔特拒绝了他。叶芝的两个妹妹邀请这对怨偶共进晚餐，可莉莉对伊索尔特会改变心意依旧存疑。第二年，伊索尔特嫁给了十八岁的弗朗西斯·斯图尔特。乔治，萨德迈尔写道，同情鲁宾逊"对伊索尔特的余情未了"。

后来，两个男士都把注意力投向画家多莉·特拉弗斯·史密斯，她的母亲赫丝特是个著名的灵媒，和他们也是朋友，两人曾于不同时间在她那儿寄宿。（赫丝特的著作有《从炼狱来的奥斯卡·王尔德：心灵密语》①）赫丝特和多莉将成为叶芝圈内第三对让同一个男人对她们俩都发生兴趣的母女。在乔治看来，赫丝特代表了"我理智上、情感上和性格上深恶痛绝的一切事物冷硬无情的本质。她让我想到高低不平的床、俄罗斯跳蚤和吐根树酿的酒"。

在结识鲁宾逊和麦格里维的那些年里，乔治亦抽时间去巴里利古堡。一九二六年三月，她写信给麦格里维："星期四早上我要去巴里利古堡，过上愉快的三天，无人打扰，种种白菜，等我回来，会给你写一封清醒、正常、明理的信。"不过，她也

① Hester Dowden，*Oscar Wilde from Purgatory*：*Psychic Messages*（H. Holt，1926）.

在有的信里抱怨那儿的条件和为维护那地方所必须付出的辛勤劳动。与此同时，叶芝正在创作把巴里利古堡当作象征和符号的诗歌。一九二八年二月，《塔堡》出版问世。在书的封面上，托马斯·斯特奇·摩尔绘制了一幅巴里利古堡的蚀刻画。萨德迈尔写道：

> 如今，这册宏伟的诗集和《幻象》都已出版，自那以后，虽然仍是“这块福地”，但塔堡业已镌刻在他传令官的盾牌上，为众人所识、所评、所论。纵然她也许为这部包含了她诸多心血而成为可能的诗作感到自豪，但惩罚是原始魔力不可避免的消散；通过重塑意象，叶芝再次将塔堡本身占为己有。

塔堡完成了它的使命；就像自动书写一样，巴里利古堡为叶芝输送了诗歌的隐喻；它也让乔治在家庭范围内行驶职责，同时赐予叶芝力量，给他提供既舒适的生活、又激情饱满的环境。等书出版后，无论她还是叶芝，都不愿再回那儿去。不顾所有特别订购的家具、写给建筑商的信、筹划及梦想，自一九二八年后，塔堡一直处于关闭状态，成为作家把寓所当作他们的魔法屋而非家庭空间的一个标志。在接下来的几年中，由于格雷戈里夫人的身体每况愈下，叶芝很多时候待在库勒庄园，“定期检查快速崩圮中的茅舍和城堡，尽职地汇报情况”。女儿安妮长大后，“试探性地询问，她可否去哪儿画画，但乔治的一口回绝，如此干脆，令她连想回去一趟的念头也放弃了。”

塔堡的弃置或许也与乔治和叶芝关系的一个根本性转变密不可分。大约在一九二八、一九二九年，她停止了和叶芝有亲密的性关系，变成他的护士、他孩子的慈母和一个整日为他操心的人。叶芝和他们的孩子似乎饱受多种病痛的困扰。自一九二七年十一月乔治和叶芝去西班牙度假到一九三九年一月叶芝过世，他和孩子们的身体状态成了乔治主要的牵挂；她在信里常常满腹牢骚，语气沮丧。一九二八年，她写信给麦格里维："假如我早知事情会变成这样，显然，我根本不该组建家庭。"在信的最上端，她补了一句，"阅后即焚。"当叶芝在西班牙出现肺出血后，他们历经艰难，抵达法国，又从那儿辗转到了意大利小镇拉帕洛。叶芝写信告诉奥莉维亚·莎士比亚，乔治"温柔善良极了"。在费心安排孩子们去意大利的过程中，乔治写信给鲁宾逊："多年来，我觉得人生真是多余，要是能有一场山崩把我冲走，那么他们就可以共同有一个护士一个女家庭教师一个秘书和一个管家，大家会相处融洽得多。"

一九二八年三月，乔治签下一份租约，租了一间大公寓，离埃兹拉和多萝西·庞德不远，可以眺望拉帕洛的海湾，他们在那儿度过了两个冬天。安妮和迈克尔被送到瑞士上学。叶芝从爱尔兰一个"六十岁笑眯眯的公众人物"中解脱出来。在拉帕洛陪伴他的，包括德国诗人格哈尔特·豪普特曼和美国作曲家乔治·安泰尔；其他往来的还有像麦克斯·比尔博姆、理查德·奥尔丁顿、西格弗里德·萨松和巴兹尔·邦廷。在拉帕洛，叶芝的健康状况时好时坏，需要一刻不离的看护。"他从未这么依赖过乔治，或者说，从未这么可怜过，"马多克斯写道，"当得知他需要一位夜间护士，以便让妻子可以稍许休息时，他哭了。”这些年里，她多数时候包容耐心，可叶芝的什么都不能自理，有时也让性情平和的她受不了而爆发。一九三一年，她寄了一盏灯到库勒庄园给叶芝，叶芝写信询问里面该放什么油，她回道：“灯，当然是用灯油，煤油。老天，还能用什么油？它的形状就分明告诉你是煤油；你总不可能以为要用圣油，或橄榄油吧。”

在爱尔兰，叶芝一家交出位于梅瑞恩广场的房子，换到菲茨威廉广场的一间公寓，后来一九三二年又搬到都柏林南部一栋带花园的大房子。德·瓦勒拉上台后，叶芝与一个半带滑稽色彩的爱尔兰法西斯团体蓝衫社有过短暂的眉来眼去。乔治不像他一样抱持同情，她讨厌蓝衫社。和丈夫相反，她支持德·瓦勒拉，投了共和党一票。

在拉帕洛旅居了一段时间后，叶芝的身体复元，一九三三年，他写信告诉奥莉维亚·莎士比亚，“疯珍妮”组诗（*the Crazy Jane poems*）的创作“激动人心、不可思议。禁欲为这些诗注入想象的火花——我虽然生了病，却欲望缠身。这些诗有时从我精神所能到达的最亢奋的状态迸发出来”。伊索尔特·冈告诉理查德·埃尔曼，两年后，叶芝对她说，“一切糟糕透顶。他与妻子日渐疏远——他说她更像是母亲，而不是妻子——她当众羞辱他。”那时，叶芝已做了输精管切除手术，就在开始接受增强性欲的针剂注射的那些年里，他亦哀叹年轻时丧失的性机会。“奇妙的事已过去，”他写信给奥莉维亚，“这里是巴格达。这里不是伦敦。”

于是，这位年迈的诗人开始追回失去的时光。就像十九世纪九十年代他来往于都柏林和伦敦之间，每横渡一次就重塑一遍自我一样，如今，四十年后，伦敦再度成为一处给予他在都柏林得不到的自由的地方。年逾七旬的他，在生命最后几年开始有了风流韵事。当他筋疲力竭地回到家时，乔治照料他，并似乎关切地认为，他的朋友应该在他重新出发前，收到定期有关他健康状况的消息。一九三五年一月，她写信给戈加蒂："我宁可他死的时候开开心心，而不是像个废人一样。他也许没把过去十八个月里他所有的活动都告诉你。其中一项是，他在伦敦深深爱上了一个女人。"乔治告诉理查德·埃尔曼，她对叶芝说："你死后，人们会写到你的风流韵事，但我什么也不会讲，因为我将记得你是多么骄傲。"一九三六年六月，在把叶芝交给与他有染的多萝西·卫斯理后，乔治返回都柏林。鲁宾逊写信给多莉："此刻，W. B. 没有回去，让 G（乔治）松了一口气，虽然奥利芙说，她希望他尽快回去（她确信）。我想我知道，无论如何，星期六 G 想玩轮盘赌——故不想有威利在。"然而此前，在陪他去利物浦、却没有送他登上前往西班牙的轮船时，她写道："我觉得自己像极了一条看主人去散步而被留在家里的狗。"

换言之，她对叶芝情事的反应充满矛盾。她喝酒，不时病倒；自安妮离家、迈克尔上了寄宿学校后，她更孤独寂寞。不过，她理智现实、处事得当、通情达理，甚至写信给叶芝的新欢，细述他的种种医疗需求。她似乎鼓励过他定期更换营地。一次，叶芝把一位女友信里的一段话大声念给乔治听，里面暗示他和那名女子也许不该单独去法国旅行，“她笑话那个我们别单独出行的主意。这意味着她的祝福……别人的心思总是神秘难测，我想要那份祝福。”

祝福也许本可以来得很容易，但在她的自我牺牲中，最了不起的也许是她竟愿意和他一起渡过爱尔兰海，远至威尔士的霍利希德，陪他过海关，送他登上开往某个情妇那儿去的火车，然后在同一天孤身返回都柏林。“那真是，”萨德迈尔写道，“漫长的一天：八点二十五分的火车，为到金斯敦（现在的邓莱里）赶邮船，十一点四十五分在霍利希德上岸，两点三十分再启程，下午五点二十五分抵达爱尔兰。这将变成一种定期的惯例。”怪不得她要喝酒了。

一九三九年初，叶芝在法国南部，和乔治在一起；多萝西·卫斯理和她的朋友希尔达就在附近；叶芝的另一个情人伊迪丝·沙克尔顿未几也抵达。一月二十七日星期五，叶芝陷入昏迷，多萝西见了他几分钟，接着伊迪丝坐在他床旁；第二天，他在乔治的守护下辞世。三位女士都参加了一月三十日在距芒通不远的罗克布伦举行的诗人的葬礼。

当乔治返回爱尔兰时，她一定明白，她剥夺了这个国家一件最重要的喜事——一个盛大的葬礼。她与爱尔兰爱国主义、狂热主义和清教主义保持距离的方式，总有某些令人称奇之处；如今，她返回故里，没有带着伟大诗人的遗体，这简直是个英雄般的壮举。然而，就在她着手安抚家人时，整个国家闹了起来。毛德·冈写信给德·瓦勒拉、给总统、给艾比剧院，强烈要求把叶芝葬在爱尔兰。诗人 F.R. 希金斯代表艾比剧院董事会回信："我们正在想尽办法把诗人的骸骨运回故乡爱尔兰……就我所知，他深切地渴望能长眠在斯莱戈。"剧院就此事给乔治的书函，据萨德迈尔说，"迫切的语气咄咄逼人"。都柏林圣帕特里克大教堂的枢机主教长提供了教堂内的一块墓地。德·瓦勒拉希望"他的遗体可以安葬在他的故土"。整件事的有趣之处是，除了全国上下风起云涌的一片狰狞以外，由于乔治·叶芝在定居爱尔兰的这些年里深居简出，矜持寡言，始终待在幕后，因此，没有一个人觉得有必要在他们的发言里提到她。显然，和叶芝结婚的这名英国女子并没有获得一席之地，成为民族的孀妇。

叶芝的确希望能葬在自己的故土，但他目睹了一九三五年乔治·罗素，即诗人Æ的葬礼，那副盛况令他骇然。过世前五个月，他写信给多萝西·卫斯理："我为爱尔兰人写诗，但如果我让他们来参加我的葬礼，我就罪该万死。都柏林的葬礼介于公开的示众和私人的野餐聚会之间。"一九三九年三月，乔治写信告诉麦格里维，叶芝曾要求葬在罗克布伦，"然后过一年，等报纸已将我遗忘后，把我挖出来，葬到斯莱戈。"乔治到一九四六年理查德·埃尔曼来到都柏林后才披露，她的丈夫还说："我必须葬在意大利，因为在都柏林，会有人列队送葬，伦诺克斯·鲁宾逊会担任丧主。"

第一本传记问世后，她写信对弗兰克·奥康纳说，她"担心，如今我会在集市上遇见都柏林人，他们会问我对这本书的看法，因此，我要像在叶芝过世后悄悄拐过后巷、躲开那些问我：'你会把他带回来，是不是？'的人一样，偷偷摸摸出行"。

叶芝的遗体最终在一九四八年被运回，但鉴于法国墓园的诸多混乱和这一故事的多种版本，棺材里运回爱尔兰的骨骸，似乎可能实际并不属于叶芝。

一九六五年，叶芝百年诞辰，也是乔治去世三年前，弗兰克·奥康纳在斯莱戈的墓前致辞。他说："如果他在，另一件他希望我做的事——而且是我非做不可的，因为没有一位在他百年诞辰之际撰文写他的要人这么做过——是告诉大家，他欠那位他所娶的英国姑娘太多，自一九一六年以降，是这位姑娘，使他天赋的巨大发展成为可能。"

同年，庞德到伦敦参加艾略特的追悼会，他公开表示，希望能在返回意大利的途中飞去都柏林。那时，乔治只在上午十点接听电话。这天，不可思议的，下午三点，当电话铃响时，她接了起来，然后乘出租车到爱尔兰皇家酒店和庞德见面，陪他同行的是奥尔加·拉奇。

他们知道彼此已五十五年。战争期间，乔治经常收听他"带有几分幽默和似是共谋色彩"的节目。如今，他们静坐不语。当安妮·叶芝抵达时，她能觉出两人间的好感，可谁也没有说话。那天，他们在酒店留下一张美妙的照片，庞德深情、几近仰慕地凝视乔治，而乔治，一位年迈的妇人，戴着眼镜和一顶破损的帽子，看着他，表情安详、豁然、睿智。

一九六八年她过世，她与丈夫的骸骨，或者说似是却不是她丈夫的骸骨，葬在一起，长眠于斯莱戈的本布尔本山脚下，在那个她住了超过半个世纪的国家。她的丈夫，正如弗兰克·奥康纳所言，"最幸运的是娶了她"。

弑母新法：辛格与他的家人[①]

一九八〇年，我被从都柏林市中心哈奇街的一间公寓逐了出来，碰巧在转角哈考特街二号获得一处暂时的住所。那栋房子有三层楼，外加地下室，里面空无一人，上了年纪的住户前不久刚搬出去。我入住的时间是四月初，长长的后院里，樱花开得正盛。从房子高大的后窗眺望那棵樱花树，或下楼坐在花园的树荫下，令人心旷神怡。我大概曾闪过一念，那个刚把房子卖了的人，不管是谁，也许正在思念这一幕，可我相信这个念头并未在我脑中驻留很久。

最后我在这栋房子里住了近八年，写了我头两本书的大部分内容，唯有一次，我清晰地感受到前任住户的气息。当时，我正把书放到屋内定做的老式书架上，发现架子末端一个不易察觉的角落里藏着一本书。那是本精装本，初版的路易斯·麦克尼斯的《跳板：1941—1944 年诗歌集》[②]。我意识到，在不久以前，这些架子上想必排满了类似的卷帙，那位离开这栋房子经我发现是去了养老院的妇人，想必目睹一辈子的藏书被打包运

---

① 本文写的 J. M. 辛格（John Millington Synge），又译为约翰·米林顿·沁孤，爱尔兰诗人、作家，艾比剧院的创始人之一。

② Louis MacNeice, *Springboard: poems, 1941—1944* (Faber & Faber, 1944).

走，这些书是她和她丈夫收集、阅读、珍藏的。也许在它们刚出版的那一周里就买下的书。如今，全都离她而去了，包括这一本，让我感受到她的，除了这本书，别无其他。

我四处打听她。她叫莉萝·史蒂芬斯，是J.M.辛格的外甥爱德华·史蒂芬斯的遗孀。一九七一年，她整理出版了辛格的《我的相片袋》(*My Wallet of Photographs*)，并为该书写了序。一九五五年过世的爱德华·史蒂芬斯是辛格姐姐安妮的儿子，他生于一八八八年，当时辛格十七岁，一九〇九年，当他的舅舅去世时，他二十岁。日后，他成为一名举足轻重的公务员，一位卓越的律师。一九二一年，他陪同迈克尔·科林斯前往伦敦，与英国交涉谈判，达成了建立爱尔兰自由邦的《英爱条约》。随后，他担任爱尔兰宪法起草委员会的秘书，后成为高等法院的助理注册官，最后当上刑事上诉法院的注册官。

一九三九年，拒绝向学者公开辛格的私人文献的舅舅爱德华·辛格去世，爱德华·史蒂芬斯成为辛格全部手稿的监管人。他着手撰写舅舅的传记，在一定程度上那将是一本他家族的传记。“在我看来，J. M. 辛格和他的作品，与家庭环境的关系，远胜过与剧院环境的关系。”他写道。他和舅舅亲密无间，从小在舅舅隔壁长大，在舅舅的陪伴下度过漫长的暑假，辛格的母亲像教辛格一样，教他念《圣经》。可是，在辛格的一生中，没有一个家人看过他给剧院写的任何一出戏。在舅舅的葬礼上，爱德华·史蒂芬斯不会有理由认出来自舅舅人生另一面的吊唁者。对辛格的家人而言，他本质上是他们中的一员；他首先是一个土生土长的辛格家的人。

“[辛格的] 志向是，”他写道，“把自己的个人生活完全用在他的戏剧作品里。他最终实现了这个理想……通过把自己戏剧化，在某个源于乡间传说或英雄史诗传统的故事里扮成中心人物，或以不同的戏份，扮演其中几个主人公。正是从这意义上讲，他的戏剧作品富有自传色彩，他表面乏味的人生故事，被转化成文学的瑰宝。”

据安德鲁·卡彭特在《我的舅舅约翰》①里所言，爱德华·史蒂芬斯在他的著作里“完整转录了”许多可追溯到十八世纪的家族文书；他把任何与辛格有联系、即便联系甚微的书信、便笺、评论、文章、剧本片断和其他书面证据都抄了下来。他还详述了辛格一生中发生的事，精确程度委实令人惊讶：特定日子的天气，辛格骑车或走路时看到的风景细节，他途经的乡村的历史，辛格在全家人度假期间遇见的每个人的背景，吃的食物，辛格住的房子的装潢，他读的书，他的日常习惯，他的对话，他的咳嗽和感冒——以及家中其他成员的种种细节。

到一九五〇年，用打字机打出的书稿共有十四卷，二十五万个单词。一九五五年史蒂芬斯去世时，书稿仍未经编辑出版。

莉萝·史蒂芬斯接过辛格遗产的艰巨任务。从她丈夫留下的成果里——“文山”，用一位读者的话说，“从中必须开采出权威可信的辛格的一生”——脱胎出了两本书。莉萝·史蒂芬斯把丈夫的书稿借给大卫·格林，一九五九年，格林出版了

① Andrew Carpenter, *My Uncle John*: *Edward Stephens's life of J. M. Synge* (Oxford University Press, 1974).

他的传记，将爱德华·史蒂芬斯列为合著者。后来，一九七三年，安德鲁·卡彭特把她丈夫的书稿删节成一本二百页出头的书《我的舅舅约翰》，他感谢莉萝·史蒂芬斯的“耐心、热心和慷慨”。莉萝·史蒂芬斯也接管了辛格的书信文集，多年来它们一直保存在哈考特街二号，供她丈夫研读。一九七一年，安·萨德迈尔感谢她首度建议出版单卷本的《致莫莉的信》(*Letters to Molly*)，并提供了“大量书信和众多背景资料”。爱德华·史蒂芬斯向莫莉·奥尔古德购下这批书信，为的是不让它们外泄。最后，莉萝·史蒂芬斯为确保辛格全部文档的安然无恙，将其从哈考特街移至都柏林圣三一学院，存放在那儿。

辛格的家人一直是个让人很感兴趣的话题，或因为他的作品里明显缺乏家人的影响，或因为他们也许是或不是解开他不屈不挠、神秘难解的天资的关键所在。在关注的问题和信仰方面，他似乎与他们无共同之处——他声言，在二十三岁以前，他从未遇到过一位和他持相同见解的男士或女士——然而，他成年后的一大部分时光，都与家人住在一起，依赖他们。在描述他的人生和作品时，无论如何都必须把他的家人考虑在内，并明白一点，用爱德华·史蒂芬斯的话说，“他人生的语境……与文学运动中的其他任何作家截然不同。我试图绘制一幅爱尔兰社会里一个几乎消失不存的阶级或群体的画像”。

一位作家若要从事弑亲之举，那么辛格一家，沉闷乏味以外，加上他们有感于尊贵而失落的传统和对宗教信条的恪守，本该是天赐的典范。在《解读辛格：1991—2000年辛格夏季学院论文集》[1]里，尼古拉斯·葛兰尼（Nicholas Grene）在他论述辛格与威克洛的文章里告诉我们，辛格的曾祖父“不仅拥有格兰莫尔［位于威克洛郡境内］，包括魔鬼谷在内的一千五百英亩领地，还拥有圆木园，一座面积超过四千英亩的庄园”。然而，在他祖父手里，这些家产大都丧失殆尽，仅有一部分由辛格的叔叔重新购回。辛格的父亲当上出庭律师，在辛格一岁时就死了，留下一个寡妇、四个儿子、一个女儿和一年四百英镑的收入。三个儿子都是体面的公民，分别成了地产经纪人、工程师和前往中国的医疗传教士。女儿嫁给了一位初级律师。由此推断，最小的那个，尽管生性孤僻、体弱多病，最终也将谋得一份纵使与他性情不符、但与家族相称的职业。

在一九三二年出版的《致女儿的信》里，辛格当传教士的哥哥萨缪尔写道：

> 想要说假如我们的父亲在世，情况可能会有何不同，几乎毫无意义。但我想有两件事是相当清楚的。一件是，当你的叔叔约翰在成长过程中遇到他不知该如何回答的疑问时，父亲的建议和教导之词，本会对他起到甚为重要的影响。另一件是，我们的父亲兴许本会为你的叔叔约翰安排一些除了他最爱的阅读以外的事做，某样不会给他造成太大负担、却能比写作更早挣得些许薪酬的工作。

---

① *Interpreting Synge：Essays from the Synge Summer School 1991—2000*（Lilliput Press，2000）.

这席话将辛格的母亲凯瑟琳置于无足轻重的地位，让人联想到她的某种软弱无能。事实上，她是个很强悍的人。辛格的母亲本名凯瑟琳·特雷尔，出生于一八三八年。她的父亲是位牧师，爱德华·史蒂芬斯写道：“如他所言，他一生都在和以千种邪恶面目出现的罗马天主教作斗争，这使他始终不得教会上层的欢心。”最后，他当上科克郡斯卡尔镇的教区长，一八四七年，因从周围他服务的民众身上感染了发烧而过世。他的遗孀从小在多尼戈尔郡的德兰博伊城堡长大，如今搬至都柏林南部郊区的奥威尔公园。一八五六年，她的女儿从那儿出嫁，与剧作家的父亲约翰·哈奇·辛格成婚。婚后初期，他们住在哈奇街，后搬到罗斯法汉姆，约翰·米林顿·辛格在那儿出生。后来，丈夫死后，凯瑟琳·辛格带着全家搬到拉思加尔的奥威尔公园。

辛格的祖父和重新买入威克洛郡部分家产的叔叔弗朗西斯是普利茅斯兄弟会的成员。辛格太太的父亲抱持坚定的福音观点，他的女儿也一样。她依照坚定的宗教信条抚养孩子长大，她的社交生活不过尔尔，似乎只与拥有相似见解和背景的人来往。爱德华·史蒂芬斯写道：

> 辛格太太主持家务的规矩之严格，堪比宗教律令，她以为自己的孩子会毫无异议地默从。她对自己遵奉的学说烂熟于心，能引用圣经的权威之辞来支持每条教义。她相信整部《圣经》得到神灵的启示，对每个敞开心扉、信仰圣灵的读者而言，其含义不言自明。

辛格在一篇他二十几岁时创作的自传散文里写道：

> 我胆小得要命，在尚年幼之际，地狱的观念就可怕地在我心里生了根。有一晚，我以为自己无可救药地下了地狱，一直哭到睡着，徒劳却惊恐地想努力构建起一个永恒的痛苦的概念。早晨，我又开始恸哭，人们找来母亲。她安慰我，向我保证，圣灵正在审判我的罪过，从而助我获得最终的救赎。这是个新的观点，我宁愿表示赞同。

在四岁至二十一岁之间，辛格随家人每年去一趟威克洛郡的格雷斯通斯镇，那儿的福音派教区里有他母亲的朋友和同伴。在辛格的记忆中，这些“到海边去的夏季之旅令人身心愉快”。母亲在度假时秉持和平时一样的原则，把能参加的家人都召集起来。要是能参加的人不够多，她便邀请朋友，通常是教会那边的女士，与他们全家一起到威克洛小住，一般历时三个月。

尼古拉斯·葛兰尼描写辛格和他家人的关系：“一个传统中产阶级出身的作家或艺术家，与家人在政治、社会和宗教的看法上有分歧，这点不足为奇。辛格事例的惊人之处在于，尽管意见相左，他却与家人维续如此紧密的关系。”不过，虽然他在爱尔兰的大部分时光是待在母亲的屋檐下，甚至和她共度假期，但他似乎极少与母亲单独相处，这点或许有助于维持亲近的关系。辛格太太位于奥威尔公园的住所与她母亲的房子毗连，相隔的墙上有个入口，那边住着她的女儿安妮、安妮的丈夫和孩子，包括年少的爱德华·史蒂芬斯，还有姑母，即辛格先生的妹妹简。一八九〇年四月十三日，辛格太太的母亲去世后，史蒂芬斯一家决定离开拉思加尔，辛格太太写信告诉儿子，她向上帝祈祷："我正在……祈求他为我们找两间像现在这样相连的房子。他无所不能，所以假如他乐意为我那么做，对他来说轻而易举。"

上帝向她伸出了援手。协助他的是地产经纪塔尔博特·科尔先生；他们联手在金斯顿（今天的敦劳费尔）的克罗斯威特公园找到两间毗连的房子。于是，这个大家庭仍住在一起，辛格太太可以继续教导诸孙各方面端正的品行，一如教导自己的孩子一样。五个孩子里，四个直到成年后都谨遵她的教诲，可令她伤心的是，最小的约翰没有。在上文引述的那封信里，她还写道："亲爱的萨姆，我每次看见他都深感欣慰。可怜的强尼[①]却无法教人放心。"搬家后不久，她写道："约翰——可怜的孩子。我真为他难过，他看起来郁郁寡欢。他还没有找到救世主，在找到以前，他怎么开心得起来？"

她那个没有找到救世主的儿子，倒是在自然科学和他自己的想象世界里寻到许多慰藉。在自传札记里，他记述了一次对他而言天翻地覆的觉醒：

> 约莫在十四岁时，我得到一本达尔文的书，捧在手中，在翻开的一节里他问我们，除了进化论，怎么能解释人的

① 强尼（Johnnie），约翰的昵称。

手和鸟儿或蝙蝠的翅膀的相似之处。我把书丢在一旁，冲到屋外——那是夏天，我们住在乡间——天空仿佛失去了它湛蓝的色彩，草儿亦不再青翠。我躺倒，在怀疑的痛苦中挣扎扭动……乱伦和弑亲是从占据我头脑的观念里唯一得出的结论……事后不久，我把注意力转向提供基督教依据的作品，起先读得津津有味，很快心生怀疑，最后嘲笑起里面的部分事例。

辛格天生不善交际。由于体弱多病，他多数时间在家里上学。因此，进入都柏林圣三一学院后，他并没有积极参与学术或学生活动。他孜孜不倦地阅读庞杂的书籍，以为学而学的目的，选修科学和考古学。他最显著的特点是礼貌地与周围的人保持距离。到十七岁时，他似乎仍未把自己的怀疑和嘲笑透露给母亲，他的母亲写道：

今天是强尼的生日。我简直无法想象他十七岁了。我不断回想起他出生的那一刻。我是如此脆弱不堪，他，可怜的孩子[，]也一样……我在可怜的强尼身上看不到灵性的一面；也许有一点点，可我的肉眼看不出来。他十分内向，对讨论的话题缄默不言，我若对他说些什么，他从无回应，因此我完全不了解他内心的想法——这是个令人头痛的状况，非常令人头痛。我多么渴望能看穿那份封闭的沉默，可我只能等待、祈祷、盼望……

但事实让人看不到希望。无论心灵还是世俗的问题，都打不开他的话匣。不出一年，她的母亲又写道："他不懂如何收拾自己的衣物，不愿接受建议；他有许多东西要学，可怜的孩子；他倔得很。"那年夏天，她派一名牧师去和儿子私下讨论宗教，引导他，让他明白，必须把自己的疑惑和盘托出。圣诞节前的星期日，他的母亲在日记中写道："天气晴朗、潮湿、温煦——教堂里很热，我感到体力不支。强尼不肯来——让人伤心透顶。"接着，圣诞节那日："非常祥和快乐的一天；上了教堂——我的心头之痛强尼，他没有来。"

日后，辛格写道："在我放弃了上帝的王国后不久，我开始对爱尔兰王国发生真正的兴趣。我的爱国心从激情澎湃、缺乏理智的忠诚，转变为温和的民族主义，爱尔兰的一切都变得神圣不可侵犯。"不过，这是一种简单的事后的自我定位，事实上，信仰的转变不可能像他暗示的那么快速轻巧。他的宗教信仰，若说被什么东西取代，取代它的更有可能是对音乐的兴趣。在就读于圣三一学院期间，他也到韦斯特兰街的音乐学院上学，学习小提琴，成为众多爱尔兰剧作家中最初的爱好是音乐的一位。母亲折服于他的音乐才华。在他十七岁生日的一个月前，她写道："现在强尼的耳朵出奇敏锐，他能听出钢琴是否有丝毫的走音……有时［他］和我一同弹奏……他进步神速；起初他根本跟不上我，在该停的时候依旧乱弹一气，因此我不得不一边弹奏自己的部分，一边试图盯着他。昨晚，我们弹了几支优美舒缓的曲子，效果美妙极了。"

她的儿子罗伯特身在阿根廷，在写给他的信里，她比较两个小儿子。“强尼显然是家里的文人学士。我从未见过有人像他那样爱读书——他只要一有钱就拿去买书……我觉得强尼和我父亲很像。”而另一方面，萨姆“不由自主的是个慢性子。在那方面及其他事情上，他很像他挚爱的父亲”。萨姆在宗教上追随母亲，“他的德行使他成为我的慰藉”。然而约翰，母亲相信他“自视甚高”，对此她感到遗憾，他令她印象深刻的地方，和她的关系也许更大，是她无法视为理所当然的东西。母子俩没有因为他缺乏宗教信仰而关系破裂，家中所有的活动和出游都把他算在内，这个坐在桌旁、沉默顽固的异议者。不过，母亲年复一年，在一封接一封的信里，痛惜他未得上帝的恩典；她是东海岸唯一的哀号者。“哦！我至爱的强尼，他伤透我的心，”一八九六年，在辛格二十五岁时，她写道：

> 他的信仰或错误的信仰，里面没有快乐，旅居国外的生活，对他毫无助益——他与我们格外疏离。我尽可能把我所有的爱表露在他面前。我是如此为他感到惋惜，又深深地疼爱他——我相信上帝正在倾听我向他的呼号，可迟迟不见回应。假如我们全都被带去和上帝见面，而撇下他一人——这是个多么悲伤的念头，可我不会那么想——上帝无所不能——因此我命自己的怀疑“走开”……

辛格的姑母简住在这个大家庭里，在威克洛比邻而居时，她经常把年幼的帕内尔（Charles Stewart Parnell）抱在膝上逗弄；

诚如 W. J. 麦科马克在他的辛格传记《家中的小丑》[①]里所言，如今，她“妄”想要是能把他扼杀在襁褓里就好了。辛格一家是联合王国忠实的捍卫者，不难想象他们对辛格日益卷入文化民族主义的惊惧。他的母亲虽不赞成他对考古学的兴趣，却未反对他在圣三一学院学习爱尔兰语。他同时选修了爱尔兰语和希伯来语，这些被视为神学课程的一部分，对于希望能使爱尔兰西部说此母语者改信新教的人而言，爱尔兰语是有用的工具。他的姑母简记得，自己的哥哥亚历山大在阿兰群岛主持宗教事务时，也学过爱尔兰语。与那些年里开始学习爱尔兰语的格雷戈里夫人一样，辛格和他的同学把译成爱尔兰语的《圣经》当作辅助教材。某种魔力，从辛格正在掌握的这门语言中散发出来，降临在他身上，或者说是属于那个十年的某一系列情感，格雷戈里夫人的情况亦然。他和格雷戈里夫人，处于相同的时代，受相同的影响，逐渐开始爱上爱尔兰，仿佛爱尔兰是一个人。他们爱它的风光和它古老的文化；他们爱他们在木屋或路上邂逅的普通人。他们自身在爱尔兰濒临消亡的权势，他们这个阶级业已凋零的荣耀，仿佛给他们对爱尔兰的情感增添了一份不可思议的炽烈的光辉。他们两人都慢慢把这种新的情感转向政治。像尼古拉斯·葛兰尼指出的，“一八九三年，辛格为反自治请愿做过游说，直到一八九五年，仍抱持自治会激起派别冲突的观点”。同样，一八九三年，格雷戈里夫人匿名出版了一本小册子，名叫“自治废墟”（*Home Ruin*），本质上是一篇支持

① W. J. McCormack, *Fool of the Family*: *A Life of J. M. Synge* (New York University Press, 2001).

联合王国的宣言。然而，他们俩都及时认识到，他们从事的，即便不是政治事业，也和政治密切相关。日后辛格写道："爱国主义满足了人渴望得到崇拜的需求，因此对想象力丰富的怀疑论者具有特殊的影响力。"他也写道："爱尔兰这个国家的雨水、雾霭、苍白而孤绝的天空、古老的教堂、手稿、珠宝，事实上每一样爱尔兰的东西，都有一种既非凡人、又非圣人的魅力，确切地说，也许就像我爱上了一位女神。"

这位女神以多种面目现身；在帕内尔倒台和取得独立之间的那些年里，与她的眉来眼去，迫使格雷戈里夫人、辛格和其他同仁周旋在诸多暧昧不明的情势中，对自己个人具有讽刺意味的处境视而不见。格雷戈里夫人以某种相同的热情，在库勒庄园向同一批人，既收取租金，又收集民间传说。当这些人交不出时，她就威胁他们。W. J. 麦科马克在他的传记里写道：

> 早在一八八五年，辛格的哥哥就是一位活跃的地产经纪人，一八八七年，在一次见诸于《自由人报》的事变中，他受雇派人撵走威克洛郡格兰莫尔庄园的租客。据这位剧作家的外甥说，"辛格就租客的权益和驱逐他们的不义之举，与母亲发生争执，母亲的回答是，'假如我们在戈尔韦的租客停止支付租金，我们会变成什么样？'"

辛格二十一岁时，母亲改变了她的夏日行程，把德尔加尼换成威克洛郡内陆。她租下的房子受到联合抵制，这情况似乎未对她造成困扰，同样也没有阻止辛格和她同行。那年夏天，他读了《迪尔姆德与格拉妮》(*Diarmuid and Grainne*)，开始兴致勃勃地探索威克洛。不过，据爱德华·史蒂芬斯说："人们不许他们忘记，他们住的是一栋受到抵制的房子。夜晚，有时会有两名治安官走上林荫道，在外屋周围巡视，保证一切无恙。"一八九五年，当那栋房子不供出租后，他们租了丹湖旁的达夫别墅，可是，史蒂芬斯写道："有几个令人忐忑不安的地方……由于房子的主人是罗马天主教徒，她担心里面不无跳蚤。"

辛格描写威克洛的作品，总共八篇文章，照W. J. 麦科马克的说法，表现出的是"一种威克洛郡的心理病理学"。他喜爱流浪者和漂泊者的形象，视自己所属的阶级注定灭亡。他写道：

> 在这座花园，人似乎感受到地主阶级的悲剧……无数很快即将衰微的古老家族的悲剧……破落的温室和被老鼠蚕食的藏书，由投票支持格拉顿（Henry Grattan）的人设计并收集，这些，也许最终会和遗留在威克洛的如此常见的农舍仅余的四壁泥墙一样，供人凭吊……当然，这些人的许多后裔已在都柏林逐步迈入职业生涯，或去了国外；但是，不管身在何处，他们都无法与自己的祖先匹敌。

尼古拉斯·葛兰尼发现，在其中一文里，他写下又删去了"他对自己所属阶级的最有力的抨击"："但是，这一阶级，尽管具备许多真诚的品质，却几乎没有一点爱国心，从准确的意义上讲，缺乏理想，不为未来的生活播种，所以它必将败亡。"辛格好奇，这样一个没落中的阶级，对剧作家会有何用处："一个剧作家如果愿意走遍爱尔兰的乡间宅邸，他会找到创作的素材，有可能写出许多阴郁的戏，围绕古老家族的消逝，和一两个纤纤少女的生活，她们极常被保留下来，用以象征活在一两代前的一打健壮男子。”

当这些想法开始在他脑中成形时，他的问题在于缺少一份入世的雄心壮志。他想成为音乐家。他的姐夫劝他打消这个念头，可这番建议不见“一点效果”。已从阿根廷归来的哥哥罗伯特，此时当了地产经纪人，他主动招收辛格进他的事务所，想把他也培养成一名地产经纪人。这一安排并未收到热情的响应。堂姐玛丽·辛格是一位职业音乐家，她到辛格家暂住，建议辛格去德国修读音乐。辛格的母亲答应支付费用。一八九三年七月底，他动身前往德国科布伦茨，寄宿在一户有四姐妹的人家里，他喜欢有她们作伴，正如喜欢与大多数女性作伴一样。他在德国待了近一年，如期返家，赶上和母亲及其余家人一年一度在威克洛郡的假期。

那年夏天，他恢复了与切丽·马西森（Cherrie Matheson）的交往，她是在金斯顿的一位邻居，到威克洛和辛格一家同住。辛格爱上她的举动，进一步强化了他个人在他所属阶级里的边缘位置。他没有前途，正如他没有宗教信仰一样。不过，在十月重返德国之际，他想要和她结婚。一八九五年一月，他离开德国去巴黎，在那儿一直住到六月底，教授英语，到索邦大学听课，与其他志同道合者在那座城市里游荡。在都柏林度过的那个夏天和冬天，他一心只恋着切丽，时常与她见面。一八九六年初，他重返巴黎。“他离开了那个他视作理想化身的女子,”爱德华·史蒂芬斯写道,“拒绝从事任何赚钱、也许本可使他能够为她提供一个家的职业。他打算去巴黎和罗马,大致的计划是攻读语言和文学,希望通过某种方式拓展自己的创作力,但究竟是怎样的方式,暂时他仍只有模糊的概念。”在罗马待了三个月后,他写信向切丽求婚。切丽拒绝了,他写信给自己的母亲。母亲在日记里写道:“我收到一封伤心、伤心欲绝的信,是我可怜的强尼寄来的。”辛格回到爱尔兰,未几又开始和切丽见面。据她回忆:

> 我们有时去国家美术馆或去看某个画展,有时在圣帕特里克大教堂坐上一个小时,沉醉在那亲切古老之所的壮美中……他对都柏林那一区的喜爱,胜过现代化的区域,特别是夹在两座大教堂之间的帕特里克街,那时更似欧洲大陆某条稀奇古怪的街道,中间货摊林立。

辛格没有活到有机会在一系列回忆录里给自己重新定位。不过,从他为《西方世界的花花公子》(*The Playboy of the Western World*)写的序言中可以明显看出,假如他活着,无疑也会加入叶芝、格雷戈里夫人、肖恩·奥凯西及其他许多人的行列。他写道:“几年前,当我在创作《幽谷阴影》(*The Shadow of the Glen*)时,我从我住的威克洛那栋老房子的一条地板裂缝中得到的帮助,超过任何一门学问所能给予我的,它让我听到侍女在厨房说的话。”这暗示那些侍女是土生土长的爱尔兰乡下姑娘佩金·迈克(Pegeen Mike)的原型。尼古拉斯·葛兰尼指出,她们是“厨娘埃伦和女仆弗洛伦丝·梅西，两人都在一间新教孤儿院长大，必定不是威克洛人”。

叶芝比辛格多活三十年，格雷戈里夫人比辛格多活二十三年，他们创造出合乎自己需求的不同版本的辛格。在三人共事的那些年里，虽然立于舞台中央的是团结一致、互相扶持、和蔼友善，但暗中亦潜伏着一股异样的敌意。叶芝和格雷戈里夫人好像都认为辛格快要发现他们在二十世纪最初几年里转变立场、改头换面的事。

这里面也有阶级的因素。在《优良举止：叶芝、辛格和盎格鲁-爱尔兰礼仪》一文里，罗伊·福斯特（Roy Foster）考察了一八九六年叶芝和辛格在巴黎首度相遇时两人之间的关系，当时叶芝三十一岁，辛格二十五岁。

> 在精确划分的身份阶梯上，叶芝的背景低一两大格。辛格的祖上是主教，叶芝的祖上是教区长；辛格的祖上建起辽阔的庄园和仿制的城堡，而叶芝的祖上则向小农收取租金，住在都柏林郊区。叶芝没有钱，辛格有一份微薄的坐享其成的收入。叶芝没有受过大学教育，辛格上的是圣三一学院……两人另一个重要的、反映背景和所受教育的区别是，辛格再朴实无华，骨子里仍是一个超越地域偏见的世界主义者，而叶芝，在他们相遇之际，正拼命朝这个方向努力。

叶芝身上带有文人放浪形骸的作风，那是玩世不恭的父亲强加给他的；辛格单凭己力而办到，把这作为一种新的弑母之法。日后，叶芝描述他们初次见面的情景：

> 他告诉我，他一直住在法国和德国，阅读法语和德语的文学作品，他想望成为一名作家。可是，他拿不出作品，只有一两首诗和印象派的散文，充斥着病态的内容，其根源在于过度讲求表达的手法，还有观察生活的方式，不是从生活、而是从文学出发，从一面镜中的映像到另一面……生活没法使人读懂他的作品。几年前他学过爱尔兰语，可已开始淡忘，因为唯一勾起他兴趣的文学是现代诗歌的那种传统语言，对此我们都已开始感到厌倦……我说："放弃巴黎吧。靠读让·拉辛，你永远写不出东西，亚瑟·西蒙斯始终是更胜一筹的法语文学批评家。去阿兰群岛。住在那儿，和当地人打成一片；书写一种从未被书写过的生活。"

一九〇五年，叶芝写下这段文字，记述他们在巴黎的对话，声称那是发生在六年前，可实际是九年以前，在叶芝自己第一次去了阿兰群岛后不久。然而，德克兰·凯伯德在《辛格和爱尔兰语》[①]里，还有罗伊·福斯特，都指出了更严重的不确之处，多年来，那成了解释辛格兴起去阿兰群岛之念头的标准说法。诚如德克兰·凯伯德强调的，无论如何，通过学习布列塔尼语，

① Declan Kiberd, *Synge and the Irish Language* (Macmillan, 1979).

还有和凯尔特语学者理查德·柏斯特（Richard Best）的会面，在巴黎时，辛格已对凯尔特研究产生了浓厚的兴趣。他知道那些岛屿，因为他的叔叔曾是那儿的牧师。凯伯德写道：

> 毋庸置疑，叶芝的忠告是辛格做出决定的一个重要因素；但满腔热情地研究布列塔尼文化，想必唤起了他对自己祖国盖尔学的巨大兴趣，凭借掌握的爱尔兰语，他已有了入门的钥匙。跟着格林和史蒂芬斯［大卫·格林和爱德华·史蒂芬斯，辛格传记的作家］断言他是在叶芝的建议下前往阿兰，未免幼稚轻信。他从一开始就在朝那个方向迈去。

他写信给在都柏林的母亲，言及他重返巴黎后在那儿结交的新朋友，包括叶芝和毛德·冈（日后他的一位朋友说“辛格有些讨厌冈小姐”。）他解释自己对社会主义产生了兴趣，在母亲眼里，那“荒唐透顶”。他加入毛德·冈的爱尔兰联盟委员会，但政治不像文化那般令他感兴趣，几个月后，他辞了职。一八九七年夏，不顾自己的世界主义胸襟和新交的朋友，他还是回到爱尔兰，以便能和母亲去威克洛度假。

那年夏天，由于生病，他头发脱落，脖子上长了一颗瘤，有些家人将之归因于单相思。可实际那是霍奇金淋巴瘤的初期症状，十二年后，这种病将夺去他的生命。他的母亲写道：

> 强尼仍留在家中。他必须去除脖子里那些大块的腺状

> 组织，可怜的人儿。这难受极了……由于脱发，他的腺状组织受了寒，变得巨大无比，或确切地说，让他面目全非。他急切地想动身去巴黎。他的朋友叶芝，那位爱尔兰诗人建议他从事法语文学的评论工作，因此约翰正在往那个目标一刻不停地努力。他的身体状况总体很好，强健有力，走得动路，所以我相信这一次他能完全康复，求求你，上帝，哦，我真的请求他，向我心爱的儿子显形。

耐人寻味的是，里面只字未提阿兰群岛。手术在一八九七年十二月进行。医生想必知道这些症状会复发，可他们告诉辛格和他的母亲，手术很成功，辛格和母亲两人似乎信了他们的话。母亲照看他。一八九八年一月三日，她在日记中记道："约翰的情况不好——令我担忧。"两天后，她写信给罗伯特："强尼气色好多了，可他身体虚弱，我担心万一他太快去巴黎，又会不知怎的病倒，旅店的生活全无舒适或健康可言。他不言不语，可怜的人儿，整天对着书，除了出去散步以外。"辛格返回巴黎后，一边创作一部小说零碎的开头，一边听一位法国教授的课，讲爱尔兰文学和希腊文学的联系，他的母亲写道："我收到强尼的信；深受臭虫之苦。"

一八九八年四月二十三日，他回到家。说一口流利的法语、一个人独居、深受许多同伴的尊敬，在巴黎的生活与在母亲家里的生活，两者的区别想必令他诧异。在爱尔兰，至少一天三餐，他不得不听辛格太太和她的朋友还有其他家人谈论宗教、家庭生活和他们狭隘的政治偏见。辛格太太教导她的诸孙读《圣经》，一如以前教自己的孩子一样，将此视为她的职责之一，据爱德华·史蒂芬斯讲，她着重强调万劫不复的惨状。“有时”，史蒂芬斯写道：

> 他［辛格］走进房间，打断我们上课。我特别记得有一次，当时我们正在念《圣经》，他走进来，一边在手指上转动着他的折叠小剪刀，一边对自己轻声念叨：“神圣，神圣，神圣的摩西。”我们向他打过招呼，他在窗口坐了几分钟，感到自己打扰了我们，又悄悄走了出去。外祖母说：“约翰叔叔进来时别把《圣经》放下，”接着她继续往下念。

在巴黎，他是西方世界诚挚的花花公子；在金斯顿，他是母亲最年幼的儿子。

就在辛格第一次去阿兰群岛前，他与切丽·马西森见了一面，切丽对他说，他们两人的差异不可调和。两天后，辛格登门拜访，和切丽及她的母亲进行了一次想必大受打击的谈话。马西森太太，据爱德华·史蒂芬斯讲，“在切丽的许可下，理直气壮地斥责他，赚不够钱养活自己，求婚遭拒，还步步紧逼。他绝望地离开……一八九八年五月九日星期一上午，在搭早班车去戈尔韦时，他的内心依旧痛苦得发狂。”

在此后的几年里，他以优美、敬畏、克制的文笔，描写他游岛的经历。第一天早晨，望着水手在雾中从戈尔韦码头解缆启航，经过三小时的航行抵达阿兰莫，想必是一种解脱，那儿的人对切丽·马西森和她凶神恶煞的母亲一无所知，也不知道辛格太太对她可怜的强尼的担忧。如今，他到了自己梦中的国度。一八九八年，格雷戈里夫人在岛上见到他；格雷戈里夫人也在从一个蕴藏了惊人生命力和古老文化的原始世界里寻找养分。她写道：

> 我第一次在阿兰的北岛看见他。当时我住在那儿，收集民间传说，和当地人聊天，当与另一个走来走去、也在和当地人聊天的外人擦肩而过时，我心头一阵怒火。原来我不是岛上唯一置身于渔民和海藻采集者中间的人，这让我心生妒意。我没有和那个陌生人讲话，他也无意和我攀谈。他同样把我看作入侵者。

后来，她论及辛格一到岛上后的创作。“他，”她写道，“在回到自己祖国以前，毫无佳作。他是在那儿找到了他所需要的一切，寓言、情感、风格……把一颗有文化修养的头脑带向一大堆原始的素材，用更清晰和恒久的形式，将一整片乡村地区不善表达的情感传递出来。”

不久，他受邀去库勒庄园，很快加入了创建起艾比剧院的文学运动。最终，他成为三位董事之一，另两位是叶芝和格雷戈里夫人。他为他们写了五出戏——《幽谷阴影》(1903)、《骑马下海的人》(1904)、《圣泉》(1905)、《补锅匠的婚礼》(1907)和《西方世界的花花公子》(1907)，留下一部未完成的剧本《悲伤女神狄德丽》，该剧在一九一〇年首次以完整版上演。他的想象力具有强烈的自发性；他的剧作结合他在求学中累积的知识和在欧洲真正敞开心怀、无拘无束、身怀一份巨大天赋的漫游经历。他喜爱语言和人物描写，喜爱狂野的对话和肆无忌惮的放纵，仿佛一心想把自己人生中搁置的东西改编成戏剧，淋漓尽致地呈现出来。

在那十一年里，他参与了发生在剧院的所有纷争，多数时候似乎更冷静、更有针对性、更少记仇，在某些议题上，比他的同事更坚定不移。他认为叶芝太急躁冲动，无法和演员打交道。在部分通信里，诚如罗伊·福斯特指出的，“他给人感觉比叶芝更加老成持重；在和人打交道上他显得更加从容自如。”一九〇八年，费氏兄弟离开剧院，辛格说：“自那以后，一直由叶芝和我主持演出的事，即叶芝照管明星，我负责剩下的。”剧院的演员和工作人员都喜欢他。他显得更随和自然，比另两位同事更镇定沉着。一九〇四年，一位澳大利亚访客形容他：“他器宇轩昂，有良好的教养，谦恭有礼，敏锐，真诚……一个单纯的人；可他身上有种奇特而迷人的东西，一种难以名状的魅力，流露在他的口吻和举止里，尤其是在他怪异的、同时既嘲讽又带着同情的笑容里。”在艾比剧院，和在家中一样，辛格擅长离群索居。“我常常羡妒他的专注，”叶芝写道，“就像羡妒魏尔伦的堕落一样。”

格雷戈里夫人不喜欢《西方世界的花花公子》，但在公开场合还是为它辩护。她保证不让叶芝的《那锅肉汤》（*The Pot of Broth*）作为开场小戏，她写信告诉叶芝，那会注定引起骚乱，犹如“辛格放火烧你的房子，来烤他自己的猪”。辛格死后，她在日记里写了一段不曾发表的话：“一个人不需要一连串的颂歌，我们无法说，不想说，什么是真相，他对工作伙伴、作者和演员态度无礼，乐意接受赞美，吝于称赞别人……在巡回时，他只想着自己的剧作，对我们的置之不顾，若对别人说起褒奖，那些褒奖都是给他自己的。”叶芝在日记中写道：“我从未听他夸奖过哪位作家，无论在世的还是已逝的，除了某位年老的法国滑稽剧作家以外。”

事实是，他明白自己剧作的价值，对叶芝和格雷戈里夫人为剧院创作的作品评价不高，但他敬仰他们其他方面的作为，比如格雷戈里夫人的翻译。他不隐瞒这一点，也不隐瞒他对格雷戈里夫人不厌其烦和无所忌惮地捧抬叶芝的作品、又不断排演她自己作品的深刻不满。一九〇六年十二月，她对辛格说，叶芝的戏剧作品“比其他任何人的（你千万别对此感到生气）都更重要，我认为那是我们首要的殊荣。”一九〇七年三月，《西方世界的花花公子》已经上演，美国的一位戏剧制作人查尔斯·弗罗曼（Charles Frohman）到艾比剧院物色去美国巡演的新作，辛格写信给莫莉·奥尔古德：

> 我听说，在他们给弗罗曼看的剧作里，我的只有一部，《骑马下海的人》，L. G.［格雷戈里夫人］的有五六部，还有叶芝的好几部。我正为此感到愤怒，可是当然，你切不可吐露一个字。我猜，在经过 P. B.［花花公子］的风波后，他们担心如果挑中我，会激起美国的爱尔兰裔人闹事。不过我要查清到底是怎么回事，倘若我没有得到平等的机会，我将把参加英国和美国巡演的戏一同收回。他们对待我的

方式，超出了玩笑的范围。

另一方面，他们益发确信是他们造就了他。在他死后，格雷戈里夫人写信给叶芝：

> 你为他做的比谁都多，你传授了他一种表达手段。我的表达手段也是你传授给我的，可我本该找点别的事做，尽管绝不是和这相近的事，但我相信，如果不是因为你和剧院，辛格肯定会放任自流，一事无成……我觉得，他和我们在一起时，你和我为他注入了活力，就像布拉斯基特群岛上［辛格也去过那儿］的野人的作用一样。

但是，辛格和西部岛屿的关系，既缘于叶芝的启发，也是通过他的家人。例如，一八九八年，在一踏上阿兰群岛后，他就写信给母亲，母亲写信给他的哥哥萨姆：

> 上周，我收到一封强尼写来的非常有趣的信……阿兰的岛民发现他和亚力克叔叔是亲戚，纷纷去看他，十分高兴。如今他在因希曼岛——坐克勒克艇[①]去的，对他的新住处颇感满意，一间小屋里的一室，位于一座宅邸的灶间内……他以鲸鱼和鸡蛋为食，学习爱尔兰语；他对各种环境适应自如，真叫人不可思议。

① 克勒克艇，用兽皮或帆布绑扎于柳条制成的小船。

他获取的部分活力，既来自别人，也来自他母亲。从阿兰群岛回到都柏林后，他又让自己融入母亲的世界，和她一起到威克洛郡度假。他每天徒步或骑车去郊游，会把遇到的流浪汉的故事带回家，包括有一人声称认识他的祖父，对他说：“我从未去过那儿，但辛格太太赐了我一杯威士忌。”后来，年少的爱德华·史蒂芬斯向辛格的母亲提起这位流浪汉，她说：“我希望你的强尼叔叔没有怂恿流浪汉；我搞不懂他为何想要和古里古怪的人说话。我确信，辛格太太从未给流浪汉威士忌过。”

夏天一结束，辛格就照他的惯例，重返巴黎过冬。第二年，他为了母亲一年一度在威克洛的长假期回到爱尔兰，母亲找了两个姑娘来同住，她们俩都爱好福音派新教。辛格渐渐和她们亲近起来，他的母亲写道：“两个女孩都非常活泼，她们与约翰之间笑语不断，相处愉快。多年来，我没见过他笑得这么开心。”据爱德华·史蒂芬斯回忆：“约翰学会了享受她们的陪伴，快活得根本不回自己房间看书，有机会就和她们一同坐在台阶上观景，或雨天，坐在门廊的轻便折凳上凝视遮隐万物的薄雾，露出的只有屋子下方的树尖。”

九月，辛格又去了岛上，接着十一月重返巴黎，开始撰写他有关阿兰群岛的书。一九〇〇年五月，为了不错过和母亲在威克洛的三个月假期，他再次返乡，母亲又邀了年轻女子去同住，给他儿子作伴，令他乐开怀，其中包括一位名叫罗茜·凯尔特洛普的姑娘。然而，那年夏天，他的母亲嫉妒起儿子和别的女人打得火热，而冷落了她。看来，她不甘于在自己的客人佩金·迈克面前扮演寡妇奎因。她写信给萨姆：

> 她似乎非常欣赏强尼的体贴和友善！遗憾的是，他不把这一面展示给我，只展示给陌生人。我看得出他在小事上对她们俩殷勤周到，他对她们总是惟命是从，一叫就去散步、骑车或陪她们去任何地方！所以难怪她们喜欢他，但这真让我恼火；他想把我完全丢在一旁。可我告诉了罗茜，之后，她便不依从他的安排，虽然心里很想和他出去散步，我知道。

辛格太太告诉客人她嫉妒儿子将心思放在客人身上的主意，引人好奇。难以想象她是用何种措辞表明自己的想法，也可能客人被迫向辛格说明问题出在哪儿，这位老妇人因他突然与陌生人处得如鱼得水、因他的魅力而生气。因此说不定，《西方世界的花花公子》的主要情节乃是发生在一九〇〇年夏威克洛一栋租来的宅邸内。

那年九月，辛格重返阿兰群岛，打算再度施展魅力，讨陌生人欢心。这是他的第三次探访，抵达时他的心情格外低落，因为切丽·马西森接受了一位绅士的求婚，后来嫁给了他。之前他们在街上相遇，切丽向辛格介绍了她的新男友。第二个月，当他返家后，这趟旅程为后来的《骑马下海的人》埋下了种子，他的母亲写信给萨姆：

> 强尼昨晚从阿兰群岛回来了。他脖子上有一颗很大的

> 腺体组织，就在领圈上方；他气色很好，岛上的时光对他身心有益。我很高兴他平安归来。最近海上波涛汹涌，狂风大作，令他难于出行。他乘坐一艘可怜巴巴的小汽船，历尽艰辛前往戈尔韦，途中引擎几次熄火，又重新启动。

那年秋天，辛格买了一台布利肯斯德弗便携式打字机，是理查德·柏斯特为他挑选的，运来时装在一个上过清漆的木箱子里。他把打字机带回家，说它打出的拼写比他自己拼的更糟。等他重返巴黎后，母亲思念他，写信给萨姆：

> 我可怜的强尼今早出发了；谢天谢地，海上风平浪静，只是有雨多雾……我想念强尼，照常忙着缝补他的衣服，给他做些新的。他脖子上的腺体组织硕大无比，但消退了不少。对此他心生几许忧虑。我看他的情况有所好转；他比前阵子更加开朗健谈，我觉得他在巴黎的异常生活无论怎样总令他身心受损，每次回家时，他都古怪得很，与我们格格不入，随后这一状况逐渐淡去。我正努力说服他放弃巴黎的寓所，找个离家近一点的地方，重新开始。

夏初当他返家时，脖子上的腺体组织依旧肿大；他在都柏林看了医生，医生开给他一种软膏和一种与此前不同的药。母亲再次邀请罗茜·凯尔特洛普来与他们同住，并写信告诉萨姆，辛格和罗茜一次郊游要花多少钱。“约翰根本不在乎，”她写道，“当然那是我的钱，他出手毫无顾忌。诚然，偶尔一两次我不介意，可我不愿看到常常如此。”辛格随身带着他的打字机，正在创作《月落时分》(*When the Moon Has Set*) 一剧的初稿，它以他所属的阶级为题材，几乎是一部不加掩饰的自传。去库勒庄园小住时，他带了这部剧作，可格雷戈里夫人告诉他，剧本写得不好，无文学趣味可言。他离开库勒庄园西行，去了岛上，接着重返巴黎。一九〇二年五月，有人请他评论格雷戈里夫人的《穆伊尔汉的库霍伦》(*Cuchulain of Muirthemne*)，书中用了库勒庄园附近人们说的方言的一种变体。辛格发现，这种方言近似于他所知的威克洛乡下通行的语言。在书评里，他形容这种语言“异常简洁有力……简直如同伊莉莎白一世时代的语言”。伊莉莎白一世时代的词汇，他写道：

> 华丽生动，富有感染力，使其成为唯一十分适合描述史诗般事件的英语形式，在与西部农民的交流中，格雷戈里夫人学会以一种新的方式使用这套词汇，同时不忘如泣如诉的盖尔语句法，那使她的语言，在真正意义上，成为一门爱尔兰的语言。

当时他正在创作早期剧作的初稿。在《幽谷阴影》和《补锅匠的婚礼》里，他将艺术家或局外人的角色略加夸张，与生活稳定、受人敬仰的社会群体形成对照；换言之，他把自己遭切丽·马西森所拒的不幸境遇，通过这些剧作以不同的版本呈现出来。剧作其他方面的内容则来自他自己的幻想和观察，特别是夏天在威克洛那几个月的经历。辛格创作这些剧作时，他的外甥爱德华·史蒂芬斯十四岁，据他写道，这些素材“取自乡间人们的传说，而不是来自与补锅匠本人的直接接触。他们满身尘土，过着邋遢肮脏的生活，约翰估计不可能会自在地和他们打成一片。他警告过我，别在路上和他们搭话”。

到一九〇二年十月初，辛格完成了《骑马下海的人》和《幽谷阴影》。在最后一次去阿兰群岛的途中——他写这些岛屿的书仍未觅得出版商——他顺道到库勒庄园，把剧作拿给叶芝和格雷戈里夫人看，他们称两部剧作“都是杰作，各堪称完美”。事后，格雷戈里夫人写道：“他累积了情感，从置身于民间的经历里汲取他所需的动力，是方言的运用，解放了他的文体。”叶芝视《圣经》语言为另一影响因素。

第二年年初，辛格决定放弃在巴黎的寓所。当他在都柏林打开从法国带回的行李时，爱德华·史蒂芬斯望着他拿出“他在巴黎用过的刀叉和小平底锅，展示给我看，仿佛视若珍宝。我问他是否曾洗过，他回答：‘我一个人用的东西，从来不会脏。’”由于哮喘发作，那年夏天他待在凯里郡，而没有去威克洛，为了《幽谷阴影》的排演返回都柏林，该剧于十月拉开帷幕，饱受争议。首演结束的第二天早上，辛格与母亲下楼吃早餐，他们在《爱尔兰时报》上读到，虽然评论员肯定‘方言的巧妙运用和诺拉及流浪汉的出色表演’，但整部戏“令人出离厌恶”。

爱德华·史蒂芬斯记述外祖母对有关这部戏的报道的反应：

> 在《爱尔兰时报》上读到的种种令她困惑不解。过去

她一直以为约翰是在文友的强行说服下而颂扬爱尔兰的一切，如今，他的戏上演了，报纸谴责他抨击爱尔兰人的民族性。她不希望他的作品获得这样的名声，她感到遗憾，认为他本该采用一种戏剧写作的手法，其结果可能和那本写阿兰的书一样无利可图，她感到遗憾，觉得他的任何作品都不该和舞台扯上关系。

同时，辛格太太也担忧现已三十二岁的儿子外出晚归。她在日记中写道："昨晚一场可怕的暴风雨，我因醒着一边聆听风雨声一边等候强尼而犯了头痛，他直到三点半才回来。"

一九〇四年二月，《骑马下海的人》开演，《爱尔兰时报》对此剧依旧无甚好评。辛格一家人对他们读到的内容不以为然。评论员写道：

> 作品背后隐含的主题不错，但处理的方式，依我们看来，丑恶可憎。事实上，整出戏发展成类似一场守灵。死尸长时间暴露在观众面前也许逼真写实，但显然欠缺艺术性。有些内容栩栩如生，却完全不适合在舞台上呈现，我们认为"骑马入海"即是其中之一。

爱德华·史蒂芬斯记得父亲的反应："假如他们要的是一出爱尔兰戏，他们何不演《流浪汉》(*The Shaughraun*)呢?"

然而，这几出戏大获伦敦评论界的好评，但对辛格家人而言这无济于事，爱德华·史蒂芬斯写道，他们"浑然不知他作品的重要性”。在西部逗留了一段时光后，一九〇四年十月，辛格决定在拉思曼斯区为自己找一处住所，首次在都柏林和家人分居。一九〇五年一月，《圣泉》开始排演，里面有个龙套角色，扮演者是一位年轻的女演员莫莉·奥尔古德，她的姐姐萨拉·奥尔古德是知名女星。她十九岁，不久便开始在剧院的全部剧目中担纲重要角色，包括辛格的剧作。辛格爱上了她。

辛格的家人和格雷戈里夫人都不赞成他和莫莉交往，辛格一家是出于宗教和社会地位的原因，格雷戈里夫人是因为不想剧院的董事太过肆意地和员工勾搭。他虽然无法在格雷戈里夫人面前保守这段关系的秘密，但有法瞒住他的家人。一九〇六年十一月五日，他搬回母亲家，放弃了自己的公寓，他写信给莫莉：“我的母亲又再问我是不是一个人，我说，有‘一个朋友’和我一起。我必须尽早对她坦白。”十七天后，他又写道：“不久前的一个晚上，我给母亲看了你的相片，告诉她你是我的一位挚友。在底气没有增强前，我至多言尽于此。我彻底厌倦了这种状态，我们必须将之结束，公开我们的关系。”那天，正当他身染流感之际，莫莉来到他母亲的寓所。后来，辛格写信给她：“我的母亲过于矜持，没有大谈特谈你，但我相信她感到满意。她说你看上去很聪明，她希望我已邀请了你周日过来，给我振作精神。我说没有，但我会写信。今天，她提醒了我好几次，别忘了给你的信。”

第二个月，他告诉母亲他和莫莉订婚的事，他写道：

我收到母亲的信。她说，她以为和我一起散步的“朋友”是个男的，但当我给她看了相片，加上我生病时如此频繁的书信，令她觉得蹊跷。接着她说，如果可以让我更开心，那将是件好事，结尾她指出，我们一年只有一百英镑，真是太拮据了。作为开端，这是封相当不错的信，令人称心。

辛格给莫莉捎去的，只是他母亲对他要娶一个天主教徒的反应中好的一面的消息，但从他信的字里行间中不难读出隐含的言外之意。例如，在接下来的三月里，他说母亲“对此事的态度比以前更加理智得多”。这暗示，过去几个月里，她的反应是不理智的。三月末，她开始详细打听有关未来媳妇的情况：“今天，母亲问起你的脾气如何，她说我的脾气太坏，如果娶一个脾气坏的妻子，那就糟了。”

那年一月，《西方世界的花花公子》开始排演，辛格动笔写信给莫莉，提出找一间公寓的可能性。莫莉扮演佩金·迈克。导演威利·费伊和他的哥哥弗兰克·费伊意识到该剧将会激起怎样的愤慨：

弗兰克和我央求他把佩金塑造成一个规矩、讨人喜欢的乡下姑娘，在不损害整出戏的前提下，这本可轻易办到，我们还求他去除最后一幕中村民用点燃的泥炭火烧克里斯蒂的刑讯场景……弗兰克和我还是省点力气的好。我们想撼动辛格，不如去撼动霍斯山（Hill of Howth）。

辛格太太在读了《爱尔兰时报》上有关该剧及首演的报道后，在日记里写下："约翰的戏让我烦心——不妙。"辛格自己则在为总是好不了的咳嗽而烦心。那些年里，他似乎经常身患咳嗽、感冒和其他病痛。四月，他着手计划结婚。"昨晚，我算了下我的钱，假如一切顺利，我想我们头一年应该会有一百五十英镑，如果我们马上结婚，等于一周有三英镑。"一九〇八年一月，他在拉思曼斯区的约克路觅得一间公寓，每周租金十三先令六便士。他的母亲写道：

> 强尼准备搬出去；今日，他在家收拾整理书、衣服及其他东西……我深切地感受到他的离去：布置那些房间，用如此微薄和不稳定的收入，努力给自己建立一个小家。我给了他一些旧家具等东西，他得再买一些……强尼说，这次搬家令他想起巴黎之行！点数自己的袜子等丢弃不要的东西！不过，他添了一句，那儿离这不远。

那年冬天，辛格和母亲都病倒了。两人都做了手术，医生想必清楚，两人都已劫数难逃。四月，辛格太太写信告诉儿子罗伯特有关辛格结婚的事，表明直到最近以前，她想必都一直坚持反对这桩婚事："上周五强尼来看我；他在认真地考虑想尽快结婚…… [而且] 既然他心意已决……再反对也无用，我们只能盼望他可以勉强应付。"然而，严重的病情使他并没有在他梦想与莫莉共筑的公寓里住很久。一做完手术，他又回到母亲的家："昨天，我们把 [他的] 家具从拉思曼斯区全搬了回来，"

他的母亲写道：

> 总之这真是一次令人抱憾的小迁徙。如今我想起在他离开时讲的他气色很差。他说那些痛十二月就发作了！我相信假如他住在家里，我肯定会注意到出了严重的问题；可在他离家的那四个月，我很少见到他，我知道他一如既往地不吃东西，过来用餐时总饿得饥肠辘辘。既然上帝容许了这一切的发生，我无话可说。

在余下的日子里，辛格去了一趟伦敦，又重回科布伦茨，住在数年前招待他的那户人家里，写情意绵绵的信给莫莉·奥尔古德，几乎每天一封，并投入剧本《悲伤女神狄德丽》的创作。死神从未远离他的思绪。一九〇八年十一月二日，他寄给莫莉一首他新作的诗的草稿：

> 试问若我病故，你是否
> 也会随黑色的送葬队伍同行
> 当我被缓缓放下泥土垒起的陡坡
> 你是否会站在近旁听他们谈话或祷告。
>
> 啊，不会，你说过，倘若被你看见
> 一群活的笨蛋挤在那簇新的
> 橡木棺材周围——他们活着，我死了
> 在那木板之下——你会咆哮，用牙齿把他们撕碎。

他在德国时他的母亲过世了。十一月七日，他返回母亲的住所，度过人生余下的岁月，他写信给莫莉：“我终于到了家。在这空荡的屋子里，我感到难言的悲伤。”一九〇九年二月，他入院，明白自己命在旦夕。在阿兰群岛期间留下的笔记本里，有一段话，著书时他未完全抄录进去。他乘坐克勒克艇在恶浪滔天的海上：“我近乎羡妒地想到，假如这叶扁舟向那些浪涛再驶近几英寸，让我无助地掉落在大海湛蓝的胸怀里，我将摆脱多少累人的牵挂。没有一种死法如此令人愉悦。死在这儿、头发里沾着大海新鲜的盐分，与挣扎在污脏的床褥和令人窒息的厚毯下、鼻孔里呼出自己病的气息、身边是领了一半薪饷的死亡看门人，是天壤之别。”

在他与死神漫长的搏斗过程中，莫莉天天来探望他，直到去曼彻斯特扮演佩金·迈克为止，《西方世界的花花公子》在那儿受到热烈的欢迎。三月二十三日，叶芝写信给格雷戈里夫人：“我刚在街上遇到 M.［莫莉］，从她脸上看出有坏消息。她告诉我，辛格如今虚弱得无法在床上抬起手臂，夜里，他必须靠药物才能入眠。好几天，他虚弱到看不了书，连信也读不了。他们把他挪到另一个房间，让他可以从床上望见山。”

第二天，他辞世。他被葬在杰罗姆山墓园的家族墓区里。

葬礼前，辛格的哥哥罗伯特在日记中写道：“叶芝和艾比剧院的秘书来访，提出一项令人难以置信的要求，我断然拒绝。”他们想要制作一个死人的面模。爱德华·史蒂芬斯写道：“在任何情况下，罗伯特都不会喜欢这个主意，不过他……认为约翰的脸在最后一次患病期间变化太大，真正像他的面部模型……不可能获取到。”史蒂芬斯发现，葬礼上，吊唁的人分成两个阵营，“如同他在世时一直以来的一样”，一边是家人，一边是和他共事的人。莫莉·奥尔古德没有参加他的葬礼。

贝克特遇上他苦恼的母亲

一九三八年，托马斯·麦格里维把他论画家杰克·叶芝的文章，寄给在巴黎的萨缪尔·贝克特，他在文中写道："在一九一六年之前的二十余年内，杰克·叶芝填补了一项爱尔兰三百年里首次成为当务之急的需求，即人们需要感受到自己的生活用艺术表现出来。"贝克特写信对麦格里维说，他认为前十八页"没有一字需要改动"，剩下的部分，"虽然一开始我不觉得那是完全不言自明的事，但组织整合得无可挑剔"。可另一方面他指出，"政治学和社会学的分析略嫌冗长"。他承认自己"长期以来不能理解……'爱尔兰人'这样的说法，也无法想象穿着灯芯绒裤的他们曾丁点儿在乎过任何艺术形式，不管是并入联合王国前还是后，或者说，除了被牧师和协助牧师的蛊惑人心之徒强行灌输的幼稚思想和行动外，无法想象他们还能有别的思想或行动，即便他们知道爱尔兰出过一位名叫杰克·巴特勒·叶芝的画家，他们关心的，和艾伦沼泽（Bog of Allen）关心或知道的无异。"

和麦格里维一样，贝克特迷上了杰克·叶芝；在他的信中，画家叶芝几乎是在世的上一代爱尔兰名人中，仅有的贝克特提起时怀着不变敬意的一位。一九三〇年，麦格里维在给杰克·叶芝的信中写到贝克特：

> 我去年的同事……将仍在都柏林逗留一小段时间。他人很好，是锡西·辛克莱（Cissie Sinclair）[曾是一名画家]的侄子……如果你能抽一个下午请他过去，给他看几幅画，不假伪装地丢出你手边尽有的爆炸性话题，那将是一桩善举。但幸运真的眷顾他，他少言寡语，特别是初次见面，你也许会觉得他无趣，所以除非哪天你什么都不想干，否则别邀他。不过，乔伊斯对他确有好感，我也由衷地喜欢他，虽然他年轻极了。

那次拜访之后，麦格里维再度写信给叶芝："贝克特写信告诉了我他去拜访你的事。我很高兴你喜欢他。他完全被那些画征服，虽然经我介绍，他结识过很多人，但在信中的评语里他对他们都不屑一顾，而说'想想看，多亏你我才能结识杰克·叶芝和乔伊斯！'"一九三五年二月，叶芝觉察到贝克特性情孤僻，写信给麦格里维："一天，我试图电话联系贝克特，可他不在。我想安排一天让他过来——在没有其他访客的时候，他不是很喜欢有他们在场。"

三个月后，贝克特从都柏林写信给麦格里维：

> 昨日下午，我一个人独享和杰克·叶芝相处的时光……从三点到六点多，看了几幅较新近的画作。他似乎正在经历一个更自由的阶段。皇家爱尔兰学院里的那一

> 幅——由梅瑞狄斯（James Creed Meredith）购得赠予市艺术画廊的《低潮》(*Low Tide*）——令人倾倒……最后我们出门，去查理蒙特楼［市艺术画廊］探查周日开幕的情况，接着到朱瑞斯酒吧喝了杯东西。临别时，他照常提出要给我买一份《先驱报》。我希望在动身前能再见他一面，不过不企盼再有这样和他相处的机会。

第二年年初，贝克特在叶芝的画室看到《晨》那幅画；他想买，可他手头向来拮据。“我许久没看到一幅我如此想拥有的画。”他写信给麦格里维。一九三六年五月，他告诉麦格里维，叶芝“提起那幅画的事……我之前借了十英镑，他收下作为头期付款，剩下的二十英镑天知道何时会有，现在我得了这幅画。母亲和弗兰克［贝克特的哥哥］不能太过阻拦……把《晨》挂在墙上赏心悦目，永远是早晨，只有出发，没有回家”。后来，两人分别写信给麦格里维，说起他们在都柏林一次毛驴表演上撞见彼此，贝克特带了他的母亲，据贝克特形容，她“一副苦相”。当时叶芝正在为一幅画打草稿。

麦格里维论叶芝的文章最终于一九四五年发表，在该文的前半部分，他触及到某些对二三十岁的贝克特具有决定性影响的东西，他寻求把爱尔兰排除在他的创作体系外，或者说，努力想找到一种方式，将爱尔兰囊括在他未来的作品内，但无涉其神话、历史、其民族逗人发噱的古怪之处或所谓的其语言轻快的调子。“杰克·叶芝笔下的人，”麦格里维写道：

> 常被呈现于寻欢作乐的画面中，在马戏团、音乐厅、赛马会，或只是简单的互相交谈。可他们脸上的表情流露出克制、深思，一种内心的戒律。表面上，他们所属的社会状态，明显比西欧绘画艺术中历来不屈尊降贵所表现的更加原始，因而他们对存在的态度、他们身为人的意义，可能会被轻易忽视……他画中的人物不优雅端庄——他们的衣服宽松地耷拉在干瘦的身体上；他们不性感撩人——他们的脸肃穆、瘦削、愁云密布；他们的表情若有所思——他们既茫然又乐在其中。

换言之，叶芝试图超越麦格里维所称的“仅是墨守成规的创造”。他描绘的动态和玩乐，本质上都带有一种忧郁和神秘。在画爱尔兰的光线时，他使用的色彩和纹理，既属于自己的幻想，又和实际风光或前辈画家的用色或手法相宜。他的画里，没有一样东西仅因为和爱尔兰有关而被理想化。他本可轻易成为一名德国画家，尤其在贝克特结识他的那些年里。他是某个严谨、灵敏、孤独的人和某个迷恋旋转、快速移动及纯粹的刺激的人的综合体；他的画布上布满戏剧性的情节和拥挤的人群，同时又充斥着出神、孤单的人物，迷失在寸草不生、受大风侵袭的地方，流浪汉和无所事事者游荡在高远、阴森、幻象的天空下。叶芝虽然喜好交际，但私下里他沉默寡言，叫人难以捉摸；据说他鲜少和人讨论，或甚至泛泛提及自己感情上的任何要事。他有别的事可谈。这也许对贝克特有益。叶芝也创作实验性的戏剧和小说，正是他，为贝克特觅得一位伦敦的出版商，出版他的首部小说《墨菲》，之前它遭到好几家出版社的拒绝。

和叶芝及他的诗人哥哥、还有剧作家萧伯纳、辛格、奥凯西一样，贝克特也是都柏林的新教徒。他没有参与艾比剧院的建设，没有在作品里直接写到爱尔兰，既不受爱国主义的困扰，也未沉湎于民族主义，仿佛在各方面被连根拔起、是一个没有国家的人，这些事实并不表明爱尔兰，它的光线和风景，以及一定程度上它所谓的传统，没有塑造他，或对他没有深刻的影响。然而，他的新教信仰显露在某些可爱的时刻，例如一九三六年，他在都柏林“四十英尺”海角洗澡，看见一位神父麦格拉思，“因往肉里长的精子和曝晒而满身通红”。在他的《书信全集》第一卷里，编者在所加的脚注中如实说明：“不知SB（萨缪尔·贝克特）指的是哪位麦格拉思神父。”贝克特南都柏林统一派的出身背景也体现在某些惊人的评论中，诸如像攻击自由邦的警察：“没有一种动物，比爱尔兰警察更让我深恶痛绝，他以其官方的、盖尔人粗野的自满，成为爱尔兰的一个象征。”

贝克特的问题在于，作为一个文学艺术家，他深知，他的爱尔兰前辈在处理这个岛屿隐藏或臆造的特性上所采取的手法，对他毫无用处。杰克·叶芝的作为，对他的影响，大于任何一位爱尔兰作家的作品。一九三七年，他写信给姑母锡西·辛克莱，一位同道中人，谈到叶芝的作品，就像在谈论十年后他自己将开始创作的作品一样：

> 植入半身像和骨灰瓮的华铎（Antoine Watteau），我推

想寓示的是生命有机体的无生命性——他笔下的所有人，最后都变成无机物，不可能被添加入或抽离出，纯粹的无机排列——但杰克·叶芝甚至无需那么做。他把一个男人的头和一个女人的头并排放置，或面对面，这种方式可怕骇人，两个不可减缩的单一体，之间无法逾越的鸿沟。我以为，正是这，赋予他的画作以静态感，约定俗成的惯例仿佛骤然暂停，爱与恨、欢乐与痛苦、付出与得到、索取与被索取的惯例和表现。一种石化的目光，穿透一个人终极、坚硬、不可减缩的无生命的个体。用超越悲剧的泰然接受态度，处理所有一切。

在结识了叶芝后的数年里，贝克特着手寻找进一步的灵感源泉，不是在文学文本或传统里，而是在对欧洲绘画的钻研中。二十世纪三十年代，他怀着极大的热情和发现的眼光，观赏并论述这些画作。在爱好美术和努力写诗方面——他的诗饱含意气风发或支离破碎的陈述，语言朴素、富有个性，有时深奥晦涩、优美异常——他遇到了志趣相投的托马斯·麦格里维。麦格里维，一八九三年出生在凯里郡的塔伯特，遂比贝克特年长十三岁，是一位艺术评论家和诗人。他的诗作《流放》，开头这么写道：

我知道假如你死去我应该悲伤
可我发现我的心里盼望你死去。

这与贝克特的一首无题诗形成呼应，那首诗最初是用法语写的：

我愿我的爱人死去
愿雨落在墓地上
落在正走过街道的我身上
哀悼第一个也是最后一个爱我的人。

麦格里维参加过第一次世界大战，在伊普尔和索姆河服役，两度受伤。在遇见贝克特之时，他已认识了乔伊斯和他巴黎圈子内的人，也在伦敦结识了艾略特。除了论杰克·叶芝的那本小书和一些诗歌外——其中几篇在手法上堪称杰作——他还写了论艾略特和理查德·奥尔丁顿（Richard Aldington）的书，与贝克特论普鲁斯特的书同属一个系列，由他安排出版。日后，他写了一本论普桑（Nicolas Poussin）的专著，并在一九五〇年到一九六三年期间担任爱尔兰国家美术馆馆长。那些年，麦格里维在诸多名人的生活中进进出出。他是威廉·巴特勒·叶芝妻子乔治和乔伊斯妻子诺拉的朋友；他与华莱士·史蒂文斯有书信往来，史蒂文斯写了一首诗献给他。理查德·奥尔丁顿称他"委实是个矛盾的怪人。他看似像个身穿便服的牧师"。麦格里维很健谈，很爱说长道短，精通美术、音乐和文学，风度翩翩，乐观开朗。他不喜欢英国，但仍保留着英国护照，对现实中的英国人并无反感。和许多他之前或之后的人一样，他在国外是同性恋，但在爱尔兰是独身主义者。（他向一位牧师提起自己的性取向，牧师告诉他，每当他产生这种念头时，就踢自己一下）他个子矮小，衣冠楚楚，打着蝴蝶结领结；他成功做到既是天主教徒又是酷儿，既爱国又胸怀世界。住在巴黎时，他常白天出去散步，“确认这个世界仍留在［他］前一晚他离开时的原地”。一九二八年贝克特抵达巴黎，他和麦格里维在那儿的高等师范学院教书，到第二次世界大战爆发，这期间，麦格里维是贝克特推心置腹的知己和最亲密的朋友。

虽然贝克特从小生活的地方实属都柏林郊区，但他住的房子离城市南端的山很近，也离海和更南边光秃秃的威克洛山脉近，使这片风景对贝克特构成持久重要影响的原因是，和他父亲一样，他酷爱步行。从书信集第一卷的信中可以清楚看到，尽管对爱尔兰或与爱尔兰有关的东西缺乏兴趣，但他热爱爱尔兰的风光。一九三二年，他在给麦格里维的信中写到一次与哥哥弗兰克去爱尔兰西部的旅行，他描写戈尔韦：

> 一座雄伟、神奇、阴沉的小镇，处处是富有灵性的石头、桥梁和水域。我们……花了一天，漫步于向外延伸到大西洋上的阿基尔岛……总的来说，这是一次难忘的旅行，太过短暂，沿途沼泽地和山岭的景致，不知怎的，比我们这儿隐秘偏僻的种种，更单纯、明了、平易近人。我想再回戈尔韦，去那儿待一小段时间。

十天后，他描述威克洛山脉：

> 我不加节制地走啊走，走过的路程难以计算，山丘和溪谷，整整一天，回来时，我蒙帕纳斯的肚里装了两杯帕瓦斯考特纹章客栈的啤酒，穿行在荷马的暮色中。风景时时非常动人，有助于掩盖寻常的心跳。但关于花园般的景致，我不同意你的看法。这儿最低处的山脉，比我在康内马拉或阿基尔岛见到的更令我生恐。

走路的习惯，在贝克特后期一篇出神入化的文章《伴》里处处皆是，他不仅描写了叙述者走路的情景（“静寂中唯一的声响是你的脚步声”），而且写到他自己的父亲在母亲分娩之际出门散步，走了长长的一天：

> 那是一个公众假期，你的父亲用完早餐后没多久就出门，带了一小瓶酒和一袋他最爱的鸡蛋三明治，去山里远足。这本身没有什么不寻常之处。可在那个特别的早晨，他对散步和野外景色的喜爱，不是唯一的动力。他也因讨厌面对分娩生产时的疼痛和惯常的难受，想让自己避得远远的。因此那份三明治，他一边于正午时分津津有味地吃着，一边在攀越的第一个山峰上从一块大岩石的下风处眺望大海。你可以想象他在大步穿过荆豆和石南花丛前后的内心活动。

贝克特与父亲的关系似乎并不复杂。一九三三年四月，他写信给麦格里维：

今早和父亲愉快地散步，他怀着一份高度优雅的哲学日渐衰老。将蜜蜂和蝴蝶与大象和鹦鹉作比，言及和平等主义者的师徒契约。闯入树篱中，踩着我的肩膀翻过围墙，骂骂咧咧，借口欣赏风景，停下来歇息。我从未见过像他这样的人。

两个月后，父亲去世，贝克特写信给麦格里维：

他六十余一，可不管看上去还是实际都年轻得多。只要尚有一口气，就还在打趣和咒骂医生。他躺在床上，满脸香豌豆，大发毒誓，说等他好起来后，决不再干一点活。他要开车去霍斯山顶，躺在欧洲蕨丛里放屁……我写不了他，我只能跟着他行过原野、攀爬沟渠。

贝克特父亲晚年想一点工作都不干的嗜好，连同重重障碍和莫大的内疚，植入在儿子心中。懒散是贝克特的一个重要特质。一九三〇年八月，在写论普鲁斯特的那本书时，他写道："这该死的工作，我干不了。我不知道是从结尾还是从开头下手。"十二月，该书完成，他写信给伦敦的编辑，说他没有添加任何内容。"在这儿我什么都干不了——无法读书、思考或写作。因此，明后两天，我会把书稿寄还给你，里面没有做任何实际的改动。我必须为这整个过程的荒唐道歉。我期盼在停滞中有更多宽大的空隙。"下个月，他写信给麦格里维："你知道，我一点东西都写不出来。连最简单的一个句子也是煎熬。”不久，他又从伦敦写信给麦格里维：“如果我能编出些托词，写一首诗、一个短篇或任何一点什么，那么我就会没事。我以为我一切正常。可有时，想到这种写作的欲望一旦祛除，我心生惶恐。我想是因为这个见鬼的地方和这儿见鬼的天气。”两周后，情况毫无改变：“不管什么题目，我相信我都攒不出一打词来。”此后的一年，回到爱尔兰，依旧毫无进展。“我发现写作变得越来越难，故而我觉得自己写得越来越糟。”一九三四年，他写信给他的堂妹：“我什么工作都不会做，好比一个人无法同时一边掏鼻孔一边穿针一样。所以我几乎已要放弃努力。”一九三六年，他从汉堡写信给作家玛丽·曼宁（Mary Manning），流露出更深的绝望：

> 我的下一部作品将写在草纸上，用卷筒绕起来，每隔六英寸有一条打过孔的虚线，放在博姿日用品店出售。每章长度经过精心计算，适合一般畅通排便的需要。每册书附赠一剂泻药试样，作为促销。贝克特的肚肠书系列，放屁的耶稣。

（他称自己写普鲁斯特的那本书是“我的普鲁斯特粪块”。）他对厕所之物的兴趣，大概源自一九三六年初他向阿兰德·阿瑟（Arland Ussher）讲述的一件事，“我的肛门里有块脂肪囊肿，在未能施行手术前，一个屁意外把它扫除了。”及至一九三九年，他写信给麦格里维：“我整天都在打瞌睡，什么事也不干。

我偶尔试着提笔，可一无所获。如果事情注定如此，那就随它去吧。”

他那些年遇到的问题非常简单，但不易解决：那就是怎么生活，从事什么，成为什么样的人。他头脑聪明，受过良好的教育，说一口流利的法语和意大利语；他的德语也很好。可他的第一本短篇集卖不出去，他找不到出版商愿意出版他的小说。他不知道自己怎么赚钱为生，而且他极不快乐。他并非从一开始就是圣徒的形象，羞涩腼腆、彬彬有礼、内向谦恭，那是他后来的转变。他对诗人奥斯汀·克拉克（Austin Clarke）的憎恶，毫无顾忌地表露在他的信里。他在《墨菲》里借奥斯汀·提克派尼一角公开讽刺他，又在一九三四年为《书人》杂志撰写的一篇文章里抨击他的作品。在离开都柏林前的那些年里，他亦非以他的谦卑而闻名。有一晚，剧作家丹尼斯·约翰斯顿（Denis Johnston）想搭他的便车去福克斯罗克（Foxrock），他们都住在那儿，贝克特粗鲁地回道："不行。"

他出了名的绝望并不总是彰明较著，但仍有蛛丝马迹可循。在一九三四年给堂妹的一封信里，他描写春天的来临：

> 在春天走近之际，我感到奇特而温和的快意，这种快意无法言表，倘若这是一句会招致讥笑的话，那么更可笑的是我。无疑，我从未如此迫不及待、如此轻松宽慰地望着它到来。我把它看作是征服黑暗、噩梦、焦虑、惊慌和疯狂的胜利，把番红花和水仙花看作是至少可容忍的生命的希望，曾经享有，却是在如此遥远的过去，所有痕迹，

连对它的记忆，都几乎消失无踪。

有时在他的信里，不难看出他正缓慢而吃力地往作家、往日后的他那个方向转变，而有时，又显见他可能变成另一个人。一九三三年，他写信给麦格里维，提到可能找一份广告业的工作（“这在我脑中盘桓了很久”）。一九三六年，三十岁时，他考虑参加培训，当民航飞行员（“我希望我现在开始认真学为时未晚”）。他也想过学拍电影，并在同一年给爱森斯坦寄了一封信，请求莫斯科国家电影学院录取他。同样，他还申请过到开普敦大学当意大利语讲师。最后，在一个绝妙的计策下，他决定当一名艺术评论家，说服母亲应该出钱送他去德国待一长段时间，让他可以观赏画作。

他写给麦格里维、谈及绘画的信，内容严肃而广博。在他早期的书信里，有关绘画的叙述优于其他一切，包括写他自己的生活，从中可以感受到他复杂的个性——一方面是评断上的严苛，另一方面是从看到的事物中获得乐趣的能力——体现在他对眼前画作巨细靡遗的探索中，包括爱尔兰国家美术馆里的作品，从克莱尔街、贝克特家族从事工程估算业所在的办公室转过街角就是国家美术馆。一九三一年十二月，他欣赏了美术馆新近购得的彼得罗·佩鲁吉诺的《圣母恸子图》：

作品深藏在巨大、反光的玻璃屏障后，人们被迫以渐次的方式，一平方英寸接一平方英寸地识认。修补的人把整幅画搞得一塌糊涂，但耶稣基督和画中的女子形象可人。

> 一个胡子刮得干干净净、阳刚有力的耶稣基督，一腔热泪付诸东流……烂糟糟地挂在烂糟糟的灯光下，置于厚厚的商店橱窗后……一个俊俏阳光、精液充足的耶稣基督，和抚摸他大腿、哀悼他的睾丸的妇人。

《徒劳无益》里的短篇小说《爱和遗忘》中，来自爱尔兰镇的鲁比·塔夫被比作这幅画中的抹大拉的马利亚："对于有一丝好奇、想知道她在被我们挑中期间长什么模样的人，我们大胆地请他们参考都柏林国家美术馆内佩鲁吉诺《圣母恸子图》中的马利亚，始终谨记，我们女主人公的头发是黑色的，而不是姜黄色。"第二年，他写道："我似乎花了很多时间在国家美术馆，观赏普桑的《埋葬基督》，悄悄下楼，走入德国展厅迷人、玲珑的亮堂中，迈向勃鲁盖尔家族的几位画家和倦目及银窗方面的大师。伦勃朗笔下的姑娘美极了。"在他的短篇《叮咚》里，他描绘女货郎的面孔："然而就像他见过的饱受折磨的面孔，像梅瑞恩广场国家美术馆里倦目大师笔下的那张面孔，仿佛经过了长途跋涉，正对痛苦的无限窄角，双眼聚焦在一颗星星上。脸上毫无表情，只散发一种光芒，漠然而安心，定格在容光里。"

他在德国写的信里也处处是画作的名字，给人感觉，他正狂热地专注于手头的工作。有时，那些描写和目录多达数页。虽然他在德国写的信主要围绕他看过的画作和自己的愁绪，可他并未忽视身边正在发生的事。一九三六年他从汉堡写信给玛丽·曼宁："厕所里的人都在喊希特勒万岁。最好的画在地窖里。”之后没多久，他写信给麦格里维：“我在这儿遇到很多友善的人，大多是画家……他们或多或少都感到压抑，不能公开举办画展，只敢戒慎戒惧地卖画。一九三三年，团体解散，他们的图书馆被查抄。”一九三七年一月，他记下托马斯·曼被剥夺了国籍。第二个月，他写到一位他曾相识的艺术史学家：“一九三三年在国家美术馆，他被解除了在这儿高级中学的职务，和他的其他同事一样。”

这番叙述也许看似冷漠，但应把它与贝克特一贯拒绝在信里尽书时事和战争一爆发后他就决定留在法国、加入抵抗运动的事摆在一起。不可不强调的是贝克特醉心于圣母恸子写照的段落，画中，含泪的母亲和最后躺在她膝上的固执的儿子，终于是躺她的膝上。贝克特属于那种生来让可怜的母亲心碎的年轻人。从巴黎、后从伦敦、再后来从德国返家，怀着满腹的自怜自哀，他想必是个非常招人嫌恶的讨厌鬼，在屋子里无所事事的游荡，或赖在床上，因为宿醉——他喝酒喝得很凶——或其他莫名的抱怨。不管怎样，他的母亲在丈夫死后已经够神经质，悲伤难过，经常抑郁不乐。贝克特的哥哥弗兰克和父亲一样踏实稳重，接管了家族的生意，并即将要结婚。对贝克特的母亲而言，这个倔强任性的儿子成了她的心头之忧。

有一封有趣的信，是一九三五年从伦敦写给麦格里维的，谈到贝克特在那儿接受精神分析治疗的缘由。他一周去三次。“多年来，”他写道：

自从离开学校，进入都柏林圣三一学院，我就不快乐，

> 那是存心故意的，这样，我可以使自己越来越孤立，越来越少活动，将自己推向遭他人与自己贬抑的顶点……在这种生活方式，或毋宁说否定生活的方式，发展出可怕的生理症候而不能为继以前，我未意识到自己有任何病态……由于一种特有的恐惧和一种特有的抱怨，我去看了杰弗里[汤普森，一位精神科医生]，又去看了比昂[威尔弗雷德，也是一位精神科医生]，得知，这种“特有的恐惧和抱怨”是一种不健全状态里最微不足道的症候，它始于我能记事以前，我的“史前阶段”。

换言之，一切与他母亲有关。

一九三七年十月，他的母亲留他一人（当然还有一个厨子）在家，他写了一封信，惊异于没有母亲的库尔德里纳(Cooldrinagh)令人心情愉悦。

> 对她的祝愿里，我最希望的是当我不在时她也这么觉得。可我对她没有任何祝愿，不管好的还是坏的。现在的我，是她野蛮的爱所造就的，我们中有一人终该接受这一点，这是好事……我根本不想看见她、不想给她写信或收到她的信……我想，这一切归结成一句，我是个多么坏的儿子。哦，阿门。这个封号对我而言，既是恶名，也是小小的荣誉。好比形容一棵树是一块坏树荫一样。

第二年一月在巴黎，在一次严重的袭击事件中，他被人捅了一刀，养伤期间，他写信给麦格里维，提到母亲和哥哥去看望他："希望你在伦敦见到了母亲和弗兰克。弗兰克对即将回家感到如释重负，母亲内疚难过。看她难受的样子，我对她涌起强烈的爱意、敬意和同情。这是一种什么关系！"五月，他听说母亲的双手严重灼伤，他写道："当然，她瞒着我。我为她难过，经常难过到泪快决堤。我想，这是精神分析没有化解掉的部分。"第二个月，他写道："诚如你能猜到的，我不是很想回爱尔兰，可只要母亲活着，我就得每年回去。"

贝克特的母亲对她的姻亲、辛克莱一家不以为然，假如她对乔伊斯夫妇的耳闻多一些，也会对他们不以为然。相反，贝克特却和这两户人家走得很近：他们给他提供了一个逃离自己家庭的途径；他们为他开辟了道路，通往他所追求的某些自由，但也沿途给他制造了麻烦。贝克特家族历代来有个可爱的惯例，先诞生一两个真正理智实际的成员，像贝克特的父亲和他的哥哥，他们从不走岔一步，接着是各式性格复杂的角色，像贝克特的姑母锡西、贝克特自己乃至贝克特的第一个堂弟约翰·贝克特，二十世纪七十年代，他在都柏林指挥巴赫的清唱剧，庄重、灵动、离经叛道的极简主义风格，和惊人精练却信息丰富的介绍，对我而言，是那座城市的莫大乐趣之一。锡西·辛克莱是贝克特父亲唯一的妹妹。她在巴黎攻读艺术，与艾斯黛拉·所罗门和比阿特丽克斯·艾尔维里、日后的格莱内维夫人是同窗，两位艺术家在都柏林的画廊都有定期的展览。锡西嫁给了博斯·辛克莱，都柏林的一位古董商，也是画家威廉·奥彭的朋友；二十世纪二十年代初，辛克莱一家搬到德国，在那儿经营当代德国艺术品和古董的买卖。贝克特常去拜访他们，和他们的女儿，他的第一个堂妹佩吉产生了感情，一九三三年，二十二岁的佩吉死于肺结核。她的幽魂弥漫在贝克特的短篇集《徒劳无益》里，纵观贝克特一生的作品，里面亦零星提到她。(在贝克特的剧作《残局》里亦有锡西晚年生活的元素，她被束缚在轮椅上，用望远镜观察世界）希特勒上台后，犹太艺术商没了生路，辛克莱一家回到都柏林。

他们热衷艺术收藏，爱好音乐和文学。博斯和他的儿子莫里斯都会拉小提琴。他们优先考虑的东西，和在贝克特自己家里占据主导地位的古板、乏味的头等大事截然不同。他们是放荡不羁的文化人，他们举行的派对，如安东尼·克罗宁在他的《贝克特传记》① 里所写，“人们坐在地板上，结束后很有可能就睡在那儿。”辛克莱家的人，没有一个反对贝克特一上午都待在床上，无一点世俗的抱负，满脑子含糊不清、曲高和寡的梦。贝克特可以在信里轻松地和他们讨论艺术和音乐。有一封一九三四年从伦敦寄给莫里斯、用法语写的信，内容妙不可言，里面贝克特记述了他听过的一场音乐会：

> 我不得不忍受［巴赫］作的一曲鸿篇巨制，滑稽得叫作：管弦乐组曲，由品位不高的富特文格勒指挥，他看起来已用交织的卐字标志盖满大半部分赤裸的身体。他有种迷人的谦卑，一边让自己被铜管乐手牵着鼻子走——他们

① Anthony Cronin, *Samuel Beckett*: *The Last Modernist* (HarperCollins, 1996).

> 吹出只有喝啤酒之徒吹得出的音乐——一边用左手向他的首席小提琴做出非常大胆的手势，幸好小提琴手根本不理会，他还甩动臀部松软的肥肉，像是急着要上厕所。当他肆无忌惮地指挥起舒曼的第四交响曲时，我简直受到不可平复的重创，那不像交响曲，而更像由莱哈尔（Franz Lehar）起头、戈林完成、强尼·道尔（若不是他的狗的话）修订的前奏曲。

在贝克特发表了短篇《斯玛拉尔狄娜的情书》后，他与这家人之间产生了罅隙。他在作品里使用了一封佩吉·辛克莱的信，当时距她过世才一年。在给莫里斯的一封信里，贝克特写道："很高兴得知博斯没有对我怀恨在心。但这一点我事先就料到了。"詹姆斯·诺尔森在他的传记①里写道：

> 他的姑丈似乎比他的姑母更理解小说的需要，没有太生气。至于锡西，起初她很懊恼，但当贝克特在夏天返家期间写了一封恳求她见一见自己的信后，她很快原谅了他。和解很成功，那年夏天在见过她后，贝克特能够写信告诉麦格里维，一切进展顺利，"只是和斯玛拉尔狄娜的妈之间有一小点紧张"。

狄德丽·拜尔在她所著的传记里写道："不过，他似乎对这

---

① James Knowlson, *Damned to Fame*: *The Life of Samuel Beckett* (Simon & Schuster, 1996).

种做法几无悔意，只抱怨失去了上门拜访的优待，宛如是别人，一个完全陌生的人，犯下了过失。”①

关于这一点，他有据可循的书信，在编辑出版上遇到一个难题。贝克特坚持，他死后，只有“和我作品有关”的书信才有发表的必要。《贝克特书信集·第一卷》的引言里提到，他的侄子、代表遗产委员会的爱德华·贝克特“参与了这一版的筹备工作”。几位编者肯定，“在围绕什么算‘和作品有关’而产生的分歧上，他的回应宽宏豁达。”可他们也明确表示，在遵循囊括尽可能多内容的原则下，他们和遗产委员会之间不无分歧。“举一个例子来说，”他们写道，“在编者看来，贝克特频繁地、有时近乎执迷地谈论自己的健康问题——他的脚，他的心悸，他的疖子和囊肿——和他的作品有直接关联；对此萨缪尔·贝克特遗产委员会不这么认为。”编者指出，虽然出版的书信里有“一些省略号”，但他们已“尽量做到最少”。斯玛拉尔狄娜的原型，锡西·辛克莱的女儿佩吉去世才刚一年，贝克特就在给麦格里维的信里称呼他挚爱的锡西·辛克莱为“斯玛拉尔狄娜的妈”，这估计改善不了贝克特在思想正派人士中的地位。可对于我们中余下的、爱好他作品的人而言，这尽管是、但亦不仅仅是非分的好奇。它关系着贝克特对待家中反对把现实人物当作角色原型的成员的态度。就贝克特的情况而论，战后，随着他创作出一部部杰出的作品，他与“现实人物”世界的关系将变得日益紧张，早期这种利用过世的堂妹的做法，和当产生问题

① Deirdre Bair，*Samuel Beckett*：*A Biography*.（Simon and Schuster，1990）.

时他自身的反应，无论他的遗产委员会愿不愿意，都“和作品有关”。

拜尔在脚注里引用了“托马斯·麦格里维的书信文集”，作为她得出贝克特和辛克莱一家因使用佩吉的信一事而关系紧张的证据资料。诺尔森引用了一九三四年八月写给麦格里维的两封不同的信，只有一封收录在此次出版的书信集中。里面印出来的这封信有三个省略号，没有出现用“斯玛拉尔狄娜的妈”称呼锡西·辛克莱。第一段写的是：

> 我亲爱的汤姆，今早收到你的信。从某种角度讲，家里的情况似乎更加简单了，我似乎已逐渐对快餐式的情绪氛围感到漠然［……］可人们的感觉似乎无关紧要，一个人肆意地善待所有人，冒犯的和被冒犯的，用一种从未弃其而去的私下的深沉男低音。直到现在我才开始意识到精神分析对我所起的作用。

下一段的开头又是“……”，结尾又有一个“……”。

对读者而言，问题在于，在这样一本充满翔实全面脚注的书里，就这一段，冒犯的或被冒犯的人可能是谁，里面没有提供任何脚注和线索。一九三七年五月，博斯·辛克莱过世后，贝克特写信给麦格里维：“我想你已读到哈利［博斯·辛克莱的孪生兄弟］指控［奥利弗·圣约翰］戈加蒂诽谤中伤的事。我深陷其中。只要这是博斯的意思，我心甘情愿，他在去世的几周前已读过那段冒犯之语。”戈加蒂写了一本自传《当我走过萨克维尔街》(*As I was Going Down Sackville Street*)，里面有一段写到“一位年老的放高利贷者，双眼犹如一对有人拿别针在上面做实验的玉黍螺，鼻子像颗干瘪的西红柿，两边的侧翼顾自翕动。他年纪越大，越追求未成年的幼雏，诱骗小姑娘到他的办公室。这已够恶劣，可他还有孙子，他们调整青春的步伐，跟随祖父的足迹，不加分辨，反更热衷”。

里面还提到“年迈的鸡肉铺老板的双胞胎孙子”和一个名叫威利（威廉是博斯的本名）的古董商。

在声明里，哈利·辛克莱承认，他的祖父的确诱骗过小姑娘到他店铺的里屋，对她们进行性骚扰，但他否认他和他的孪生兄弟在这方面有所谓跟随祖父的足迹。他坚称，他和他的孪生兄弟会被轻易地对号入座，受到明显的中伤。

贝克特从巴黎回来作证，说明他认出辛克莱兄弟是戈加蒂诽谤的对象。此前他曾写信给麦格里维：“各种流言蜚语将集拢起来，我猜他们会试图从我是《徒劳无益》的作者这点上推翻我的证词。”他猜对了。辩护律师朗读了《徒劳无益》里的一段话，述及耶稣“介入男友拉撒路的情事”，该书在爱尔兰遭禁。他还提到一本诗集《婊子镜》(*Whoroscope*）故意把普鲁斯特的名字念错，逼贝克特不得不纠正他的错误，并承认自己既不是基督教徒、犹太教徒，也不是无神论者，让他的缺乏宗教信仰或者说无信仰，和他的法语口音一样，造成陪审团对他的疏离。在总结陈词中，辩方律师称贝克特是“一个鸨母和亵渎神灵的人”，第二天，《爱尔兰时报》将此作为一篇专栏文章的副标题。法官在总结陈词中说，他本人不会对“证人贝克特”的证词抱许多信任。

诺尔森在他所著的传记里写道："虽然他在和友人的通信中极少谈到这件事，但回到巴黎后，他益发恶言詈骂爱尔兰。"不难想象，他的母亲每日在《爱尔兰时报》上读到有关审判的报道时心里作何看法。回去作证时，贝克特没有和她住在一起。审判结束后，他去看了他哥哥，哥哥建议他回巴黎，别去见母亲。贝克特照做了。作为报复，他的母亲从此没再和辛克莱一家说过一句话。

虽然贝克特写了许多信——目前找到并经编者转录的有一万五千封，可能还有更多——但从这第一卷来看，他并不是一位出色的书信作者。我们庆幸他把真正的精力投入到了作品中。不过在这卷书信集里，亦有片段和整篇的书信，显著地透露出他思想的变迁，有对语言和散文体的，也有对艺术和音乐的。最有意思的是一九三七年他从都柏林用德语写给作家兼翻译家阿克塞尔·考恩（Axel Kaun）的信：

> 事实上，对我而言，要写出通俗的英语变得越来越难，甚至毫无意义。我觉得我的语言越来越似一层面纱，必须把它撕开，才能触及其背后的东西（或者说虚无）。啊，语法和文体！对我而言，它们似已变得和比德迈式的泳衣或绅士的沉着淡定一样无关紧要。一张面具……当然，暂时只能将就凑合。起先，充其量不过是怎么开创一种方法，口头表达对言辞的蔑视态度。在工具和运用这一不和谐的声响里，也许人马上能察觉到乐曲终章的细语或位于一切

之下的沉默。

他继续写道："据我看来，乔伊斯的最新作品丝毫没有涉及这样的规划。"

不过，那些年里乔伊斯的作为依旧强烈地吸引他；与乔伊斯的往来和友谊，加上阅读他的作品，为他提供了养分。尽管他崇拜闪[①]——这是他经常在信中对乔伊斯的称呼，更确切地说，对他心怀爱慕，但两人的关系并不简单，一个相当重要的原因是他们作为爱尔兰人的阶级差异。一九三七年圣诞节前夕，他在给麦格里维的信中写到《芬尼根的守灵夜》的校对："我为乔伊斯做校对，十五个小时，他付给我二百五十法郎。不用说，我只告诉你一人。后来他多添了一件旧大衣和五条领带！我没拒绝。与伤人比起来，被人伤真是简单得多。"难以知晓乔伊斯对此怎么想。一个爱尔兰天主教出身、声名狼藉的白食客，无论是不是伟大的作家，在巴黎出手接济贝克特，这想来不会给住在福克斯罗克宽敞、豪华宅邸内的梅·贝克特带去什么安慰。

一九三七年的圣诞夜，贝克特受邀和乔伊斯一家共进晚餐。乔伊斯要收集一批评论，是关于他正在《新法兰西评论》上连载的作品的，他请贝克特撰写一篇。贝克特写信给麦格里维：

> 我已受够《新法兰西评论》的那篇文章，想弃之不理。无疑，待作品［《芬尼根的守灵夜》］成书出版时，序或跋

---

① Shem，爱尔兰语里詹姆斯（James）的叫法。

> 将不成问题。假如这意味着决裂，那就决裂吧。至少这次不是因为他们的女儿，顺便提一句，就我所知，他们的女儿，病情越来越重，康复的可能性越来越渺茫。

然而没多久，他换了一种调子描写乔伊斯。一九三八年一月五日："昨晚他令人肃然起敬，以极具说服力的方式抗议他才华不足的论点。我不再感到和他交往的危险。他只是一位非常可亲可爱的凡人而已。"遇刺后，他在医院写信给麦格里维："乔伊斯夫妇异常热心，从加热灯到牛乳布丁，给我送来的东西应有尽有。"待他到家时，他发现"一大束乔伊斯夫妇送来的帕尔马紫罗兰"。

贝克特信中极少提到他和詹姆斯·乔伊斯的女儿露西亚·乔伊斯的关系，但在这本书的末尾，一段有关露西亚的简短生平提供了有用的信息。"露西亚·乔伊斯被广泛认为是萨缪尔·贝克特《对平凡普通女人的梦想》(*Dream of Fair to Middling Women*) 里锡拉库萨的原型，她日益迷恋萨缪尔·贝克特，但在一九三〇年五月，贝克特明确表示，他未对她的好感报之以李。这一度导致他与乔伊斯全家关系破裂。"一九三五年贝克特与露西亚在伦敦相遇，贝克特写信给麦格里维："露西亚的余烬遽尔复燃又告吹。但更多是口头上的。"

一九三八年初，贝克特告知乔伊斯，他很担心露西亚；从脚注中我们获悉，她"接受了精神病治疗"。一九三九年四月，他写道："我偶尔见到乔伊斯夫妇。我每周去伊夫里探视露西亚，觉得她的情况在慢慢恶化。她什么人都不见，除了她的父亲和我以外。”

此次出版的《贝克特书信集·第一卷》，经过大量的研究工作，注释翔实仔细。大体来说，它同时满足了仰慕贝克特艺术成就的人和尊重他遗愿、只发表与他作品有关的书信的人的要求。里面既无说漏嘴的秘密，也无放肆的闲言碎语；那不是他的风格。没有具体记述他在戈加蒂诽谤案中担任证人的感想，也没有大谈他与苏珊·德谢乌克斯–迪梅尼尔（Suzanne Deschevaux-Dumesnil）的邂逅，贝克特和她一同生活了近半个世纪，一同在法国度过战时的岁月，第一卷书信集恰好截止到此之前。一九三九年四月，贝克特用他独特的枯燥、淡泊的睿智口吻，写信给麦格里维：“有一个法国女孩，客观地讲，也是我心仪的对象，她待我很好。这手牌不会被高估。虽然我们都知道事情总会结束，但不得而知它可能会持续多久。”

布莱恩·摩尔：我已经从爱尔兰跑出来，大大的仇恨，小小的空间[①]

在布莱恩·摩尔（Brian Moore）早期的小说《朱迪思·赫恩的孤独感》（*The Lonely Passion of Judith Hearne*）的第二章里，赫恩小姐认识了一同住在家庭旅馆的房客，特别是女房东的弟弟，返乡的扬基佬马登先生。他们讨论在爱尔兰和美国男人和女人之间的区别。“男人绞尽脑汁让妻子丰衣足食，”马登先生抱怨，“这是女人的过错。不是好事……我，我可不愿和她们扯上关系。”对教育程度和阶级的细微差别有深刻警觉的赫恩小姐暗自思忖，他能说出这样的话，想来不可能受过很好的教育。于是她回道：“喔，爱尔兰不这样，马登先生。唷，男人在这儿是上帝，我真心实意地这么认为。”在马登先生继续往下说的过程中，赫恩小姐逐渐觉出他的阳刚气。“如他所言，他如此雄伟、阳刚，令她感到脸上再度泛起红晕。他宽大的手用力拍打桌子。”

① 英文原标题为 Out of Ireland Have I Come, Great Hatred, Little Room，套用了叶芝《悔于讲话过激》里的一句诗，“我们已经从爱尔兰跑出来，大大的仇恨，小小的空间。”这首诗收录在他 1933 年的诗集《旋梯》（*The Winding Stair and Other Poems*）中。

布莱恩·摩尔开始构思朱迪思·赫恩这个角色时二十七岁，离开故乡贝尔法斯特，试图在安大略一处偏远的地方创作短篇小说："我想起以前常来我们家的那位老妇人。她是个老处女，在某个和卫生保健有关的行政部门工作，人生大部分时光和她'亲爱的阿姨'住在一起。她们不'尊贵'，但自命不凡，她的行为举止非常有教养。"这本小说里处处可见乔伊斯式的时空片断。故事设置在一个奉行天主教的爱尔兰，缺乏足够的教养，出奇地令人不安；这使朱迪思·赫恩脆弱的意识有了巨大的戏剧感染力；小说运用不同的腔调、节奏和口吻；它借鉴了《都柏林人》里最神秘的故事《泥土》，一位单身的中年女子拜访一户人家、在那儿既寻得安慰又蒙受羞辱的主题。在把一个短篇转化成长篇时，摩尔写信给他在贝尔法斯特的姐姐（和乔伊斯写信给在都柏林的妹妹，探寻那座城市的细节一样），请她回忆基奥小姐（Miss Keogh），那位访客，朱迪思·赫恩的原型。然而，他舍弃了大部分获知的内容，（例如，原来的基奥小姐是有工作的）只采纳了原本人物的"言谈和举止"，围绕这两者添加了别的元素，添加了他自身在一个一味讲求建树的家庭内一无所成的孤立，还有一个外来移民在加拿大的孤立。他自身信仰的丧失转移到朱迪思·赫恩身上，他记忆中那位原型"有一点贪杯"，在朱迪思·赫恩身上变成了酗酒。

不过，这些都不足以解释这部小说饱含的艺术激情，对精神上的苦难和无助的绝望的描述，与单纯的社交障碍的点滴瞬间和对社会细致入微的观察并重。小说成功地使书中的大场面——例如朱迪思在一阵醉酒的绝望中到天主教教堂的神龛上奔跑——和自欺欺人、社会喜剧的小片断一样真实可信、富有感染力。“这也是一本关于女人的书，”摩尔在给出版商的信里写道，“表现了某些女性特有的生存难题。我在写这本书时，倾注了自己所能有的全部同情和理解。”

摩尔明白，在他当时的爱尔兰，写一个女性，能够取得某些效果，是写一个男性不能取得的。男人可以喝着酒大摇大摆，醉醺醺，即便在上流社会的背景下，也没什么丢脸的，反而可能引起怜悯、宽容或被视为某种释放。可一个中年妇女，在气派的寄宿公寓里，孤零零在自己房内喝醉酒，不记得自己彻夜高歌，第二天必须面对她的女房东和别的住客，这是一件爆炸性的事。在一个如赫恩小姐所言、男人是上帝的社会里，你怎么把她们戏剧化？在一个女性的脆弱昭然若揭、众所周知的社会里，一个女性警觉自己变换的处境、戒备提防、受教会的利爪掌控、除了负责私下的家务琐事外别无其他的社会里，女性是小说家天赐的题材，她们活在——用摩尔告诉一位采访者的话说：

> 个人的世界里，一个非常非常个人化的世界里。我发现，男人总是，像他们在美国说的那样，互相“邀功”。他们主动告诉你他们做了什么，他们是谁，以及其余种种。大多情况下，女人不那么做，因为生活对她们中的部分人而言还没走到那一步。可是，当女人告诉我一个发生在她身上的故事时，[我]常捕捉到一种忽闪而过的坦白，那是真正属于小说的。女人仿佛懂得，当她讲述一个故事时，

这个故事必须是个人的，必须有趣才行。

于是，在二十世纪五十年代中到六十年代中之间，爱尔兰出现了三部臻至完美的、描写中年妇女受苦受难的小说，这并非巧合。它们分别是摩尔的《朱迪思·赫恩的孤独感》(1955)、约翰·麦加恩的《兵营》(John McGahern, *The Barracks*, 1963）和艾丹·希金斯的《没落的兰格里什》(Aidan Higgins, *Langrishe, Go Down*, 1966)。同样并非巧合的是，独立后那段时期内写男人写得最好的小说，或涉及的人物处于极端而剧烈的孤独中，像在贝克特和弗朗西斯·斯图尔特（Francis Stuart）的小说里那样，或像在弗兰·奥布莱恩（Flann O'Brien）的作品里那样，提供复杂精巧的喜剧。在乔伊斯之后的爱尔兰小说里，女人受苦受难，男人离群索居，那基调是一种令人胆战的荒凉。

摩尔、麦加恩、希金斯和许多其他作家面临的难题是，怎么创造一个既不滑稽、也不是朝天躺在暗处的男性角色。在一个尚未完全定型、缺乏自我意识的社会里，一个唯一真正的选择是离乡背井或在国内过着诚惶诚恐的流放生活的社会里，无法在小说中创造出形象完整的男性角色，象征了一种更普遍意义上的失败。

布莱恩·摩尔在《朱迪思·赫恩的孤独感》之后创作的四部小说里，努力想克服这个难题，而所有这些作品更清晰烙下的，是这一难题的印痕，而非任何解决的迹象。这几部小说分别是《牧神节》(*The Feast of Lupercal*, 1957)、《金格·科菲的运气》(*The Luck of Ginger Coffey*, 1960)、《来自地狱边缘的回答》(*An Answer from Limbo*，1962）和《冰淇淋皇帝》(*The Emperor of Ice-Cream*，1965)。最后一本是一部成长小说，以战时的贝尔法斯特为背景；第二本和第三本的主人公是离乡背井去了北美的爱尔兰人；第一本讲的是一位留在贝尔法斯特的教师迪尔姆德·迪瓦恩的故事。

“北爱尔兰的气候……是如此助长人性格上的弱点。”摩尔写道：

> 相比背负着所有不利于自己的基本准则的朱迪思，迪瓦恩身上耐人寻味的地方在于，他有一定的选择，因而是个较少能引人赞赏的角色，你觉得他在某种程度上是自己命运的主人，而朱迪思不是……我想让迪瓦恩成为一个有选择、却选砸了的人。

迪瓦恩和《朱迪思·赫恩的孤独感》里的两个男性角色，马登先生及女房东的儿子伯纳德·赖斯有些共同之处。他是想象力不足下的产物；他的塑造，粗疏、缺少微妙的细节。当他无意中听到两位同事破坏他的男儿形象时，我们读到，“他一生从未受过这样的羞辱，”下文，几句话后是，“他心烦意乱。”迪瓦恩对每一次紧要关头的反应，由作者对他的设想而预先决定：因此他的反应总是低落害怕；他的意识——我们透过其中看到世界——受到局限，正如相反，朱迪思·赫恩的意识是开放的。和朱迪思、马登先生一样，他也对男/女问题有一番见解：“破坏名誉的人，他们中的每个幸运儿，”他用内心的话告诉我们，

“那是他不由自主留意到的女人的一种特质，她们总是讲别人的坏话。男人更有理智得多，至少在不喜欢一个人的时候他们选择缄口。”

最后一段话似乎给我们提供了解开这四部小说问题的关键。这些男人的看法不仅刻板老套，令人厌烦，而且陈腐过时，正如相反，利奥波德·布鲁姆、或斯蒂芬·迪达勒斯对女人做出的回应似乎并不过时。这里面不见意味深长或出人意外的内容，而有一种蹩脚的嘲讽的冷漠和自鸣得意（在《金格·科菲的运气》和《冰淇淋皇帝》里益发显著）。显然，上面引用的这一节，在今天不可能轻易写得出来，假如这些话最初不是被植入在他的意识中，那么迪瓦恩会是一个更有意思的人物。

作者创造不出一个观察力严重且明显不及作者自己深广的人物，这是小说的一条金科玉律吗？问题始终在于：哪些色彩和细微的差别应当略过，哪些口头或内心表达上的技巧和窍门应弃之一旁？这个问题在阅读摩尔一九五七年到一九六五年之间出版的四部小说和丹尼斯·桑普森（Denis Sampson）的传记时显现出来。摩尔越沉迷于失败、沉迷于悲惨事件的主题，他就越成功。这四部小说探讨的都是失败，而他本人，从很早起就察觉到，相比传奇剧，喔，或者说，就朱迪思·赫恩而论，相比某种悲剧，小说里的失败看起来非常平淡乏味。一九五七年在一封给编辑安德烈·多伊奇（André Deutsch）的信里，他写道：

我总想赋予我的人物更多面的性格、更智慧的力

> 量——属于意想不到的某些令人惊叹的、陀思妥耶夫斯基式的特质，经过检视，结果证明符合逻辑，是潜藏在他们行为中真实的一面。可是，迄今为止，每次我就是欠缺将这付诸实现的能力，因为欠缺那一点，而停留在我的悲观主义和经验告诉我的可能情况上。因此，这些人物变得越发渺小，在一定程度上越发单调，达不到悲剧的高度。

布莱恩·摩尔一九二一年出生在贝尔法斯特一个堪称统治阶级的天主教家庭。他的父亲是外科医生，是首位被任命为贝尔法斯特皇后大学理事的天主教徒，是社会的中流砥柱。他父亲的姐姐艾格尼丝（Agnes）嫁给了约恩·麦克奈尔（Eoin MacNeill），他在一九一三年爱尔兰志愿军（Irish Volunteers）创立之际成为其领袖，收回一九一六年起义的命令，后来在都柏林大学担任早期爱尔兰史的教授。摩尔的母亲比他父亲小二十岁，是他父亲工作那间医院的护士。她来自多尼戈尔一个说爱尔兰语的家庭，家中有十九个孩子。“我的母亲似乎和我更合得来，”摩尔日后说，“我深爱我的母亲。我想，我有六个姐妹和我就算不是母亲最爱的儿子、但也是其中之一这两点，对我不无影响。”

布莱恩·摩尔一生厌憎他的母校，贝尔法斯特的圣玛拉基（St Malachy's）学院，他在好几部小说里试图复仇雪恨。这种仇恨的调子和特质，想必因他的父亲是过去学生联合会的创立者和主席而增强。桑普森写道，他的父亲也是“这所学校声望与传统的守护人，因此，他对儿子在行为表现和学业成绩上的寄望，除了一个学术上功成名就的父亲的一般期许以外，还附上这层担子。”摩尔极为在意自己学业上的失败和对天主教信仰的丧失。他在一个高度保守的家庭内，在一座六十多年后温和的社会主义依旧是个受人敌视的梦想的城市里，成了一员社会主义者。“我开始把自己视作一个早年的失败者，”他说，“开始把自己视作某个有事隐瞒的人。”

摩尔和全世界的许多青少年一样，有个共同的梦想：他想把自己的家园炸得粉碎。不同的是，他的家园里已经有了爆炸因子。摩尔说，他“反对一切民族主义的狂热”，因为他眼见自己的父亲和叔叔把他们“对英国的恨意延及为对英国敌人的赞同”。在他称为最具自传性的小说《冰淇淋皇帝》里，摩尔夸大加文战争初期的理想主义（及对温课迎考的荒疏）和家人的保守主义之间的裂痕。加文的母亲认为佛朗哥将军是位圣人，加文的父亲对希特勒的前景欢呼雀跃，而我们年轻的主人公，当地防卫部队、空袭预防措施队的成员，越来越清楚地认识到欧洲正在发生的事。摩尔奉献了父子之间无可挑剔的精彩片断。（“我不想探讨你是这个家中第一个考试不及格的人这件事，我不想提及我在你这个年纪，除了荣誉奖章外，别的皆是我不可想象的。”接下来：“收起你脸上龇牙咧嘴的笑容。根据你今天的表现，我看不出有什么值得好笑的，难道不是吗？”）战争初期，父子之间发生在圣诞节当天的一幕，想必难以避免，圣诞晚宴后，加文的父亲一边抽雪茄，一边对他说，战争不久就将结束：“哦，英国人将发现他们的麻烦刚刚开始。听好了，希特勒不会是个好对付的主儿。他不会饶恕他们，在他们如此拒绝了他去年夏天开出的合情合理的提议后，他不会。”

这本小说的最后五十页，写的是一九四一年德国空袭贝尔法斯特。和加文一样，布莱恩·摩尔在停尸间工作。“我不知不觉被从青春期猛地推入到一项志愿者的工作中，连续数周干着把死尸装进棺材的活。这番经历自然对我有重大影响。”小说中的父亲，连同加文以外的全家人，从贝尔法斯特逃到都柏林避难，但那是在他的内心发生了一次遽然、粗暴、无法令人信服的转变以后：“之前我就说过，我将再重申一遍。比起老约翰牛[①]的脚后跟，德国人的铁蹄是个远更残酷的重压。”

现实中，摩尔七十四岁的父亲，在空袭期间，夜以继日地工作，时常睡在医院，担心如果城市遭到进一步轰炸，他去那儿的路将受阻。“我的父亲，”摩尔说，“是亲德派，后来他看见德国人的能耐，看见现代战争真正是什么样，后来他们炸毁了你的家，就这样，一切都完了。”在小说里，那位父亲内心的转变，被刻画成他自负的另一面，几近滑稽；在现实世界里，摩尔医生内心的转变，更可能是缓慢而悄无声息的。小说中，懦弱伪善的父亲回来听到自己英勇的儿子的消息，他曾冒着枪林弹雨去埋葬尸体。全书结尾：“他的父亲似乎意识到这种转变。他把自己顶着蓬乱白发的头靠在加文肩上，颔首，落泪，表示肯定。‘哦，加文，’他的父亲说，‘我真是个笨蛋。一个大笨蛋。’那个新的声音劝他安静。他握起父亲的手。”在小说中，安特里姆道的花花公子弑父成功。在现实世界里，摩尔

① 约翰牛（John Bull），英国或英国人的绰号，拟人化用语。

的父亲死于一九四二年，“认为我是个孬种，是个一生将一事无成的人，为我感到痛心疾首。一直以来，我不得不忍受父亲的失望。”

布莱恩·摩尔经历了一场多彩多姿的战争。一九四二年，他离开空袭预防措施队，加入贝尔法斯特的国家消防局，又从那儿获得一份在阿尔及尔战争运输部的工作。继阿尔及尔后，随着盟军占领那不勒斯，他成为那座城市的港口助理官员。后来，他被派往马赛和离西班牙边境不远的塞特。从一九四六年一月到一九四七年十一月，他在华沙参加联合国善后救济总署的工作。他见到了奥斯维辛集中营，后又目睹了共产党接管波兰。他没有即刻把这些事诉诸笔端：“在欧洲，”他说，“我曾是一个旁观者，目击了与我无关的事件。”要到四十多年后，他才在《血的颜色》(*The Colour of Blood*) 和《声明》(*The Statement*) 里写下简洁精炼的剧情，讲述在法国和波兰的信仰、权力及变节。不过，这些经历影响了他，使他变得怀疑和警惕，变成一个不动容的观察者。“在和波兰政府官员共事中，我发现波兰的共产党员几乎由始至终和他们其余的同胞一样，都抱着反犹主义的观点。”他开始发展出对细节、对异域风情的鉴赏力：

> 首先，华沙对我而言……让我读过的托尔斯泰、果戈理和陀思妥耶夫斯基的作品有了激动人心的视觉凭证。这儿有无顶四轮马车，我们在俄罗斯小说里读到的马拉街车。这儿有肮脏的农民，穿着毛皮镶边的大衣，驾着长长的马车驶过泥泞的街道；这儿有俄罗斯大兵，唱着吉卜赛歌谣，

有长胡子的乞丐（或是牧师?），在废弃的教堂外乞求施舍。这儿有令人心悸的琴声，在一个宁静的星期天早晨，在无人的广场演奏着肖邦的乐曲。

摩尔在欧洲待了五年。不难想象一九四七年末当他被迫回到贝尔法斯特、回到家中时的窘境，又一次没有工作、没有前途、没有资格证书。二十世纪三十年代，据摩尔日后回忆，肖恩·奥法莱恩（Sean O'Faolain）提出，爱尔兰小说唯一可能的结局是“主人公登上轮船去英国”。摩尔很早就想当一名作家，他去加拿大有两个原因。一，他爱上了一个加拿大女子；二，在签证面谈时，他获悉自己可以成为一名记者。一九四八年，他开始了漫长的北美异乡生活。

他最初在多伦多，试图想找一份报社的工作，他的恋情告吹了，未几，他搬到蒙特利尔，像他小说里的金格·科菲一样，受雇当校对员。他喜欢那座城市；它乡野气的活力和分裂的文化，令他想起故乡。慢慢地，他找到了更好的报社工作，结交了一群朋友。一九五一年，他和一位记者同行杰奎琳·西罗瓦结婚；一九五三年他们的儿子出世。也在那一年，他成为加拿大公民。他开始写惊悚小说赚钱，用笔名出版，大获成功。这些书为创作《朱迪思·赫恩的孤独感》和随后的文学小说提供了经济保障，这些作品，加上他当记者的工作和他谦逊、实际、不浮夸的个性，共同促进了他文风的确立，日益向非诗意、快节奏、清晰简洁、明快犀利的方向倾斜。

《朱迪思·赫恩的孤独感》在英国、加拿大和美国赢得评论界的当即好评，在爱尔兰共和国遭禁，当时，这也被评论界认为是一种成功。摩尔收到母亲从贝尔法斯特寄来的信，集中针对小说里比较露骨的性描写部分："你显然没有留出想象的空间，我建议你在下一本书中省去像这样的部分。"对当时的爱尔兰小说家而言，这也是成长蜕变的一部分。黛安娜·阿西尔在新近的回忆录《不删》[①]里，描写一九五五年在伦敦时的摩尔：

> 他胖胖的，原因是他患有溃疡，当时推荐的疗法是喝大量牛奶；也因为杰姬的厨艺了得……他们俩都很会说长道短——我说会，是真正指会，因为我讲的是最高最纯形式的说长道短：一种狂热的兴致，用幽默点燃，却不带恶意，存在于人类的行为中。

一九五九年，摩尔一家搬到纽约。在加拿大时，布莱恩和许多作家成了朋友，特别是莫迪凯·里奇勒（Mordecai Richler）；如今，他和菲利普·罗斯、尼尔·西蒙成了朋友。他和妻子一部分时间住在曼哈顿，一部分时间住在长岛。摩尔获得各类奖项、售出电影版权，开始有了一定的知名度，可那些年，他生活在一个他逐渐不信任的世界里："我住在格林威治村……我发现那儿的严肃作家颇感兴趣的是作品的畅销度、宣传和速成的个人名望，他们是……恬不知耻的吹牛鬼，吹嘘自己的才华，公开强揽任何撰文赞美他们的人。"这个世界为他

---

① Diana Athill, *Stet*: *a memoir* (Granta Books, 2000).

《来自地狱边缘的回答》里的主人公布伦丹·蒂尔尼提供了背景，但这部小说毁在摩尔赤裸直白的否定态度，呆板生硬，不太可信。

一九六三年，布莱恩和杰奎琳·摩尔在纽约结识了弗兰克·拉塞尔和琼·拉塞尔，两对夫妇都对新闻业和写作感兴趣，开始互相来往。一九六四年夏，杰奎琳和儿子迈克尔去了长岛，布莱恩待在纽约，创作《冰淇淋皇帝》。弗兰克·拉塞尔获得古根海姆基金奖，资助他的自然写作，也离开了纽约。那年夏天，布莱恩和琼成了恋人，之后没多久，杰奎琳和弗兰克也成了恋人。布莱恩把《冰淇淋皇帝》题献给琼（他之后的所有书都是如此），而弗兰克·拉塞尔则把他的下一本书题献给杰奎琳和迈克尔。一切显得井然和美，但慢慢地，实际情况变得苦涩难堪。摩尔和支持杰奎琳的朋友断绝了关系，包括黛安娜·阿西尔和安德烈·多伊奇，他写信给安德烈·多伊奇，宣布他将找一位新的出版商。

可这封信不止于此，后面还写了一页半，摆出自以为是的、对那个被他抛弃的女人的满腔怨恨，说我站在杰姬一边，这么做的人，没有一个可以继续当他的朋友……当时莫迪凯［里奇勒］告诉我，摩尔夫妇的其他友人，对他这种“不与我为伍就是与我为敌”的态度大感吃惊。

不出一年，布莱恩和琼开始长期旅居加利福尼亚，那是受了阿尔弗雷德·希区柯克的怂恿，摩尔为他写了《冲破铁幕》（*Torn Curtain*）的电影剧本。（毕竟，摩尔对尸体的了解远胜希区柯克）

摩尔夫妇所住的加利福尼亚，是马里布一片与世隔绝的沿海地带。摩尔勤奋地创作小说。他写了五本，采用各种不同的手法，都和自己的背景有关。如今，他需要新的文体、新的主题，不能有干扰。摩尔夫妇每年夏天短暂出游，去爱尔兰西部、法国南部和加拿大东部的新斯科舍，但大抵上，他们过着避世隐居的生活。他们俩有意识地、审慎地远离尘世。丹尼斯·桑普森精妙地记述了摩尔转变中的一些古怪之处：

> 我仔细阅读了摩尔一九六五至六六年做的笔记，那是他们在加利福尼亚共同生活的第一年，我惊讶于他笔迹的突变。在过去的超过十五年里，这位从记者变身为的小说家，在记录自己的想法时，或用细笔尖的水笔快速潦草地写下，或匆忙仓促地用打字机打出来，处处可见拼写上的错误和划去删除的痕迹。一转眼，他为手边正在创作的小说所做的笔记，呈现出修道士手迹的特点。这位小说家成了书法家，在故事大纲的背面练习自觉地、一板一眼地写字。到一九六六年夏，这种转变完成：此时，他在写私人书信时，用的是一手经过精心练习的字迹，并签上新的签名。

摩尔究竟是否认定他在长期的离乡背井中失去了一切，这一点并不清楚。他定然相信自己收获了很多。二十世纪七十年代，在评论约翰·麦加恩的短篇集《通过》(*Getting Through*)时，他写道：

> 对于那些在爱尔兰海岸线之内出生并长大的作家而言，爱尔兰是个严酷的文学牢笼。这片地区捕捉和控制想象力的威力，把生活在那儿的作家变成永远的囚徒——不管他们在寻求逃脱的路上游走到多远，都迫使他们一再地在作品中回到那个小岛，那个继续属于他们的真实世界。

除了作为游客的见闻以外，布莱恩·摩尔没有目睹爱尔兰的变化，他也忽略了爱尔兰文学中处理男性角色的手法的渐变。二十世纪六十年代，剧作家中，像尤金·麦凯布（Eugene McCabe）在《城堡的国王》（*King of the Castle*）里、汤姆·墨菲（Tom Murphy）在《黑暗中的哨声》（*A Whistle in the Dark*）里和约翰·B. 基恩（John B. Keane）在《原野》（*The Field*）里，开始探究爱尔兰男性混杂了暴力与无力的心灵。七十年代，约翰·麦加恩出版了两部小说，《告别》（*The Leavetaking*）和《色情作家》（*The Pornographer*），开辟了新的天地。《告别》讲的故事，几乎和《牧神节》一模一样：主人公是一位老师，背景是令人惧怕的、专制的、天主教统治下的爱尔兰。在《告别》里，麦加恩找到一种诗意、忧伤、缓进、严肃的调子，描绘一个成年男主人公生活在爱尔兰的一座城市里。麦加恩越来越把焦点对准弹丸之地，利用相同的主题、相同的风景，乃至相同的街道、相同的影子，以及一系列相同的情感氛围。假如说爱尔兰是一个严酷的文学牢笼，那么麦加恩成了里面的模范囚徒。

住在马里布期间，摩尔在自我选择的孤独禁闭中勤奋工作。

从一九六八年到他去世的一九九九年，他写了十五部小说。他清楚地发现了自己才华上的某些特质。《冰淇淋皇帝》的最后五十页，展现了他在节奏、掌控时间和剧情发展、创造可信的激烈场面上的非凡技巧。《朱迪思·赫恩的孤独感》展现了他多么擅长处理失败、落单和孤独的题材。

他在避世隐居和胸怀世界的新形象下创作的第一本小说是《我是玛丽·邓恩》(*I Am Mary Dunne*)，也是他继《朱迪思·赫恩的孤独感》后，首部以一个女人的命运为题材的小说，故事里的人物首次是生活在北美的人，是他所有书里最焦灼紧张的。玛丽和朋友贾妮丝在曼哈顿一家餐厅里的一幕，显示了精纯的技巧：通篇小心翼翼地揭秘、回忆和反思，与身在不合宜的餐厅、坐在最不合宜的桌位的喜剧元素并置。两名女子既聪明又出众；玛丽处在精神崩溃边缘这一点也许过分明显。不过从她自己口中道出她与人通奸和背叛出轨的事，细节上令人心碎。对任何小说而言，这个故事就足够了；此外，玛丽的多疑、崩溃和个性的丧失，这部分故事未达到一样的说服力。换言之，她在北美铁了心追求幸福的命运，比她在一个爱尔兰小说家想象下作为受害者的命运——布莱恩·弗里尔（Brian Friel）在给摩尔的一封信中称之为“盖尔人的忧郁”——更加精彩和有趣。

一个从摩尔事业初期就存在的问题，逐渐严重地侵害他的小说——乐于用粗线条的笔法进行创作。玛丽·邓恩在纽约四处活动时，她的某些看法粗糙简单，属于老生常谈。同样，在他后来描写女性的小说《医生太太》(*The Doctor's Wife*）和《艾琳·休斯的诱惑》(*The Temptation of Eileen Hughes*）里，社会环境的细节、对话，乃至人物，突兀跳跃，格外缺乏细微的差别和朦胧的暧昧。医生太太希拉和丈夫的各种对话，读来犹如早期、匆促写就的草稿。她的美国恋人没有在书中现身，法国南部那一幕的两个目击者，带有十足的编造痕迹。类似的，在《艾琳·休斯的诱惑》里，对富有的北爱尔兰天主教徒的刻画，实在非常粗略，而艾琳的第一次性经历，则是腐旧的、爱尔兰式的陈词滥调。

不过在这三本小说里，都有某些令人着迷的地方。摩尔能够使意识本身、思维自由流动，富有纯真色彩。他笔下的女子在这几本书里干的事，似乎没有一样值得评断或谴责。她们呈现在读者面前的形象和她们呈现在自己面前的一样；我们身临其境地体验她们的人生（尽管《医生太太》和《艾琳·休斯的诱惑》是用第三人称来写的）。这三本书写的都是求索和热切的渴望，她们身上有一种强烈而灵敏的感知力的精髓，经过长期奋斗，在环绕她们的迅速凝固的小说世界里幸存下来。

摩尔不缺乏信心。在谈起《医生太太》时，他说，希拉这个抛弃丈夫的角色，只能是爱尔兰人，而不是加利福尼亚人，因为在加利福尼亚根本不存在要挣脱的过去，就不会有我在书里所需要的那种特定效果。和我以前的作品一样，我想让美国人和北爱尔兰人的角色形成对比，至关重要的一点是，你必须对这两种生活方式都有非常强的感知力。例如，我写不出一个中产阶级的英国女人，因为我没有掌握她讲话的节奏，我听不出她的语气；但我晓得我还能继续创作爱尔兰人的角色，因为那是在我骨子里的，我确信我的耳朵不会听错他们的声音。

在一九六七年的一次采访中，有句令人不寒而栗的话，讲的是《来自地狱边缘的回答》里的母亲，她从爱尔兰去纽约照顾儿子的孩子，为他和他的妻子节省些开支："我可以闭着眼睛写出这位母亲来。"事实上，这个母亲的角色集合了老一套对爱尔兰人的固有成见。摩尔在构思她时，也许真是闭上了眼睛。他对爱尔兰人的性格和爱尔兰人的讲话方式的认识变得越来越薄弱，在《沉默的谎言》(*Lies of Silence*) 里达到顶峰，那是一部以当代贝尔法斯特为背景的小说，里面忠实再现的内容和地方特色，宛若美国有线电视新闻网的报道。此外，摩尔笔下的许多北美人的角色，也有一种不可思议的空洞，缺少紧迫感。

他离开了爱尔兰的牢笼，独坐在自己的囚室内，一个古怪、想象中的不知何处。自加州政府决定清除那片沿海地带的住户后，他在马里布的寓所变得益发孤零零。摩尔夫妇拒绝搬走，可是到一九七六年，他们的邻居都走了，只剩下他们。离他们最近的朋友是琼·迪迪安（Joan Didion）和约翰·格雷戈里·邓恩（John Gregory Dunne）。迪迪安在她的《马里布的宁静岁月》(*Quiet Days in Malibu*) 一文里形容那是"最别具特色的海滨住宅区，二十七英里的海岸线，沿途没有一家旅馆，没有一间过得去的饭店，没有一样可以吸引游客花钱的设施"。

摩尔在《朱迪思·赫恩的孤独感》之后的最好的两部小说是以荒凉的野外为背景，不需要了解社会、了解社会的道德观念或风俗习惯或特殊的说话节奏。其中第一本是篇幅很短的《天主教徒》(*Catholics*)，一九七二年出版。它以间接的方式，探讨摩尔早期小说里关注的问题，尤其是《来自地狱边缘的回答》里信奉天主教的母亲和持不可知论的儿子之间的关系，以及朱迪思·赫恩的信仰的失落。小说设置在未来，第四次梵蒂冈会议业已召开，但在爱尔兰一座偏远的岛屿上，一小群修士仍固守着古老的传统。罗马派了一人去和他们交涉，小说讲述了他对抗修道院院长的故事，摩尔把院长这个人物塑造的像朱迪思·赫恩一样复杂饱满，有他许多别的小说里少见的微妙含蓄。

在创作这部小说时，摩尔写信给爱尔兰的耶稣会会士迈克尔·保罗·加拉格尔（Michael Paul Gallagher）："我发现我赞同这场争论的双方（普世基督教主义派和传统派），所以也许这个故事会成功。"扣人心弦的戏剧效果存在于修道院院长本人的世俗权威和修士激进的信仰之间，存在于院长摇摆不定的良心和摇摆不定的领导地位之间。小说的调子阴沉，结尾富有诗意而不牵强，整体氛围在诗意时刻下的紧凑和引人入胜，与摩尔的大部分作品有天壤之别，而更接近其他爱尔兰作家如约翰·麦加恩和约翰·班维尔的作品。

在桑普森引用的一篇有关《天主教徒》的访谈里，对于为什么该书和后来的《黑色的袍子》(*Black Robe*) 各方面达到了他其他小说未能达到的效果这个谜题，摩尔几乎有备而来：

> 身为作家，我一直觉得人对信仰的求索……是一个重要主题。对一类小说家而言，这是宏大而终极的题目。若你是一位英国小说家，你写的小说围绕礼仪、社会、阶级。看看爱尔兰和爱尔兰文学，[这类]小说家凤毛麟角，因为社会和阶级在爱尔兰所起的作用不同。我认为爱尔兰的这

种倾向是要拣选生命的意义。盖尔人感兴趣于生命的意义，对此他通常抱持悲观的态度。

七十年代，摩尔和其他对生命意义感兴趣的盖尔人建立联系，他们中有诗人谢默斯·希尼、德里克·马洪和剧作家布莱恩·弗里尔。一九六九年，他在爱尔兰首次遇见弗里尔，此后两人开始通信。他们有很多共同之处。两人都试图创作表现年轻人怎么与父亲相处的作品。两人都对信仰和离乡背井感兴趣；也都对塑造女性角色感兴趣。两人都改头换面，树立起疏远、隐遁的形象。弗里尔钦佩摩尔写《我是玛丽·邓恩》的勇气，并撰写了《朱迪思·赫恩的孤独感》的电影剧本，计划由凯瑟琳·赫本扮演女主角。（这个剧本始终未被采用；多年后，由玛吉·史密斯出演这一角色）摩尔写信给弗里尔："我知道这听起来不像北爱尔兰人，显得偏激极端，但事实上，对我而言，用写的比当面告诉你容易得多，在你众多的仰慕者中，我是头一人。"通信里包含了大量戏谑的内容，那被视为爱尔兰和爱尔兰以外的男人之间的交流方式。当摩尔接下在加州大学洛杉矶分校一周教课一天的工作时，弗里尔写道："我们将忽略你已投奔他们的这个可鄙的枝节。只要你获得的报酬优渥，有近便的游泳池就好。"当摩尔买了一辆高档轿车时，弗里尔写道："我无法想象你在那辆奔驰车里的模样（你内里是个骑兰令自行车、穿长裤短袜的人），可琼生来是坐跑车的。"有时弗里尔比较严肃，流露出更多关怀和支持："我由衷地担心你对别人的看法有何反应，"指的是摩尔一九七五年出版的小说《维多利亚古董大观》(*The Great Victorian Collection*)。(“我太熟悉这种经验了。一个人摆荡在绝望和自大之间。”）摩尔写信给弗里尔，谈到他的剧作《信仰疗法师》(*Faith Healer*)，弗里尔回信道：

很高兴收到你的答复……你知道，一个人到头来对报刊 / 剧评人 / 批评家不屑一顾；而同行艺术家的看法和反应意义重大。我想到，《信仰疗法师》和《维多利亚古董大观》有很多相似之处——在态度、客观现实，哦，老天作证，还有总体的低落氛围上。

当电影《朱迪思·赫恩的孤独感》延期后，弗里尔写道：

你知道，不用说，从那时到现在约翰·休斯顿（John Huston）就是个孩子，把整件事搞砸的是你给那本书作的烂结局。人们需要一个优美动人的高潮——朱迪思当上戒酒无名会的全球主席，或一头冲回进大教堂的环抱，成为一个有圣伤痕者，或和教授的妻子一起逃亡……我烦透了他们那帮人［电影制片人］。他们不相信任何事，不懂任何事的价值，全靠自己装腔作势的能力而支撑过活。

七十年代末期是弗里尔创造力惊人的一个时期。虽然《信仰疗法师》首度在纽约搬上舞台、由詹姆斯·梅森扮演弗兰克·哈代时，没有赢得评论界的赞誉，但日后在都柏林，由多纳尔·麦凯恩担纲的一版演出，证明弗里尔创造了爱尔兰文学中最精妙和难忘的一个男性角色。不过，他一九八〇年首度上演的剧作《翻译》(*Translations*)，似乎对摩尔的影响更深，当时，他正着手创作可能是他自己最好的小说《黑色的袍子》。两部作品都以殖民戏剧中的一个中心事件为题材，弗里尔写的是十九世纪爱尔兰地名的更变，摩尔写的是耶稣会会士来到十七世纪的加拿大。两人都探讨了原封不动的本地文化与具有更先进技术的殖民梦想碰撞的主题，都让新移民和当地人正面交锋，让人强烈地感受到双方的对视，导致残暴和悲剧的后果。两部作品代表了两位作家在文体风格上的一次重大的转折。

“我发现惊悚小说和历险这两种叙事形式威力无穷，”摩尔说，“它们是小说的内质，可却被留给平庸的作家，因为优秀的作家都在投身于长篇和各种新小说派的东西的创作。”他还说：

> 相比我别的作品，我想，我在这本书里走入了无人的荒野，因为我之前从未写过这样的书。我不想写一本历史小说，我不怎么喜欢历史小说……我想把它写成一个传说。在构思时，我想到自己仰慕的作家，像康拉德。我想到《黑暗之心》，它是一个传说，一段通往未知目的地、未知结局的旅程。

在一次采访中他还表示：“整部作品可被视为一个范式，折射出发生在［北爱尔兰］的一切。”以及：

> 原本，我说过事实并非如此，但可能潜意识里，我是

> 有这样的想法。在写作这本书时，我脑中唯一有意识的一点是，一种宗教相信另一种宗教是完全错误的。两者唯一的共同之处在于，都认定对方是魔鬼。假如你不相信魔鬼，就不会憎恨你的敌人，这或许是今天贝尔法斯特最不幸的一点。

摩尔对小说艺术和那些“新小说派的东西”的看法，使他近似于 E. M. 福斯特《小说面面观》里高尔夫球场上的那个人：“你可以做你的艺术，做你的文学，做你的音乐，可是请给我一个精彩的故事。”虽然这种观点成就了《黑色的袍子》，但却毁了他此后的作品。《黑色的袍子》里的风土环境是他切身体验过的：“我走进房间，思绪回到记忆中的蒙特利尔的冬天，那份寒意和圣劳伦斯河。每当想起那条河，它就浮现在我眼前，我在这条河上来来往往了太多次。”据桑普森讲，创作这部小说时，摩尔还去了“易洛魁人（Iroquois）、阿尔冈昆人（Algonquin）和休伦人（Huron）文化的各种旧址和博物馆，特别是安大略的米德兰（Midland），那儿重建了耶稣会最早在休伦人中设立的圣玛丽教堂，兼有休伦族的长屋[①]和村落”。

摩尔在《黑色的袍子》里做到了康拉德在《黑暗之心》里没有做到的一点，使当地原住民，用他的话说，成为“书中最浓墨重彩的角色”。而耶稣会的神父拉福格一角始终停留在一个居高临下、挥之不去的幽灵形象。摩尔让他成为全书的核心灵魂。他给予他信仰，而更重要的是，给予他恐惧。摩尔感兴趣

---

① longhouse，指北美印第安部落的公共住所或议事厅。

的是信仰体系的冲突，可赋予《黑色的袍子》其感染力的是书中对有形的物质世界的观感——河流、森林、寒冷的天气——和对威胁及暴力的认识。里面的暴力可怕骇人，几乎不堪忍受。在无情的大自然和不可避免的灾难的背景下，配以摩尔直接迫切的口吻，拉福格的信仰和读者对谁终将获得胜利的认识，似乎委实显得微不足道。

摩尔出版《黑色的袍子》时已六十多岁。“我完全明白，大多数小说家过了六十岁就写不出他们最好的作品，经常像是用尽了素材似的。让我坚持不断写下去的动力是我相信我能写出新的不一样的作品，”摩尔在一九九五年、去世前四年时说。继《黑色的袍子》后，他又创作了五部小说，分别以波兰、爱尔兰、海地、法国和阿尔及利亚为背景。他改编惊悚小说和传说的文体，使用缩略的语句、快捷的场景设置，将个人和社会的道德危机戏剧化。一切讲求简省。他没有为写《血的颜色》重访波兰，而使用了格雷厄姆·格林叙述自己五十年代波兰之行里的场景。（格林的一篇评论给他提供了《黑色的袍子》的最初构想。他和格林彼此激赏）他没有为写《别无生活》（*No Other Life*）而探访海地。“很多小说里充斥着太多信息，”他说，“那是小说家的炫耀卖弄。”

再怎么揣想，布莱恩·摩尔都不是一位卖弄型的小说家。在他写出的文句和他所过的生活里，几乎在在表现出一种避免张扬的特点。他一直是个令人着迷的例子，因为在他开始时，他赤手空拳，没有可求助的传统，没有可模仿的样本，除了乔伊斯以外，但对他而言那用处不大，仅仅是一个纯粹献身文学的榜样。离乡背井的生活明显毁了摩尔，因为他想创作的那类小说，要求对风俗礼仪和道德伦理有细致的体认；在想象上，他既与爱尔兰脱节，又始终未对北美有充分的理解。不过，他不可能待在爱尔兰：他的独立精神和探索的正义感，在爱尔兰边境的两边都没有容身之地。从这种失落、放逐和流亡他乡的心情出发，他创作了三部杰作，构建了一片由性喜孤独的人和失败、信仰和不信、残酷和个性的丧失所填满的情感天地，提供了一番对人的命运的清醒认知。

九十年代初，摩尔和他的第二任妻子动手在新斯科舍的海边建屋，那是琼长大的地方。房子于一九九五年完工。因此摩尔在眺望大西洋中度过了最后一个夏天："风景很美，对着一片海湾，看似就像多尼戈尔，那儿很荒凉，杳无人烟。我喜欢那地方，因为它的空荡，宛如爱尔兰过去可能的模样。如今我老了，若想再造一间房子，似乎太疯狂，我明白。尤其是在那儿。可我很高兴我还是做了。"那年十月，他重访贝尔法斯特，六十年来第一次走过自己昔日的母校，见到了克里夫顿街全家人住的房子的旧址，四十年前，他第一次将它描绘成朱迪思·赫恩拜访的那位教授的家。在他此行的一个月前，那栋房子已被拆毁：

> 我想，身为作家，这是很具象征性的。你的过去被抹杀。现在它仿佛彻底消亡。几年前，我到这儿来拍摄一部纪录片，站在房子的空骨架前，我能记起门上父亲的黄铜名牌，看病的人进进出出。如今这是什么？这是人在大地上生存的范式。大地还在，人不在了。

塞巴斯蒂安·巴里的父国

在新世纪之初，爱尔兰年轻的剧作家塑造了数个恶父形象。例如二〇〇〇年五月，玛丽娜·卡尔（Marina Carr）的剧作《在拉弗提山上》(*On Raftery's Hill*)，由戈尔韦的德鲁伊剧院和伦敦皇家宫廷剧院联合制作，作为爱尔兰文化节的一部分，在华盛顿的肯尼迪中心上演。首演当晚，观众里有部分是过去肯尼迪的坚定支持者；其他则是爱尔兰文化的忠实爱好者。从幕间休息时观众沉默、倒抽冷气和惊愕的议论中可以明显看出，舞台上的那位爱尔兰父亲不是他们熟悉的。至少，剧情发生的场所，“拉弗提家的厨房”，缺乏迷人之处。没有卢纳莎节（Lughnasa）的音乐；没有狂野放肆或滑稽可笑的爱尔兰人物；连辛酸的苦情戏都没有；绘声绘色的语言，似乎未落在吸引观众的点上。那位父亲阴暗的残忍令人难安。乱伦、强奸、施暴、凶残地攻击动物，这些构成了该剧及其戏剧效果的全部核心。这是每个留意《爱尔兰时报》第四版的人所认识的爱尔兰，在二十世纪九十年代中期，该版每天报道家庭惨剧的案例。但是，在那些对爱尔兰的印象源于他们的记忆或源于《蓬门今始为君开》(*The Quiet Man*）或《大河之舞》(*Riverdance*）的光辉灿烂的人眼里，这个黑暗的爱尔兰是全新而陌生的。

二〇〇四年，三位爱尔兰作家的戏剧处女作都生动表现了一个被恶父亲或疯父亲统治的世界。在这些剧作里，父权，通过其种种疯狂和变态的举动，受到嘲弄和颠覆。例如，斯图尔特·卡罗兰（Stuart Carolan）的《信仰的守护者》(*Defender of the Faith*)，又一次把故事设置在一户农村人家的厨房。背景是一九八六年的南阿玛（South Armagh)。和玛丽娜·卡尔的剧作一样，主宰的灵魂是福柯而不是弗洛伊德，以凌驾于他人之上的权力为目标，盲目的控制和暴虐在壁炉前的地毯上抱成团。辱骂性的言辞不断朝笨口拙舌者开火。

马克·多尔蒂（Mark Doherty）的《传统主义者》(*Trad*)，二〇〇四年在戈尔韦艺术节上首度演出，里面的“大”[①]一词几乎成为全剧的口号，一位疯癫、早已老得不中用了的父亲，促使自己愚钝的儿子接受由丑恶的偏见、许多不合逻辑的陈述、逗噱的徒劳追索和怪诞的冲动及欲望所施加的诱惑。杰拉尔德·墨菲（Gerald Murphy）的《请带我走》(*Take Me Away*)，由草魔术（Rough Magic）剧院制作排演，戏里的父亲是个躁狂的角色，无所防卫，提出荒谬的问题，没有一点权威样，是舞台上的笑柄。和《在拉弗提山上》《信仰的守护者》《传统主义者》里一样，在《请带我走》里，母亲完全缺席。于是父亲被毫无遮掩地暴露在他的愚蠢、他夸张的需要、疯狂的请求和颜面扫地的耻辱中。

塞巴斯蒂安·巴里（Sebastian Barry）在他的剧作《腹地》

① Da，爱尔兰语里旧时对父亲的昵称。

(*Hinterland*)里，试图把以父亲和他们的失败为主题的戏剧，从单纯的家庭内部移入公共领域，或者说乍看之下好像是公共领域的空间。对爱尔兰的观众而言，强尼·西尔维斯特这个角色分明——同时又具有迷惑性——像极了经过缜密调查研究后的查尔斯·J. 豪伊（Charles J. Haughey），豪伊一九七九年当上爱尔兰总理，在八十年代的若干年里担任此职，直至一九九二年给罢黜。日后，有人宣称他曾从显赫的商人那里接受大笔金钱，用于私人用途，并在爱尔兰联合银行透支巨额款项，让退休的豪伊麻烦缠身，随后他本人宣誓证实了这些说法。倘若爱尔兰需要一个公众人物来成为其蒙羞失势的父亲，那么查尔斯·豪伊是应试这一角色的理想人选，在他位于北都柏林郡的乔治王朝风格的大宅里，过着孤独的流放生活，带着可悲的尊严，演绎这出戏。

《腹地》里的寓所正是如此。剧本中的舞台指示将戏设置在“都柏林郊外，一栋乔治王朝风格的大宅的私人书房里。属于一位成功政治家的各种物件——嘉奖、赠礼、镶框的选举海报”。然而，开场白却提供了线索，暗示出围绕该剧文本及其戏剧意图的巨大歧义。在表面是一封矫揉造作、写给身在德里的姨母——豪伊也有家人在德里——谈分裂影响的信里，西尔维斯特提到自己的父亲，他“在分裂后几乎判若两人，他身体的崩毁很有可能因为这同样加诸的负担而来得更快”。分裂，他写道，使“父亲与父国”相脱离；该剧一再围绕父亲的议题——西尔维斯特为自己父亲的失败所困扰，他的妻子为她自己父亲的名声所困扰，他们的儿子则为西尔维斯特本人糟透的为父之道所困扰。

使二十一世纪初爱尔兰戏剧中的这些父亲与众不同的是，他们中没有一个是悲剧英雄；他们不是夹在两个世界之间，一个瓦解，另一个取而代之。在这些戏里，只有一个世界，一个业已瓦解、摧垮了恐怖统治或疯狂统治的世界，没有别的世界取代它。这些男人是停滞不前的恶棍，在戏剧大灯的照射下，乐意破坏，活在过去的美梦里。他们将永远表现出最糟的一面，不存在救赎、醒悟或和解的时刻。这些父亲一成不变；他们行动、回忆，替自己的行为辩护。他们和他们周围的人被冻结在一种陈规中，里面没有出口。他们犹如特洛伊木马里的人，木马一动不动，不见特洛伊的踪影。

不把父亲干掉的做法成了《在拉弗提山上》和《腹地》两剧的核心。让父亲活着，超越任何戏剧性的料想，成为一种强大有力、引人入胜的手法，提供的不是解决的方案，不是轻易的希望，而是一种加剧的张力。值得注意的是，这两部剧作都是在爱尔兰经历重大而明显的社会变革时代里写成的，一个诞生了新的财富、新的社会自由和性爱自由、有多重光明前景的时代。这两部剧作成为一则从社会古怪、阴暗、隐蔽的灵魂里发出的信息。可它们也是同时探讨私人空间与公共空间的剧作。查尔斯·豪伊毫无悔意的放逐，对一个着眼于探索不可驾驭性在戏剧里的种种可能的剧作家而言，是天赐的素材；他是一位不准备做出改变的英雄，身上的一切悉数尽毁。在《腹地》里，强尼·西尔维斯特已被剥夺了他的王国；他的寓所，妻子哭泣流泪的地方，等同他的牢笼。当仆人离去、撇下他在那儿过夜时，西尔维斯特使用了《奥赛罗》(*Othello*) 里、和查尔斯·豪伊辞职当天在众议院讲话中所用的一模一样的说法：“我已为这个国家效了力。”接着，就在他开始引用叶芝描写“一位老翁”的诗句时，一个死去的同僚科尼利厄斯来拜访他，爱尔兰观众会当即认出他是布莱恩·勒尼汉（Brian Lenihan），在共和党执政期间担任过多个部长职位，一九九〇年在总统竞选中败给玛丽·鲁宾逊（Mary Robinson）。西尔维斯特在最初对这位老朋友的一番评语中提到他做过心脏移植；如爱尔兰观众所知，布莱恩·勒尼汉移植过肝脏。

因而，《腹地》包含了大量细节上的影射，这些细节取自查尔斯·豪伊的职业生涯，放到强尼·西尔维斯特的身上，作为他过去的一部分。例如，西尔维斯特和豪伊都因让退休人士享受免费的公共交通服务而得到他们的称颂。两人都赠了一只银茶壶给一位英国女首相。诚如西尔维斯特在总统竞选中背叛了科尼利厄斯一样，豪伊也在一九九〇年的总统大选中背叛了布莱恩·勒尼汉。豪伊和西尔维斯特都不得不面对法庭的裁决，调查他们的财务问题。

可是，这些暗示了该剧情感或政治核心的线索极具误导性；它们代表了某种圈套，将读者的注意力从真正发生的事上引开。几乎每个富有想象力的作家，在为取材于历史的人物创造一整套动机和个性化的口吻时，最后的书写都带上一定自传色彩。有时，这可能是下意识的结果；笔下的人物，从一系列真实的细节起步，慢慢融入一系列虚构的想象中。这个过程是渐进式、试验性的；它也许在遐想的草图里埋下源头，观察某个新加的成分可能会起什么效果，认识到，虽然主角无需改变，但周围的某些环境将与剧情不符。逐渐地，那部剧作，也可能是小说或短篇故事，转变为生动地表达隐秘的自我的一面。

在考查《腹地》和塞巴斯蒂安·巴里的隐秘自我的关系时，引用他诗集《变成粉红色的男孩》里一首诗的第二节全文，或许有所帮助，这本诗集出版于二〇〇四年，与剧作在同一时期内完成。那首诗的题目叫“长裤”。第一节写的是诗人对参加皇家航海游艇俱乐部的兴趣，他无法参加，因为父亲不是会员，他计划和父亲购买：

一艘游艇
扬帆
随心所欲地航行，去道尔基岛，
去探寻法国的运河内陆的奥秘
虽然我们俩谁都分辨不出风帆和床单
现在依旧分辨不出。

第二节诗这么写道：

因此在道森街遇见他是何其意外
上个星期五，在分别数年后，
家中的纷扰使我们相离。他经过
像退了休的船长，一把长长的白须，
大衣的镶边颇有水手风范，

南太平洋的气息留在曝晒所致的皱纹里
在眼圈周围，他迟疑而似海员般的招呼声——
对自己脚下的大地，那片倾斜的硬土，没有把握，
仿佛中间那些年，他的确
动身去过加勒比海或绕行过合恩角
满不在乎，皇家航海游艇俱乐部
欠我一个道歉。他加快步伐，
六十七岁行动干脆利落，
那双走海的腿尚未适应陆地
我特别注意到他笔挺的长裤——
标志他身份的艏三角帆，微风灌满主帆。

和诗歌《长裤》一样，《腹地》写的也是父权的失败与围绕其产生的悲伤和疏离。一如强尼·西尔维斯特在开场白里唤出自己的父亲一样，他的妻子黛茜一登台也几乎做出相同的举动。和查尔斯·豪伊实际的岳父一样，黛茜的父亲也是一位政治家，“道德品质的灵魂”。强尼和黛茜都将继续在戏中述及各自的父亲，仿佛拼命要为自己争取一个身份，即便是一个依赖神话和幻影的身份。同样，前来采访强尼的艾斯琳也一再提到她自己的父亲。（“我必须说，我的父亲善良正直。就作为父亲来讲。”）黛茜在哀叹丈夫的不忠时，提到儿子杰克的需要：

一个小男孩在等父亲回家。你知道小男孩像什么吗，强尼？我来告诉你。他是一个由骨头和皮肤组成的奇妙的

微型装置，像收音机似的调整频道，发射和接受某种信号。当一个小男孩生病时，他的整个身体竭力发出一种特别的信号，他要的很简单，就是被父亲抱在怀中。

在一组台词中，黛茜继续探讨缺席的父亲的杀伤力，那是剧中最具情感征服力的部分：

我同情这世上所有的小男孩。当信号得不到回应时，那种痛苦如此剧烈，如此出奇得剧烈……一个真正的父亲，会在三千英里外感受到召唤，日夜兼程，赶到孩子身边。没有什么能够将这不起眼的小事重新组装回去，时光如梭，以后将一无所有，只剩下一团缠结断裂的导线，毫无用处，因为最终它既收不到也发不出任何信号。

当杰克上台时，显然他就是一团缠结断裂的导线，依旧像半个小孩，既索取爱又付出爱。待到这时，黛茜点明了丈夫的一位情人，她写过一本书。在爱尔兰观众眼里，这会被视作对记者特里·基恩（Terry Keane）的影射，她在《星期日泰晤士报》上发表了一系列文章，讲述自己和查尔斯·豪伊多年的恋情，并在《星期日独立报》自己的专栏里毫不隐瞒这场恋情。又一次，一条与查尔斯·豪伊人生中的一个真实事件明确挂钩的内容，被植入在剧中。

然而，问题不在于这涉及豪伊的私人生活，而在于西尔维斯特的儿子杰克的登台现身。众所周知，查尔斯和莫琳·豪伊

（Maureen Haughey）有三个儿子，都得益于异常强大健康的心理；他们中没有人出现过精神崩溃的征兆或痉挛抽搐的迹象。但健康的孩子，一般来说，对剧作家没有用处。顿时，伴随儿子杰克的出现，这部戏转入了听命于自身必然要求的领域，虚构的专属王国。在某种意义上，这个剧本始终存在于那儿，因为其情感活动不是由一连串公共事件所引起的，而源于一系列对父亲和父权的深思。可是，在一幕接一幕中，西尔维斯特一家和豪伊一家的联系历历在目。此刻，脚本偏离豪伊一家的故事，转而讲述另一个故事，一个表现悲伤、疏离和父亲给儿子造成的伤害的故事，这个故事更契合诗歌《长裤》的情感活动——诗中，儿子审视父亲，看他在街上默默和自己擦肩而过——而不属于记者对豪伊当政及倒台经历的长篇累牍的记叙。

围绕这出戏的论争遂集中在将豪伊作为主人公和为了剧情目的而歪曲事实这两点上。这场论战在报纸上和广播里愈演愈烈，在二〇〇二年二月二十日艾比剧院一场演出后的讨论中达到白热化的顶点。演员、导演和剧院的文学总监均有参加，作者在舞台侧翼观看。

文学总监乔斯林·克拉克（Jocelyn Clarke）回忆，那是“一场罕见的、全场满座的演出后的讨论”，观众中的第一位发言者不赞同导演提出的这部剧作“仁厚”的观点。据克拉克讲，这位女观众说，“剧中的人物心胸狭窄、小气委琐，特别是那位政治家，他和妻儿的关系不可信。”克拉克记得有一位男青年站起来，“想知道巴里怎么可以把一位尚在世的政治家的经历和形象用在他的剧作里——他有什么权利可以这么对待查尔斯·豪伊的家人，以及牵涉程度较轻的布莱恩·勒尼汉的家人”。克拉克试图为这部戏辩护：

> 我回答，《腹地》不是一部关于查尔斯·豪伊一生的传记剧，而是讲述一位想象出来的政治家，其经历和时代基于爱尔兰近年政治史上的人物和事件，那很大程度上是属于公共领域的。剧作家选择创作一个以政治人物为题材的剧本，里面的人生故事和在世或已故的政治家有相似之处，不等于就使它变成了一部讲述那位政治家生活或事业的剧作。

“观众，”克拉克回忆，“更加按捺不住了。”

“不是这么回事。”有人嚷道，“讲的就是查尔斯·豪伊。”另一人喊道。“报纸上全写了。”我回答创作一部讲查尔斯·豪伊的剧作，这不是巴里的初衷。而且，应该把《腹地》放到他更广阔的创作背景下来看，他正在进行中的剧场计划，以巴里自己的家族和其历史为镜，探索一个民族的历史。可以这么说，《腹地 》作为一部传记剧，指的是巴里主要使用了他个人生平中的素材，而不是豪伊或其他任何政治家的，就我所知，豪伊的婚姻依旧美满，他有几个儿子，无一患有精神病。

就这样，围绕这部剧作及其意图的歧义得到了澄清。它的感情轮廓来自作者个人及其家人的经历；部分枝节来自公共领域，来自前任总理人生的方方面面。有些观众认为作者无权将两者混为一谈，这种混淆损害了剧作。剧院的文学总监表示，把《腹地》看作写的仅仅是豪伊或看作一种歪曲，是对该剧的根本误读。

《腹地》的第二幕聚焦于杰克因父亲而加重的神经官能征和强尼与康妮的情事，观众把那名女子认作是特里·基恩。这一幕以杰克企图上吊自杀开场。当黛茜走入场内时，她对丈夫说："听着，你可以是毁掉自己国家的国王，但我不会让你成为毁掉自己儿子的父亲。"和个人相关的，才是最紧要的，推动《腹地》的正是这种认识，黛茜像一位解说者，时时思索丈夫作为父亲而不是作为政党领袖的事业。他对儿子的忽视，被表现为一个取代政治的事件，却也象征了公共领域核心上的腐坏：

> 你在竞选官职，或治理这个国家。啊，没错。可它否定了某些居于生活核心的东西，居于家庭、国家，乃至政党的核心。假如那个微小的信号［由有需要的孩子所发出的］得不到关照，那就根本不存在家庭、政党或国家，因为那违背了地球上最古老的法则。

因此，巴里巧妙地把一个自称"国家民族之父"的男人和家庭中的父亲联系起来，强调后者的失败犹如一剂腐蚀国家的毒药。可他也借用了查尔斯·豪伊事业和个性方面的素材，作为对本质上是私人之痛的隐喻。这也许好像一场私人性与公共性之间的混战，诚如参加艾比剧院讨论的部分观众所认为的那样，侵犯了豪伊的隐私，侵犯了他妻子和孩子的隐私，为了区区的艺术目的而歪曲事实，在公共事务的主题上，是一部不诚实、具有误导性的戏，另一方面又始终在掩盖个人的隐痛。在对该剧做出的这些指控中，有许多未得要领，即所有的虚构成分都来自第一手资源，以间接的方式呈现于纸面或搬上舞台。其实现的手法包括运用隐喻、建立屏障、对似真似假的素材进行加工、把它们浇筑在一个向既纯净又杂糅的虚构方向靠拢的模子里。根本没有别的实现方式。大部分戏剧、小说和短篇故事，都采用这种相同的暗中工序。巴里通过把豪伊窃为己用，彻底揭露一个古老的体制。虚构，究其本质，是一种欺骗形式。《腹地》优美而富有争议地占据了两个世界间的缝隙，一个是如我们所认识的未经加工、杂乱无章的世界，另一个是想象的世界，经过私人的和隐藏的经验的充分而具暗示性的测试。

罗迪·道尔和雨果·汉密尔顿：宗族之语

一

我们的邻居，养玫瑰的谢默斯·道尔和他每天望弥撒的妻子格蕾塔，曾领导过一次革命，这似乎难以置信，他曾被英国人判处死刑，格蕾塔与另两名妇女，在一九一六年复活节起义中，让爱尔兰的三色国旗升起在南方城镇恩尼斯科西（Enniscorthy）的一栋主建筑物上。似乎更让人惊异的是，玛丽恩·斯托克斯是另外两名升旗手之一；一九六六年复活节那一周里，她每晚来我们家看一部电视剧，讲的是五十年前发生的事。

她是你能想象的最不可能的前恐怖分子，文雅沉静，面带淡淡的微笑。我的叔叔参加过此后的独立战争，于爱尔兰内战期间在狱中进行过绝食抗议，从他的举止和态度中也丝毫看不出他年轻时为了追求理想而和大英帝国的强权较量过，一个被他周围的人视作是愚蠢而狂热的理想。

一九一六年在镇上竖起旗帜的第三位妇女是乌娜·博尔格，她嫁给了起义的领袖之一罗伯特·布伦南；日后，他成了爱尔兰驻华盛顿大使，并且是埃蒙·德·瓦勒拉的亲密伙伴。（他们的女儿梅芙·布伦南是小说家和短篇作家，为《纽约客》撰稿多年）乌娜的弟弟吉姆·博尔格也卷入反抗英国人的斗争，他是罗迪·道尔的外祖父，伊达的父亲，道尔在《罗里和伊达》（*Rory & Ita*）里记述了伊达及其家族的故事，这本书是道尔编纂献给父母结婚五十周年的礼物。

爱尔兰那一代革命者的故事仍然错综复杂，富有强大的感染力，又难以言说。我的叔叔一九九五年过世，他只偶然提起那些事或拿它们开玩笑；我不记得参加过起义的邻居曾在私下的谈话中议论过他们当革命党人的岁月。他们沉默保守；在我看来，历经过的危险岁月让他们变得阴沉乖戾，而非喋喋不休。但自从九十年代末爱尔兰共和军停火后，纪念过去发生的事变得相较容易，因为在北爱尔兰，这样的事不再天天重演。地方报《恩尼斯科西的回声》（*Enniscorthy Echo*）在庆祝建报一百周年时，制作了一份副刊，上面的文章骄傲地宣称该报“曾一度是民族主义者的蜂巢”，印了一张罗伯特·布伦南身穿准军事部队制服的照片，他的妻子站在他身后，还有文章述及一九一五年吉姆·博尔格因煽动叛乱罪被捕和我叔叔的绝食抗议。他们三人都曾为该报效力，报纸的百年纪念刊上骄傲地称，在爱尔兰自由邦创立前的十年间，该报“在当权者眼里恶名昭著”。

二十世纪四十年代，爱尔兰政府请参加过起义和独立战争的人写下他们的回忆，这些记录将封存起来，到将来某个不确定的时间再解封。一千七百多人应求，其中包括谢默斯·道尔和罗伯特·布伦南。今年三月，这批档案首度向学者和研究者开放。我抽样阅读了一部分恩尼斯科西人留下的记述，包括道尔和布伦南的追述，全是平铺直叙的陈说，语言朴素、不加文饰，我发现，想象写下这些陈述时的局势环境是件格外有趣的事。在这些人坐下来记录他们的回忆时，中立的爱尔兰相对安逸，国内的氛围和睦友好，是一个似乎永远不再需要有人对它作出进一步陈述、并将之封存起来的世界。谢默斯·道尔一定是从他的玫瑰园走入屋内，静坐在他那栋半独立寓所的前屋的桌旁，描写和帕特里克·皮尔斯在狱中的一次会面，皮尔斯领导了一九一六年起义，当时是在他遭处决的前夕。“门打开，他迅速起身，上前迎接我们，同我们握手。他形容憔悴，但士气高昂……在卫兵离开牢房后，皮尔斯对我们耳语：‘藏好武器，日后会有需要。’接着我们向他道了别。”

“在新自由邦成立之际，”罗迪·道尔在《罗里和伊达》里写道，“吉姆·博尔格当了公务员，供职于对外事务部……他的第一份工作是持枪坐在一间房外，里面是新任的部长加万·达菲。”罗迪的母亲伊达回忆，她的父亲“从未放弃自己为之奋斗过的理想，但他不是死不屈从的人”。到一九二五年伊达出生时，自由邦已成立三年，她的父亲白天工作，晚上学习会计。罗迪·道尔的父亲在一九二三年出生，名叫罗里，爱尔兰语里的“光荣、荣耀”①一词，取自爱国英雄罗里·奥康纳的名字。奥康纳是四位领导者之一，每个省一位，他于前一年，在内战中一系列复仇行动之初，被爱尔兰自由邦的势力交出去枪

① 原文 Roderick，这个词源自日耳曼语，意思是光荣、荣耀。

决。这些行刑在以埃蒙·德·瓦勒拉为首领的、反对一九二一年《英爱条约》的人中间引起极大愤慨，该条约撇下北爱尔兰，让它继续处在英国的控制下。一九三六年，诗人奥斯汀·克拉克写道：

如今他们唾弃美德
空谈法律和荣誉
可我们记得他们怎么枪决
罗里·奥康纳。

罗里·道尔本人的父亲是爱尔兰共和军的成员，卷入一九二一年火烧都柏林海关之事，但没有参加内战，而他的两个兄弟却为对立的阵营而战，其中一人在战争中遇害。“他无法面对和曾与自己并肩的人作战；他就是做不到，”罗里回忆，“可他仍和在闹事的共和军的人走得很近。”一九二六年，他的父亲加入了德·瓦勒拉创立的爱尔兰共和党，从一九三二年直至最近，期间多数时光把持爱尔兰政权的都是这个党。

这么看来，罗迪·道尔的双亲都是出生在独立斗争结束后和革命党人开始栽种玫瑰前的那一短暂时期内，他们是爱尔兰版的午夜的孩子。道尔曾试图就一个最难把握的主题写一本书，运用他们两人的话语；他曾试图再现和平时期的寻常生活，不夸张地说，等同于幸福。他把革命和革命的斗志藏在背景里，而把父母的恋爱、婚姻、养育孩子、他们的家庭生活置于前景。他也曾试图捕捉他们特殊的口吻，仅仅为了解释一件小事或使故事继续进行而打断他们的话，但从来不是为了与他们争辩。他感兴趣的是事情的细节；这本书里充斥着专有名词、商标名称、精确的回忆和简明的轶事。

他注重表现爱尔兰文学中若干不常见的主题，也是他以前作品中不常见的——美好、体面、关爱、和睦、温雅、善良、富足、斯文。因此，下厨、早晨去上班、拥有第一台冰箱或第一台洗衣机，买了一件礼服或一套西装、去参加舞会或拜访朋友，这一切在单调平淡的详述下，构成全书的中心事件，得以占据爱尔兰书籍里通常预留给仇恨和暴力的空间。这种转向愉快甜蜜的做法，可能部分源于道尔对父母真挚的爱，但也是出于某种策略，这种策略从一开始就是他创作的核心。

二

一九七九年十一月，在罗马教皇访问爱尔兰的两个月后，二十岁的罗迪·道尔首次引起公众的注意。他为《在都柏林》杂志写了一篇文章，声称圣母马利亚一百年前在爱尔兰西部诺克现过身后，行游到都柏林，在那儿——他确信——诞下了帕特里克·皮尔斯，我们也正在纪念他的百年诞辰。道尔解释，这两件事，第一件比第二件晚了两个月，全是因为那时恶劣的路况。道尔的说法，在一个十分讲究虔诚的时代，是为无礼和大不敬，使他成了我们这些为杂志社工作的人心目中了不起的英雄。此后不久，当爱尔兰语杂志《今天》对他提出谴责时，他的声望大大提高，该杂志指出，世界上有国家知道该怎么对付这种亵渎神明的行为。显然，他们指的是伊朗，阿亚图拉[①]和他的惩罚天天见诸新闻。道尔这一放肆的尖语，不仅攻击了那个正是教皇访问过的圣地诺克，同时也击中了爱尔兰民族主义里一位殉难的偶像。

一两年后，当爱尔兰共和军的绝食抗议使人们对这一运动及其殉道者的同情高涨之际，有人告诉我，罗迪·道尔正在创作一部喜剧小说，名叫《你的奶奶是绝食抗议者》(*Your Granny's a Hunger Striker*)。我虽然在爱尔兰共和党和天主教会的怀抱中长大，但对这本小说充满期待。和我们这代中的许多人一样，我受够了爱尔兰式的虔敬，在这些议题上只想看笑话。这也许是上一代人为之奋斗的权利之一，是他们的抗争带来的一个不可避免的后果，即便当时看来并非如此。

《你的奶奶是绝食抗议者》始终没有出版，但一九八七年，道尔的小说《承诺》(*Commitments*)问世，接着是《庞然大物》(*The Snapper*，1990)、《厢型车》(*The Van*，1991)、《帕迪·克拉克，哈哈哈》(*Paddy Clarke Ha Ha Ha*，1993)和《撞上门的女人》(*The Woman Who Walked into Doors*，1996)。这些小说和根据其中几本而拍摄的电影，开创了全新的风格，情节紧凑，犀利敏锐，冒犯不敬。它们也因创造的都柏林的形象而产生巨大影响。

都柏林这座城市始终独立于爱尔兰民族之外。当罗迪·道尔的姨公罗伯特·布伦南在狱中听闻一九一六年起义在都柏林

---

① Ayatollah，对伊朗等国伊斯兰教什叶派领袖的尊称。

的规模时，提供情报的人对他说："都柏林真棒。以后我们不会再听见有人嘲笑这座城市里都是'惨叫的奴隶和斯文的懦夫'。"然而，二十五年后，当罗迪·道尔的父亲罗里开始当印刷工学徒、和来自都柏林市的人共事时，这座城市似乎又故态复萌。"那让我大开眼界，仿佛到了另一个国度。那儿的风气深深的反共和、反盖尔人，甚至近乎反爱尔兰。就他们而言，他们是都柏林人，而不是爱尔兰人。他们购买和阅读英国的报纸……他们谈论的除了足球别无其他，说的都是都柏林和英国的球队。"

这就是罗里的儿子给他小说设置的背景，不讲独立战争或其遗下的影响，不讲北爱尔兰的冲突——在那些小说出版的年代正是最紧张的时期，不讲天主教会的世界。一个拆除了读者眼里最常与爱尔兰联系起来的支杆，填入摇滚乐、连珠的妙语和嘶吼、性、咒骂及足球的世界。它本可能是利物浦、伯明翰或曼彻斯特，除了有一点绝对关键的，亦是这座城市的灵魂，每个熟悉都柏林的人都能识别出来。诚如那些年里道尔所做的，让这座城市的这种形象广为人知，几近成为正式认可的版本，在一个以乡村、天主教、保守和民族主义为自我形象的国家，是一项重大的政治工程。通过这么做，道尔跨入了爱尔兰小说家中一个试图重塑爱尔兰的突出行列，从乔伊斯，在一九二二年的《尤利西斯》里把一位犹太主人公安排在他心存不敬的首都，到约翰·班维尔，五十年后在《白桦林》(*Birchwood*) 里把爱尔兰的历史写成一出捧腹的讽刺滑稽戏和一连串可笑的续发事件。这些小说家试图重新拼组这个国家。

一九九九年，罗迪·道尔在小说《一个叫亨利的名人》(*A*

Star Called Henry）里首度述及他祖辈的民族主义、留下的遗产及历史，这些给《罗里和伊达》提供了背景；他勉力想把自己的喜剧手法运用在祖辈的经历上。他笔下的主人公亨利在爱尔兰大部分的历史事件中扮演了至关重要的角色，他也是都柏林人，与民族主义运动的成员发生联系：

> 他们憎恨任何从都柏林来的人或东西。都柏林和英国走得太近；那是指令和暴行的源头……爱尔兰是都柏林以西的所有地方，地道的爱尔兰人在西边、西边、西边，尽可能往西，在岛屿上，岛外有礁石，说的是爱尔兰语，吃的是羊毛……他们比我更爱尔兰；他们更接近于纯净无瑕的东西。

《罗里和伊达》沉静含蓄地描绘了这种都柏林生活的诱惑和它对独立后在这座城市定居下来的民族主义者的软化效果。出于爱国心，罗里没有加入爱尔兰共和党；他说他——

> 和爱尔兰共和党扯上关系是因为他生来就属于爱尔兰共和党。我从未加入；我生来就在其中。我从未加入也从未退出。我的父亲是共和军中的一员，一九二六年德·瓦勒拉建党时，他追随了他……每个属于爱尔兰共和党的人，一看就知道；他们不需要证件——他们就是他们自己。

自一九二六年以来，爱尔兰共和党对许多人而言具有多重属性。它吸收民族主义者的热情，引导旧日的部队把斗争从战场转向选举。理论上，它试图恢复盖尔语为全国通用的语言，重新统一爱尔兰，代表下层中产阶级和小农场主的利益，可慢慢地，它把大部分精力投入到把持政权上，开始成为大财团和腐败的代表。它想方设法同时效忠布鲁塞尔和波士顿。我的父亲是一位忠实的党员，也是“生来就在其中”的，他总说，假如你投了反对派一票，你的右手会萎缩。他也相信凭肉眼看就能分辨出爱尔兰共和党的人。和罗里一样，他投入了巨大热情在竞选中，从获胜里得到莫大的喜悦。“竞选是一场激情澎湃的运动——激增的肾上腺素，一刻不停地辛勤工作。”罗里说。一九七七年，罗里着手组织以共和党候选人接替康纳·克鲁斯·奥布莱恩——他是爱尔兰议会中的工党成员——的竞选运动。“我相信，面对面时他一定是个富有魅力的人，可我从来没有真正见过他，我们拿下了他的席位。”他说。

罗里也成功散发出迷人的魅力，温和风趣。和爱尔兰共和党许多别的普通成员一样，他具有某种低调的风范，无论地方性的竞争，还是宏大的意识形态，都激起他同等的热情，却不过分狂热。正是这些特质，使这个政党很难失去席位。即便我们这些尽管“生来就在其中”、但厌恶其政治主张的人，也觉得难以对它的实际成员产生反感。这使得要干掉自己是共和党人的父亲变成一项相当艰巨的任务；罗迪·道尔或许是明智的，试图用仁慈的方式在他父亲身上实现弑父。

虽然爱尔兰共和党有志于恢复盖尔语为全国通用的语言，但无论罗里还是伊达，都没有太把这当回事。罗里买了一套新的多尼戈尔花呢西装，他好奇，自己会不会被误认作“是盖尔语联盟的人，高声说着爱尔兰语四处走动。我不会高声说爱尔兰语，但我会穿着这身可爱的西装四处走动，自得其乐”。伊达和她的朋友亦然，他们在一次爱尔兰的传统舞会上受到冷落，“最后彼此互为舞伴，时不时揶揄和嘲弄周围狂热的爱尔兰分子。”

三

作家雨果·汉密尔顿的父亲也在同样的街上四处走动，在同样的年代参加同样的舞会，一如罗里和伊达。但他在这么做的同时，据他的儿子在《有斑点的人》（*The Speckled People*）里告诉我们，“高声说着爱尔兰语”，成为一名遭伊达嘲笑的“狂热的爱尔兰分子”。和只把他们深挚的情感和平凡的抱负引入家庭生活范畴的道尔夫妇不同，《有斑点的人》里的汉密尔顿的父亲把他的政治主张也带到家中，把自己对爱尔兰的激进观点加诸在全家人身上，使家变成一个处于围困中的国家。

出生于一九五三年的雨果·汉密尔顿，在九十年代初出版了他的头三部小说。它们以他母亲的故乡德国为背景，探讨历史、背叛和记忆这些宏大的主题。作品的调子新潮、克制、讽刺，剧情绵密微妙，仿佛他本人在无风无浪的年代、在都柏林中产阶级聚居的郊区的成长经历本身没有值得他关注的地方，也许过于平静、安定，过于心满意足，所以对一个爱好宏大历史和政治主题的小说家而言没有用处。他接下来的两本小说，背景设置在都柏林的底层社会，足以进一步证明他自身安逸的背景未给他提供小说创作的素材。

快乐的童年也许能造就良好的公民，但对我们这些面对一张白纸的人而言毫无助益。一九九六年，汉密尔顿发表了一篇七页长的故事，题为“纳粹圣诞节”，收录在《都柏林，棕榈树生长的地方》(*Dublin, Where the Palm Tree Grow*）的短篇集里。作品讲述了一个无法置信到不可能是编造出来的故事。三个都柏林小孩连同德国裔的母亲受到邻居的骚扰。“事情始于那个男人在鱼店用德语说了一句‘小心！’，所有顾客都转头看我们”。当故事里的这家人出现在公共场合时，“我们身上有某种东西让人们发笑、窃窃私语或在街边停下脚步，公然提出最稀奇古怪的问题；这种东西粘在我们身上，像电子追踪标签”。未几，几个孩子遭到袭击和毒打。

创作这个故事时，汉密尔顿使用了他前三部小说里疏离的文风，收起所有判断，把纷乱纠缠、一触即发的感情，掩埋在冰冷的叙事口吻中。他的回忆录《有斑点的人》在爱尔兰成为畅销书，里面包含了同样巧妙遏制的怒火。它以娴熟审慎的手法，有层次的运用叙事声音，而罗迪·道尔的书则故意摆出未经艺术加工的自然状态。故事中的世界透过一个孩童的眼睛来观察，他不作评断，只是详述和描绘。可每个细节和每一段描述，都传达出隐藏的感情和压抑的痛苦，具有丰富繁多、精心斟酌的层次。

语言本身已是小孩受难的根源，不仅是他母亲的语言——致使《纳粹圣诞节》里发生的事是以回忆的形式复述在文中——而且包括英语本身，他们的父亲决定，他的孩子不应该说英语或听英语，即便在他们所住的都柏林郊区，那是人们唯一说的语言。父亲希望自己的孩子说爱尔兰语，听爱尔兰语，为了实现这些愿望，他需要让孩子远离外面的世界，远离广播、电视、流行音乐和玩伴。他还需要根据他决定引入家中的意识形态来培养他们，既不因周遭的氛围和都柏林这座城市的多元性而软化，也不因为从英国人撤离那一刻起就取代了爱尔兰革命精神的妥协精神而软化。

汉密尔顿和他父亲之间的争论，同样发生在詹姆斯·乔伊斯的短篇《死者》里的加布里埃尔·康罗伊和艾弗斯小姐之间。艾弗斯小姐鼓励加布里埃尔去爱尔兰西部度假，加布里埃尔则对她说，他希望去欧洲大陆，“部分呢是因为要保持跟那几种语言的接触，部分呢是因为想换换口味”[①]。艾弗斯小姐质问他：“那你就不要跟自己的母语，爱尔兰语，保持接触了吗？”他回道：“这个，要是讲到那一点上，你要知道，我的母语可并不是爱尔兰语。”最后，艾弗斯小姐指控他是个“西部英国佬”。

在他的回忆录里，汉密尔顿采用了《一个青年艺术家的画像》前几页中斯蒂芬·迪达勒斯的风格，透过一个儿童的眼睛来描绘世界：“小时候的你像一张白纸，上面没有写任何东西，”他写道，“我的父亲用爱尔兰语写下他的名字，我的母亲用德语写下她的名字，还有一块空白处，留给外面所有说英语的人……我的父亲说，你的语言是你的家，你的国家是你的语言，

① 詹姆斯·乔伊斯《死者》的引文，引自徐晓雯的译文，下同。

你的语言是你的旗帜。”

汉密尔顿一家，是英国西部城市里一个不讲英语者聚居的孤岛，招入了艾妮，一位来自爱尔兰西部的仆人，她的任务包括和孩子讲爱尔兰语，那是她的第一语言。“那对他们有什么用？”当汉密尔顿的母亲坚持要求她只能和孩子讲爱尔兰语时艾妮问道。过去两个世纪以来，爱尔兰语的使用率慢慢下降，没有一种解释躲得开这个问题。“说爱尔兰语卖不出母牛。”人们提出这条理由，说明为什么一户接一户人家放弃这种语言而青睐英语，最后，只有爱尔兰西海岸的一小部分人把它当作第一语言。

“到二十世纪七十年代末，”历史学家 J. J. 李（J. J. Lee）在《爱尔兰 1912—1985：政治与社会》里写道，“真正爱尔兰语地区的人口……经统计只有三万两千人，不到建国时的十分之一。”那些年里，官方的爱尔兰语地区，面积比真正讲爱尔兰语的大得多。八十年代末，我的一位朋友走遍爱尔兰官方划定的讲爱尔兰语的地区，他发现，凯里郡大部分山区地带根本无人居住，也被政府标明为讲爱尔兰语的地区。他推想，雨落下，用的是爱尔兰语，风吹来，用的也是那种语言，当雪开始降临时，触地那一刻，它把自己的名字改成了 *sneachta*①，可是没有一个听众。

没有一位研究语言消亡的历史学家有办法解释，为什么那些希望卖出母牛的人不是变成讲两种语言，为什么那么多人完

① 古爱尔兰语里的“雪”一词。

全抛弃爱尔兰语。J. J. 李曾写道，经济上：

> 严格来说……可以解释为什么习得英语，但无法解释爱尔兰语的流失，除非假定爱尔兰人的脑子太小，容不下两种语言，或是爱尔兰人根本太懒、或太功利主义，不愿在一门物质利益较少的语言上花工夫……这种小语言的负担，不足以阻止瑞典、挪威、荷兰或法兰德斯成功地向英国输出物资，自十九世纪末以来发展速度超过英国，并在二十世纪的进程中赶上英国的生活水准。

李提出，爱尔兰如此热衷地吸纳英国的一切，原因之一和从大饥荒时期开始的集中涌往英国和美国的移民潮有关。父母需要采取某些极端的手段，让孩子为分离做好准备。另一种可能是，贫困的水平和程度，差异巨大，等级森严——而懂爱尔兰语被和贫穷联系到一起——因此，抛弃这种语言是一个上进的途径，无论多么不可思议和不容察觉。

独立后的那些年里，在西部，爱尔兰语依旧和贫困联系在一起，在这个国家余下的地方则开始和学校发生关系，花大量时间学习一种教得很糟、只有部分老师似懂非懂的语法，政治家在他们枯燥的演说开始和结束处附上几个爱尔兰语词。“孩子，”J. J. 李写道，“得不到动力，把爱尔兰语当作一门活的语言去掌握，只把它当作死的语言。在人人都知道这种语言几乎决不可能再被用到的情况下，象征性地把爱尔兰语测试作为应征公职的要求……不可避免地留下深远的影响。”用阿兰德·阿瑟

(Arland Ussher）的话说，对懂爱尔兰语、热爱尔兰语的人而言，它是“极好的对话语言，非常适合打趣、夸张、诱哄、悲叹、祝福、诅咒、示爱、激烈的长篇演说。它意想不到的节奏韵律，甚至赋予优秀的、用英语写作的爱尔兰作家一种亲切、私人化的特质。装上翅膀飞翔的语言才是美妙的。填塞、固着在课本里的，则变质发臭”。

因此，当罗迪·道尔的父亲发现自己是“爱尔兰唯一符合条件”可以填补教授印刷术这一空缺——既有印刷工的工作经验，又有技术知识——想使这份当教师的政府工作变成永久职业时，他不得不参加爱尔兰语考试，尽管他的教学都是用英语进行的。在口试部分，他的表现不太令人满意，“考官对他说：‘这到底是怎么回事？无疑，康内马拉任何一个干体力活的人都会讲爱尔兰语。’于是我说：‘你何不请他们来教印刷课呢？’听到这话，他用拳头一捶桌子，差点把桌子敲碎，我给轰了出去。”罗里获得这份工作，完全是因为一位工会会员的坚持，他说：“学徒被雇主送到学校是来学印刷术的，不是学该死的爱尔兰语。我的员工完全具备教印刷术的资格，如果不能复职，下周一，你们将一个学徒都没有。”这就是出生在爱尔兰自由邦的第一代人要为争取莫名其妙的自由而进行的斗争。

在差不多相同的时期内，在这座城市的另一角落，雨果·汉密尔顿的哥哥弗朗茨学了几个英语单词，当他们的父亲正在院子里掘土时，他天真无知地顾自念念有词。父亲“打了一下他的后脑勺，弗朗茨从墙上摔下去，脸撞到砖块。他爬起来时，鼻子和嘴巴上全是血”。他的鼻子断了。

> 我的父亲说他很难过，可规矩不能不守。他说，弗朗茨又在讲英语，这必须制止。接着，我的母亲和父亲完全无言以对。父亲再度走到屋外，母亲带弗朗茨上楼。即便血止住了，他还是哭了很久，母亲担心他会再也不开口讲话。

雨果同样也把英语单词带入家中。他重复了一则流行广告里的词，父亲操起温室的棍子，发愿“他是在为爱尔兰做该做的事。我们跪下，求问上帝他觉得应当抽多少鞭合适，父亲说十五鞭”。由于孩子可能因听英语——即便是邻居小孩说的——而受惩罚，所以他们的玩伴只能从城中零星几户志同道合的人家引进：

> 连他们也觉得玩耍时讲爱尔兰语很傻，不想再来，即便有饼干也不来。讲爱尔兰语就不能扮牛仔，讲爱尔兰语就不能在某人背后鬼鬼祟祟地走近，或把某人绑在椅子上。奄奄一息时讲爱尔兰语就不好玩。总之就是太傻，不可能躲在什么东西后面用爱尔兰语讲出“啊呸”或“举起手来”，有些事只能用英语完成，比如打仗和杀印第安人。

就这样，斯蒂芬·迪达勒斯对爱尔兰与英语之关系的那番卓著的思考遭到颠覆和戏弄。当斯蒂芬在都柏林邂逅英国教务主任时，他注意到：“他的语言听上去又亲切，又生疏，对于我，它永远只能是一种后天学来的语言。我不曾在这语言中造词，或者我还没有全然接受这语言中的词语吧。我的声音对这些词敬而远之。我的灵魂在他的语言的阴影中，烦躁不安。”[①]可在那本书的结尾，斯蒂芬发现，引起争议的单词“tundish”(通盘)，那位英国人一生从未听闻过、只把它当作“funnel”(漏斗)解的单词，其实根本不是爱尔兰语：“我查了字典，发现那是个英文词，而且是地道的古英文词。让教务主任和他的漏斗见鬼去吧！他到这儿干什么来了，是来教我们他自己的语言，还是跟我们学习我们的语言。不管是哪一样，都让他见鬼去吧！”在萨缪尔·贝克特的剧作《落下的一切》(*All That Fall*)里，围绕爱尔兰语和英语的问题，受到进一步嘲讽的阐释。鲁尼先生对他的妻子说：“有时，我觉得你在和一门死掉的语言缠斗。”鲁尼太太回道：“喔，你知道，它迟早会死，就像我们自己可怜的心爱的盖尔语，一样的道理。”

“众所皆知，语言和民族认同之间的关系错综复杂，”J. J. 李写道：

> 没有语言，只有极不寻常的历史境遇才足以发展出一种认同感。这些不同寻常的境遇在爱尔兰存在了约两个世纪。当那个广义上从现实或回忆来看具有饱受帝国压迫、民族复兴、争取独立之特征的时代渐趋结束之际，那门失落的语言作为区别标志的重要性，变得益发突出，而不是

---

① 此处《一个青年艺术家的画像》的引文，参考了黄雨石的译文（外国文学出版社 1983 版）和徐晓雯的译文（译林出版社 2003 年版），下同。

淡化。随着局势迈入常态，只有认同的外壳还留在无语言的状态。

除了致力让家庭的幸福美满重新成为爱尔兰作家笔下的主题以外，罗迪·道尔的《罗里和伊达》的意义也许还在于，它表明，在正常时期内爱尔兰人的身份认同几乎是奇迹般、本能式的完好无损，千真万确到无论罗里还是伊达都不必提及，读者也无需注意到它严重的缺失或明显的存在。它就简单地包含在他们的思考和讲话里、他们的回忆和生活里。这是道尔的一个高明之处，他不把人们的注意力引向这一点，可他是个对政治深感兴趣的作家，不可能像那样故意撇下这一点。

“一种被击溃的文化，”J. J. 李继续写道，“它的后人很少会加入诋毁消亡的语言的行列。那有点像弑父杀母的冲动。”事实的确如此。它为雨果·汉密尔顿提供了一种全新的弑父方式，不仅通过讲述自己在被击溃的文化的名义下所遭受的虐待、讲述他在衣橱底部发现父亲一九四六年时写的反犹文章，而且是用一种铿锵有力、精炼优雅、完美控制和雕琢的英语把它们讲述出来。在最后一章，他得以和语言抗争，直到掌控全局，向爱尔兰式的自由再次发起一击：他得以带着几分魔术师般的兴味记述父亲的死亡，和英格玛·伯格曼的影片《芬妮和亚历山大》里年少的亚历山大想象继父死去时的兴味一样。汉密尔顿的父亲遭蜜蜂叮蜇，却以更激烈的方式重演了他在书中一直不露声色所做的事：

或许我的父亲无意当一位养蜂人。或许他不够冷静，不能当一个父亲。或许蜜蜂知道他还在战斗，还在想着童年时除了母亲没有人喜欢他的岁月。或许它们能感觉到空气中的愤怒，来自爱尔兰仍处于英国人统治下的时期，或是爱尔兰获得自由却什么也想不起、只有活在英国人统治下的记忆的时期。或许它们能嗅出像无助的愤怒这类东西，它们不断试图把他杀死。

父亲跑到街上，用爱尔兰语尖叫，“街坊四邻奔回自己的屋内，因为他们害怕蜜蜂，害怕爱尔兰语”。过后不久，他死于心脏病发。“人们说，现在留在爱尔兰的人里没有一个像我父亲。”汉密尔顿评述道。他非常小心地控制自己的语气，让读者搞不清是该笑还是哭。不过，无论是哭是笑，有一点是明确的，伴随他父亲的死，代表爱尔兰革命精神的最匪夷所思的残余者中的一员安息了。

第二卷　爱尔兰以外

托马斯·曼：宠坏孩子的新方法

托马斯·曼和卡蒂亚·曼夫妇有六个孩子。显然从很早起，卡蒂亚就最爱一九〇六年出生的老二克劳斯，托马斯·曼则喜爱一九〇五年出生的老大埃莉卡和一九一八年出生的伊莉莎白。其他三个——勉强容忍的孩子——分别是一九〇九年出生的戈洛、一九一〇年出生的莫妮卡和一九一九年出生的迈克尔。埃莉卡记得，在第一次世界大战物资紧缺期间，食物不得不分着吃，而有一次剩下一粒无花果。“我父亲是怎么做的？他把这粒无花果整个给了我……其他三个孩子惊恐地瞪着眼睛，父亲言简意赅地强调了一句：‘人应该尽早让孩子习惯不公的待遇。’”

某些特性在这个家族中蔓延扩散，譬如同性恋。托马斯·曼本人大多时候是同性恋，他的日记清楚证明了这一点。同样他的三个孩子也是：埃莉卡（也只是大多时候；她有过例外，布鲁诺·瓦尔特是其中之一）、克劳斯和戈洛。自杀也是这家人的一个主旋律。托马斯·曼的两个妹妹都是自杀身亡，同样还有他的儿子克劳斯和迈克尔，以及他哥哥海因里希的第二任妻子。还有嗜耋癖。埃莉卡和布鲁诺·瓦尔特发生暧昧关系时，他的年纪几乎和埃莉卡的父亲相当；一九三九年，伊莉莎白嫁给文学批评家朱塞佩·安东尼奥·博盖塞，他比伊莉莎白大三十六岁。

此外还有乱伦这个小问题。托马斯·曼在自己作品里写的事件，催发了人们对这方面的诸多兴趣。安德烈雅·魏斯（Andrea Weiss）的《在魔山的阴影下》（*In the Shadow of the Magic Mountain*），以同情体谅的文笔记述曼氏家族，提供了有用的信息和见解，她写道："卡蒂亚和克劳斯·普林斯海姆到底有多深爱彼此，这既是街谈巷议的话题，也是个人痛苦的源头，特别是当托马斯·曼在与卡蒂亚结婚仅几个月后就创作了一篇基于他妻子和她哥哥关系的中篇小说。"中篇小说《瓦尔森斯的血》（*The Blood of the Walsungs*）描写一对孪生兄妹之间的乱伦关系；卡蒂亚的父亲曾试图禁止这篇故事发表。

关于埃莉卡和克劳斯也存在这样的流言，因克劳斯以这一主题创作的剧本《手足》（*The Siblings*）而大加助长，这对姐弟流亡国外时，盖世太保将这传闻记录在案，等他们一到美国，这一点也被记在联邦调查局的报告上。（二十世纪二十年代中，克劳斯和埃莉卡的第一任丈夫古斯塔夫·隆德根斯（Gustaf Gruendgens）有染，使事情更亲上加亲）在他的小说《火山》（*The Volcano*）里，克劳斯让以他姐姐为原型的人物和以他父亲为原型的人物结婚。在托马斯·曼的《神圣罪人》（*The Holy Sinner*）里，主人公教皇格雷戈里娶了自己的母亲——她同时也是格雷戈里父亲的妹妹。

托马斯·曼在他的日记里探究自己对克劳斯的性兴趣："我被艾希迷住，"一九二〇年他写道，当时克劳斯十四岁（艾希是他的小名），"他穿着游泳裤，俊俏极了。我将爱上自己的儿子，我发现那是很自然的事……看来我是彻底受够女人了吗？……艾希正躺在床上看书，没有穿上衣，皮肤晒成棕褐色；我心旌摇曳。”后来同一年里，他“撞见艾希一丝不挂，在戈洛的床旁做出某些愚蠢的举动”，“被他散发青春光彩的身体深深吸引、倾倒”。在《约瑟夫和他的兄弟们》(*Joseph and His Brothers*)里，他用部分同样的语言描写雅各布对年轻的约瑟夫的兴趣，在伊莉莎白七岁时，他创作了中篇小说《无秩序和早期的痛苦》(*Disorder and Early Sorrow*)，里面嗜书的父亲和他年幼的女儿之间的关系，明显是基于曼和伊莉莎白的关系，其炽热激烈的程度，足以令任何读者惊诧，这位老魔术师拥有多么惊人大胆的想象力。

到一九三三年希特勒上台时，五十八岁的托马斯·曼拥有的，不仅是这种大胆的想象力，还有一九二九年荣获的诺贝尔奖。他住在慕尼黑一栋漂亮的大房子里，在波罗的海有一间宁静舒适的避暑别墅，是他三年前建造的——这栋房子后被戈林征用。曼被誉为是在世的最不苟言笑、最受敬仰的德国人。他享受自己的名望、家庭、中产阶级的安逸和早晨独自在书房撰写评论、创作小说的时光。他们的儿子戈洛日后写道，由于诺贝尔奖和《魔山》带来的巨大收益，曼氏一家生活优渥。他们四处旅行，有美酒佳肴，车库里停着两辆大型汽车：一辆敞篷的美国车和一辆德国豪华轿车。他们去戏院看戏时，演出结束后有司机拿着毛皮大衣在大厅等候。他们并不特意掩盖的这种生活方式，使得日益增多的政治上的敌人，对他们更加怀恨在心。

托马斯·曼对流亡毫无准备。他在一封信里写道:“我是个太地道的德国人,与我祖国的文化传统及语言牵涉太深,流亡海外一年或也许终身流亡的前景,对我而言,不可能没有沉重不祥的意义。”希特勒当上总理后不到一个月,他在措手不及的情况下离开祖国,连自己的日记和正在创作的小说手稿也顾不上带。这些日记若公之于众,将会极大地减损他在美国所受到的热烈欢迎。

到一九三三年,埃莉卡和克劳斯·曼也都出了名。托马斯·曼不鼓励克劳斯当作家,他在日记中写道,他十四岁的儿子想把故事寄给杂志是“一个愚蠢的念头,必须劝阻他”。青少年时期,埃莉卡和克劳斯写了剧本和短篇小说。在尚未成年时,他们就前往柏林,埃莉卡决心在那儿当一个知名演员,克劳斯决心当一个知名作家。从一开始发表散文和短篇小说起,克劳斯就利用父亲的名声,里面掺杂了无耻与忐忑。一本讽刺杂志上刊登出一幅漫画,画的是穿着短裤的他挨着父亲。配图的文字写道:“爸爸,有人告诉我,天才的儿子永远不可能是天才。所以,你可千万别是天才啊!”贝托尔特·布莱希特写道:“全世界都认识克劳斯·曼,托马斯·曼的儿子。顺便问一下,谁是托马斯·曼?”一九二四年《魔山》问世时,托马斯·曼在给儿子的那本上写道:“赠予我令人敬重的同仁——他前途无量的父亲。”克劳斯蠢到把这展示给一位朋友看,这段话不时被报刊引用。迈入二十岁的克劳斯,既是神童,又是笑柄。

托马斯·曼和他的儿子不同,是个极其复杂的人物,他在行为举止上传统保守,在政治主张上含糊其辞,许多年对德国民族主义的态度模棱两可。若不是因为天性里某种富饶、几乎深藏不露的特质使他有别于他人，他本可能像父亲一样成为参议员和商人。这种特质不仅只是隐藏的性取向，或某些从他轻微疯癫的母亲身上继承来的东西，而且是一种想象的能量和阴暗的勇气，结合惊人的钢铁般的抱负和执着，使他能够在二十五岁创作出《布登勃洛克一家》。

克劳斯始终是个更易读懂的人物。他多变、豪迈、轻狂、毫无城府，这使得他纵有显见的文学才华，却仍忧郁哀伤。他的父亲托马斯·曼把自己对死亡深厚、近乎沉迷的兴趣用于创作，从而去思考和控制它；一种宿命感和病态感弥漫在《布登勃洛克一家》《魔山》《浮士德博士》及许多短篇佳作的字里行间和人物的精神世界里。走到我们面前的曼，是一位多层次、戴着多重面具的作家。在他的作品里可以读出很多东西，因此不难理解学者对找出要诀、解开他特殊的艺术体系和生活中不为人知的方面的兴趣。一到美国后，他不得不小心谨慎地处理自己的性取向和他与德国诸方面变化不定的关系，一九三三年后，这一关系变得深为可憎和可耻。然而，迈克尔·马尔（Michael Maar）在《蓝胡子的密室：托马斯·曼的内疚和告白》（*Bluebeard's Chamber*：*Guilt and Confession in Thomas Mann*，2003）里反驳，一生中多数时光，曼对于自己的性取向异常坦白，尤其是对家人、朋友，以及在他的创作里。

相反，在探索他小说中的神秘元素时，马尔坚称，有一个主题在推动和滋养托马斯·曼的想象力上超过其他任何主题。他在托马斯·曼从早期到末期的作品中，找到一幅接一幅描写谋杀、鲜血、匕首和性欢愉的画面。他指出，这是理解托马斯·曼的作品、也可能是理解他人生的关键。“我们可以大胆地做一个思维实验，”他写道，“假如托马斯·曼真的犯下过罪行，并试图将此写入他的小说中，那么出来的作品，其形式不会和现在实际的有所不同。”他暗示——几乎具有充足的说服力——十九世纪九十年代在那不勒斯，当托马斯·曼还很年轻的时候，或是干了什么事，或目睹了什么事，或密切牵连进某件和性及谋杀有关的事中。他所做的或所目睹的事，既残害了他，又给了他能量，融入到六十年来他笔下的创作中。马尔的假说正确与否，几乎无关紧要。更令人感兴趣的是托马斯·曼的作品如何继续被研究、被反复阅读，仿佛其中的关键仍留在某些隐密遮蔽的角落，属于他阴暗异常的性心理的一部分。“幸好，”《死于威尼斯》里写道，“世人知道的只是一件精美的作品，不是它的本源。”

反之，克劳斯的良心上，不管真实的还是假想的，都没有不可告人的罪行；他不像父亲那样书写死亡，反而让死亡的气息钻入了他自身的灵魂。早在一九三二年，他就在日记里写下他动了自杀的念头。一九三三年二月，他写道：“早晨，什么都不想，只想死。我估算我必然失去的东西，那似乎可以忽略不计。没有机会拥有一段真正快乐的恋情。可能也没有机会在不久的将来扬名文坛……死亡只可被视作一种解脱。”使克劳斯成为今日德国一个引起人们莫大兴趣的话题的原因，不是他的与死神共舞，而是他比他父亲更清楚、更有预见性地看到纳粹的兴起，并勇敢地竭尽所能，进行各种形式的反抗，同时又有办法一边嗑药和滥交。支吾其词的父亲，在政治和性两方面，挣扎于模棱两可的态度，他把这种斗争经过加工写出经典名著。儿子是个相较单纯的人，对自己的性取向更加坦白，更加确定自己的信仰。由此他写出了几本勉强算有趣的书。

一九二四年底，克劳斯·曼创作了《安雅和埃丝特》(*Anja and Esther*)，一部写四个神经质的男女互相热恋的剧作。第二年，演员古斯塔夫·隆德根斯与他联系，想执导这部戏，由他本人扮演其中的一个男性角色，克劳斯扮演另一个；埃莉卡·曼和剧作家弗兰克·魏德金（Frank Wedekind）女儿的帕梅拉·魏德金（Pamela Wedekind）扮演两名年轻女郎。野心勃勃的隆德根斯在汉堡闻名遐迩，在柏林却不然。在他们排演该剧期间，有一度，克劳斯计划和埃莉卡爱上的帕梅拉结婚，而埃莉卡则准备嫁给开始和克劳斯有暧昧关系的古斯塔夫。在埃莉卡和古斯塔夫的婚宴上，埃莉卡注意到，她母亲的哥哥，诚如她写信告诉帕梅拉的，在"和古斯塔夫调情"。蜜月是在一家酒店度过的，前不久埃莉卡和帕梅拉曾以夫妇身份（登记入住时帕梅拉女扮男装）在那儿住过。

《安雅和埃丝特》一九二五年十月在汉堡上演，吸引了大批注意的目光，部分因为伤风败俗的内容，部分因为主演里有三个是两位知名作家的子女。一本杂志把他们放到封面上，裁掉隆德根斯的脸，强调他在这场热议中的局外人身份。他和埃莉卡的婚姻在戏上演后不久宣告结束。"一种犬儒式的解释，"魏斯写道，"也许会指出，埃莉卡蓬勃的戏剧事业已发展到不再需要古斯塔夫这块垫脚石；古斯塔夫最终意识到，他和埃莉卡的婚姻并未赐予他埃莉卡父亲的无可挑剔的社会认证。”

帕梅拉·魏德金嫁给了一个老得足以当她父亲的男人，四人团体回复到埃莉卡和克劳斯·曼的两人组合。埃莉卡虽然在慕尼黑州立剧院的席勒的《唐·卡洛斯》(Don Carlos) 里扮演了伊莉莎白王后一角，但她渴望更刺激的生活。由于克劳斯心生厌倦，加上他的下一部戏演出失败，他们决定去美国，他们做好准备，要让自己的天赋在那儿得到充分的赏识。为了自娱自乐，他们告诉美国媒体，他们是双胞胎，从而开启了“曼氏文学孪生子”的美国神话。他们周游全美。“每当陷入资金困境时，”魏斯写道，“克劳斯就撰文写稿，埃莉卡则给各种组织去函，寻求演讲的机会。他们经常在抵达市镇时身无分文。”不久，他们决定环游世界。他们在东京帝国酒店住了六个多星期——“未付的账单，像邪恶的符咒，把我们禁锢在那间奢华的监狱内”——后得到他们父亲的出版商的解救，答应写一本有关他们旅行的书，以作偿还。

一九二八年他们回到德国，在接下来的五年中，撰文著书，大放厥词；他们四处旅行，有众多情人。埃莉卡在剧院工作，又出演电影，克劳斯写了更多剧本。换言之，他们充分利用了魏玛共和国提供的自由氛围。在许多纳粹党人眼里，他们是德国所有坏毛病的缩影。母亲的犹太人背景也使他们得不到国家社会主义者的青睐。尽管那些年里，他们经常表现得像是活着的人里最傻的一对，但他们无所动容、近乎理所当然地开始相信，他们有权享受自由、快乐，有权表达草率不成熟的观点，这是某些值得维护的东西。他们的傻气使他们变得较真。一旦这种继续犯傻的权利受到威胁，他们便会即刻做出迫切而激烈的反应。

埃莉卡对政治几乎没有产生过直接的兴趣，直到一九三二年一月，她受邀在一个妇女和平反战集会上朗诵一首维克多·雨果的诗。在站上讲台之际，人们吼着要她下来，一个年轻的纳粹分子尖声喊道："你是个罪犯……犹太叛徒！国际煽动者！"她日后写道："大厅内，疯狂地乱作一团。褐衫党徒用他们的椅子袭击观众，发出一阵阵愤怒狂暴的叫嚷。"事后，纳粹报纸称她是"一头扁平足的和平袋狼"，长了"非人的外貌"；她提出起诉，要求赔偿损失并获胜，这没有使她更得该党的人心。"我认识到，"她日后写道，"我的经历和政治无关——它关系的不只是政治。它触及了我——我们——所有人生存的真正根基。"

同年冬天，此时已失去工作的埃莉卡住在父母家中，萌生了在慕尼黑举办一场卡巴莱歌舞表演的主意。她的父亲给演出取了名字。《手碾胡椒磨》（*The Peppermill*）于一九三三年元旦开演，在隔壁就是地方纳粹总部的情况下，连续演了两个月，由于大获成功，他们准备把演出移到一个更大的剧场，就在这时，国会大楼起火了。新剧院装修期间，埃莉卡和克劳斯去滑雪度假，等他们回到慕尼黑时，收到家中司机——本身亦是一位纳粹党徒——的警告，他们有危险。日后，克劳斯写道，这位司机"在和我们同住的四五年里一直是纳粹间谍……可这一次他没有履行他的职责，我想是出于同情。他清楚，假如他把我们抵达镇上的消息通报给他的纳粹上司，我们会有什么样的遭遇”。

埃莉卡和克劳斯与他们身在瑞士的父母取得联系，告诫他们别回慕尼黑。埃莉卡一能行动，就开车过境去瑞士。她开始让父母在心理上有所准备，明白他们将失去在德国拥有的一切，不仅包括他们的房子和汽车，还有托马斯·曼的手稿和类似宝贵的资料，像卡蒂亚在达沃斯疗养院写给丈夫的信。

克劳斯没有和姐姐同行，而是搭夜班火车去了巴黎。抵达的那天，他在日记中写道："每当她不在时，总是感到孤独。"这个"她"指的是埃莉卡。如今，埃莉卡似乎把她的忠心尽责从弟弟身上转移到父亲身上。当她发现父亲正在创作的小说《约瑟夫和他的兄弟们》有一部分落下了时，立刻动身返回慕尼黑，身涉险境。她潜回家中，没有开灯，在父亲的书桌上找到手写的书稿，把它藏在汽车座位底下的工具堆里，设法再次越过边境。（不清楚托马斯·曼为什么没有叫女儿把日记也带上。最后，他把放日记的保险柜的钥匙寄给戈洛，恳求他别读里面的内容。"我的恐惧，"当没有按时收到东西时他在日记中写道，"首先且几乎独独围着我一生的秘密所面临的威胁而打转。这些秘密决不是闹着玩的。后果可能很严重，甚至致命。"）

埃莉卡具备克劳斯缺乏的意志力，一种照顾他人的冲动，一种时常恼人的、要把自己可观的生理和情感能量付诸使用的需要。在此之前，这对姐弟形影不离，克劳斯不断爱上埃莉卡的朋友。在流亡的冲击下，多数时候埃莉卡置克劳斯于不顾。如今，她的注意力转向政治行动，转向自我的求生和确保父亲的快乐安逸。她的领袖气质和组织能力注定她在流亡中大有作为。相反，克劳斯则放任自流，走入歧途。一九三三年七月，他在日记中写道："想想，我将一个人孤零零的，那有多悲惨……埃莉卡有泰蕾兹［泰蕾兹·吉瑟（Therese Giehse），与埃莉卡合作《手碾胡椒磨》的演员］……根据我们的契约规则，我也应该获准去别处寻找恋情。我反省种种失败或半失败的尝试。"他靠母亲寄给他的钱过活。十月，他写道："但愿能收到十一月的钱——我不像我姐姐，没有钱我活不下去，和她正相反——唉。"

显然，克劳斯已回不去德国。因此，谴责纳粹政权、把竭尽所能的摧毁希特勒视为全体作家的职责，不会让他有任何损失。"无论喜悦还是悲痛，"他写道，"都不曾令我忘记局势的严峻残酷和我身上担子的份量。今天，每个反法西斯主义的德国作家都必须毫无保留地倾尽全力。我明白，由于特殊的原因，我肩负的责任尤为重大。"他决定从阿姆斯特丹发行一份文学月刊《汇编》(*Die Sammlung*)，着手邀请重要的德国作家撰稿。他清楚自己想要实现的目标。问题是，如今身在南法的他的父亲，对自己的职责，态度较含糊不定得多。

这种含糊不定，部分源于托马斯·曼担心失去他在德国的读者和财产被没收充公。但同时也和托马斯·曼与哥哥海因里希发生过的一场关于德国的旧时争论有关。一九一四年八月，托马斯·曼对战争怀着满腔热情。他写信给一位朋友："经过这番深重、惨烈的剧痛后，人们感到一切都将必定焕然一新，德国人的心灵将因此变得更加强大、骄傲、自由和快乐。就让它来吧。"海因里希从一开始就坚信德国将落败。在一九一五年写的一篇表面论左拉的文章里，他向自己的弟弟发起攻击：

> 这一整套民族主义的教理问答，充斥着疯狂与罪恶——和鼓吹它的人，出于热切的渴望或乃至更糟的自负虚荣……你渴望取悦别人，所以半生成为桂冠诗人，假如你事先没有跑得喘不过气，拼命想跟上群众，时时为之欢呼呐喊，情绪激昂，对临近的大难，既无责任感，也无所察觉，像个失败者！……既然你采取优雅的姿态反对真理和正义，那没关系；你与之对抗，使自己从属于最卑贱即逝的一类。你已在片刻和历史之间做出选择，承认自己尽管满腹才华，却只是一只引人发噱的寄生虫。

当时，托马斯·曼搁下《魔山》的创作，提笔回应自己的哥哥，写就了《一个不问政治者的观察》(*Reflections of a Nonpolitical Man*)。这本著作长达六百页。戈洛回忆他写作时的情景：

> 我们曾经挚爱我们的父亲，和爱我们的母亲差不多，但战时情况变了。他依旧能够散发出慈祥的气息，但大部分时候，我们感受到的只有沉默、严肃、紧张或愤怒。我能十分清楚地记起用餐时的某些画面，他大发雷霆，破口痛骂，针对的是我哥哥克劳斯，却让我的眼中涌出泪水。一个人在全身心投入创作时就无法对周围的人永远保持很和善的态度，那么当他在日复一日苦苦创作《一个不问政

> 治者的观察》时，情况想必也不会较难堪太多，单说这本书一个最冷酷的地方，书中竟然对击沉载着一千二百名平民乘客的英国路西塔尼亚号轮船喝彩叫好……这部作品，仅仅为了它本身或它的作者而诞生，它是一座布局像迷宫的城堡，一建好就注定被推倒。

即便到了一九二〇年三月，托马斯·曼依旧死不悔改。“海因里希的立场，”他写道，“不管在当时显得多么杰出卓越，早已因发生的事件和历经的体验而站不住脚。他向西方看齐，对法国人推崇备至，他的威尔逊主义等等，已过时凋敝。”

在一九九九年出版的托马斯·曼的传记里，赫尔曼·库兹克（Hermann Kurzke）追溯了一九一八年到一九二二年之间托马斯·曼在政见上的令人啼笑皆非之处、自相矛盾和观点的转变，一九二二年，在一篇题为“德意志共和国”的演说中，他似乎放弃了之前的主张。库兹克写道，那些年里，托马斯·曼结交了诸如像伊莉莎白·曼的教父恩斯特·伯特伦（Ernst Bertram）这类名人，其中有几个关系密切，他们日后成为纳粹的支持者或其政权的同路人。不过，库兹克对过分夸大这一点持谨慎态度：

> 这是否使托马斯·曼成为法西斯主义的先驱？无疑，他努力不介入当时死灰复燃的右翼运动。一九二一年刚入夏，他注意到纳粹运动的兴起，将之视为“卐字饰的无稽之谈”而不予理会。早在一九二五年，当希特勒还囚禁在

> 兰茨贝格时，他就以彻底、坚决、明晰可见的姿态，抵制德国法西斯主义在文化上的野蛮行径。

一九三三年五月，当“非德国的”书遭到焚毁时，海因里希·曼的作品落入火堆中。托马斯·曼的没有。他依旧受到包括伯特伦等人在内的庇护。但他最主要的保护伞是他本人的沉默。当第一期《汇编》问世时，里面有一篇海因里希·曼写的措辞激烈的文章和克劳斯撰写的社论：“真正的、有效的德国文学……在面对其人民的堕落和施加于其自身的恶行时不能保持沉默……文学期刊不是政治期刊……然而今天，它将承担起政治的使命。它立场明确，决不含糊。”

作为报复，戈培尔剥夺了海因里希的国籍，第二年，克劳斯也被宣告为无国籍人士。一九三五年，在和第二任丈夫 W. H. 奥登结婚五天后，埃莉卡也被剥夺了国籍。（奥登似乎从自己和曼氏一家的关系中汲取无穷的乐趣。“鸡奸之徒，夫复何求？”在被问道为什么和即将变成无国籍人士的埃莉卡结婚时他如此回答。“在婚礼前我没见过她，也许此后也不会再见到她，”他写信对斯蒂芬·斯彭德说，“最无趣的德国作家是谁？我的岳父。”他对克劳斯的看法：“对作家而言，儿子是一个累赘，就像他小说里的人物活了过来似的。”）

对于德国正在发生的事，托马斯·曼把自己的见解只吐露在日记中。一九三三年四月十日，他写道：

> 可尽管如此，难道就不可能有具有深刻意义和革命性

的事在德国发生吗？犹太人：这毕竟不是坏事……犹太人在法制体系中的主导地位业已终结。秘而不宣、令人难安、挥之不去的冥想……我开始怀疑，不管怎样，这个过程和那些过程一样，具有两面性。

四月二十日，他写道：

若不是因为犹太人的精神势必控制德国的一切，对于反对一切犹太事物的暴动，我本可抱持某种理解，将之移除是件危险的事；听任德国人自便，他们愚蠢得把我中意的人归并入同一类，而把我与剩下的一起排除在外。

虽然要切记把这些沉思默想当作沉思默想来读，但它们决不是海因里希·曼所赞成的一种，也不是埃莉卡和克劳斯所赞成的；托马斯·曼肯定没有告诉过妻子，也从未公开发表过；这些沉思默想遭到如下此类结语的驳斥：“反犹主义是任何一个受过教育、从事文化事业的人的耻辱。”

当托马斯·曼发现自己的名字列于《汇编》未来撰稿人的首位时，便在日记中写道：“克劳斯在第一期里收入海因里希的文章，戏弄了我们一番。”当德国的一本业内杂志转载了一份给书商的正式警告，不准他们进购任何与《汇编》杂志有瓜葛的作者的书时，托马斯·曼给他们发去电报，电报的原文在德国广为转述：“只能证实《汇编》第一期的性质与它初始的计划不符。”他公开与自己儿子的杂志划清界限。第二个月，托马斯·曼搬入瑞士一栋三层的大别墅，埃莉卡的《手碾胡椒磨》在苏黎世揭幕。克劳斯独自在阿姆斯特丹。“收到魔术师［他的父亲］的长信”，“无地自容……伤心困惑。”他在日记中写道。他吸食海洛因和吗啡，在日记中写下求死的愿望。

托马斯·曼的作品继续在德国出版，直到一九三六年为止。他的德国出版商、犹太人伯曼·菲舍尔（Bermann Fischer）因受戈培尔的庇荫而遭流亡者的谴责，托马斯·曼公开热切地为他辩护，让埃莉卡看不下去。她写信给父亲：

> 你从背后捅了整个流亡运动一刀——我只能这么说。也许你会因为这封信而对我很生气。我已为此做好准备，我明白自己在做什么。这段友好的时光注定使人分离——已经有过多少先例。你和伯曼博士及他的出版社的关系是坚不可摧的——你似乎准备要为此牺牲一切。那样的话，你的牺牲之一是，我将慢慢但必然地离你而去——到时请别介意。对我而言，这令人悲哀、难过。我是你的孩子，E.

六十多年后，伊莉莎白回忆这场冲突。她说：

> 埃莉卡威胁永远不想再见到他，我指的是她在信里把话说到这个份上。她怀着满腔真诚深厚的政治热情，这就是埃莉卡。绝对、绝对不妥协。克劳斯从不曾拥有这种相同的才识上的狠劲。他也有坚定的信念，当他的杂志得不到期望中该得到的支持时，他也有被出卖的感觉。对他而

言，那是一种苦涩的失望，但他从未像埃莉卡那样直面挑衅，从来没有。

克劳斯拍了一封电报给父亲，恳请他发表一则声明，表示与流亡作家站在一起。与此同时，卡蒂亚竭力劝说埃莉卡不要和父亲断绝关系，告诉她，除了伊莉莎白和卡蒂亚自己以外，她是“Z唯一真正的心灵依靠，你的信深深伤了他，令他病倒”。Z代表德语里的“魔术师”。

托马斯·曼给埃莉卡回信，请求给他一点时间考虑她说的话。这使埃莉卡益发生气。她指责父亲在有关《汇编》杂志的争议中，对克劳斯的伤害超过了纳粹。她的母亲忍无可忍，以托马斯·曼的名义，动笔草拟了一封公开信。虽然措辞温和，但这是他自流亡以来第一个反对纳粹的公开声明。信一发表，他就写信给一位友人：“我终于拯救了我的灵魂。”他很快接到通知，他在波恩大学的荣誉博士学位被取消了。他、他的妻子和他们另外四个孩子失去了德国国籍。

在这一切发生之际，克劳斯正在创作小说《靡菲斯特》，那是他最知名的作品，于一九三六年在阿姆斯特丹出版。小说以近乎公开的方式，记述了克劳斯以前的恋人和姐夫古斯塔夫·隆德根斯，他作为演员，如何在纳粹德国飞黄腾达。里面虽然不乏紧张精彩的片断，但有的部分写得很糟。为致力刻画纳粹的十恶不赦和演员亨德里克·霍夫根的野心、缺陷、性变态，把他塑造成一个随时准备出卖灵魂并同时引诱他人也这么做的人，小说的叙事不时失去控制，变得忘乎所以。

有些描写，其直接和夸张，大概会令托马斯·曼蹙眉。但书中有一节给他的刺痛想必超过埃莉卡的任何一封威胁信。克劳斯，在我看来，成功地将他父亲的方方面面概括在霍夫根这个人物身上。这一点，托马斯·曼在日记和书信中——就翻译成英语出版的而言——均没有提及，我在许多本托马斯·曼的传记里也没有找到相关论述。不过似乎很明显，在试图表现为了艺术事业的成功而在政治上变节的剧情时，克劳斯用到了一小部分父亲的原型。

在《靡菲斯特》里，亨德里克娶了芭芭拉·布鲁克纳，埃莉卡的翻版，她的父亲亦是托马斯·曼的翻版。亨德里克的新岳父大人是"一位学者和思想家，不仅在欧洲文坛声名显赫、备受议论，而且也是政治圈最有影响力的人物之一"。这位演员的岳父从头至尾被指称为"枢密大臣"，或"Geheimrat"，在曼氏家族里，这称呼的不是托马斯·曼，而是曼自己的岳父阿尔弗雷德·普林斯海姆（Alfred Pringsheim）。

当托马斯·曼还是一个来自波罗的海的呆头呆脑、雄心勃勃的青年时，他娶了卡蒂亚·普林斯海姆，卡蒂亚一家高雅的文化教养和上流社会的普遍自信，令他心生畏怯，这种畏怯不亚于《靡菲斯特》里芭芭拉·布鲁克纳一家带给亨德里克·霍夫根的。（戈洛记得父亲说起卡蒂亚的家人："他们对我从来没有过好感，我对他们也一样。"）在某些段落里，小说似乎把土里土气的演员隆德根斯和曼氏一家的关系与托马斯·曼和普林斯海姆一家的关系合并起来。从这个意义上讲，托马斯·曼隐身在霍夫根一角的背后，他们俩都有一门高攀的婚姻，身为艺术家，都为了继续保持或追逐更高的名声，出卖自己的灵魂，或拒绝公开发表意见。通常不爱用含蓄手法的克劳斯，巧妙隐晦地施展了这一特殊的把戏，但它不可能逃过老魔术师的法眼，他的儿子，通过频频使用“枢密大臣”一词称呼霍夫根的岳父，把他的父亲比作一位众所周知的出卖自己灵魂的艺术家。七年后，托马斯·曼将就同一主题，动笔创作他自己的作品，威严凛然的《浮士德博士》。

一九三六年九月，埃莉卡和克劳斯离开欧洲去美国，埃莉卡在那儿与一位德国医生产生暧昧关系，这位医生住在她下榻的酒店。据西贝尔·贝德福德（Sybille Bedford）讲，她“不再喜欢女人，她真正开始对男人有兴趣，甚至和别人的丈夫私奔”。克劳斯和一位美国舞蹈演员搞在一起。《手碾胡椒磨》将以欧洲的班底在纽约上演。虽然歌词被译成了英语，有部分是奥登翻译的，但结果惨败，很快就停演。

很快，埃莉卡掌握了充足的英语，开始在全美巡回演讲。克劳斯因签证到期，返回欧洲，在瑞士和父母住在一起，他惊讶地发现，父亲在没征询他的情况下，创办了自己面向德国流亡者的双月刊杂志，并任命了一位编辑。克劳斯在日记中写道：“我再度非常强烈而不无愤懑地感觉到 Z 对我的冰冷无情……他对人普遍缺乏兴趣，这一点在我身上表现得尤为强烈。”从埃莉卡的信中可明显看出，当时的克劳斯在吸食大量的海洛因。

一九三七年三月，曼氏一家，包括海因里希，都被授予捷克斯洛伐克国籍。如今，克劳斯可以去布达佩斯寻找治疗海洛因毒瘾的方法，但效果并不彻底。六个月后，他重返美国，回到埃莉卡身旁，埃莉卡带着他，巡回演讲变成了两人联合的形式。演讲的题目有“和平的代价是什么?”“今天欧洲的青年一代信仰什么?”和“我们的父亲与他的作品”。他们合著了两本书。

不久，托马斯·曼和卡蒂亚·曼也到了美国，拖着十四个行李箱，开始了同样的全国巡回。当克劳斯出版了一本小说新作时，父亲写信告诉他，他钦佩这部作品，并补充说，当他第一次看见这本书时，“暗中不怀好意地打算”不仔细通读，而“只是浏览一遍”。对于父亲有关他作品的来信，克劳斯在日记中记道：“他给完全不认识的人写信正是这样和蔼可亲。掺杂了高高在上的才学、近乎慈悲的谦恭——和冰霜般的冷漠。这种口吻，在关系到我时，尤为显著。”一九三九年，托马斯·曼出版了《绿蒂在魏玛》(*Lotte in Weimar*)，里面这么介绍歌德的儿子：“奥古斯特是他的儿子；这位父亲认为，在这一事实上，孩子的存在是个自我销蚀的过程。”他补充说明：“成为一名伟人的儿子，是莫大的幸事，享有可观的优势。可同样，那是压迫的负担，是对一个人自我的永久贬损。”这位伟人定居在普林斯顿，和布鲁诺·瓦尔特、爱因斯坦为邻。

一九三八年，克劳斯和埃莉卡报道了一九三六年爆发的西班牙内战。埃莉卡写了《野蛮人的学校》(*School for Barbarians*)，一本论述纳粹教育体制的书；出版的头三个月，在美国卖出四万册。埃莉卡逐渐成为这个国家里最成功、薪酬最高的女性演讲者之一。她和克劳斯都深信美国应该立即参战，对奥登（W. H. Auden）和克里斯托弗·伊舍伍德（Christopher Isherwood）的看法感到惊骇，他们已离开英国，从而避免主动卷入战争。在日记里，克劳斯承认奥登身上具有古斯塔夫·隆德根斯的“冰冷的魅力”，但他不让自己受其诱惑。他看见奥登在布鲁克林和其他人组建的大家庭，里面包括有卡森·麦卡勒斯（Carson McCullers）、吉普赛·罗兹·李（Gypsy Rose Lee）、本杰明·布里顿（Benjamin Britten）、彼得·皮尔斯（Peter Pears）、切斯特·卡尔曼（Chester Kallman）、保罗·鲍尔斯（Paul Bowles）和简·鲍尔斯（Jane Bowles），他在日记中写道：“这可以写一篇怎样的史诗啊！”不久，戈洛也搬了进去，他和海因里希伯父、阿尔玛·马勒（Alma Mahler）、弗朗茨·韦尔弗（Franz Werfel）徒步翻越比利牛斯山，从纳粹手中逃了出来。

在惯于赞许人的伊舍伍德眼里，克劳斯“没有虚荣心，不忸怩作态”；“他的巨大魅力，”伊舍伍德写道，“体现在这份坦率中，这种热忱、不矫情的处事方式中。”其他人和他的看法不同。格伦韦·韦斯科特（Glenway Wescott）称克劳斯是个“可悲、讨厌的家伙”；珍妮特·弗兰纳（Janet Flanner）认为他可怜的受埃莉卡操控。一九四〇年，埃莉卡飞往欧洲，担任英国广播公司的战地记者，撇下克劳斯在纽约心感“嫉妒和焦虑”，他怨恨姐姐又一次弃他不顾。他在经济上继续得到父母的资助。当纽约一位编辑告知奥登和卡尔曼，不久他将出版克劳斯的自传时，他们大笑不已，说：“你打算取什么书名？隐形人，还是附属的克劳斯？”

克劳斯的自传名叫《转折点》。那实是一本机巧圆通的书。他不能公然抨击自己的父亲，因为他在经济上依赖他，他在美国的活动受父亲的荫庇，这种荫庇既是保护又构成伤害。在自传中，他利用一切机会特别指出和颂扬伯父海因里希·曼，而不是他的父亲，可他也很小心，不用日记中那种受伤的口吻来描写自己的父亲。书中记述他父亲望着自己的儿子离家，在窗口大声喊道："祝你好运，我的孩子！如果孤苦伶仃，就回家来。"——读来像纯粹编造的鬼话，或令人心酸的笑话。托马斯·曼在写信给克劳斯谈到这本书时，对他说，他自己根本不记得曾说过那些话。

在叙述父亲不愿谴责纳粹政权的那段早期流亡岁月时，克劳斯盛赞海因里希登上戈培尔的黑名单，是"受到令人羡妒的特殊优待的第一人"。他的伯父，他写道："在国会纵火案发生后不久就离开柏林，一到法国，当即大声疾呼，控诉和嘲弄那帮穿褐色制服的乌合之众……海因里希·曼——一个六十出头的人，在流亡之初——犹如第二次焕发了青春。"他自己，他写道，在戈培尔的第二批黑名单上，埃莉卡在第三批上。在述及《汇编》杂志时，他说那是由"安德烈·纪德、海因里希·曼和阿尔德斯·赫胥黎"发起创办的。没有提到他父亲。

"至于我们的父亲，"他最后写道，纳粹"依旧害怕国外的舆论"，对把他放上黑名单显得相较"犹豫"："那时他的作品尚未正式遭禁；但早在一九三三年，在德国的书店公然求购托马斯·曼的书，已是一件有风险的事。他对纳粹主义的观感大体上众所皆知，并因他拒绝返回慕尼黑而更清楚鲜明。"当克劳斯提到父亲与纳粹之间"无可避免的冲突"时，他漏说了这种冲突直到一九三六年才发生。在描写父亲流亡初期在瑞士所过的无比安逸舒适的生活时，他并未流露出嘲讽之意。待这本书问世时，托马斯·曼已改头换面，成为流亡美国的德国人中最高亢严正的反纳粹斗士。克劳斯没有做出损毁他新形象的事，这点想必令他很高兴。他写了一封温暾深情的信给儿子："这是一本异常引人入胜、亲切、敏感、睿智和真正属于个人的书。"诗人穆里尔·鲁凯泽（Muriel Rukeyser）回忆，克劳斯发疯似的等待这封信，收到后把它打开展读，那是"一个动人、一切暂停的时刻，杂陈的五味，均能在自传本身里寻得到"。

那些年，没有埃莉卡，克劳斯变得益发不开心，他继续嗑药，陷入不当的恋情。美国联邦调查局闻悉他和埃莉卡都是共产党人，对他展开调查。"当法西斯主义在欧洲蔓延时，"魏斯写道，"美国联邦调查局花了大量时间和资源，迫害两个最坚定、最热血的自由民主的拥护者，他们俩都非常敬重美国政府。"埃莉卡和克劳斯的罪状，似乎不仅是"过早地"反抗法西斯主义，而且包括"一同有奸情"。据称，大概有人看见"许多长得像同性恋的人"走进纽约克劳斯住的酒店房间，事实可能的确如此。克劳斯在日记中说，他喜欢"门房、侍者、管电梯的工人等等，不分黑白。几乎每个都与我合得来。我可以和他们所有人上床"。据西贝尔·贝德福德回忆，吸引克劳斯的"是专业级的莽汉"。

那段时期，埃莉卡与父亲日渐亲近，相反，如魏斯所写："克劳斯与魔术师的隔阂，没有因两人政见差异的和解而改善；总有某些更深层次的原因。姐弟俩自儿时起共有的、因反抗托马斯·曼和他所代表的一切而缔结的神圣联盟，不再能够以同等炽热的激情而维续。"

珍珠港事件后，克劳斯决定加入美军。根据联邦调查局的报告，他在第一次体检中查出有“梅毒症状”，并“注射过十三次砒霜和三十九次重金属”。他数度遭拒，一部分因为他是同性恋，之后，一九四二年十二月，他终于被录取。他被派往地中海，埃莉卡说，自他们儿时以来，他第一次离快乐那么近。他的父母来为他送行。他在日记中写道：“道别时，Z 拥抱了我，这是以前从未发生过的。”

克劳斯在德国投降后的第二天抵达那儿。他曾以为“当独裁者消失后——唯有到那时，才有可能再度……回德国生活，没有恐惧和耻辱”。此时，他明白事实并非如此。一九四五年五月十六日，他写信给父亲：

> 就你而言，返回这个国家、在这儿扮演任何一种政治角色，都将是非常严重的错误。不是说我认为你正怀有这样的打算或志向。但只是以防万一，若有任何诱人的建议摆在你面前……这儿的情况糟透了。你所有想改善现状的努力都将无望地付诸东流。最后，这个国家活该遭受的、无可避免的苦难，将归咎到你身上。你多半会遭暗杀。

克劳斯重访了慕尼黑只剩空壳的家，他发现，那儿在战时曾被用作“生命之源”① 的育婴所，雅利安人的窑子，“一个让符合种族条件的年轻男子和具有同等良好教养的年轻女子为了德

① Lebensborn，纳粹德国推行的一个净化人种的计划。

意志民族的利益而携手合作的地方……许多优良的婴儿在这栋房子里孕育出生”。他为军方的刊物《星条旗报》采访理查·施特劳斯（Richard Strauss），施特劳斯称赞管理奥斯维辛集中营的汉斯·弗兰克（Hans Frank），他，不像希特勒，“真正懂得欣赏我的音乐”。克劳斯见到了海因里希的第一任妻子，她已被从特雷辛集中营释放出来，还有他们的女儿，之前也遭到囚禁。他不相信普通的德国人对集中营里发生的事不知情。他写道，他觉得“在我昔日的祖国我是个陌生人”。

埃莉卡比克劳斯晚四个月抵达德国。她写道：“德国人，如你所知，无可救药。他们的个性里，混杂了自欺和欺人、傲慢和听顺、精明和愚蠢，令人憎恶。”贝德福德形容她：“埃莉卡懂得恨，她恨德国人。你瞧，埃莉卡是个狠角色。战争期间，她一度大力宣扬每个德国人都该被阉割。复仇——克劳斯完全不会这样。埃莉卡是睚眦必报。”

她到了慕尼黑后，要求索回家里以前的房子，那是软弱无能、缺乏实际头脑的克劳斯忽略了的事。她的另一项任务是报道纽伦堡审判。她是唯一获准进入关押纳粹头领的酒店的记者。她向他们表明自己的身份。“真想不到，这个女人来过我的房间，”尤里乌斯·施特莱彻（Julius Streicher）说。戈林的话更有意思。他解释，“假如由他负责‘托马斯·曼的案子’，他的处理手法会不同……无疑，一个达到托马斯·曼那种境界的德国人，本可以为第三帝国所用”。埃莉卡在报道里写：“当一场轻微的雷暴雨，把戈林吓出同等轻微的心脏病后，这位闪电战的创造者获得一张行军床的床垫和在床上享用早餐的待遇。”当她访问汉斯·弗兰克和里宾特洛甫（Joachim von Ribbentrop）时，“这位波兰的屠夫正在给前香槟推销员读《圣经》。”

埃莉卡和克劳斯在新生的德国日渐迷惘。克劳斯投身电影业，和罗伯托·罗西里尼（Roberto Rossellini）有过短暂、不快的合作。据有个在那些年里和他共事过的人说：“他一刻不停，满脑子都是想法，精力无限……我想他静坐不到两分钟。他嘴里永远叼着一根烟，不断地走来走去。你能感受到他奔腾的能量。”

照理说，克劳斯在流亡期间出版的书，特别是《靡菲斯特》和《转折点》，本该有可能开始在新生的德国面世。但这个新生的德国很奇怪。古斯塔夫·隆德根斯重返了舞台，和有戈林的保护伞时一样大受欢迎、风光无限。据魏斯所述，在千辛万苦弄到一场满座的演出的入场券后，克劳斯“哑口无言地发现，第一幕中，当隆德根斯登台时，他收到全场起立的喝彩，时间之久打断了表演的进行”。

为此，他撰文建议，嫁给戈林的女演员艾美·松内曼（Emmy Sonnemann）也该重振她的事业。“说不定某个在奥斯维辛被毒气处死的人，”他写道，“留下了舞台剧本，里面那位受人尊敬的女士可以使她二度崭露头角。良家妇女显然对奥斯维辛一无所知——另外，艺术和政治有什么关系呢？”一九五二年，德语版的《转折点》问世，隆德根斯要求删除书中有损他名声的章节。果真删除了。一九五六年，《靡菲斯特》出了德语版，但仅限在民主德国：没有西德的出版商敢碰它，即便在一九六三年隆德根斯自杀以后还是没有。埃莉卡将此事告上西德最高法院，法院的裁决赞同禁止出版该书，维护隆德根斯身后的名誉。经过漫长的等待，一九八一年，这本书的平装本终于在西德问世，同时还有改编的电影。

一九四六年，眼看以前的恋人、如今的克星在舞台上接受观众的掌声，克劳斯决定重返美国，长期居留。由于没有别的地方可去，他计划前往洛杉矶，他的父母被安置在帕利塞德区（Pacific Palisades）一栋豪华的大宅里；可他的父亲已被诊断出肺癌，正在芝加哥接受手术。埃莉卡从纽伦堡飞去陪伴父亲。自此她再也没有离开他的左右。在接下来的九年中，她是托马斯·曼的秘书和头号知心人。就像以前她和克劳斯的形影不离一样，如今，她和她的父亲决不分开。多年后，伊莉莎白·曼回忆：

> 她回到家，因为她的事业走到了尽头，所以，她全身心投入照顾父亲……埃莉卡有很强的个性，高高在上，飞扬跋扈，我必须说，她后半生扮演起我父亲的当家人，这个角色，对我母亲而言，并不是时刻都很容易接受，因为她以前习惯了干这一切。

埃莉卡所做的工作，包括着手把《浮士德博士》的终稿删减去四十页；父亲认为她改进了这本书。

克劳斯写信给母亲，提议给他找一间离父母家近的小屋，由于他不会开车，还需要“一辆老福特车和一名年轻的司机……司机也必须要有一点厨艺，长相得讨人喜欢”。他的母亲即刻回信。“租一间屋，一辆车，一个司机，要会下厨，还要英俊迷人！一百美元起价，能有个房间，就很走运了……这就是民主！”克劳斯在七月底抵达洛杉矶，但初秋又重返纽约。他再度过起流亡放逐的生活，这次，离开的不仅是自己的祖国，还有自己的家。他失去了姐姐，输给他父亲，又耗光了母亲的耐心。一九四八年，他说：“我的人生中，只有和她［埃莉卡］共度的部分，对我而言，是真实存在过的。”

如今，克劳斯往来于纽约、巴黎、苏黎世、维也纳和阿姆斯特丹之间。当他再次回到洛杉矶时，父母请他一个月后搬出去，因为其他兄弟姐妹和同辈的堂表亲要来住。在埃莉卡的帮助下，克劳斯在附近觅得一个住处。搬入后过了六天，他割腕、服药、并打开煤气，企图自杀。他被送往医院，这件事见诸媒体的报道。他的父亲没去探望。托马斯·曼写信给一位友人：“我的两个妹妹是自杀死的，克劳斯和年纪较长的那个妹妹很像。那股冲动存在于他体内，各种环境因素都起着催化作用——唯一的例外是，他有一个父母的家，随时可以依靠。”他的母亲在闻知消息时，据（伊莉莎白）说，厉声斥骂：“如果他要寻死，为什么不做得彻底点？”埃莉卡写信给一位友人：“你也许已经听说，克劳斯——我最亲爱的弟弟——试图了结自己，这不仅令人震惊万分，而且引来一大堆耗时的麻烦。”一九四九年一月一日，克劳斯在日记中写道：“今年我不想活了。”四月，在戛纳，他收到一家德国出版商的信，说《靡菲斯特》不能出版，“因为隆德根斯先生在这儿地位崇高。”第二个月，他成功结束了自己的生命。时年四十二岁。

听到这个消息时，托马斯·曼和卡蒂亚及埃莉卡在斯德哥尔摩。“我内心的同情，”他在日记中写道，“致以那颗为人之母的心，致以E。他不该这么对她们……这种伤人、丢脸、残酷、轻率、不负责任的行为。”他写信给海因里希：“他的事实在匪夷所思，教人心痛，这样的才华、魅力、怀抱世界的胸襟，与他内心深处求死的愿望。”他写信给赫尔曼·黑塞：“这个中途夭折的生命沉沉地压在我心头，令我伤悲。我和他的关系磕磕碰碰，并非全无内疚。我的人生，将他的人生从一开始就置于阴影之下。”他决定不参加儿子的葬礼，不中断自己的巡回演讲。所有家庭成员中，只有最小的弟弟、跟着旧金山交响乐团做巡回演出的迈克尔参加了葬礼；当棺材被缓缓放下时，他用中提琴演奏了一曲广板。

日后，伊莉莎白形容埃莉卡：“克劳斯死时，她完完全全的心碎了——我的意思是，这让她无法承受，这种失去。这对她的打击，比她人生中其他任何事都更严重。”埃莉卡随父母返回美国，申请加入美国籍，却发现自己再次受到联邦调查局的盘查。到一九五〇年，甚至要因她是共产党人而将她驱逐出境。在事态进一步恶化前，她决定离开，带着父母和她一起走。对她父亲而言，他们已密不可分，他在日记中写下自己对埃莉卡的担忧：“她会很轻易地步她弟弟的后尘。显然，她并不想比我们活得更长久。”一九五二年六月，他们卖了在帕利塞德区的房子，搬到瑞士。三年后，托马斯·曼过世，时年八十岁。

埃莉卡和其他弟妹争吵斗气；她和伊莉莎白十年没有讲话。一九六一年，她的母亲写信给她哥哥：“摧折……我这把老骨头的，是我所有孩子和那个善良、胖胖的老大的交恶关系。”埃莉卡正忙着编辑三卷版的父亲的书信，在西德法庭为克劳斯的书打官司，在这么多年后与自己的第一任丈夫交战。两家德国报纸含沙射影地指出她和克劳斯有乱伦关系，她提起诉讼并获胜。她在一九六九年过世，时年六十三岁，她把自己的一部分资产留给了多年未见的奥登。

她的母亲活到一九八〇年。莫妮卡，一九四〇年在横渡大西洋时他们的船只被鱼雷击中，她眼看丈夫在自己面前溺亡，一九五三年她搬到卡普里，于一九九二年过世。戈洛，五十年代末回到德国，成了历史学家，于一九九四年过世。迈克尔于一九七七年自杀身亡。最后留下伊莉莎白，她活到二〇〇二年。她把人生的大部分时光投入在海洋研究和保护上。晚年，她同意接待采访者和传记作家。在为德国电视台制作的一套有关这个家族的故事纪录片里，她的形象是一位冷静、忧郁的智者。（“过了三十岁，”她曾对戈洛说，“你就不该再把现在的自己归咎于父母。”）在重返父亲以前的住处时，她的脸上有种古怪、冷淡、平和达观的表情，她对着镜头讲解遭受到的破坏，语气中既透出几分接受，又给人一种感觉，一切都未曾离她而去。

博尔赫斯：一个影子里的父亲

一九五一年三月九日，西帕萨德·奈保尔（Seepersad Naipaul）写信给在牛津念大学的儿子维迪亚（Vidia）："现在我开始相信，我本可成为一名作家。"一个月后，维迪亚在一封给全家人的信里写道："我希望爸的确在写，即便每天写五百个单词也好。他应该着手创作一部小说。他该发现，西印度群岛这个社会是一个非常有趣的社会——一个假冒高雅有教养的社会。"未几，他的父亲再度写信说，事实上他已开始每天写五百个单词。"让我看看，这个决定最后的成果如何，"他写道，"尽管现在我还不确定，我应该写一本自传体小说还是应该发掘古鲁戴瓦[①]。"一九四三年，《古鲁戴瓦及其他印度传说》（*Gurudeva and Other Indian Tales*）一书以自费形式在西班牙港（Port of Spain）出版。那是西帕萨德·奈保尔唯一的书作。他在一九五三年过世，时年四十七岁。

父亲涉猎艺术，但毫无建树，在这样的作家和艺术家身上，似乎往往存在一种格外强烈的抱负和决心。譬如像毕加索，他的父亲是位失败的画家，或是威廉·詹姆斯，他的父亲是位失

① Gurudeva，印度教的宗教导师或领袖。

败的散文家，又或 V. S. 奈保尔，他们仿佛企图弥补父亲的失败，与此同时又把自己的才华当作杀死父亲的手段，向母亲证明，谁是家中真正的男人。

一九一九年，当豪尔赫·路易斯·博尔赫斯在马略卡岛写下他最早的诗歌时，他的父亲豪尔赫·吉列尔莫·博尔赫斯正在创作他唯一的小说，和西帕萨德·奈保尔的书一样，也是自费刊印。（日后，博尔赫斯的母亲告诉比奥伊·卡萨雷斯（Bioy Casares），她的一生和“两个疯子”一起度过——她的丈夫与儿子）那本名为《军事独裁者》的小说于一九二一年出版，并未获得成功，当时作者四十七岁，他的儿子二十二岁。十七年后，老博尔赫斯的健康每况愈下，他建议儿子把那本书重写一遍，清楚表明，在写作该书期间曾请教过豪尔赫·路易斯，或用家里人熟悉的称呼“乔吉”。“为了投你所好，我在里面放了许多隐喻，”他告诉儿子，请求他“以一种简单直接的方式改写这部小说，去除所有过于夸饰的文体和辞藻华丽的段落”。

豪尔赫·路易斯·博尔赫斯有史以来写过的最长的小说，篇幅甚短：只有十四页。题目叫《代表大会》，于一九七一年首次出版，但这篇作品在他脑中盘桓了多年。埃德温·威廉森（Edwin Williamson）在他的《博尔赫斯传记》里写到这则短篇与《军事独裁者》的相似之处。威廉森认为，博尔赫斯在他的短篇里，不仅试图映照出父亲写的那部小说，而且“想要超越它……两部作品的基本框架和情节一模一样：都有一位强悍的首领徘徊在文明与野蛮之间”。两个故事的情节还存在许多其他紧密的联系。

因而，留给博尔赫斯的文学遗产一目了然：如威廉森所言，他将必须实现父亲“未能拥有”的“文学宿命”。他察觉出这中间的讽刺和荒谬。在父亲死后的几个月里，他写了一篇极不容小觑的幽默讽刺诗文《〈堂吉诃德〉的作者皮埃尔·梅纳德》(*Pierre Menard, Author of Don Quixote*)，摆出一本正经的面孔，没有“过于夸饰的文体”或“辞藻华丽的段落”，思考改写的含义，那是灵感支配下的志业，思考作家的概念，他们作为文化力量，囚禁在语言和时间中，程度之深，致使剽窃成为创新，以及阅读本身即是一种文学实验的形式。

此外，博尔赫斯或许不是没有发现，读者可能也注意到了，《代表大会》不仅是《军事独裁者》的变体，而且是对博尔赫斯早期作品的戏仿，要出他以前的各种花招，采用漠无表情的叙述，充塞着深奥难解的事实和晦涩的引文，目的是在纯粹的存在里小心植入一个幻影世界。这显然是某个读过博尔赫斯的人所写的。然而，在一九七一年以前，那时的博尔赫斯分明不是他自己。在《博尔赫斯与我》(*Borges and I*) 中，他写道：

> 我必须留在博尔赫斯而不是我自己的体内（假如我真的有一个身体的话），不过我很少在他的书里认出我自己，反倒是在许多其他人的书里或一把吉他低沉的弹奏声中发现更多的自己。几年前，我试图摆脱他：我放弃郊外的神话，转向时间和永恒的游戏。但如今这些游戏也归了博尔赫斯——我只好再去构思些别的东西。

关于博尔赫斯，推断是生平经历——他的感情生活、工作、与朋友或家人的关系——激发了他某些作品的基调和内容，往往是危险不可靠的。虽然也许有充足的证据，证明这样的解读，尤其在他的诗歌里，但一个实际的可能是，对博尔赫斯而言，读过的书比生活中发生的事远更重要。威廉森指出，在父亲去世的六个月前，博尔赫斯为阿根廷的一本杂志写了一篇书评，这篇书评激发他创作“皮埃尔·梅纳德”的可能性，远高于父亲徒然的请求。评的书是保罗·瓦雷里的《诗学导论》。威廉森写道：“照博尔赫斯看来，相同的文本，在不同时代、不同读者的眼里，可能有不同的含意，他引用塞万提斯的一句诗说明，二十世纪的读者会从一模一样的文字中得出不同的认识。”博尔赫斯写道：“时间——塞万提斯的盟友——替他修改了校样。”

父亲的榜样给他提供了嗜书的未来和文学的抱负，而博尔赫斯母亲遗下的影响则更模糊难解，可能也更强烈。她敏锐地意识到自己家族的历史和在阿根廷的地位。她是纯正的克里奥尔人，西班牙后裔，出生在南美洲，祖辈是早期移民，参与创建一个独立的阿根廷。一八二四年，她的祖父在胡宁战役中率领骑兵冲锋陷阵，那是南美解放的第二大战役。后来，阿亚库乔战役后，西蒙·玻利瓦尔（Simon bolivar）提拔他为陆军上校。家族成员的英雄事迹令她感到骄傲，她时常提起他们。

博尔赫斯从他母亲那儿听到许多有关昔日的荣耀和凋零的声望，带着一种暗示，他能以某种方式使家族恢复到以前举足轻重的地位。“我家上代大多是士兵，”他写道，“而我明白我永远不可能成为士兵，因此很早，我就为自己是个书呆子式的人物而不是行动家而感到羞愧。”可家中呈放的祖辈的刀剑和他们作为行动家的人生，令他终生着迷。他饶有兴味地描写短兵相接的打斗、匕首和刀剑，那份乐趣，只有真正长久伏案的人才能体会：“书桌的一个抽屉里，在草稿和信件中间，匕首不停地做着它单纯的老虎梦，抓起它，手有了活力，因为金属苏醒了，在每一次的触碰中感觉到铸造这把匕首的那位杀手。”

博尔赫斯的祖父也是参加过战役的陆军上校。他娶了一名英国女子范妮·哈斯拉姆（Fanny Haslam），结婚三年后，他在困扰阿根廷事务的众多内讧中的一次里被人开枪打死，留下妻子带着两个儿子，成了寡妇。（在博尔赫斯写得最好的一首诗歌《物品》里提到“射杀了弗朗西斯科·博尔赫斯的那颗子弹”。）范妮和她的儿子在家里说英语；范妮把家打理得仿佛在英国一样。博尔赫斯依恋他的祖母；她口中的英国，和母亲所讲述的家族昔日的显赫光辉一样，影响了博尔赫斯。范妮跟随博尔赫斯一家到欧洲旅行，在布宜诺斯艾利斯时，她和他们住得很近，直到一九三五年过世，时年九十三岁。

博尔赫斯热爱并颂扬的布宜诺斯艾利斯，不是那座崭新、富有、充斥着来自意大利南部或加利西亚的移民的城市，而是住着那些他母亲所认识的克里奥尔人的老城，和市区北部巴勒莫周围的地区，不巧他父亲在那儿造了一栋房子，与范妮·哈斯拉姆的家相邻，豪尔赫·路易斯和他妹妹诺拉在那儿长大。靠近巴勒莫的是开阔的乡间。一座半空想、半建造出来的城市

（“只缺一样东西——对面的人行道”①）在博尔赫斯的想象中代替了“贪欲横流的街道/熙攘喧嚣的市集”。他和妹妹不同粗野的小孩玩耍。由于母亲瞧不起城中新兴的富人，又讨厌新来的移民，因此更易不让孩子和外界接触。

博尔赫斯的母亲教他读西班牙语，祖母教他读英语，后来雇了一位英语家庭教师。一旦博尔赫斯能够识字阅读后，他便自由了，即便他体弱多病，性格孤僻。“倘若要我列举人生中最有价值的东西，”他写道，“我得说是我父亲的藏书。”他十一岁才上学，在别人眼里想必是个怪胎，矮小、早熟、书呆气，满脑子都是英雄祖先的故事。他从一开始就遭到其他男孩的欺负，最终只好退学。“长大后他反复做的一个噩梦，”威廉森写道，“是受侏儒和小男孩的拷打折磨。”三年后，他被送去上中学，但时间不长。一九一三年，他的父亲决定第二年举家迁往欧洲，让孩子到日内瓦上学，他自己可以在那儿接受一位名医的治疗，医治他的眼疾。

于是，一九一四年初，博尔赫斯一家出租了位于布宜诺斯艾利斯的房产，开始环游欧洲。和詹姆斯家一样，他们将被一位不安分的父亲拖着，辗转于一座座城市之间，从酒店到租来的寓所。与威廉和亨利·詹姆斯的情况相同，脱离同龄人的生活，将造就博尔赫斯成为一名艺术家，但这也意味着，日后当他回到阿根廷后，他的人生将更加复杂。在欧洲上学的经历再度变成一个噩梦，因为他讲的语言和班上同学讲的不一样；随

① 博尔赫斯《布宜诺斯艾利斯建城的神秘》里的一句诗，译文采用的是浙江文艺出版社出版，林之木、王永年翻译的版本。

着法语阅读能力的提高，他再度发现唯一可获得的慰藉来自书本。他阅读英文版的卡莱尔（Thomas Carlyle），未几又开始阅读德语的哲学书。一九一七年，十八岁的他开始和与同龄的莫里斯·阿布拉莫维奇（Maurice Abramowicz）谱出友谊，他也喜爱书和诗歌。这类亦师亦友的文字之交有很多，这是最早的。

博尔赫斯一家在瑞士度过战时的岁月；战争一结束，他们就搬到西班牙：先是巴塞罗那，接着马略卡岛，后又到塞维利亚和马德里。当时，豪尔赫·路易斯投入诗歌创作，和他能发现的每一个年轻的西班牙先锋派作家都结伴为盟。他在塞维利亚和马德里参加的团体名叫激进主义运动。他们的目标和风格与意象派诗人相近，受阿波利奈尔和马里内蒂的作品及个性的影响。博尔赫斯爱坐在咖啡馆或走在街上，通宵达旦地谈论书和诗歌。在这方面，马德里是理想的场所，一家人在那儿住了两个月；博尔赫斯结识了许多杰出的西班牙年轻诗人。随家人离开马德里、返回马略卡岛后，他有了可定期通信的对象，他给在马德里和日内瓦的年轻文人寄去他新作的诗，信里对自己正在尝试的作品既期望又气馁。“我缺少一个目标，”他写信对阿布拉莫维奇说，“或更确切地说，我面前有太多目标。我觉得我完了，像一艘沉船，从这具残骸中能打捞起的只有两三个隐喻而已。”

一九二一年，在阔别七年后，全家人回到布宜诺斯艾利斯。博尔赫斯接受过的正规教育微乎其微，没有学位证书，没有朋友。他走遍从小生活的巴勒莫区的街道，随后又开始探索这座城市的其他地区，最后，这座城市本身成为他首部诗集的主题：

既然万物均非实体构成，
既然这人烟密集的布宜诺斯艾利斯城
只不过是
人们心灵协同施法造出的梦境，
必定会有那么一个时刻，
也就是黎明降临的刹那，
这个都会的存在就将面临极大的险情。①

他是一个在自己祖国流浪的异乡客。他写信给一个在西班牙的友人："请不要在这场我的自我放逐中抛弃我，泛滥其中的是暴发户，是循规蹈矩、一无才华的青年，还有花瓶般的妙龄女郎。"然而，他再次遇到了一位志同道合之士，他父亲的一位友人，名叫马塞多尼奥·费尔南德斯（Macedonio Fernández），他每个星期六晚和朋友在咖啡馆聚会，讨论诸如"隐喻的用法或自我的不存在"等问题。他的父亲答应再回一趟欧洲，但后来推迟了行程，在布宜诺斯艾利斯的那最初几个月里，博尔赫斯也开始写起像题为《人格的虚无》和《蓝天既是天又是蓝的》这样的哲学散文。不久，他和许多文学杂志建立了联系。

一九二三年七月，博尔赫斯一家，连同范妮·哈斯拉姆，再度登上前往欧洲的轮船，在英国、法国、瑞士和伊比利亚半岛周游了一年。博尔赫斯和马德里的朋友重续了友谊。威廉森

① 此处引用的博尔赫斯的诗歌译文，采用的是林之木、王永年的译文。

在他的传记里“几乎断定”博尔赫斯在这次逗留中见过诗人洛尔迦，而毋庸置疑的是，不管怎样，他读过洛尔迦的作品，确实关注过他在糅杂民间诗歌和现代技巧方面的努力尝试。

洛尔迦所做的，为博尔赫斯和他在阿根廷的朋友，同样为每个边缘国家的作者，解决了一个重大的两难困境：是完全采用欧洲现代主义作家的身份，还是以其本身的各种特色和多样的异国风情来向世界描绘阿根廷（或特立尼达，或爱尔兰）。在阿根廷，如果选择第二种，那么有一个可借鉴的范例：一部长篇叙事诗，使用了大量方言，由何塞·埃尔南德斯（José Hernández）所作，名叫《高乔人马丁·菲耶罗》（*El Gaucho Martin Fierro*），其第一部分于一八七二年出版。这部诗很快大受欢迎，它以每一节六行诗的民谣般的形式，歌颂了阿根廷大草原的生活和住在草原上的粗犷、英勇的牛仔，这首诗的英文版由沃尔特·欧文（Walter Owen）翻译，在一九三五年问世：

撕扭着一同出去，
那汉子动作麻利。
我心中倒也有底，
又凭着眼快手疾。
一翻腕用那“法弓”，
剜开了他的肚皮。[①]

① 文中《高乔人马丁·菲耶罗》的引文，采用的是赵振江的译文。

“高乔人这个形象，”威廉森写道，“从而开始成为悬而未决的民族身份问题的象征，一个将摧折阿根廷人良心的问题，周期性地反复出现，表现为一种狂热的冲动，想要保住或挽回在阿根廷披上现代国家的外衣过程中可能丧失的某些重要本质。”的确，驱使埃尔南德斯创作这部诗第一部分的动力便是抗议阿根廷背弃自己的传统、变得过度文明和现代化。

一九五〇年，博尔赫斯在布宜诺斯艾利斯进行的一次有关高乔文学的讲座中，非常巧妙地回避了在《马丁·菲耶罗》和某个纯粹的欧洲范本之间做出选择。他指出，阿根廷高乔文学的富饶不是缘于高乔人的与世隔绝，而是缘于众多高乔作家与布宜诺斯艾利斯文学界的紧密联系。“高乔体诗歌，”他写道，“可谓是都市精神和乡村形式的一种独一无二的融合。”第二年，在一场宏才博学、题为“阿根廷的作家和传统”的讲座中，他又回到这个题目，指出，《高乔人马丁·菲耶罗》和其他埃尔南德斯的同时代人创作的诗歌，并不直接来源于口头文学的传统，而是经过高度锤炼的人工文学作品。“我相信，《马丁·菲耶罗》，”他写道，“是我们阿根廷人写出的生命力最持久的作品；我也同样深深地相信，我们不能把《马丁·菲耶罗》，像一直以来间或所说的，当作我们的《圣经》，我们的权威圣典。”他的论点和建议“高乔体诗歌的语汇、技巧和主题应当启发当代作家，乃是一个出发点、也可能是一种原型”的批评家一致。他抨击要求“阿根廷诗歌必须富于阿根廷与众不同的特点和阿根廷地方色彩”的主张。

如此说来，博尔赫斯赞赏的是《马丁·菲耶罗》对语言的自觉运用和它的混杂性。一九二四年，他读了乔伊斯的《尤利西斯》，为他日后看待边缘社会在文学建设中的角色找到了模版。关于爱尔兰作家，他写道：

> 有感自己是爱尔兰人、和别人不同的事实，足以使他们能够在英语文化里开拓创新。我相信，阿根廷人，总体来说南美人，处于类似的境况；我们可以采选所有和欧洲有关的题材，不带迷信，以一种可产生并已经产生幸运后果的不敬来处理它们。

这段话写于一九五一年，当时，博尔赫斯大部分优秀的杰作已完成，但早在一九二五年，他就在论证一种新颖奇特、亦可适用于地方英雄的世界主义的实例："布宜诺斯艾利斯已不仅是一座城市，而是一个国家，人们必须找到与这一宏伟规模相当的诗歌、音乐、绘画、宗教和形而上学的理论。那是我希望的维度，它要求我们大家都来当神，努力变成神的化身。"在接下来的几年里，他写了一篇有关这座城市郊区一位次要诗人的简短传记，期间他将进一步完善这一见解；他将开始把他所在的城市和国家看作疏离之所，视它们的传统单薄浅陋；他将承担起创造一个替代它们的天地和找到一种足够精确的语言重塑这个新世界的基本轮廓的需求。

一九五一年，为了阐明自己的观点，他把他九年前创作的短篇故事《死亡与指南针》称为，

> 一种噩梦，噩梦里出现了布宜诺斯艾利斯的元素，因噩梦的恐惧而变形；在那个短篇里，我想到科隆大道（Paseo Colón）①，我把它叫作土伦街（Rue de Toulon），我想到阿德罗格（Adrogué）的别墅（quintas），把它们叫作特里斯特-莱-罗伊（Triste-le-Roy）；故事发表后，我的朋友告诉我，最后他们在我的作品里感受到了布宜诺斯艾利斯郊外的风情。恰是因为我没有沉溺在那个梦里，经过这么多年，我能够实现以前我曾追求未果的东西了。

三十年代初，博尔赫斯开始考虑可以在小说里做点什么。"他提出一种极端不信任的美学，"威廉森写道，"他的基本论点是小说并非取决于对现实的幻想；最终关系的是作者在他的读者身上培养起'诗意的信仰'的能力。"小说，博尔赫斯相信，不是举着镜子照向现实，相反，它变成"一个独立自主的空间，由证据、征兆和遗迹组成"。

一九三一年，维多利亚·奥坎波（Victoria Ocampo）创办《南方》（*Sur*）杂志，她来自阿根廷最古老富有的家族，用博尔赫斯的话说，是一个"容易独断专行、过度跋扈的"女子。她将在为博尔赫斯赢得作家的声名上扮演重要角色。博尔赫斯继续撰写散文和评论，参加文学派系的斗争。一九三三年，他觅得生平第一份真正的工作，在一家日报的文学副刊供职。此时的他创作了数篇小说化的传记和几则寓言；他将这些作品

① 一条穿过布宜诺斯艾利斯老城中心的主干道。

集结成他的第一本虚构类书《恶棍列传》(*A Universal History of Infamy*)，于一九三五年四月出版；到年底，这本书卖出了三十七册。博尔赫斯把自己置于一个对他而言可谓幸运的境地，没有值得描绘的世界，除了一个虚构的以外，没有值得一提的读者，让他可以逍遥地把自己的小说写给一两个朋友看。世人如果愿意，可以聆听，但需要时间。

比奥伊·卡萨雷斯是日后对博尔赫斯关系最大的读者，他和奥坎波一样，来自阿根廷的上流阶层。一九三二年，奥坎波介绍他们相识，当时比奥伊十八岁，博尔赫斯三十二岁。博尔赫斯的母亲想必很高兴见到他和这位畜牧业大亨的后代成为朋友，其父亲是内阁部长，他的家族拥有全国最响当当的乳品企业。比奥伊英俊自信，饱读诗书。他将逐渐建立起可能是整个南美洲最庞大的私人藏书。他在乡下还有一座庄园，一九三五年博尔赫斯在那儿住过一段时间。他们俩都喜爱深奥的引文、稀奇古怪的书籍、文人学士的笑话。和博尔赫斯一样，比奥伊对自己的同胞在严肃文学方面的兴趣不抱幻想，可他有许多其他的幻想，如今他试图和自己的新朋友一起把这些幻想付梓成书。

失去在文学副刊的工作后，一九三八年一月，博尔赫斯开始了当图书管理员的生涯，在布宜诺斯艾利斯另一边的蓝领区。这让人丢脸。图书馆的书寥寥无几，根本不需要人编目分类；五十个人干着一份只要三分之一的人就可轻易完成的工作。当博尔赫斯试图有所作为时，人们把他拉到一旁告知，他会因其余的人而把事情搞砸。他的同事对书不感兴趣。一天的工作，博尔赫斯花一小时就做完。薪水低得可怜。在《自叙随笔》里，他写道："偶尔晚上，当我走过十个街区，去搭有轨电车时，我的眼中会噙满泪水。"他靠做翻译不让自己发疯，包括翻译卡夫卡的短篇选集。他开始在图书馆工作后没多久，他的父亲去世了。

在接下来的两年里，博尔赫斯发表了几篇他最优秀的小说作品。《皮埃尔·梅纳德》刊登在一九三九年五月的《南方》杂志上，一年后是《特隆，乌克巴尔，奥尔比斯·特蒂乌斯》。中间，他写了《巴别图书馆》。一九四〇年十二月，《南方》杂志刊载了《环形废墟》，下一个月，是《巴比伦彩票》，三个月后，又刊载了《赫伯特·奎因的作品概论》。这些作品，连同别的短篇，一起收录在《小径分岔的花园》里，该书于一九四一年底由《南方》杂志出版。虽然作者的友人将这视为一桩意义非凡的文坛大事，但这本书未能获得任何一项国家文学奖，评委认为不宜向阿根廷人推荐"一部具有异国情调的颓废之作"，它仿效"当代英语文学里某些离经叛道的潮流"，徘徊在"奇幻故事、自命不凡又玄奥艰深的博学和侦探小说之间"。

组成六十页《小径分岔的花园》的八篇故事，代表了博尔赫斯的巅峰之作。对每个传记作家而言，发掘和解剖这些作品写成的那几年，是一项巨大的挑战，难以顾及的可能性是，没有，根本没有任何导致这些作品诞生的动因。博尔赫斯不记日记，也不怎么写信；在多年后接受的采访中，他往往含糊其词，误导人们。

在一九三九年和一九四〇年可能的确发生了一些有关系的

事。例如，他翻译卡夫卡；有一份可供他发表作品的杂志，主编专横傲慢，杂志在全球范围内发行；他父亲的死；那份一天七八个小时无所事事的痛苦工作；他在上下班途中的电车上阅读但丁——抑或更重要的是，他自称这么做了；战争的爆发，他对纳粹和庇隆政权的强烈反对；他爱上一位女子而遭拒绝；他需要取悦和打动比奥伊·卡萨雷斯。任何传记作者都不得不将这些考虑在内，威廉森亦然。不过，他在书里特别强调了博尔赫斯与多位女性的关系，间接指出，这些注定失败、深深不快乐的恋情，是博尔赫斯作品的基石。

诚然，博尔赫斯一生有很多时光与既没同他上床、也没和他结婚的女性泡在一起。对每个传记作者的有利之处是，在布宜诺斯艾利斯扔出一块石头，就可能砸中这些女子或她们众多子孙中的一个，或更确切地说，是她们长篇累牍的回忆。

故事始于日内瓦，据说在那儿，老博尔赫斯问自己当时十九岁的儿子，可曾和女人上过床。博尔赫斯回答没有，他的父亲给了他一家妓院的地址，告诉他在指定的时间“有个女的会等在那儿”，用威廉森的话说，安排“帮助这位年轻人顺利完成迈向男人的成年礼”。结果当然不成功。小博尔赫斯震惊于和父亲共享一个女人的主意。后来，据威廉森讲，青春期的博尔赫斯被带去看医生，医生建议换个气候环境，呼吸点新鲜空气，做些运动。威廉森为这件事所做的脚注，把我们引向玛利亚·埃丝特·巴斯克斯（María Esther Vázquez）的《博尔赫斯：光芒与挫败》(*Borges*：*Esplendor y Derrota*，1996）的第五十页。巴斯克斯和博尔赫斯很熟，但这不构成理由，证明她对博尔赫斯去妓院一事的后果的记述："他遭受了如此可怕的打击，连续哭了三日；他不吃不睡……一味地哭。"巴斯克斯继续写道："以修士般的恬淡寡欲，这个健康的年轻人似乎放弃了生理需求，在文学中找到唯一满足和享受的源泉。"

即便巴斯克斯写的是博尔赫斯只哭了两天，第三天情绪好转，我也一个字都不信。我亦不相信同是一九九六年出版的、詹姆斯·伍德尔（James Woodall）写的博尔赫斯的一生里的叙述："实际发生了什么，只能推测。乔吉似乎可能是在与哪个毫无经验的少年在可预料的摸索和情急下失去的童贞，可高潮那一刻的生理失控，令他特别恐惧。"接着，伍德尔指出，在博尔赫斯一九七五年发表的短篇《另一个》里，提到这次失败的性启蒙。故事中，博尔赫斯遇见自己的分身，对他说："我也忘不了某个下午，在杜伯格广场一间二楼的公寓里。"他的分身纠正他："是杜福尔。"他接受了这个纠正。伍德尔引用更早一位传记作者的论述，这位作者自作聪明地精确定位到老博尔赫斯指定的任务地点，日内瓦的杜福尔将军街。

其实有可能全是胡说八道，尽管不少对这故事信以为真的博尔赫斯的女性友人留下惊心动魄的叙述，但可能博尔赫斯的父亲根本从未送他去过妓院，发生在杜福尔广场，或说杜福尔街的，可能只是某件远没那么戏剧化的事——例如，他第一次读惠特曼。否则，博尔赫斯没理由把名字放进去，就像在这同一篇故事里，他简要地让美国纸币携带上日期一样。

不过，我们的确有实际证据，证明一九二一年博尔赫斯去过马略卡岛的妓院。他所属的文学团体曾在妓院聚会，或者说是纯洁无瑕的青年可能认为是妓院的地方。博尔赫斯写信给作家吉勒莫·德·托雷（Guillermo de Torre）——一九二八年，他娶了诺拉——谈到“拂弄那些面带微笑、不谙世事的女孩的乳房或大腿”。在一封给阿布拉莫维奇的信里，他写道：

> 之后的轮盘赌，我接二连三的运气，闻所未闻——至少我从没听说过——（一个比塞塔的本金变成六十个比塞塔！）让我在妓院连赢了三晚。一个俗丽、淫猥的金发女郎和一个我们称之为“公主”的浅黑肤色的女子，倚赖她们的博爱，我像驾驶飞机或骑马似的出发了。

他还写到自己爱上一个名叫露茨的妓女：“我告诉你，我是真的爱那个露茨：她和我打情骂俏，举止中带着天真的下流。她既像大教堂，又像婊子。”

虽然这其中有部分可能是真的，但读起来更像是吹牛，威廉森在处理时小心谨慎。不过，博尔赫斯本人，这位从事深入研究的纯虚构大祭司，必定惊骇于巴斯克斯、伍德尔、威廉森和许多其他尚未完成其著作的作者，竟无法在他们的陈述和对博尔赫斯早期性生活的论断中创造出至少貌似真实的假像。

不过，威廉森追查了每一条线索。每个拒绝过博尔赫斯的知识女性，都获得星级待遇，他聪明地在诗歌和短篇故事里发现蛛丝马迹。整个这段时期，博尔赫斯都和母亲住在一起，眼睛慢慢失明。有一晚，他和一位女性友人埃斯特拉·坎托（Estela Canto）（她将在她的书《博尔赫斯：一幅逆光照片》

（*Borges：a contraluz*）里散布博尔赫斯和妓院的故事）外出，坎托偷听到他打电话给母亲："嗯，嗯，母亲……嗯……我们将从这儿去那大使……嗯，母亲。埃斯特拉·坎托……嗯，母亲。"那时他四十五岁。威廉森罗列了许多博尔赫斯爱过的别的女子。单是她们的名字就值得铭记，仅举几个来说：诺拉·兰格、艾迪·兰格、玛塔·莫斯克拉·伊士曼、苏珊娜·邦巴尔、埃丝特·赞波瑞恩·德·托雷·杜庚、皮皮娜·迪尔·德·莫雷诺·胡里耶、贝雅特丽齐·比比罗尼·韦伯斯特·德·布尔里奇、艾玛·里索·普拉特罗、西尔维纳·布尔里奇、迪莉娅·因赫涅罗斯。威廉森对博尔赫斯在挑选这些女子时"单一、不自觉的标准"做了有趣的分析。"他爱上的女子总是母亲不能接受的类型，或出身低微，或达不到莉奥娜夫人对社会地位的高标准要求。"

到五十年代末，博尔赫斯双目失明。威廉森写道，莉奥娜夫人变成"儿子的秘书和业务主管，他平常的向导和保护人，她召集了一群有良好教养的淑女在自己身边，她们围着乔吉大惊小怪，齐声赞美他的每次成功和每项殊荣"。一位客人回忆，侍女问莉奥娜夫人，是否该给博尔赫斯倒点酒，这位母亲回答："少主人不喝酒。"① 至此，博尔赫斯的作品正在欧洲赢得关注，他受邀去美国的大学讲课。有几次陪伴他的是已年近九十的母亲。

博尔赫斯梦想结婚，梦想摆脱母亲。母亲为圆他的梦，推

---

① 原文为西班牙语，"El niño no toma vino"，这里的 niño 既可以是"孩子"又可以是"继承人"的意思。

荐了一位他多年前认识、如今孀居的女子。她叫艾尔莎·阿斯泰特。虽然博尔赫斯的母亲中意她的听话顺从，但其他人不喜欢。在比奥伊或他的妻子看来，她既不聪慧，社会地位也不高。博尔赫斯的其他朋友觉得她“衣着过时，土里土气，相貌平平”。他们在一九六七年结婚。这是一次失败的婚姻。

博尔赫斯在友情方面的好运再次胜过爱情。一九六七年，他在美国遇见了从事翻译和写作的诺曼·托马斯·迪·乔瓦尼，当时他三十多岁。此后的几年里，迪·乔瓦尼搬到布宜诺斯艾利斯，组织博尔赫斯诗歌的英译工作，启用了一些同时代最出色的诗人和译者，像阿拉斯泰尔·里德（Alastair Reid）、理查德·威尔伯（Richard Wilbur）和约翰·霍兰德（John Hollander）。他还和博尔赫斯合作，将他的非诗歌类作品翻译成英语，并游说他创作新的短篇和为《纽约客》撰写一篇自传性的长文。关于这一切，在迪·乔瓦尼二〇〇三年出版的《大师的教诲：论博尔赫斯及其作品》（*The Lesson of the Master: On Borges and His Work*）里均有生动的记述。

当博尔赫斯想要离开他的妻子时，是迪·乔瓦尼帮他策划了出走。由于在一九七〇年的阿根廷没有离婚一说，所以他们不得不慎重行事。艾尔莎对博尔赫斯将离她而去的事毫无察觉。“那个寒冷、灰蒙蒙的冬日早晨，”迪·乔瓦尼写道：

> 我躲在国家图书馆门口等博尔赫斯，他一到，我就跳进他坐的计程车，我们飞速赶往市中心的机场。经过一个不眠之夜，博尔赫斯像一片哆嗦的树叶，完全心力交瘁，

他坦承，他最害怕的是自己可能在某个时刻脱口而出，把整件事告诉艾尔莎。

艾尔莎正在家里炖牛肉汤。博尔赫斯出门时她问他中午想吃什么。“最让我伤心的是，”她在一九九三年的一次采访中说，“当博尔赫斯说要吃牛肉汤的那一刻，他早已知道自己不会回来了。”

二十一世纪初，豪尔赫·路易斯·博尔赫斯和比奥伊·卡萨雷斯加入马塞尔·普鲁斯特和莉莲·海尔曼的行列，组成一支卓著的作家队伍，他们的女仆纷纷出书记述他们。比奥伊的女仆乔维纳最先登场；她的书《比奥伊一家》(*Los Bioy*) 在二〇〇二年问世，精彩地记叙了半个世纪的为仆经历。明显看得出她对比奥伊和他的妻子有好感；可尽管一腔善意，但她却把他们塑造成了一对富有的怪物，变化无常、疯疯癫癫、永远淫荡好色，像波兰斯基早期电影里的两个人物。接着二〇〇四年，博尔赫斯的女仆埃皮范妮雅·乌范达·德·罗夫莱多（或叫范妮），她心怀报复，为的是博尔赫斯母亲对她的轻慢和玛丽亚·儿玉——博尔赫斯在去世前几个月和她结了婚——给她造成的伤害，无论是真的还是想象的。范妮也设法在《博尔赫斯先生》里把自己的主人写得像个圣徒，而自己则是一位沉默、忠实的女仆，任谁都可以公允地给她写一封热情洋溢的推荐信。

一九三九年，比奥伊·卡萨雷斯娶了维多利亚·奥坎波的妹妹西尔维纳·奥坎波（Silvina Ocampo)。西尔维纳比他年长十二岁。十年后，乔维纳来为他们工作，和他们住在一起，直至一九九九年比奥伊去世。比奥伊喜欢女人。他告诉乔维纳：“我有个缺点，乔维纳，一个巨大的弱点。我喜欢女人，喜欢到如果把扫帚柄装扮成女人，我会跟着那把扫帚柄走。”乔维纳发现，婚姻没有阻止他不去找扫帚柄来满足心意，每天皆然，通常是在下午：他上午打网球，晚上写书，和妻子及博尔赫斯共进晚餐。晚餐后，当他和博尔赫斯一起合著他们的书时，乔维纳留意到他们发出轰然的笑声。

比奥伊毫不隐讳自己偷情的事。例如有一天，他抱着一个婴儿回家，此后这个婴儿在他家里被当作他的女儿抚养长大。日后，他旺盛的性精力结出的其他果实将相继现身。西尔维纳相信乔维纳有神力，每次，在把自己或比奥伊的书稿寄给出版社前，她都会叫乔维纳摸过每一页，给它们注入好运。西尔维纳连最小的事也依赖乔维纳，要求她的食物必须由乔维纳亲自端到面前，否则她就不吃。（类似的，博尔赫斯的母亲会在半夜按铃召唤女仆，解释说她只是想见一见她）比奥伊在住院期间，非要吃乔维纳亲自烹饪并送到医院的餐点。可是，他不好意思丢弃医院提供的食物，遂建议乔维纳每次来的时候把那份食物吃掉，以解决问题。

乔维纳不得不把许多想要和比奥伊上床的女人挡在门外，有时也包括奥克塔维奥·帕斯的妻子艾琳娜，她和比奥伊有过一段长期的暧昧关系。

乔维纳的书写得饶有兴味，怀着爱和对雇主的疯狂及弱点的理解，相反，博尔赫斯的女仆范妮的书却是带着几分怨恨。她为博尔赫斯一家工作了超过三十五年，在博尔赫斯死后，她落得无家可归，几乎身无分文。相比比奥伊家里的热闹忙碌，莉奥娜·博尔赫斯让自己和儿子维持一种非常体面和古板的家庭生活。博尔赫斯的公寓狭小不堪——比奥伊家有二十二个房间——可范妮仍被迫要穿制服，要把头发剪短；公寓里从来没有过收音机或电视。博尔赫斯，她写道，是个听话的儿子。每次，他从某地回到家，都会去母亲的卧室，向她汇报自己做的事。接着，他脱衣上床，唤来范妮，伸出手，拿到两粒糖。据范妮说，他一辈子都是如此。

据范妮讲，有望获得诺贝尔奖这件事令博尔赫斯饱受折磨。揭晓当日，记者会在他门外排起长龙。这样的场景年复一年地发生。

在写到博尔赫斯婚后的部分时，范妮的书真正显现出它的独到优势。单身时的博尔赫斯，每天早上都由范妮替他穿衣。“我为他从头到脚穿戴停当，包括学打他的领结。我给他穿上衣服、袜子、鞋子、长裤——每样东西，一样都不少。”可是，他的妻子告诉范妮，每天早晨，她打开抽屉，叫博尔赫斯自己穿衣服。结果有一天，他穿了两只不一样的鞋。妻子还禁止他穿长至脚踝的老式睡袍，让他穿睡衣睡裤。

范妮把两人的结合归咎于博尔赫斯的母亲：“莉奥娜夫人是个心地善良的女人，但专断独行。安排这场结合的人是母亲和妹妹，因为他根本什么也不说，什么也不知道……她们买了家具，买了公寓。”然而，六十八岁的儿子不肯跟新婚妻子同床，要求把他以前的单人床搬到新的公寓去。婚礼当晚，他的母亲建议他和艾尔莎去住酒店，可博尔赫斯要睡在自己的床上，他的母亲不得不陪艾尔莎去公车站，送她回家。早晨，范妮叫醒博尔赫斯，问他新婚之夜睡得怎么样。他看着范妮，微笑着说："整晚我都梦见自己吊在一辆电车外面。"

范妮那本书的后半部分主要写的是玛丽亚·儿玉，她生于一九三七年，母亲是德国人，父亲是日本人。她第一次出现在博尔赫斯的圈子里是六十年代，在布宜诺斯艾利斯的国家图书馆听他讲盎格鲁撒克逊的课。她散发出一种沉静、神秘、自持的气质。范妮回忆她和其他学生到博尔赫斯公寓来的情景：

> 有一天，玛丽亚在别的学生离开后留了下来，开始和莉奥娜夫人攀谈。博尔赫斯先生的母亲……问她："你爱乔吉吗？"科达玛对这个问题也许有点意外，她回答"不"，她爱的是博尔赫斯的作品，而不是他这个人。玛丽亚走后，莉奥娜夫人大声地却像自言自语地说道："最后一切都将属于那个黄皮肤的人。"

一九七一年，在婚姻破裂后，博尔赫斯去冰岛旅行，发现儿玉在那儿等她。他们似乎是那时成了恋人。可回到故乡，博尔赫斯又重新和当时已九十五岁的母亲住在一块儿，还有范妮。莉奥娜活到一九七五年才过世，时年九十九岁。她和她的其余先祖一同葬在雷科莱塔公墓的家族墓区。等博尔赫斯的大限到时，也将长眠在这儿。

母亲死后，博尔赫斯和儿玉四处旅行，但在布宜诺斯艾利斯，他不让自己的妹妹、女仆、或最亲近的友人了解他们关系的真相。关于儿玉，有过很多刻毒、异乎寻常的记述，但威廉森在他的传记里没有热衷于为这些评语添油加醋。他洞悉，这是博尔赫斯人生最后十五年里最亲密快乐的一段恋情。

一九七九年八月二十八日，博尔赫斯更改了遗嘱。此前，他把不动产留给妹妹和两个外甥；如今，他留给了儿玉。他也拿出自己银行账户里——不管有多少——一半的钱，留给范妮，可后来，在一九八五年删除了这一条，几乎什么也没给她留下。这明显反映出范妮对儿玉的反感惹恼了他。

在母亲过世和他自己离世之间的那些年里，博尔赫斯和儿玉好像永无间断地在为书做巡回宣传，他们似乎完全乐在其中。但到一九八五年底，博尔赫斯明白自己来日无多。他想重返欧洲，但将这个心愿保密，不让许多朋友和他的妹妹知道。十二月中，他和儿玉抵达日内瓦。儿玉在一九九四年的一次采访中告诉威廉森：

> 他对我说，我们要去意大利，然后中途在瑞士停留。我想这有道理，他应该是想去告别，可等我们到了日内瓦，他说："我们不回去了，就留在这儿。"我明白这是他事先就做好的决定，在得知自己即将离世后。

天才的作品来自奇特的源泉。无法想象博尔赫斯、比奥伊或西尔维纳·奥坎波会建立起社会写实主义，以表现家庭生活为特色。三个人创造的都是嬉闹顽皮、自我指涉的作品，这类作品虚构了一个自成一体的世界，部分原因是他们对外面的世界不太感兴趣。可以这么说，博尔赫斯的小说和诗歌在本质上和政治无关，他对文学的兴趣超过生活，这使他的作品反而更加出色。但是，无论作品多么高深莫测或光怪离奇，一个生活在动荡不安的新兴或边缘国家里的作家，很难置身于政治之外。

或许也可以这么说，博尔赫斯的写作其实是政治性的，他本人一生都是一个政治活动家。身为艺术家，他对书本以外的世界缺乏兴趣，那源于他和他母亲讨厌阿根廷社会里位居统治地位的那群人。他的文体风格和思想体系的发展，并非不受阿根廷社会的影响，而恰恰是因为那样一个环境。

不过，博尔赫斯的政治主张并不单纯。例如，一九二八年，他支持激进党的伊波利托·伊里戈延（Hipólito Irigoyen）竞选总统，不仅因为博尔赫斯的祖父曾是该党创立者的朋友，也因为伊里戈延在民族主义方面比对手更加温和，更能敞怀接受民主。博尔赫斯写了一篇声援伊里戈延的宣言，寄了一封签名信给报纸，表示支持他。伊里戈延获胜两年后，军方掌权，博尔赫斯写信给一位在巴西的朋友："我们为现实主义而牺牲了神话……如今，我们得到的是戒严令下的独立、阿谀奉承的新闻舆论、左派人士无休止的争吵和捏造的上一届昏聩政府'残酷暴虐'的谎言。"

事实是，布宜诺斯艾利斯的人民抛弃了他的偶像，他们洗劫了伊里戈延的家，帮助博尔赫斯恢复他对这座城市的理想化。一九三一年，他在一篇评论《我们的无能之处》里狠狠抨击自己的祖国。他抨击"对我们国家，还有其他各国所占的这片土地的虚夸的自我评价"和"不可扼制的幸灾乐祸"。结尾，他写道："想象力的贫乏决定了我们这片土地的灭亡。"克里奥尔人的旧世界，博尔赫斯的母亲如此渴望的世界，他说，只有在乌拉圭的北部省份才找得到。

一九三四年，博尔赫斯给一首纪念一次失败的武装起义的诗写了序，他将这称之为"爱国起义"，是由激进党的好战分子发动的。然而，当他的一些朋友支持阿根廷减少对英国的经济依赖时，博尔赫斯却认识到，这将慢慢把他们推向某种濒临法西斯边缘的阿根廷民族主义。一九二八年，他概述了自己对阿根廷前途的看法，一九三六年，又一次在电台广播里重申：

> 这是一个史无前例的联盟：一次由不同血统的人所进行的豪迈的历险，他们的目的不是保存他们的世系，而是最终把那些世系遗忘；他们是寻找黑夜的种系。克里奥尔人是盟友之一。克里奥尔人过去有份创立这样一个国家，现在选择成为众多中的一员。

在这篇讲演里，博尔赫斯给自己家族在阿根廷的权力意识和特权意识宣判了死刑。

随着三十年代的推进，在作家各自选边站的同时，博尔赫斯退到一旁。没有证据显示他有参加一九三六年九月在布宜诺斯艾利斯举行的国际笔会大会，政治分歧是会上的主要特征。相反，博尔赫斯和比奥伊创办了一份名叫《不合时宜》的杂志，比奥伊说，它的标题体现了"我们想和这个时代的盲从迷信撇清关系的愿望"。

博尔赫斯深深留恋一个古老、未受污染的阿根廷，可随着三十年代的进程，他明白，这样的留恋会轻易演变成一种本地的法西斯主义。他写了若干尖锐犀利的文章，抨击德国的希特勒政权。他撰文支持开明的文化政策，一种阿根廷式的世界主义，可是渐渐的，他开始不无理由地相信，只有他和几个朋友拥护这一主张。他对这座城市和城市的人失去信心，他认为大草原和高乔人是苦涩的笑话，他痛恨政府，时而对历史，包括对自己的过去，产生怀疑。创作一部因坚决把大多数事情抛却在外而卓尔不群的小说，这条道路为他敞开。

写写故事，谈谈恋爱，取悦或激恼母亲，和比奥伊共进晚餐，在图书馆工作：博尔赫斯过着平静的生活，但这种生活因一九四六年二月庇隆的当选而画上句点，他极力反对庇隆。博尔赫斯的名字列在两千名由于这样或那样的原因而将遭解雇的公务员名单内。在《自叙随笔》里，博尔赫斯写到这件事："我荣幸地获悉，我得到了'提拔'，从图书馆升到去公共市场检验家禽和兔子。"当他询问原因时，被告知（据他称）："你是同盟国那边的——你还想怎样？"

对于博尔赫斯在这件事上的说法，威廉森自然持怀疑态度。他令人信服地提出，这么低级别的解职，庇隆本人也许根本不知情，检验"家禽和兔子"这份工作可能是博尔赫斯编造的。他写道，博尔赫斯被调职而不是完全解职，对他而言是件好事，事实上，他分配到的工作可能是蜜蜂养殖科的检验员：也就是说，是养蜂而不是养鸟（家禽）。不过后一份工作是个太精彩的故事，即便对幸灾乐祸的庇隆主义报纸舆论来说亦然。

博尔赫斯的支持者以他的名义举办了一场人头攒动的晚宴，会上宣读了他反对庇隆的演讲：“独裁滋生压迫；独裁滋生奴性；独裁滋生残暴；还有更可憎的，它滋生低能……与这些令人悲哀的整齐划一作斗争，是作家众多职责中的一项。需要我提醒读者别忘了马丁·菲耶罗……别忘了个人主义是阿根廷一个古老的美德吗?”参加晚宴的一位年轻作家回忆，当时的博尔赫斯被视为是“所谓的反庇隆分子”。

失业几个月后，博尔赫斯开始当起文学老师，在阿根廷巡回讲座：

> 四十七岁，我发现一种全新、刺激的生活展开在我面前。我在阿根廷和乌拉圭四处旅行，讲授艾曼纽·史威登堡、威廉·布莱克、波斯和中国的神秘主义者、佛教、高乔体诗歌、冰岛的萨迦、海涅、但丁、表现主义和塞万提斯。偶尔，有母亲或朋友陪我。结果，我不仅赚的钱比在图书馆多得多，而且很享受这份工作，觉得它证明了我的价值。

在博尔赫斯讲学期间，他的母亲，想到住在总统宅邸玫瑰宫里的庇隆，变得愤怒。“庇隆主义对宪法的威胁，”威廉森写道，“激起了这位强悍的女性心中潜伏的祖传的大无畏精神。”一九四八年九月，七十二岁的她参加了一场抗议庇隆的示威活动。当警察来时，几位女士，包括莉奥娜夫人和她的女儿，坚守阵地，遭到逮捕。她们被判入狱三十天；莉奥娜，因为她的年纪，获准在家中软禁一个月，可诺拉却同妓女一道被关在狱中，过了一个月。

一九五〇年，当庇隆实际把自己变成终身总统后，博尔赫斯勉强答应出任阿根廷作家协会的主席。“我尽可能不去考虑政治。”他写道：

> 照样，就像牙疼的人醒来时想着牙疼、遭女人遗弃的男人睁开眼那一刻想的是那个女人一样，过去，我每天早晨对自己说：“那个人住在玫瑰宫里。”于是我便会感到心烦，同时又有点内疚，想到自己毫无作为或几乎毫无作为——可我能做什么呢？

“在我每次的讲座上，我总会表达自己反政府的观点，”博尔赫斯写道，“许多著名的学者文人不敢踏进作家协会。”一九五二年，伊娃·庇隆死后，博尔赫斯不肯在协会所在地的墙上张挂庇隆和他去世的妻子的画像，协会关闭了。

一九五五年，庇隆倒台后，博尔赫斯写道：“我记得我们所感到的喜悦；我记得那一刻没有人想到自己：他们唯一想的是，祖国得救了。”不出几个星期，在维多利亚·奥坎波及其他人的推助下，他被任命为国家图书馆的馆长。莉奥娜夫人满心欢喜；家族恢复了显赫的地位。

庇隆的倒台反映出他对手的一个问题。显然，他可以在任何自由选举中获胜，得到大量来自工会和城市贫民的支持。不过，他是个煽动民心的政客，表现得像独裁者一样。接替他的是军方，他们本身代表了旧的寡头政治。当他们禁止庇隆主义党，包括查禁他们的旗帜、标志和音乐时，博尔赫斯全心全意地支持新政权。希望开放自由选举的军人发动了一场进一步的军事政变，受到镇压，政府不理军事法庭的判决，用行刑队处决了三十二名叛乱分子。

选举在庇隆及其政党遭禁的情况下举行。庇隆命令他的支持者缴还空白的选票，这些选票超过了投给各个合法政党的票数。博尔赫斯和比奥伊起草了一份支持政府的宣言。博尔赫斯写道，阿根廷正在迅速恢复元气，“但仍有许多顽抗的病人拒绝好转，抵制革命的疗法。我们应必须坚持治疗，给更多叛乱人士加大民主的剂量，看看他们是否可以彻底治愈”。这番支持为博尔赫斯换来布宜诺斯艾利斯大学英美文学系系主任的职位。对于任命他的理由，他在《自叙随笔》里提供了一个轻松风趣的说法：“别的候选人用心良苦地递交了一连串他们的译作、论文、讲稿和其他成果。我限定自己只作了以下陈述：‘在完全不自觉的情况下，我终其一生都在证明自己有资格胜任这个职位。’我单刀直入的方式取得了胜利。”这是胡扯。他得到这份工作，是因为他站在当权者一边。协助他成功的母亲从而更有了欢欣的理由。

其他和博尔赫斯一样反对庇隆主义的作家，对新政府和博尔赫斯的全盘支持感到惊骇。这其中包括埃内斯托·萨巴托(Ernesto Sabato)。威廉森简洁地概括了博尔赫斯的困境：“在最大部分的选民把票投给一个从意识形态上反对自由民主的集权领导者时，你怎么创建民主?”一九六三年，庇隆势力增长，要求举行新的大选，博尔赫斯离开激进党，加入保守派，认为他们在反庇隆主义上更可信赖。他同意他们举办一场招待会，宣布他的加盟，他在会上做了演说。

在阿根廷，庇隆的幽灵继续阴魂不散。一九七三年，他的政党再次获得合法地位，赢了选举，为他的复出铺平道路。博尔赫斯告诉一家意大利报纸，选庇隆的那些人是“六百万个白痴”。此时的他已赫赫有名，不会遭解雇，并得知他可以不受干扰地留任。不过一九七三年十月他还是辞了职。九个月后，庇隆去世，由他的遗孀伊萨贝尔接替他。

博尔赫斯失去了他的头号大敌。如今，除了人民以外，他没有了可谴责的对象。“我们的国家，”一九七五年他说，“正在经历一场道德危机。我们已开始崇尚奢华、金钱、别的神话及教条。我觉得我们的国家是个腐败的国家。”这一时期前后，奈保尔来到阿根廷，冷眼观察博尔赫斯和他的国家。他做了许多笼统的概述，包括下面两句精彩绝伦的话：“阿根廷没有历史。那儿没有档案，只有涂鸦、论战和学校的功课。”博尔赫斯告诉奈保尔，庇隆“代表了这个地球的糟粕”。

奈保尔写道：“博尔赫斯用祖先崇拜代替对他祖国历史的沉思。”但在七十年代后半期，随着庇隆主义者演变成一支恐怖军，一类新型的将军浮出水面控制国家。缔造了阿根廷的辉煌军事神话，和独行刀客的迷人风采，曾经滋养过博尔赫斯作品的这两样东西，变成了对他那座城市街道上真正发生之事的苍白讽刺。“那么，也许，”奈保尔写道，“和艺术视野平行，在博尔赫斯身上也发展出了一个次要的现实视野，不管多么未予承认。现在，无论如何，现实的世界已不容否认。”

现实的世界通过上门念书给他听的年轻人来到博尔赫斯面前。那时的布宜诺斯艾利斯处处是这样的年轻人。对这番经历的最佳描述来自《阅读史》(*A History of Reading*，1996）和《与博尔赫斯为伴》(*With Borges*，2004）里的阿尔贝托·曼谷埃尔：

> 在那间起居室，顶上是一幅皮诺内西（Giovanni Battista Piranesi）的环形罗马废墟的雕版画，我朗读吉卜林、史蒂文森、亨利·詹姆斯的作品，德国百科全书《布洛克豪斯》(*Brockhaus*）里的一些条目，马里诺（Giambattista Marino)、恩里克·班奇斯（Enrique Banchs)、海涅的诗（但这最后几位他已烂熟于心，所以我刚一开始念，他迟疑的声音就会接上，然后凭记忆背诵出来；那份迟疑只是在节奏上，而不是单词本身，单词他记得一字不差）……我是司机，但风景，铺展的风景，属于坐车的那个人……博尔赫斯指定书，博尔赫斯打断我或叫我继续，博尔赫斯中途插入评论，博尔赫斯让那些单词朝他而去。我是隐形的。

保罗·索鲁在《老巴塔哥尼亚快车》里回忆朗读吉卜林的歌谣给这位失明的老人听，每念几个诗节博尔赫斯就会打断他，赞叹那些诗句多么优美，他最喜欢的是《东西方民谣》。他告诉索鲁，艾薇塔是“一个臭名昭著的妓女”，这位作者所持的观点比奈保尔更为宽厚，他一而再、再而三地回去拜访博尔赫斯。

> 他熬夜，渴望聊天，渴望有人念东西给他听；他是个好伙伴。他逐渐把我变成鲍斯韦尔[①]……他身上有点江湖医生的味道——他常滔滔不绝讲个没完，我知道他在重复一些他以前说过上百遍的东西。他开始出现口吃，但他用手把口吃平复下来。他偶尔盛气凌人，但他也会表现出截然相反的一面，像个学生，表情如小精灵似的带着专注，手指交叉在一起。他的脸在安详中显出贵族气息，当他露出发黄的牙齿、夸张地咧嘴而笑时，通常是表示高兴——他对自己的笑话哈哈大笑。他容光焕发，看上去像一位意识到自己成功抢了镜的法国演员。

一九七六年，军事独裁取代了伊萨贝尔·庇隆政府，那是阿根廷历史上最杀人不眨眼的政权。和一九五五年一样，博尔赫斯对庇隆政权的终结感到万分高兴，心甘情愿地支持新政权。他和魏地拉将军共进午餐，感谢他"为祖国所做的，把国家从混乱中解救出来，摆脱我们之前所处的无可救药的状态，尤其是，摆脱愚昧"。这番支持受到智利的注意；皮诺切特授予他功绩勋章，他接受了。之后，他不顾朋友的建议，答应访问智利，接受荣誉博士头衔。他和皮诺切特一同参加了一场私人晚宴，发表了一篇利令智昏的演说，颂扬他祖先的戎马生涯和"把阿根廷共和国拖出泥沼"的刀光剑影。这想来不会帮他获得诺贝尔文学奖，那一年，他是大热门。

---

① 苏格兰作家，曾为其友约翰逊（Samuel Johnson）写传记，故这个词也转义为"为密友写传记的人，为名人详细记述言行的人"。

同样，一九七六年，他在访问西班牙时的言论也没有给他大加分。他称魏地拉政权是“一个由战士、绅士和正派人士组成的政府”。他公开赞赏佛朗哥将军在西班牙的所作所为。接着，他以萨尔瓦多·达利的口吻，对洛尔迦做出粗暴的评语：

> 无论他的人或他的诗，都不曾让我感兴趣。我觉得他是个二流诗人，一个花哨的诗人，某种典型的安达卢西亚人……他遇害的遭遇其实于他有益；对诗人而言，那是一种便捷的赴死方式。而且，他的死让安东尼奥·马查多有机会写出一首了不起的诗。

和相当数量的阿根廷人一样，博尔赫斯在出了阿根廷后才发现事情的真相。一九八〇年，在西班牙领取西语文学最高荣誉塞万提斯奖时，他表露了对当政者立场的改变。虽然他曾拒绝声援第一个就失踪人口提出公开抗议的组织“五月广场母亲”，但不久他的态度开始缓和。后来，在阿根廷，一位来自布宜诺斯艾利斯一个古老家族的妇人去拜访他，告诉他，她的女儿失踪了。他对那位妇人说：“他过着与世隔绝的生活，因为他看不见，不能读报。”但他相信她的故事。当这位妇人带了一个女儿也失踪的朋友去时，博尔赫斯决定在请愿书上签名，呼吁政府公布这些失踪人口的信息。他说服比奥伊也签了名。在阿根廷和智利就比格尔海峡的岛屿的争端中，他站在了智利一边。尽管如此，博尔赫斯对当权者新生的厌恶，并不是毫不含糊的。即便到了一九八一年底，他仍说：“我认为政府的恶是必不可少的，因为民主会再给我们一个弗朗迪西（Arturo Frondizi）”——五十年代激进党的领袖之一——“或最糟的，再给我们一个庇隆。”

马岛战争一结束——他形容这场战争是“两个光头男人抢梳子”，他无法再坚持军人政府的恶是必不可少的观点。他修正了自己的立场：

> 的确，我们有过独裁者……但他们拥有广泛的支持。这些人是暴徒。这是一个疯子组成的国家。不，这是一个有智慧而绝望的人落在疯子手里的国家……我相信我们唯一的希望是民主。我们唯一的出路是选举……如果举行选举，庇隆派会获胜……如果不举行，我们将继续活在同样身败名裂的人的统治下。

最终，当一九八三年激进党的劳尔·阿方辛赢得大选后，博尔赫斯说：“我们已走出噩梦，能拯救大家的是基于信仰的集体行动。”

然而，一九八四年和一九八五年，阿根廷被迫再度经历噩梦，首先是来自埃内斯托·萨巴托担任主席的失踪人口调查委员会，它于一九八四年十二月展开工作，接着是对那些将军的审判，出面作证的是失踪者的亲属和受过严刑拷打的人。一九八五年七月，博尔赫斯出席了这场审判，聆听了有关刑讯的证词。事后，他向记者和在一封给报纸的公开信里，都表达了他的惊骇。

他一定想到，自己先前对那些将军的支持会被牢牢记住。一九八五年，当阿方辛慢慢失势后，博尔赫斯意识到，他眼下憎恨的这个或那个政党——庇隆党或军人党——将在阿根廷重新掌权。十月十六日，在接受一位瑞士记者的采访中，他表达了想成为瑞士人和死在瑞士的心愿。在剥夺了范妮的继承权的新遗嘱里，他也把雷科莱塔公墓家族墓区里——母亲所葬的地方——自己的位置让给了妹妹。

日后，他和玛丽亚·儿玉的最后一次欧洲之行在阿根廷变得众说纷纭。范妮坚称他不愿意走："有一件事我确定：博尔赫斯先生并不想去，可他心力不支，反抗不了带他去的人。他用断断续续的声音和我说：'范妮，我不想去，我不想去。'"

鉴于已有的证据，这似乎不可能。他只身和儿玉前往欧洲，知道自己不会再回阿根廷，这似乎是经过深思熟虑的举动。在一首晚期的诗歌《网》(*The Web*) 里，开头他写道：

> 我将死在我的哪座城市?
> 日内瓦，那个开启我的地方
> 通过维吉尔和塔西佗，肯定不是加尔文?

马岛战争后，他也写了一首《密谋》(*The Confederates*)，出于对瑞士的偏爱，赞扬它是"理性与坚强信念的高塔"，不同种族、宗教和语言"决心存异求同"。[①] 他把这首诗作为他最后一

---

① 《密谋》一诗的引文，采用的是林之木、王永年的译文。

本诗集的标题诗歌。

四月二十六日，在日内瓦，博尔赫斯和玛丽亚·儿玉通过代理人领取了巴拉圭的结婚证书。六月十四日，他在日内瓦去世，紧邻约翰·加尔文，被安葬在普兰帕雷公墓，又叫国王公墓，离日内瓦的老城区不远。那是一片宁静、朴素的墓地，里面的单人墓葬的大多是名人，环境和布宜诺斯艾利斯的雷科莱塔公墓截然相反，在雷科莱塔，巴洛克风格、哥特式窗户的家族墓穴，与洛可可风格、繁复华丽的家族墓穴争奇斗艳。博尔赫斯的墓碑明显是儿玉设计的，选用了对他们两人恋情有重大意义的引文和图案。身后，他的坟墓没有把他塑造成一个阿根廷的英雄，却是一个他生命最后十五年里所爱的女子的丈夫。博尔赫斯过世后，儿玉没有在他的家人和伙伴中交到很多朋友。诺拉·博尔赫斯的儿子和范妮都企图推翻修改后的遗嘱，可他们输了。由儿玉掌管博尔赫斯的遗产。

一九九九年，儿玉告诉埃德温·威廉森，博尔赫斯对自己死在日内瓦和希望葬在那儿的政治含义一清二楚。“你瞧，”博尔赫斯曾对她说，“我已变成某种神话，无论何时，只要一提到我葬在这儿，人们也许就会想起我写的那本书《密谋》，他们会思考这本书，人们会到这儿来，自问：为什么？那将是我对改变这个世界的小小贡献。”

诺拉·博尔赫斯在布宜诺斯艾利斯发表声明：“我从报上闻悉我的哥哥已在日内瓦去世，远离我们和众多朋友，死于一种我们并不知道他患有的可怕疾病。我惊讶于他最后的遗愿是想葬在那儿，一直以来，他都想和自己的先祖、和我们的母亲一同长眠在雷科莱塔。”

虽然儿玉暗示，博尔赫斯选择死在日内瓦的理由本质上是出于政治和大众的原因，但里面也有个人因素。在弥留的最后几个星期，博尔赫斯讲了很多父亲的事。在他十五岁时，父亲带他来到这座城市，旨在让他接受文明的熏陶，把他从他祖辈的世界里迁移到一个阴影更加复杂和丰富的地方，从一个由他母亲主宰的、鼓吹战争的地方，到一个由他父亲主宰的地方，在这儿，诗歌受到重视，当作家可以成为一份正式的职业。他的父亲，博尔赫斯曾写道，“为人谦逊，恨不得自己是隐形人”。在临终前的几个星期，博尔赫斯写信给西班牙埃菲通讯社，请他们别去打扰他：“我是一个自由的人。我已决定留在日内瓦，因为我把日内瓦和我生命中最快乐的时光联系在一起……我奇怪，竟有人理解和尊重不了这项决定，那是一个像 H. G. 韦尔斯笔下的某一角色一样，已下定决心做个隐形人的人所做的决定。”

哈特·克兰：离家出走

某些单卷本的美国诗集，部分是处女作或早期作品，携带着一股特别的、神圣的力量；这些作品仿佛源自一种神秘的冲动，是在巨大的私人或艺术需求下而写就的。这些诗洋溢着表达上的原始感，话语的气息，透过诗的韵律，暗示出不屈不挠、不愿与读者轻易和解的渴望。若说其中有部分诗包含了祈祷的口吻，那么，与其说是欣慰或恳求的祈祷，毋宁说是发自内心深处的急迫的痛悼或呐喊，语言已几乎言不由衷或已冲破藩篱，眼前的要求是给人听见。

这样的口吻能在布里吉特·派庚·凯利（Brigit Pegeen Kelly）《歌》（*Song*，1995）的第一首诗的开篇几句里感受得到：

> 听：那儿有个羊头，用绳索吊在树上。
> 它整夜吊在那儿歌唱。听见的人儿
> 内心感到一阵刺痛，以为正在听的
> 是夜鸟的啭鸣。

或是路易斯·格吕克（Louise Glück）的《野鸢尾》（*The Wild Iris*，1992）：

在我苦难的尽头
有一扇门
听我说完：那扇门，你称之为死亡
我记得。

或是李立扬（Li-Young Lee）第一本诗集《玫瑰》（*Rose*, 1986）的第一首诗《书信》的开头几行：

关于智慧，宏伟的光柱
唤醒甜蜜的前额，
我一无所知

除了我已在自己最充满希望的白日梦里所瞥见的以外。
关于一个没有尽头的世界，
阿门，

我一无所知，
除了我曾与他人一同唱颂过的东西外，
我们齐齐站在有拱顶的房间。

哈特·克兰在一九二五年撰写的《总体目标和理论》（*General Aims and Theories*）里，试图概括他所理解的这种口吻的根源，那在他自己的作品里甚是明显，他写道：

> 我关心的是美国的未来，并不是因为我觉得美国具有任何所谓的作为国家或人民群体的表面价值……只因为我得以相信，这里将注定发现某些尚未有定义的灵性，也许是一种崭新的、在别处不可能发展得如此完备的信仰等级体系。在这个过程中，我希望能感觉自己是一个潜在因子；当然，我必须照它的说话方式来发声，我可能作出的发现存在于它的体验中。

一如从他早期的书信里亦可明显看出，作为读者，克兰怀着莫大的热忱和严肃的精神，着手准备让自己成为那个“潜在因子”。尽管出生在一个小地方，与父母的关系不和，而另一方面，在一定程度上也恰是由于这两个原因，他找到了一种基调和诗意的措辞，与一种既属于幻象、又深深扎根于现实的情感相得益彰。在他的诗里，他创造出粗粝、毛躁的声音，抗衡悠扬婉转的行文；他演绎了一种富含隐喻和联想的语言，抗衡表现纯粹的飞扬之美的意象和节奏。他的句子构造里有某些硬朗和闪耀之处，完全出人意料。在他最好的诗作里，他成功地使格律——隐藏在字里行间的神经系统——变得如此有趣、紧凑、不费吹灰之力，因此纵然用词密集、有基本的难度和克兰自谓的“离题的观点、交织的象征主义”，但还是能唤起注意和情感的呼应。

虽然克兰的大部分诗歌都是他二十几岁时创作的——他生于一八九九年，一九三二年自杀身亡——但从他写的几篇评论里，从如今和他的诗作一起收录成单卷本的趣味十足的书信选集里，能明确感觉到，他花了大量心思考虑自己留下的文学遗产，以激情澎湃的老练看待自己在其中的位置。一九二六年，克兰在一封给《诗苑》(*Poetry*) 杂志编辑哈里特·门罗（Harriet Monroe）的信中，就她对自己《在梅尔维尔墓前》(*At Melville's Tomb*) 一诗的朦胧晦涩的抱怨做出回应，他放下对自己诗作的捍卫，提供了一份最为详尽和有用的解释，说明他那些诗句的实际含意，同时又清楚地表示，这些准确而直接的意思，与我们或可称作的诗句的力量相比，实在是乏味无趣的事。这首诗的第一节写道：

> 经常，在波浪下方，远离这块礁石
> 他看见由溺死者的骨骸所制的骰子遗留
> 一项使命。它们的点数，在他的凝视下，
> 打在尘土飞扬的岸上，变得模糊不清。

“且把我当作一个无动于衷、缺乏想象力和诗意的读者，请告诉我，骰子怎么能遗留一项使命（或其他任何东西）。”门罗写道。克兰在答复中承认：

> 作为诗人，我很有可能更感兴趣的是单词的内涵和思维意识的所谓不合逻辑的碰撞（以及在此基础上、通过隐喻而实现的两者的结合和交互作用），而不是以限制包含在诗中的我的主旨和感知为代价，来保存两者合乎逻辑的刻板意义。

然而，他在下一段中强调，他的方法里不存在侥幸一说。他写道：

> 这听起来也许好像我一味地想要玩弄单词和意象，直至发现某些新颖或奥秘之处；但这个过程的预定性和客观化的程度，比那高得多。一首诗里感觉和观察的细微差别也许颇需要某些照你所言的诗人无权享有的自由。我就是要声明，诗人的确享有那份权威，否定它，等于大大限制了这种媒介的视野，摒除了过去部分最富饶的传统。

接着，他为门罗详细解说了其中几行诗，包括“他看见由溺死者的骨骸变成的骰子遗留／一项使命”那句。“骰子遗留一项使命，”他写道：

> 首先，溺死者的骨骸在大海的作用下，被研磨成（当然，只就此而论）一个个小方块，最终给抛掷在沙滩上，上面有“数字”却无身份证明。这些作为永远没有完成航行的死者的骨头，指称它们是某些未送达的信息的唯一幸存的证据，无声的证据，代表了某些东西，代表这些死去的水手可能非传达不可的经验，这似乎是合理的。此外，也暗示了骰子是机会和环境的象征。

门罗对最后一节诗的开头亦做了评注：

罗盘、象限仪和六分仪设计不出
更远的潮水……

“罗盘、象限仪和六分仪，”她写道，“不设计潮水，它们只是记录潮水，我相信。”

“这难道不是经常发生吗？”克兰回道：

> 最初为记录和计算而发明的工具，在不经意间，扩大了发明它们以用来测量的实际存在物在工具使用者观念和想象里的范畴（例如空间的范畴，等等），因此从隐喻的角度，或许可以说它们拓展了所测量的实际存在物的原始边界？

在同一封信里，他引用布莱克和T. S. 艾略特，证明他所使用和钦佩的诗歌语言并不是简单地忽视逻辑，它试图发现一种深嵌在隐喻和联想中的逻辑。这类诗，他说明，不依循潜意识所决定的懒惰路径，也不容许光怪陆离或仅仅相关的事物占据上风，而是经过深思熟虑和精密准确的，虽然它属于“另一种有别于科学的经验规律”。他努力做到使“陈述既栩栩如生又准确无误”，即便在有些人看来，包括门罗在内，也许好像是生动胜过了准确。

哈罗德·哈特·克兰出生在俄亥俄州，他的父亲在那儿经营一家糖浆厂，后来成立了克兰巧克力公司，生产糖果（他的父亲发明了闻名遐迩的“救生员”牌糖果）。克兰的父母时常闹矛盾，分分合合许多次；克兰在九岁时被送去和外祖母伊莉莎白·贝尔登·哈特同住，和外祖母变得非常亲近。他和母亲一样，都有某种情绪不稳定的问题，母亲加入了基督教科学派。十六岁时，他在远离古巴本土的松树岛（Isle of Pines）上企图自杀，母亲家在那儿有一处房产。

克兰早年就流露出他想当诗人的兴趣。十七岁时，他在杂志上发表了他的第一首诗，题为《C33》，写的是审判和囚禁奥斯卡·王尔德：

他编织了玫瑰的藤蔓
缠住黑夜虚空的心
以灼烈的诡辩
在白色的沙漠上
流泻出陈年醇香的梦酒
他以他将创立的远大真理呵护
刺木上落下的易变的胸膛
哦，母亲！为用一束发自忏悔的新光
镀饰您的金首和颤抖的肩膀
那必将带来痛苦
和伴之的旋律破碎的小调歌谣
而您，听见灯的细语穿过夜幕
可以沿着泪湿的小径，忘记所有的枯败。

同年，他把诗歌投寄给《他者》(*Others*）杂志，威廉·卡洛斯·威廉斯对他说，那些诗“真他妈棒极了”。

克兰的极度自信和早熟的抱负，部分原因来自他对写作的热情未被许多正规教育冲淡。阅读成为他逃离父母战争的一个途径。年少时，他接触到自己正在寻觅的诗人，就像湍急的水流遇上陡峭的斜坡。他兴致勃勃地阅读莎士比亚、德雷顿、但恩、布莱克、济慈、雪莱、柯勒律治、惠特曼、爱伦·坡、波德莱尔、兰波和艾略特，还有雅各宾派剧作家的作品。同样在这些年里，他也可以列出他不喜欢其作品的诗人名单；他们包括弥尔顿、拜伦、丁尼生和艾米·洛威尔。

一九一七年，他的母亲建议他在发表诗歌时去掉名字里的“哈罗德”：“在给你投稿的稿件和日后的著作署名时，你是否打算完全忽略家中母亲一方的血统……用‘哈特·克兰’如何？”他的父亲不赞成他想当作家的志向：“诗歌没问题；你选择的职业也没问题，但你住在纽约，每周从二十五美元的生活费里拿出两美元请［法语］家教，这不行；事情不该如此。”

在十八九岁和二十岁出头时，克兰往返于纽约和克利夫兰之间，从母亲或父亲一边得到时断时续的经济和精神支持，结交文学上的朋友，包括他崇拜的舍伍德·安德森，还有后来的艾伦·泰特、沃尔多·弗兰克和尤金·奥尼尔，并尽可能到处会见编辑。他有过好几段同性恋情。他怀着浓厚的兴趣阅读陀思妥耶夫斯基，和“那本迷人的《白鲸》”，之后又读了偷带进来的詹姆斯·乔伊斯的《尤利西斯》，他写信给一位友人：“所有他者里，我最想和他对话。”在打过各种零工、在杂志上发表了若干诗歌后，最终，他去了父亲的公司工作。但两人关系恶劣，克兰一度两年多与父亲断绝联系。第二年，他开始当起广告文案撰写人，在专心写作或喝酒或两者同时的间隙，在克利夫兰和纽约的广告公司任职。

在写诗和读诗的人中，克兰被誉为“他那一代里最前途无量的诗人”。一九二五年，在父亲拒绝给他生活费后，大富豪奥托·卡恩（Otto Kahn）给了他两千美元，让他能够创作他雄心勃勃的长诗《桥》(*The Bridge*)。一九二六年十二月，他的首部诗集《白色建筑》(*White Buildings*）出版。他酗酒的问题日渐严重，同样的，还有他居无定所的漂泊以及他与父母间不断的摩擦。和大多同龄的年轻人一样，他想从母亲那里得到爱，从父亲那里得到钱。父母俩都不觉得自己完全有能力满足他的需求，但通过偶尔零星的如此为之，他们似乎反而加重了他身上的某些脆弱之处。

一九二八年十二月，克兰去欧洲旅行，在伦敦见到罗伯特·格雷夫斯和劳拉·赖丁，在巴黎见到安德烈·纪德和格特鲁德·斯坦。他继续创作《桥》，一九三〇年，这部作品在巴黎以限量版问世，随后在纽约出版了普通版。他搬去纽约，在不少朋友家受到热情招待，直至他们厌烦，然后返回克利夫兰，一九三一年又去墨西哥旅行。他依旧酗酒。一九三二年四月二十七日，在从墨西哥回美国的欧瑞扎巴号轮船上，他从甲板跳下，溺海身亡。他作为厄运诗人——难逃死亡、狂野不羁的同性恋天才，美国的兰波——的神话开始了；他的名字正好成为警示，提醒年轻人诗的危险和愉悦。就连他诗歌的严肃性和磅礴缓慢的感染力以及他众多书信中流露出的勤奋语气，都几乎难以打破这个神话。

一九一七年四月，克兰写信告诉父亲他的远大抱负："我如果得以能够在我的艺术上投入充足的时间，毋庸置疑，我将成为美国最重要的诗人之一。"他打算创作的诗歌，将是经过高度锤炼、洋溢着自觉而来之不易的艺术性。虽然有时在他的作品里，一个单词或短语看似像信手拈来，基于语音和语意的同等原因而做出选择，但他在信里强调，他对梦呓或从潜意识的源泉里随意汲取用语不感兴趣。一九二一年一月，他写信给一位友人，谈到达达主义运动："除了把四个方向、六种感官和李子布丁疯狂地混为一团外，我想不出达达主义还有什么别的东西。"两个星期后，他写信给另一位友人："在我看来，任何艺术，不经过许多有意识的努力，都难有所成。"同年的晚些时候，他再次写道："我承认我有一点玄奥的倾向，也许没有人把我当回事。我喜爱脆弱不堪的事物，也特别喜欢以约翰·但恩为代表的那类诗，一种醇厚麝香般的、低覆弥漫、沉思默想的佳酿，同时是感官和精神层面的，歌颂的是经验的美，而不是纯洁无瑕的美。"

第二年，他写信给艾伦·泰特："让我们来开创一种文风，把爵士乐恰当地转换成文字吧！明净、闪烁、难以捉摸！"在从一九二二年起、他创作诗歌《献给浮士德与海伦的婚姻》(*For the Marriage of Faustus and Helen*）期间写的那些信里，他告诉朋友每一句诗所要花费的十足努力和他要求单词所背负的象征意义。"我这首诗的第一部分之所以如此出色，"他写道，"靠的是投入在它上面的无数时间、功夫和思考。”一九二三年二月，在一封给沃尔多·弗兰克的信中，他尝试说明自己的意图：“第一部分以普通的日常事物开头，上升到召唤、狂喜和陈说。整首诗把我们自己所属的时代和过去融合起来。几乎每一个具有当前含义的象征，都搭配有一个相关的——通过联想或实际的陈述——‘古时的’象征。”

在更早的一封信里，他也阐明，这首诗的第二部分是“用叫人惊奇的语言描绘一个五彩缤纷的屋顶花园”：

> 一千次轻巧的耸肩平衡我们
> 穿行于起伏的咆哮欢呼中
> 白色的影子滑过地板
> 像松手散开的纸牌
> 有节奏的椭圆转成马儿的慢跑
> 直至某处雄鸡发出啼笑。

那个时期，对任何写诗的人而言，在运用想通过含蓄和刺目的交加来诱惑读者的节律、企图把经过深思熟虑的艰深结构和充满影射及象征意义的表达融合起来上，T. S. 艾略特明显是个备受欢迎和瞩目的榜样。《荒原》一问世，克兰就读了。他敏锐地意识到艾略特的感染力，也意识到自己既想吸收又想规避它的渴求。“在英语作家里，据我所见，没有谁能够像艾略特一样，博得这么多的敬仰，”他写道，“然而，我把艾略特当作起点，朝一个近乎完全相反的方向而行……我觉得艾略特忽略了某些精神方面的活动和可能性，它们真切有力，这不，就和在布莱克的时代里一样。”

这些书信表明，克兰创作的诗歌，都具有极大的浓缩性，是当他在诗里实现了一种配合或推进他在含义和结构上的复杂目标的密集音乐性时所诞生的。他的作品，不像他仰慕的两位诗人，威廉·卡洛斯·威廉斯或华莱士·史蒂文斯的诗看似的那样，是轻松优雅写成的，正因为如此，他们可以自在地保住工作，享有似乎——至少表面上——平静的家庭生活。克兰的生活，在他不写作时，像他的传记作者形容的，混乱多舛。

由于这个原因，把五百多页的克兰书信和他生前发表过的及未发表的诗歌集结在同一册里，是个有益的做法。书中这位诗人的形象，比传记里的他少了几许骇人色彩。他时而显得几近木讷，常常陷入深思，富有使命感，而且很书呆子气。若说他在书信里的人生是五彩的，那么这颜色来自克兰毫不掩饰的雄心和他向收信人袒露的复杂的情感。他的信真实而敏感地阐述了那些实实在在的诗歌本身，让人看到创作的过程。而且，克兰不写信给自己的直系家属，几乎专给诗人朋友或关心诗歌的朋友写信。

一九二三年初，他写信给一位友人，谈到《桥》的计划：

近来，我对桥这样东西大感兴趣，因而没有写信和广告，什么都没有写。那刚开始有最简单的轮廓，这件作品的概念需要更完整的大纲——很粗略地说，它写的是“美利坚”一个神秘的综合体。历史与事实、地理位置，等等，一切都必须给变形成抽象形式，能够近乎独立于主题而发生作用……力量的排列整合……最起码将耗费我数月时间；说不定我还没动笔就不得不完全放弃；说不定这是个不现实的理想。但假如我真的成功了，这样一种旗帜的飘扬，这样的高楼攀升，这样的舞动，等等，将是以前从未诉诸纸上过的！

第二年年初在纽约，克兰邂逅并爱上了比他大三岁、在商船队工作的埃米尔·奥普弗（Emil Opffer）。奥普弗帮他找到落脚的地方，在布鲁克林哥伦比亚高地一百十号，奥普弗父亲住的一栋房子。他的父亲是报纸编辑，里面还住着其他放浪不羁的文化人和艺术家。（约翰·多斯·帕索斯在这栋建筑里生活过一段时间）克兰写信给母亲和外祖母，描绘他的新住处："试想一下，从你的窗外能直接眺望东河，自由女神像一览无遗，与码头遥遥相对，右边，雄伟壮丽的布鲁克林桥就在你头顶！"他仿佛走进自己的诗里。"我感到，"他写信给沃尔多·弗兰克，"大海朝我涌来，并收到响应，至少部分的响应，我相信我有了些许改变——不是根本性的，但就像每个提出问题并获得答案的人一样，起了变化，质地的变化。"他又在给母亲和外祖母的信里写到那片风景：

放眼左边是史泰登岛，那儿有自由女神像，她手中那盏瞩目的明灯，让数英里外的人都能看见她。转向右边是布鲁克林桥，我确信，那是现代世界里最壮观的建筑物，当高架列车和汽车交错往来时，成串的灯光横贯其中，犹如发光的软体虫。

他向母亲透露了他正在创作的诗：

可是，当一个人处在创作的“激流”中时，无法停下来歇息，因此今天，我全天都耗在一两行难以征服的诗句上。我的作品正以其形式的完美和光彩夺目的精致优雅而渐为人知，但其中绝大部分长处，恐怕归因于我付出的大量劳动和耐心……除了致力搭建我的“桥”的部件外，我还在创作一组有关大海的诗，共六首，名叫《航行》(它们也是情诗）……一年满满的工作、阅读和性兴奋，我觉得仿佛有人把我安排得妥妥当当——要完成摆在面前的一切，这点时间简直连一半都不到（那是我主要的抱怨)。

一九二五年，克兰搬回故乡克利夫兰住了一阵，而后去了纽约北部的帕特森，和艾伦·泰特及泰特的妻子卡罗琳·戈登合住一间农舍，直到与他们关系破裂，许多尖酸刻薄的通信和互责，有些读来宛如高雅的喜剧。在把奥托·卡恩给他的钱花光前，他急需有个地方可以创作他的长诗。就像他搬去布鲁克林，似乎成为一次近乎离奇的好运，让他有机会一边构思诗歌的篇章、一边身临其中一样，此时的他又搬到一处将为他提供完全符合他宏伟蓝图的意象、隐喻和联想的地方。他恳请母亲准许他去她在松树岛上的房子，自从十六岁以后，他就没去过那儿。母亲起初对这个主意有顾虑，认为别的不论，他会骚扰管家，但不久她心软了。一九二六年五月初，克兰乘船前往《桥》后半部分若干段落中的画面现场。

渐渐的，在一个犹如正等待其哥伦布到来的尚待发现的国度里，他开始投入工作，阅读，进一步计划他的长诗，然后写下：

> 此处，波浪升入薄暮攀上闪亮的盔甲；
> 大海看不见的阀门——水闸，钢筋束
> 头冠羽饰徐徐蠕动，吞噬着通道
> 通道向后退却，再度纵身开裂。
> 太阳的红帆船逐渐洒下光亮
> 又一次落在我们身后……那儿是早晨——
> 啊，我们印第安人的疆土赫然显现，
> 可却败北，众十们，让这扁舟瞬间投降！

他一边创作前半部分的若干段落，一边致力于后半部分，包括“亚特兰蒂斯”一节。他写信给一位纽约的朋友：“我一直在津津有味地阅读《美洲的亚特兰蒂斯》(*Atlantis in America*)，有关这个主题最新出的一本书，脑中充满激动人心的遐想。把时光倒推四五万年，不难叫人相信，在大西洋中部有过一块大陆，安的列斯群岛和西印度群岛不是别的，正是其地表上突起的山峰。”

一九二六年八月，他写信给沃尔多·弗兰克：“以前我从未能够完全活在我的作品里。现在要学很多东西。要处理美洲这个神话的动人谜团——将陡然意识到，似乎是那样，在仅有细微变化的形态底下留存着多少过去，即便在组织结构和诸如此类上，这叫人兴奋不已。”

他把《桥》完成的章节寄给编辑和朋友。七月二十二日，他把诗作《致布鲁克林桥》（*To Brooklyn Bridge*）寄给《日晷》（*The Dial*）杂志的玛丽安·摩尔（*Marianne Moore*）（她采用了）；那是后来他长诗的序章。两天后，他写信给沃尔多·弗兰克：“对了，我觉得那篇短小的序诗，几乎是我写过的最好的作品，带着几分坚定和不妥协。”最后两段是这么写的：

在桥墩旁你的影子下，我等待；
只有在黑暗中你的影子才清晰；
城市火热的行囊全都解开
大雪已把钢铁岁月掩埋……

啊，你像身下的河流一样无眠
横亘大海，大草原的梦土
于某时拂掠过最卑微的我们，屈尊
将一个弧线的神话献给上帝。

克兰清楚地认识到，二十年代，在美国境内不可能写出长篇史诗。他明白，这样一部诗作，由于其庞大的野心，将注定失败或近乎失败。大多时候，这种想法似乎刺激了他。别忘了，他是个二十几岁的诗人。偶尔，他看出那些象征承载不了他赋予它们的重大意义。"'桥'，"他在一九二六年六月给沃尔多·弗兰克的信中写道，"作为象征，在今天除了是一种缩短时间、加快午餐脚步、实现行为主义和摆弄牙签的经济型手段以外，别无其他意义。"

但在别的信中，包括给弗兰克的，尤其是在一封十五个月后写给资助他的奥托·卡恩、陈述那部诗作的宏伟蓝图的信里，他似乎又对自己这项事业的重要性确信无疑。"《埃涅阿斯纪》不是两年写成的，"他在给卡恩的信里写道，"也不是四年，从不止一个意义上讲，我觉得有理由把涵盖历史和文化的《桥》与那部伟大的作品相提并论。至少，这是一曲具有史诗性主题的交响乐，是一部博大精深、激昂澎湃的作品。"

和许多年轻诗人一样，首部作品一问世，他就写信回乡，想知道他们的看法。他写信给母亲："你说的有关克利夫兰的人对我出版的那本书的兴趣，逗得我乐开怀。等他们见到书，试着阅读时，看他们有何反应！我也许想错了，但我相信他们最终会流露出莫大的惊恐。"

他的父亲不为所动。及至一九二八年，在《桥》基本完成之际，他仍建议儿子应该学一门手艺。可克兰依旧在为自己增加积累，例如，一九二八年初，他发现了杰拉尔德·曼利·霍普金斯（Gerard Manley Hopkins）。"那向我开启了种种未实现的可能。"他在给艾弗·温特斯（Yvor Winters）的信里写道，温特斯似乎对他的作品赞赏有加，两人有过异常有趣的书信往来，直到温特斯给《桥》写下严厉的书评，从而结束了一段亲密的文学友谊。

克兰似乎从旅行中汲获能量和莫大的快乐。他从法国和墨西哥寄出的信洋溢着喜悦，即便他在墨西哥分明大肆酗酒。一九三二年，就在那儿，用他自己的话说，他打破"兄弟"的长幼有序，和佩吉·考利（Peggy Cowley）有了恋情，当时，佩吉·考利正在和马尔科姆·考利（Malcolm Cowley）办离婚。"我想这对我大有裨益，"他写道，"不管怎样，昔日的美依旧占据我心，我的目光像以往一样不停地游走。我不相信自己会有根本的转变。"

在《桥》一经完成出版后，克兰继续创作了许多较短的诗，包括《碎塔》(*The Broken Tower*)：

> 黎明时召来上帝的铃绳
> 派遣我，仿佛是我投下长日尽头的
> 丧钟声——游荡在大教堂的草坪上
> 从坟墓到十字架，双脚冰凉在来自地狱的阶梯上。

他靠古根海姆奖学金在墨西哥生活，一九三二年三月三十一日奖学金到期时，他对一位朋友说："我又只是平凡的哈特·克兰了。"他不确定自己想留在墨西哥还是回美国。和先前一样，问题出在钱上，如今这个问题变得益发严峻，因为他得知，从父亲那儿继承到的遗产，比他预期的少很多，不足以让他维生。四月十二日，他的继母写信给他：

> 遗产账户里拿不出钱，作为留给你的部分，支付任何费用……股票上也无收益可言。我们在各个行业没赚到一分钱。唯一能做的是每月从我的薪水里给你一笔生活费，我已经在安排这么做了。

此时的克兰疯狂地酗酒，行为乖张，但依旧提及将来的创作计划。显然，他在旅行期间获得的自由和他作为诗人的雄心壮志，还有他的酒不离口，都决定了他无心重返纽约再从事广告业，或是以任何方式自谋生路。他提过自杀，并据传，立了许多份遗嘱。最后，经决定，他和佩吉·考利将从韦拉克鲁斯（Veracruz）搭乘欧瑞扎巴号回美国。经停哈瓦那后，四月二十七日一早，克兰似乎在船上遭到了毒打，一位同船的乘客格特鲁德·伯格看见“他一只眼睛发紫，整个人像受了重创”。

那天近中午时分，他出现在甲板上。“他走向栏杆，”伯格回忆：

> 脱去外套，把它整齐地搭在栏杆上（没有扔到甲板上），双手放在栏杆上，踮脚起身，然后又落下。我们都沉默不语，望着他，好奇他究竟想干什么。突然，他翻过栏杆，跳入海中……我仅看到一眼，克兰奋力地泅水，之后就不见了。

虽然放下了救生艇，但再没见到诗人的踪影。美国文学里一个最璀璨辉煌的第一幕结束了。

田纳西·威廉斯和罗兹的幽灵

亨利·詹姆斯的妹妹爱丽丝虽然比他小五岁，但在詹姆斯家的五个兄弟姐妹中，他们俩的关系最亲。珍·斯特鲁兹（Jean Strouse）在爱丽丝·詹姆斯的传记里曾写道：

> 终其一生，爱丽丝和詹姆斯在头脑和心灵上比与其他任何家庭成员更加投契。在这个家族内部，次子和唯一的女儿比其他人更孤僻……把亨利和爱丽丝联结起来的是一种……深厚的相互理解。亨利很早就从激烈的雄性争斗中撤退到一个安全的内心世界。

作为逃避的方式，亨利·詹姆斯通过阅读和写作找到自己"安全的内心世界"；这对爱丽丝而言并不同样奏效。亨利创造了一片广阔的想象领域，凭借坚毅的决心、独立自主和强大的意志力栖居其中；他唯一的妹妹却变成他的反面写照——她体弱多病，依赖他人，身患难以命名且无法治愈的各种病痛。亨利·詹姆斯没有写日记的习惯，无处记载他的梦想和恐惧，但从他提到爱丽丝的信里可以明显看出，特别是在一八八四年爱丽丝抵达英国和过了八年她去世以后，当他一边刻苦写作、过着多彩忙碌的社交生活的同时，爱丽丝的命运和她所受的苦，极大牵动着他的心。

正如可以把《卡萨玛西玛公主》(*The Princess Casamassima*)里聪慧伶俐、缠绵病榻的罗茜·缪尼蒙特解读为爱丽丝·詹姆斯的翻版一样，我们也可以把在爱丽丝过世三年后创作的《螺丝在拧紧》(*The Turn of the Screw*) 里的小孩迈尔斯和弗洛拉解读为詹姆斯兄妹亨利和爱丽丝的翻版，他们俩都没有结婚，背井离乡在英国，成为特殊的遭遗弃的孤儿，并从某些方面讲，在情感上失却保护。一八九五年二月，詹姆斯在他的记事本里构想了一出——

> 可能的短剧，基于一对兄妹之间存在一种特别的强烈而有趣的吸引……我设想，这对兄妹太了解对方——对彼此了如指掌……[他们]沉浸在相同的感官中，观察时怀着相同的情感和相同的想象，用相同的神经去感应……两个生命，两个人，一种经验。

虽然他一直没有把这个故事写出来，但记事本里的这条记录，深深吸引了每个对詹姆斯冷漠的男子气概和爱丽丝神经质的惰性感兴趣的人，同样也吸引了每个检视亨利·詹姆斯繁复错综的情感和创作生活以及他妹妹爱丽丝的日记和书信的人。

田纳西·威廉斯，一位既是同性恋又患有疑病症的作家，也同样在他唯一的姐姐罹患一种奇怪的精神病时，把狂热的精力投入创作，他在《回忆录》(*Memoirs*) 里描述自己和姐姐罗兹的关系：

> 也许我曾不经意地忽略了许多有关罗兹和我非同寻常的亲密关系的素材。有位富于洞见的剧评家指出，我作品的真正主题是“乱伦”。我的姐姐和我关系亲密，但清白无瑕，没有任何肉体的关系……可我们的爱，无论过去还是现在，都是我们人生中最刻骨铭心的，并且可能和我们逃避家族以外的爱恋密切相关。

亨利·詹姆斯和田纳西·威廉斯都惊讶于自己的妹妹或姐姐在日记和书信中展露的文采。爱丽丝的日记，詹姆斯写道：“个性突出……具有她通常在表达这种个性时的优美流畅，更别提逗人的讽刺和幽默，为她……在家族声望中争得一席新的地位。这最后一点——她的文风、她的写作才华——着实让我欣喜。”

威廉斯在《回忆录》里引用罗兹的信：“我记得有一封开头是这么写的：‘今天，太阳出来了，像一枚五美元的金币！’或是在另一封里她写道：‘今天，我们开车进城，为了我头顶的荣耀，我买了棕榄牌香波。’”

在他两部最出色的早期剧作里，威廉斯生动刻画了手足之情，两人中一人警醒戒备，另一人身心受创，缺乏安全感；每部戏都包含一个关键时刻，相较软弱的一方失去了她的精神支柱。在《玻璃动物园》(*The Glass Menagerie*，1944) 里，劳拉的弟弟是个诗人，推崇 D. H. 劳伦斯的作品，在一家大型鞋店工作，与威廉斯一样，而劳拉自己，既像罗兹，实际又像威廉斯本人，无比脆弱，在两性方面缺乏安全感（剧中的母亲，据威廉斯的弟弟称，是完全照搬他们的母亲，毫厘不差到她可以为此提出起诉）。剧中，劳拉因一位绅士的造访而精神崩溃；现实生活里，罗兹的不幸始于野心勃勃的男友抛弃了她，在她父亲因通宵玩扑克时与人打架、少了半块耳朵，从而断送了自己在事业上进一步升迁的机会以后。“就这样，她的心碎了，”威廉斯写道，“自那以后，莫名其妙的胃病开始了。”

在创作一九四七年上演的《欲望号街车》（*A Streetcar Named Desire*）期间，威廉斯和男友潘乔·罗德里格斯（Pancho Rodriguez）住在新奥尔良。在他的记事本里，他写到两人的差别：“他缺乏理智，暴力成性，而我则从骨子里痛恨暴力。”据一位朋友讲，“田纳西待潘乔很差，把他当作工具，放在自己设计的真实生活的场景里——然后把这些场景改编入《欲望号街车》。”于是，粗暴、受教育程度比威廉斯低的潘乔，成了威廉斯笔下史黛拉的斯坦利。这出戏的开场，史黛拉情绪不稳定的姐姐来到新奥尔良，最后不得不被人带走。在威廉斯的创作中，有些最高产的时刻，出现于他在戏剧中为自己和姐姐罗兹的真实遭遇找到隐喻之时。

就这样，艺术上的威廉斯塑造了他的人生，或是其中真正令他感兴趣的部分。至于其他遭他舍弃的人生源泉，则必须经过清明审慎的察识。例如，他在一九七五年六十四岁时写的那本印象派风格的《回忆录》，用传记作者唐纳德·斯波托

(Donald Spoto)的话说,“隐瞒多过坦露,歪曲多过如实的记录,遗漏重大的事件,混淆日期……对这位剧作家的职业生涯等于什么也没说”。作为原始材料,威廉斯的书信更有用,可惜这些信往往是写来逗乐和讨好收信人的。于是,他留下的记事本,大部分以日记的形式,从一九三六年到一九五八年,再是短暂的从一九七九年到一九八一年,经过玛格丽特·布莱德汉姆·桑顿(Margaret Bradham Thornton)的精心整理和加注,成为我们走进他人生和内心的最佳指南。对于他的诸多方面,这卷新书有不可估量的价值。

我们手中有的这些记录从威廉斯二十五岁时开始,当时,他和家人住在一起,在巨大的压力下,奋力想找到作为诗人、短篇小说家和剧作家的话语声音。这些压力也许可以解释里面自恋、自怜和绝望的语气。记载的内容似乎写于夜晚时分,他自己也警觉到里面病态的自我放纵,引用尼采的话:“别让黑夜成为白天的审判者。”虽然他试图用创作打动每一个人,可是在记事本里,他不寄望打动任何人,因此可以残忍地直面自己的失败。有意思的是,当他赢得成功和名望后,这种语气并未有多大的改变,即便在他有诸多情人、有足够的钱四处旅行、拥有大批朋友和仰慕者时亦然。提笔面对记事本,他依旧不时地自怜自艾,而其他时候,则是某些更耐人寻味、更具信服力的东西,一种对仅活在这个世上而感到的莫大不安,没有任何东西,无论多么紧张刺激,能够消除或治愈这种不安。

在记事本里,他从来没有一刻庆贺自己娴熟地掌握了一出新戏的结构或创造了一个全新、难忘的角色,或是恰在那一天写出了叫人惊叹的台词。只有偶尔几次，他写到技术问题（他提出，“诗人写剧本的悲剧是在当他写得好的时候——从编剧艺术的角度看他通常写得很糟”，这番观点突显在这本书中）。他不像亨利·詹姆斯，把心头产生的想法简记下来，所以在记事本里我们看不出他最重要的剧作如何从一条单一的记录逐渐发展成形。相反，威廉斯把他正在创作的东西记为负担或乏味的事实，包括他正在改写的片断、或导演和监制的要求。经常，在重读排演中的作品时，他注意到里面的败笔。他的创作过程确切是怎么一回事，他不予人知。相反，他写的是一天里谁惹恼了他或取悦了他，或是他有多么紧张，服了多少片药或喝了多少酒，或在泳池游了多少个来回。他记录的是他的恐惧和梦想。

奇怪的是，从这所有大多缺乏章法、散漫随意的书写中，浮现出一种个人观感，那将深入触及威廉斯笔下主要人物和场景的本质核心。这些记载捕捉到了一个真实可信的声音，一个孤独、充满恐惧、又异常自私的艺术家。他许多最怨声载道的记事，恰是写于他在创作最光彩夺目的作品的当天。他的牢骚不是消遣，也不是装模作样；的确，这似乎是个罕见的例子，他的牢骚是真心实意、发自内心的。例如，即便在成功的巅峰时，他也能写出：“今天可怕的时刻是把作品通读了一遍和那股（几乎但绝非完全）意料中的反感。”田纳西·威廉斯在唉声叹气时是当真的。因此，在某种程度上，他设法把自己对他作品和人生的隐秘、执迷的抱怨，以及他自己对生活的恐惧，与笔下的人物及其命运联系起来。这些记事本，恰恰因为其目的不是为写作积累原始素材，所以如今看来，反倒像成了他的创作，一个个才华横溢、栩栩如生的他，赖以构建的基石。

早年，他对性羞于启齿。在一九七九年的一篇日记里，他透露："正是埃德温娜［他的母亲］强加的这种清教主义，使我到二十六岁才开始自慰，并且不是用手，而是拿我的腹股沟摩挲床单，一边回想在圣路易斯华盛顿大学游泳池一个跳水男孩赤身从高高的跳板纵身跳下时的难以置信的优雅和美丽。"他写出的作品，似乎几近属于一种自我厌恶，或者说一种拼命想克服它的渴求，对自己和周围环境失望透顶的一面。例如，一九三六年四月十五日，他写道：

> 闷热难耐的下午，我有种可怕而压抑的感觉，是闷热的天气给我的。这间屋子再度令我惶恐。我感觉自己被困住——禁锢其中。收音机开着——那可恶的球赛——现在每天下午都会播出，听到它让我恶心——我累得写不出东西——什么也干不了——我讨厌我星期六写的故事……如今在我看来愚蠢至极……我希望自己可以写出点像样的东西——坚强有力的——可我从头到尾软弱无能——荒唐白痴——这样的感觉真叫人难受。

这种一无是处感有时源自他对自己男子气概的担忧，觉得自己是娘娘腔，一个没有胆量的家伙，同样亦源于他对自己作品不足之处的责难。上述那段日记过后的两个星期，他写道："我必须谨记我的祖先打过印第安人！啊，不！我必须谨记我是个男人——归根结底——而不是哭哭啼啼的婴儿。”之后五月八日：“要是我能做到我不是两个人有多好。我就是一个人。没有这种分裂感。有个敌人在我体内！这多荒诞！”同年晚些时候，他被莎士比亚吸引：“我敢说，他是个有充沛胆量的家伙。绝不是该死的娘娘腔。”第二年，他写道：“可假如我是上帝，我会偶尔对汤姆［田纳西］威廉斯略感抱歉——他的日子过得并不非常快乐轻松，他的确有点胆量，虽然他是个可鄙的娘娘腔！”

在这威廉斯能写得出的所有话当中，人们认定——难以确知——那是反讽，乃至自嘲，像一九四〇年四月在纽约，他提到战事：“今晚，德国攻占了丹麦，挪威宣战——不过更无比重要的是，人们将讨论我的剧本，戏剧公会可能会拿出一个决定。”

搬出家后，威廉斯数度坠入爱河，先是爱上一个加拿大人基普·基尔南（Kip Kiernan），后是和潘乔·罗德里格斯，再后来是弗兰克·梅罗（Frank Merlo），他和他同居了多年，但这并未妨碍他有许多露水情人，常常是一天一两个，不管他去哪里。一九四一年六月二十七日，他写道：“我累了，我麻木了，我内心愤懑不平。可我没有饱受痛苦。一直以来，我沉湎在数量最惊人的性放纵中，借此转移自己的注意力。”

然而这种性放纵，伴随着奇怪的、对自己的性别和一般意义上的同性恋感到惴惴不安的时刻。一九四一年，一位朋友提议，“为了社会利益”，同性恋应该在二十五岁时给消灭，威廉斯好奇：

> 我们中有多少人这么认为，我好奇？承受这种难以负荷的内疚？不时涌起某种耻辱和莫大的悔憾，这是必然的。但歉疚是愚蠢的。我因在性方面的偏常而成为了一个更深沉、更温和、更善良的人。更能体察他人的需求，我所拥有的表达人心的能力，必定和这大有关系。将来有一天，社会也许会采取适当的行动——但我相信，肯定不会也不该是铲除消灭。

尽管他把精力投入在性上，但多数时候，性行为本身让他失望。例如，一九四一年九月十六日，他写道："那些年轻的冰冷而美丽的躯体啊！他们伸展开四肢，像一桌盛宴，你狼吞虎咽地享用，事后好像什么也没吃到，只有空气而已。"

随着年纪的增长，他开始四处旅行，特别是在每年夏天所去的意大利和西班牙，他花钱嫖妓，可这似乎也没让他快乐起来，尤其在事后。一九五五年七月在罗马，他写道：

> 所有亲密关系中，最尴尬的是和妓女。至少，在完事以后，当你不管怎样蒙受高潮后的退缩时，一个好的妓女，意指一个真正聪明的妓女，懂得怎么营造氛围，消除这种危险。可今天下午这个，尽管在床上功夫方面有非凡的天赋，但事后让我感到窘迫万分。我不知该怎么付钱或怎么道别。都是因为我的清教主义情结告诉我那是不对的，不对的！——一手因为有需求而像这样利用另一人的身体，另一手拿着钞票——然而——生命中这件事给予我的快乐

> 大于别的任何事，我想。我能抱怨吗？捶胸顿足，比任何妓女的爱更加倍虚伪。

由于视力不好，威廉斯没有在“二战”中服役，他对战争几乎漠不关心，这既是他坦率的一面，也体现了他的自恋。一九四二年一月，他写道：

> 想到战争可能给我人生造成的变化，或更确切地说是日益增多的动荡无常，我心感惶恐。我料想，如果不是影响到我个人，我对战争的感受可能只是抽象的遗憾。事情只有侵犯到我个人的生活时，对我才至关紧要。大部分人不都这样吗？嗯，我敢肯定是。

如他所言，他有办法把每件事归结或甚至提升到个人层面。例如，一九五二年八月，在给伊利亚·卡赞（Elia Kazan）的一封写到尼克松的信里：“他看上去像小学里的恶霸，以前常在破损的栅栏后等我，拧我的耳朵，要我说下流话。”

从记事本里可以明显看出，对威廉斯的人生和创作造成同等冲击的是他的家庭。在早期的记载里，他的父亲既像一个威胁，又是个讨厌鬼，“一座休眠的火山”；对他弟弟台金几乎只字未提；有关母亲埃德温娜，少得叫人吃惊。倒是经常提起他心爱的外祖父母。他的外祖母也叫罗兹，一九四一年他写道，“她出奇温柔。像一朵凋零的金色玫瑰，在淡去的阳光里。是我生命中最美好的事物。”姐姐罗兹的命运，年复一年地困扰他，飞掠过他醒着的人生和梦境。当他狠下决心创作剧本时，当他像疯子一般环游世界时，当他寻找新的性伴侣时，当他喝酒嗑药、参加宴会时，始终存在这种感觉，清楚地表达在记事本的许多条记录里，即，他在逃离他姐姐的遭遇。他活在姐姐病痛的阴影下，有时，他追寻的似乎是足够他们两人份的快乐和体验。

罗兹比威廉斯大十六个月；孩提时，他们亲密无间。二十一岁时，罗兹第一次看精神科医生。一九三七年，她被诊断为早发性痴呆，精神分裂症的一个早期叫法。一九四三年，她做了前脑叶白质切除手术。在一九七九年所写的随记里，威廉斯提到他的母亲"同意让我姐姐在美国接受一次初期的前脑叶白质切除手术，因为她被罗兹措辞高雅、但分明泄露了她用从维克斯堡圣主教学校的礼拜堂偷来的蜡烛自慰的行径吓到了"。自一九四三年起，罗兹在精神病院度过了她的余生。

诚如玛格丽特·布莱德汉姆·桑顿在她给这些日记做的丰富翔实的评注中——右边页是威廉斯的记事，左边页是提供信息的注解——所阐明的，罗兹以各种不同的面目出现在威廉斯的许多剧作、诗歌和短篇小说里。罗兹的人生潜入他的想象，是他作品的核心。

一九三六年十月，威廉斯首度记下罗兹的问题："那栋房子破旧不堪。罗兹神经质的狂热举动又一次发作——幻想自己卧床不起——蠢话连篇，嘀嘀咕咕——穿着便服，曳步环绕屋子。恶心死了。"三年后，当她病情的严重性已一清二楚后，威廉斯修正了这番话："上帝，请原谅我说出这样的话！"一九三七年一月，威廉斯的母亲写信给自己的双亲，谈到罗兹的崩溃和她"在'性'这个话题上的胡言乱语……有一晚，听到她的话，我替台金和汤姆感到害臊"。同一天，威廉斯在他的记事本里写道："悲剧。写下这个词的时候，我清楚它的全部含义。我们家没有人过世，但慢慢地，一步一步，正在发生的某些事，比死亡更丑陋可怕。现在，我们被迫正视它，认识它。想到这，一种让人痛苦的麻木——恐怖！"

待到五月，罗兹被送入精神病院后，威廉斯的母亲再次写信给自己的双亲："星期天，汤姆和我去看了罗兹……这次探访让汤姆十分难受，我不能再带他去看罗兹。我不能让他们俩都住进那儿！"同年九月，在探望了罗兹以后，威廉斯写道："不，我没有忘记可怜的罗兹——我乞求有什么力量可以解救她，让她免受折磨。"第二年，他又去看了罗兹："现在她像个半睡半醒的人——安静、温和，哦，谢天谢地——一点不像许多其他人那样叫人反感——她和我们坐在一个明亮、阳光充足、摆满鲜花的房间里，对于我们的问题都说'是'——看上去一脸困惑，像在搜寻什么东西——有时她的眼中噙满泪水——（我的眼中也一样）。"

一九三九年八月，罗兹的病历上写着："不干活。证实有被害妄想。谈及有人密谋要杀她时面带微笑，发出笑声。言语放肆，不着边际。承认有幻听。在病房内安静沉默。经常自慰。并表现出各种身体上的幻觉，她解释都是基于性。对久远的过去的记忆为零。胃口不错。营养良好。"

四个月后，威廉斯又去探望她，他写道："去疗养院看了罗兹——情况很糟，糟透了！她的话下流、不堪入耳——她一边笑，一边继续满口淫语——母亲坚持要我进去，可我害怕，我想出去，待在外面。后来我们和医生谈了谈——一个冰冷无情的年轻人，他说罗兹的状况无可救药，我们唯一能期许的是不要恶化得太快。"

一九四三年三月，罗兹做了脑手术，威廉斯写道："一条纽带断了。在一千英里外。罗兹。她的头颅被切开。一把刀插入她的大脑。我。在这儿。抽烟。我的父亲，刻毒得像个魔鬼，在一千英里外打鼾。"

罗兹走入他的梦里，两人的身份似乎混淆在一起。一九四八年十二月，在横渡大西洋时，他记道：

> 后来我梦见我的姐姐。醒来。接着又睡着，再度梦见她。某一刻，我躺在她的床上，那张象牙色的床：但这不是一个乱伦的梦，可我不知该如何解释。我赤裸地站在一个房间里，听见脚步声。跳到床上，用被子盖住自己。发现那是我姐姐的床。她走进房间，怒气冲冲地对我说话，并拉开被子。我挣扎着不让自己赤裸的身体曝光。她恼火地转过身，我赶紧从床上起来。这时，我醒了。

四年后在西班牙，他记下另一个梦："我一直梦到我姐姐，看见她穿着一条我已不记得的乳白色连衣裙。在梦里，一位与我姐姐形容相似的女士穿着这条裙子——接着是我穿上它，然后艰难地在两张桌子间坐下，它们把我挤得喘不过气。”

晚年，他更常看到他姐姐，一九七九年在西礁岛，他写道：

> 我的姐姐罗兹，是我生命中真理与信仰的活化身。倘若我死在国外，我决不能在我身后把她托付给她现在的友伴照管，一个没品位的女人，为让罗兹享受一段快乐时光，想出带她去共济会会馆的主意……今晚，她给罗兹穿上从伍尔科廉价百货商店买来的青灰色裙子，去参加凯特家的宴会，没有品位到极点，而且不合身。我说过罗兹应该穿条绿裙子，可我的意思是我会亲自买给她，清淡柔美的，像生菜那样的绿。

威廉斯对姐姐的迷恋，部分原因在于，他预感到自己也可能轻易地步她后尘，进精神病院。“罗兹遭遇的阴影”缠扰着他，在他成就斐然的时候，以及后来，当他写的剧本不再拥有大批观众或未赢得广泛赞誉、沉溺于各种药物和酒精的岁月。早在一九三九年去探望罗兹之际，他就看出自己有这个危险，正如他母亲两年前已发现的一样。他写道：“这是可怕的煎熬。尤其我担心自己也会落得这样的下场。”威廉斯的一位画家朋友瓦西里斯·弗格里斯（Vassilis Voglis）告诉传记作者唐纳德·斯波托：“他挚爱罗兹，可在一定程度上，罗兹是他自我的延伸。原本他也可能接受脑白质切除术。他觉得自己像个局外人，在某些方面受到损伤。他为她操碎了心，他也许一生从未真正为其他任何人操过心，从来没有。我想他清楚这一点。”

一九七三年，在提到剧作《呐喊》(*Out Cry*) 时，他说：

> 关于疯狂，我有很多经验；我受过关押。我的姐姐成年后的大部分时光都关在精神病院。我和我姐姐都需要无微不至的照顾……我是个孤独的人，比绝大多数人都更孤独寂寞。我内心有一点精神分裂的倾向，为避免发疯，我非工作不可。

在一九五七年的记事本里，威廉斯记道，他“在纽约和……位于斯托克布里奇（Stockbridge）的‘收容所’之间偷生了一个星期，假装我真的去了那儿”。他写信给母亲：

> 我在疗养所只待了五分钟。我瞥了一眼其他病人，叫弗兰克把我的行李直接拿回车里。我住进当地的旅馆，整个周末都逗留在那儿，以确认这不是适合我的地方，然后开车返回纽约。我想，纽约精神分析研究所的所长、精神科专家库比医生认为我需要接受一些那类的治疗，来消除我一直以来的紧张情绪是有道理的，但我觉得我没必要住在一间满是看起来比我更不正常的人的屋子里。

第二年，他写信给伊利亚·卡赞：

> 过去这一年，我不得不违抗我的分析师继续工作。他说我过度劳累，必须停止工作，用他的话讲，“休耕”一年

左右，然后再继续，他宣称，到时将有一股新的源源不断的创造力，显然他相信这来自我在他那儿做的分析治疗。我想要接受这番指令，但没有工作，我会孤寂不堪，我的生活会空洞得无法忍受。

一九六九年，记事本中没有述及的一段时期，由弟弟做主，威廉斯给关进圣路易斯的一家精神病医院，在那儿住了可怕的三个月。

威廉斯在自己最好的作品里，成功驾驭了笼罩在他心头而降临在姐姐身上的疯狂的阴影。他使这种阴影看起来近乎正常，像灵魂内部一种不安的挣扎，勇敢地幻想自我中相较令人称奇的方面。在他的笔下，这种阴影的根源似乎是我们大家共有的。可另一方面，他想必看到了这种阴影在罗兹身上的演变，他把它的增长生动地描绘成一种致命的力量，慢慢侵蚀和毁灭他笔下的人物。

在记事本里，值得注意的是，他鲜少称赞自己在处理和表现这一素材上的才华、在捕捉台词模式和搭建戏剧结构上的娴熟技巧，以及他对无能的空想家——特别是当他们盛装登场、准备杀人或满怀隐秘的色情梦时——所寄予的惊人同情。随着自身创作力的衰退，他没有像其他剧作家一样，把时间花在监督旧作的新演上。他继续写作的动因，部分是他未消解的赤子之心，他作为梦想家的个人天性，尽管事实是，他在一九六一年《大蜥蜴之夜》（*The Night of the Iguana*）之后创作的大部分作品似乎都不成功；他一直拼命努力想重新开始，如今，诚如记事本最后令人心酸的几页所表明的，这种努力太过头而停不下来。他清楚，是他创造的人物，证明了他人生的价值。临终前，他写道：“我是死于自己之手还是有个阴谋集团一步步残忍地把我毁灭？这大概没有明确的答案……也许我根本不该来到这个世上，可假如我没有来，我创造的若干生命将得不到他们激情饱满的生活。”

约翰·契弗：把家庭生活变成苦难的新方式

约翰·契弗有个最著名的短篇名叫《泳者》。和他的众多小说作品一样，故事设置在纽约城外某绿草茵茵的郊区，亦和他的大部分小说一样，弥漫着绝望。主人公奈迪·梅瑞尔，四个女儿的父亲，坐在邻居家的游泳池旁，喝着杜松子酒，忽然冒出一个念头，他也许可以挨家挨户，从每个邻居家的游泳池，一路游回家。在接下来的记述里，他既是郊区的神话英雄，又是个超级大傻瓜；他既是自己梦里的传奇人物，又是一个荒唐可笑的形象，通过对他那个世界的巨细靡遗的描述，再现出其真实的一面，可同时他又是自己幻象的牺牲品。在细节和人物的塑造上，带有现实主义手法，迫使读者相信确有那么一回事——奈迪真的一个泳池接一个泳池地游回家，但其中还有某些别的正在发生的东西，令我们心生好奇，想知道这个故事是不是在隐喻什么，或是一则寓言。结尾，奈迪到了家，发现家里一片漆黑，门是锁住的。“他大喊，用力敲门，试图用肩膀撞开它，接着，他透过窗户向内张望，看见屋子里空空荡荡。”

在契弗写下这个短篇的数月前的日记里，有一篇谈到他日益增长的雄心和名望：“我梦想自己的脸出现在邮票上。”不久后，他写到某些可能本会阻碍这个梦想成真的事：一段赋予他创造力、又令他充满郊区式耻辱的不可告人的生活。一方面，他想做一个婚姻美满的男人和一个慈爱的父亲，这是他在朋友和读者心目中的形象。“我最渴望爱抚的是我太太的身体，我最想把自己射入的是她的体内。”他写道。可另一方面，他的思绪习惯性的，正如在同一篇日记里表露的那样，转向他对男人的性兴趣，这次的对象是他在游泳池旁看见的一名男子。“他温柔、凝视的目光，追随我，落在我身上，我的胯部痒得要命。”他想着在淋浴间和那个年轻人发生关系；他思忖“调情时致命的制衡守则”。但紧接着，他意识到自己可是个体面正派的已婚男士，有三个孩子，梦想让自己的脸登上邮票。“可话说回来，还有精神上的因素：我高度尊重这个世界，明白过双重生活不是我的个性，我喜爱锲而不舍，热切渴望履行我对妻子和孩子许下的誓言。”即便如此，他还是被这种冲动勾引，他笔下的奈迪·梅瑞尔很快也会有同样的感受：

> 想投入生活，追逐我们的本能，推翻微不足道的讲究正直和清白的准则，可假如我在淋浴间得逞，这个世界不可能向我展露笑颜……之前我已上百次身处这样的境地……我怎么能禁不住诱惑，为了淋浴间的一次偶然机遇而舍弃无数爱的喜悦？

于是，在读过契弗的日记后再读《泳者》，那成了对作者的梦想继而是他的噩梦的一种表述。他的梦想是，他本该“几年前就背弃婚约，和某个心智健康的帅小伙私奔”，他的噩梦是，他将回到家面对一个空荡荡的屋子，他将因为他难以理解并深深鄙视的本能而失去他渴求的家庭生活和他最深爱的人。他在日记中写道，他被囚禁在“一个无法容忍的婚姻所给予的宽容”里。在记下他在泳池边看见的那名男子后不久，他写到和自己的小儿子费德里科在一起：“从他那儿我得不到自由。从来不知道父爱已把我推入一种如此风卷残云、炽热狂烈的爱中，毫无选择的余地。”

他在日记里生动地写满他对身边人的爱和对家庭和睦的渴望，接着又用生动刻画的绝望——通常是因宿醉而起（他喝酒无度，经常从早晨就开始喝）和仇恨，一般是针对妻子（在他们婚后的大多时光里，她不和他讲话，通常都有充分的理由），打破这份和睦。鲜少有幸福或安乐的画面是可以持久的。例如，一九六三年，他记起童年的一段回忆，和父母及哥哥弗雷德在海滩上，然后一同回家：

> 我们在后院的草坪上吃冰淇淋，看书，玩惠斯特牌戏，对着金星许愿，想要一块带金链的金表，亲吻互道晚安，然后上床睡觉。这些仿佛是一个世界的开端，这些日子，统统像是早晨，若说有哪一件事可视作转折点，我以为，是有一次，我父亲出门去打早场高尔夫球，发现一位至交，也是业务上的伙伴，在第三条平坦球道边的树上上吊自杀了。

契弗日记里的口吻通常自怜自哀，缺乏幽默感。可是在故事里，他能把家庭生活的绝望转化成喜剧，然后又转回来，通常只要一句话即可。例如，《泳者》里的奈迪，契弗写道：“本可以被比作夏日里的一天，特别是那一天的最后几个小时。”或是《乡间丈夫》里，在郊区温馨的家中，孩子们当着父亲的面斗嘴，母亲进来，宣布晚餐就绪，契弗大胆写了一句叫你哭笑不得的话：“在这片泪谷里，她划了一根火柴，点燃六支蜡烛。”

对契弗而言，那个家，那栋普通的郊区的房子，是某种地狱。可那是他生活的地方，想到失去它，或是被孤零零地留在里面，那是他惧怕的更深的地狱。在一九六三年的日记里，他为此发愁：

> 我的祖父据信是孤零零、在无人知晓的情况下，死于查尔斯街一间带家具的出租房里，妻子和儿子与他形同陌路。我自己的父亲，七十多岁时，在汉诺威的农场过了两三年独居的生活。唯一的取暖设备是壁炉；唯一陪伴他的是住在同一条路上的一个傻子。我年轻时住的地方，又冷又丑，荒凉冷清，我向往有一栋房子、一个太太、儿子们的欢声笑语，在有了这一切以后，当我满肚子火气时，我不知不觉想到，在玩过复活节的寻彩蛋游戏、唱过圣诞快乐歌，在爱过、惊喜过、享受过夏日的午后，在开怀大笑过、办过篝火晚会后，最终，我将落得挨冷受冻、孤苦伶仃的下场，饱受羞辱，被孩子们遗忘，一个老头，在无人陪伴下走向死亡。

除了担心自己不为人知的性向会曝光，他会失去令他有幸不快乐的家庭生活的裹缚以外，契弗还有另一个问题。他是个势利之徒。他相信自己是契弗家的一员，这意义重大，在某种程度上，他是美国辉煌传统里的一分子。因此，他在郊区的社会地位，对他至关紧要，同样要紧的还有物质财富及其外部招牌，即便在他尚未拥有的时候。他父母财产的缩减和哥哥醉酒的丑态，他们让家族名声下滑，这些和他本人的性向或酗酒问题一样，令他深感耻辱。在身旁有人的时候，他会表现得温文尔雅、风度翩翩，可一旦独处、提笔写东西时，这种耻辱和随之而来的戏剧性情景，便会以既滑稽又感伤的形式，潜入他的小说和日记。和其他人一样，他察觉到自己“文绉绉的腔调”——他的女儿苏珊讲，她的朋友问，他是英国人还是哪国人——并特别留意在这方面他要小心谨慎。“万一这种腔调渗入我的行文，写出来的东西就是最差的。”

美国第一个姓契弗的人是伊齐基尔（Ezekiel），从一六七一年到一七〇八年担任波士顿拉丁学校的校长，他所著的一本有关拉丁语的书，在一个多世纪里是美国的标准教科书。母亲一方，契弗自称是温莎市长珀西·德弗罗爵士（Sir Percy Devereaux）的后人：诚然，他母亲的确一直在墙上挂着一幅温莎城堡的照片。可这种说法是扯淡；他没有这样的祖先。当契弗的家人要嘲弄他时，他们称他是德弗罗家失散的伯爵。他的母亲是护士；在首部长篇《瓦普肖特纪事》（*The Wapshot Chronicle*）里，他把母亲的部分性格，像她爱好组织他人，移植到欧萝拉·瓦普肖特身上。和柯华里·瓦普肖特一样，契弗责怪母亲把她某些最严重的焦虑遗传给他。他的父亲是鞋子推销员。

在四十出头、获得欧·亨利奖后，契弗去探望母亲。他记述了如下的对话："我在报上读到，你得了一个奖。""是的，母亲，我没告诉你，因为我觉得这没什么大不了。""嗯，我也觉得没什么大不了。"在瓦普肖特纪事系列小说里，每个人都喜欢柯华里的哥哥摩西，而"每个人都不喜欢柯华里"。同样，大家都喜欢约翰·契弗的哥哥、一九〇五年出生的弗雷德，而大家都不喜欢一九一二年出生的约翰。事实上，在母亲怀他的时候，他父母的婚姻关系正处于极度紧张中，父亲甚至请了一位堕胎医生来用餐。诚如布雷克·贝利（Blake Bailey）在《契弗传》中所写的："在契弗以后的人生中这是他挥之不去的一个故事……难怪，他选择谴责母亲不该把这段插曲告诉他。"

契弗一家起初过着富足的生活，住在马萨诸塞州昆西市的一栋大房子里，但到二十世纪二十年代，当大萧条侵袭新英格兰地区时，契弗的父亲生意失败，他开始在早餐桌旁落泪。弗雷德强壮有力，擅长运动，而约翰则体弱多病。可尽管如此，当一个爱尔兰人说他的弟弟滑冰像女孩时，弗雷德为捍卫他，揍了那个爱尔兰人一顿。契弗在《全民休闲运动》(*The National Pastime*）的故事开头这么写道："身为美国人，不会打棒球，就像波利尼西亚人不会游泳一样。"他的叔叔看见他时说："喔，我想你可以打网球。"契弗一辈子痛恨网球，并对体育运动，包括棒球，产生刻意而显著的兴趣，借此掩盖他的过去。"他纵身跳进冰冷的泳池，像个神气的男子汉大丈夫一样滑冰。"贝利写道。在弗雷德离家上大学期间，约翰也对其他休闲活动萌发了兴趣，像是参加“阳具测量大赛，赛后有狂欢派对”，未几又跟一个名叫范克斯·奥格登的男孩学习自慰。“雨天是最佳的时光，”贝利写道，“两个男孩可以待在床上，不知疲倦地练习他们最爱的休闲活动。”契弗在一篇未发表的回忆文章里写道：“一张床弄得黏糊糊了，我们便挪到另一张床上。”

契弗善于怪责人；在这方面他驾轻就熟到有时甚至把矛头对向自己。由于他从未有过工作，也很少外出，见到的主要是他的家人，也仅是他的家人，因此，他专事怪责他们。他怪责父亲和哥哥在他小时候不陪他打球。他怪责父亲赔光了钱，怪责哥哥离家。他怪责母亲很多事，但最主要的是怪责她为维持家庭生计而开了一间礼品店并经营得有声有色。她开了店以后，契弗写道：“当我想起她时，不再是照料家庭或母亲的角色，而是一个在店里朝顾客走去的妇人，殷勤地问：‘有什么可为您效劳的？’”这整件事的粗鄙庸俗，对他而言，是一种“天大的耻辱”。在阅读弗洛伊德时，契弗还发现，他的家庭是“‘那种关系链’”(无能的父亲，居于支配地位的母亲）的现实范例，‘通常会造就出一个男同性恋’”。因此，他们不仅令他生活贫困，而且害他成了同性恋，在余下的人生中，他始终对他们心存怨恨。

由于家不合他的口味，契弗虚造了一个作为替代品的更显赫的家——纽约州北部位于雅斗（Yaddo）的艺术家的世外桃源，他二十二岁时第一次去那儿。多年来，他似乎在那儿过得无比愉快。“那是唯一让我有家的感觉的地方。”他说。一九七七年，他追忆道：“纳德［罗勒姆］和其他人给我口交，几乎在每个房间都发生过，我试图在湖之间的桥上爬到一个年轻人身上和他发生关系但未成功。”尽管这样，或恰是因为这样，不久，他成了管理那儿的艾姆斯太太和仆人们心中的宠儿，他们称呼他“方特勒罗伊公子[①]”。(“只有狗、仆人和小孩知道谁是真正的贵族。”他喜欢这么说）他最快乐的一段回忆是重返雅斗、无意中听到客厅的侍女说：“主人约翰回来了！”

契弗早期的短篇小说围绕小家庭，把这作为紧张关系和背叛的考验所；他塑造的家庭，家人一块儿喝酒，给彼此造成的除了痛苦别无其他。他精湛地描绘了粉饰在积极乐观和中产阶级安逸生活下的无尽荒凉，独特而入木三分。由于酗酒成性，也由于他的禀赋似乎最集中在表现爆发激烈真相的短暂时刻，所以，在创作头两部长篇时他遇到了真正的障碍。四十岁时，他把写了一百页的长篇交给向他约稿的编辑，结果被告知稿子一文不值，他应该放弃写作，找个别的可以谋生的手段。虽然《瓦普肖特纪事》(1957）和《瓦普肖特丑闻》(1964）受到好评，里面不乏滑稽的片断，但叙事上略显散漫，对人物的塑造有些草率。在谈及《瓦普肖特丑闻》的结尾时，他在日记中写道：“我无法给这本书一个定论，因为我对自己的事一直踌躇不决。”

这是一个有趣的自谦说法，但那也许是他能做到的极限。有一个很吸引人的观点认为，他的天资在运用短篇明快利落的机制上可以大放异彩，但面对长篇时他需要付出许多艰苦的努力，全是因为有大量他个人的方方面面，是他无法用来作为原型、塑造一个随时间推移而发展的人物的。在短篇小说里，他

---

① Lord Fauntleroy，取自英国作家法兰西斯·霍齐森·班内特（Frances Hodgson Burnett）所著的小说 *Little Lord Fauntleroy*。

能够创造一个单一场景或时刻下悲剧性的受困个体；他深知那是怎么回事。在两部瓦普肖特长篇里，他用粗线条的笔法，仅勉强勾画出一个滑稽而倒霉的家庭。

这个问题一部分因为他囿于家庭生活和郊区的环境，仿佛那是一种把更广阔的世界关在门外的方式，一部分原因在于他只肯把自己的同性恋倾向视作一个不可探究的自我的隐藏的阴暗面。"对契弗而言，始终，和男人上床是一回事，"贝利写道，"和他过夜是另一回事。后者是他罕少打破的一个禁忌，即便有，也是在他到了晚年以后。"他在日记里写道："假如我听从自己的本能，我会在公共小便池被某个汗毛浓密的水手勒死。每个标致的男人，每个银行职员和报童，都像一把上了膛的手枪，瞄准我的生活。"马尔科姆·考利（Malcolm Cowley）是他二十几岁时最好的朋友之一，通过他，契弗和哈特·克兰有过短暂的往来。（一九三二年克兰自杀时，与他同船的是考利的妻子）同性恋的生活方式，考利曾告诫契弗，"最后只会落得醉酒和可怖的自杀"。据"二战"期间契弗在陆军通信兵团的一位同事所言："他想要人们认可他是新英格兰绅士，新英格兰绅士不能是同性恋。那时，你无法预料会蒙受的羞辱。即便在通信兵团，在电影圈和戏剧圈，如果你是同性恋，就等于是二等公民，契弗不想成为那样。"

在加入陆军通信兵团之际，契弗已经结婚，妻子身怀六甲。一九五二年，契弗在一篇最早的日记里写道：

> 我能回忆起若干年前一个夏日的夜晚，我在纽约的街

> 道上游荡。我不能说那好像是活死人的痛苦；绝没有这么清晰的一层含义。但那是一种折磨，把人摧垮的折磨和沮丧。我被压在一扇沉重的门下。那种感觉始终是，假如我可以表达自己的情欲，我就会活过来。

日后，玛丽·契弗透露，她知道自己的婚姻在性关系上有不对劲的地方。“我感觉到他不只有男性阳刚的一面。”在被问及她是否和契弗谈过这件事时，她说：“啊，天哪，没有。啊，没有。对这一点，他自己都感到害怕。”

契弗不喜欢同性恋者。“他们可笑的着装、特殊的气味、造作的举止和些许法国人的腔调”让他感到是“一种猥亵和威胁”。在竭力维持一夫一妻（和异性恋）将近二十年后，他察觉到变化的来临。六十年代初，他在电视上看到戈尔·维达尔（Gore Vidal），觉得他“潇洒睿智”，于是写下：“我想，他要么不是相公，要么就是我们可能已达到一个境界，这一类男人不一定非要摆出仇恨、敌视和无望的姿态。”此后不久，契弗在一个小餐馆发现了更多他这一类的男人。“在卖午餐的长柜台旁，我觉得我边上有个人是同性恋，”他写道，“他不耐烦地敲击手指甲，除了同性恋，谁会做出这种动作？”他祈求海浪把这些人冲走。一九六〇年，在结婚十九年后，他和十年前他在雅斗结识的一位作者卡尔文·肯特菲尔德（Calvin Kentfield）过了一夜。他在日记中记下：

> 那一晚我和C.在一起，我怎么解释这种行为？我似乎

> 毫无廉耻，可我感受到，或者说体悟到，社会束缚的压力、惩罚的威胁。但我完全照自己的本能行事，谨慎地，试图解除我醉酒后的孤独，我那令人苦恼的对温柔乡的渴望。也许罪孽和发生的事情有关，在我成年后，我只有过三次这样的交媾。我清楚自己混乱的本性，一直遵循建设性的原则设法扼制它。孤身在这儿，暴露在诱惑下，这不是出于我的选择，但我真心希望这样的事不会再发生。我想我做的事没有错。我想我没有伤害我爱的人。最糟的也许是，我把自己置于一个可能被迫要撒谎的境地。

一九六四年，契弗邀请他的书迷、作家保罗·穆尔（Paul Moor）到他柏林的酒店房间。“我认为他是或可能是同性恋，”他写信给一位朋友谈到穆尔，“这能解释那滑稽的鞋子和紧身裤，我觉得他的声音过于低沉了一两度。”后来，他在一封信里写道：“我想生活在一个没有同性恋的世界，但我猜，就连天堂里都挤满了他们。”这时的契弗五十二岁。他对同性恋的大部分看法，其非同寻常之处也许在于他把它们写了下来，然后也不要求在他死后把它们销毁。但另一方面，这些看法是一个已婚男同性恋会寻常采用的手段，佯称——即便只是作为短暂的喘息——其他同性恋是古怪不正常的，而他只是碰巧喜欢与他们发生关系，借此与那个世界保持一定距离。（即使到了六十多岁，契弗还是难以容忍自己的这一面，亦根本无法容忍其他人身上的这一面。当一位老朋友向他透露自己也有过同性恋的遭遇时，契弗在日记中写道：“在他话还没说完前，我已决定，再也不把他当作朋友，我从来没把他当作过朋友。”)

诚如需要把契弗的日记和后来逐渐为人所知的他的自我厌恶放在历史语境下一样，在看待他的酗酒问题时，假如我们采取同样的方式，或许也可有所收获。不过即便在当时的时代背景下，他也算是喝酒喝得很厉害的。贝利记叙他酩酊大醉时的各种心情和侧面：

> 有怪诞、开心的酒鬼契弗，一九四六年的一个晚上，他和霍华德·法斯特的妻子贝蒂跳着“强有力的华尔兹”，贝蒂靠在他肩上，后来把一根烟插到他耳朵里揿灭，他用力将她推倒在地。有刻薄的酒鬼契弗，他的冷面幽默会陡然在某个模糊的时间点转为恶毒……最后——越来越常见的——是厌倦、甚至令人厌倦的酒鬼契弗，终日泡在酒里，一心只想上床。

五十年代后期，他的哥哥弗雷德因“酒精引起的营养不良”而不得不入院。“警觉到自己最后可能会重蹈哥哥的覆辙，”贝利写道，“约翰仔细研读自己的日记，对他这种病症显见的‘逐步恶化’的特性惊恐万分。”他查找嗜酒者互戒协会的电话。后来，他在日记中写道：“就那样，我双手颤抖着，打开酒柜，喝完剩下的威士忌、杜松子酒和苦艾酒，凡是我颤抖的双手能抓得到的东西。”

“我的上帝，郊区啊！”一九六〇年契弗写道，“它们围绕城市的边界，犹如敌人的领土，我们视之为隐私的丧失，一潭循规蹈矩的渊薮和一种难以名状的沉闷生活，在某个由错层式居屋组成的住宅区，该地的名字只有当厌世的主妇拿猎枪打飞自己的脑袋时才出现在《纽约时报》上。”到那时为止，他已在郊区住了近十年，一九五一年搬到斯卡堡（Scarborough）（偕同妻子和一九四三年出生的女儿苏珊及一九四八年出生的儿子本），一九六一年搬至奥西宁（Ossining）的一栋大房子，他将在那儿度过他的余生。他的第三个孩子费德里科一九五七年出生在罗马，当时，米高梅电影公司出资二万五千美元购下他一个短篇的版权，一家人用这笔钱旅居罗马。

契弗和子女的关系非常密切，但通常相处得并不融洽，部分原因是他整天没有太多事做，除了晃来晃去，带着微醺的醉意和看什么都不满的态度盯着他们。在生命快走到尽头时，他告诉同事，有一次和妻子吵完架，醒来时发现女儿在浴室的镜子上用口红写了一句留言：“情爱[①]的爸爸，别离开我们。”当有人指出，在他的短篇《客迈拉》（*The Chimera*）里也有这样一幕、连拼写错误都一样时，契弗回道：“我写的东西都是自传性的。”可事实并非如此。和许多作家一样，他写的所有东西，既是基于个人经历，也包含了一厢情愿的想法或空幻的梦想。日后他的女儿否认有这么回事：“我知道怎么拼写，”苏珊·契弗说，“而且我相信，我们期盼的正是他能离开我们。我父亲的一个问题是，他阴魂不散，你无法摆脱他。他在家工作，在家吃饭，在家喝酒。所以，‘别离开我们’？从没有过这种担忧。”

---

① 原文中“Dear（亲爱的）”错拼成了“Dere”。

“契弗，”贝利写道，“爱当一个抽象意义上的父亲，而日常生活的种种都令他感到失望。举例来说，他最年长的女儿不断‘颠覆他的成见’，保持——用他的话讲——‘肥胖的身形和执拗的个性’，令他惊愕。”随着女儿的长大，父亲变成一个梦魇。“我让我父亲的幻想落空，”她在回忆录《天黑前的家》（*Home Before Dark*）里写道，“青春期时的我又矮又胖，满脸粉刺，低头驼背，时而羞怯腼腆，时而暴躁好斗，又细又软的棕色直发，总是垂在眼前。”当她邀请男友去家中时，契弗也表现不佳。“他喜欢邀我的男友跟他去草地上拿镰刀割东西，或用链锯处理砍倒的树，抑或清理松林后面断落的树枝。我不知道在那儿都发生了什么，但他们总是怒气冲冲地回来。”对于大儿子，他几乎更感痛心。本·贝利写道：

> 此时已到了一定年纪，就他本身而言，的确令人大失所望：诚如他父亲苦口婆心提醒他的，他也需要减肥，需要在学业上更上一层楼，（特别是）要像其他男孩一样爱好运动……契弗熟读弗洛伊德的作品，同性恋倾向多少是所有人与生俱来的这则新闻，并未给他宽慰；相反，他变得益发警惕，注意培养大儿子恰当的性格。当儿子尖声的话音逼得他受不了时，他会说：“像个男人一样讲话！”更别提儿子咯咯咯的笑声（“你笑起来像个娘们！”）

契弗把矛头指向儿子的一个他认为女里女气的朋友。那个男孩，他写道：“站立时经常双手叉腰，摆出的姿势，我小时候听人们说，是天生同性恋的标志……他缠着我儿子不放，我不喜欢他。”

契弗对其他作家的看法也不中听。他写信给一位朋友谈到约翰·厄普代克：“我会不计代价、不厌其烦地回避和他应酬。在我看来，他的宽宏大量虚有其表，他写作的动机似乎是出于贪求、爱出风头和铁石心肠。”（厄普代克在一九九四年出版的《契弗书信集》里读到这段评语，在描述自己对契弗酗酒问题的观感时，他回敬了这番恭维：“我深觉遗憾，因为那宛如一种天然资源的白白浪费。虽然我贪得无厌、铁石心肠，可还是甚感欣喜地看到少了一个竞争对手。”）一九六五年，契弗（和他同时代的一些作家不同，他没有杯葛白宫）趁在那儿的一次宴会上朗读他的短篇之际，设法向厄普代克发出诘问。“厄普代克的傲慢归根到底是他没有把我当作同侪。”在忿然发现厄普代克把塞林格视作同侪后，他在日记中写道。

在这种种憎恶、愤恨和可笑的言辞中，有两个人得以幸免。一个是契弗的小儿子费德里科，另一个是索尔·贝娄。契弗似乎一直都对他们俩怀有好感；或是他们俩使出了一个方法，规避他每天投射在其他所有人身上的怨气，包括他在《纽约客》的编辑威廉·麦克斯韦尔（William Maxwell），契弗表示，他令他厌烦至极。费德里科和父亲和谐相处的方式是不把他当回事，把自己变成他的小兄弟而不是儿子，接着慢慢成为父亲的守护神。贝利写道：“费德里科越来越多地担起父亲的角色，而约翰则越来越变成任性倔强的孩子：约翰，必须有人叮嘱他不要在别人家的泳池里裸泳，喝醉酒时不要使用链锯——等等等等，而费德里科则耐着性子，容忍契弗对任何擅自想照顾他的人所施加的侮辱。”

五十年代初，当契弗遇见贝娄时，他觉得与他一见如故。“我做不到希望他倒霉，我做不到当他的随从。”他写道。“我爱他。”贝娄报以同样的话，并补充说，契弗没有试图对他摆出新英格兰人的屈尊降贵。“化解这些［背景］差异的任务落在约翰身上。他不费吹灰之力就做到了，简单地把人性的要素放在首位。”

在读到契弗谈及贝娄“我们不仅一样爱女人，也一样喜欢雨”时，玛丽·契弗说：“他们俩都仇视女人。”无疑，大部分时候，契弗仇视自己的妻子。随着美国女性地位开始变化，玛丽·契弗逐渐有了自己独立的观点和抱负后，丈夫的脾气未见改善。“让一个没头脑的女人接受教育，”他说，“就像放响尾蛇进屋。她不会加数字，不会铺床，但会给你上课，大谈加缪的内在象征主义，晚餐焦了也不管。”他对妻子的恨意扭曲了他的一些短篇，包括《一个受过教育的美国妇女》(*An Educated American Woman*，1963）和《大洋》(*The Ocean*，1964)。(他承认，他对“具有攻击性的女人”的刻画是他作品的一个“严重弱点”。)《一个受过教育的美国妇女》也许是对美国男人多么害怕他们的太太可能不再只是地位低微的主妇的最佳写照。

正如女性地位在美国发生变化一样，人们对同性恋的偏见也逐渐淡化。虽然前者让契弗受到威胁，但后者，当他一离开奥西宁的家，把目光投向世界后，明显对他有深远的影响。一九七三年，他开始在爱荷华作家工作坊教书，学生里有 T. C. 博伊尔（T. C. Boyle)、罗恩·汉森（Ron Hansen）和阿伦·革干努斯（Allan Gurganus）。不仅有这些才华横溢的年轻作家，而且其中一人——革干努斯——英俊无比（收入在贝利这本传记中的那张照片充分说明了这一点），用贝利的话说，“是个十分逍遥自在的同性恋”。契弗推崇革干努斯的作品（并把他介绍给麦克斯韦尔，麦克斯韦尔发表了他的一个短篇），他以为革干努斯会用和他上床来报答他的赏识，尽管事实是，他比革干努斯的父亲年长近十五岁。他写给革干努斯的部分信件，言语挑逗，包括在有一封里，他要求给他些好处（作为引荐麦克斯韦尔的回报）。“我所期盼的，只是你能学学厨艺，每天给我提供三到七次性服务，决不打扰我、反驳我或以任何方式议论我文笔的美妙之处、我的学识或我的为人。你还得玩足球、曲棍球和橄榄球。”革干努斯尽可能委婉地让他知道，虽然他喜欢他，但无意和他上床。“他竟敢拒绝我，为了某个主修装饰艺术的笨蛋。”契弗写道。他要求革干努斯考虑一下，这种人是否懂得“欣赏你笔下人物的优点和你见解的精妙”。

用革干努斯的话说，契弗真正寻找的是“一个精通文学、满腹才华、迷人且具有男子气概、但原则上是同性恋的人”。一九七七年初，他在犹他大学遇见麦克斯·齐默（Max Zimmer），一个三十出头的博士生，从小是摩门教徒。契弗涌起“一股深沉澎湃的爱意”，对麦克斯展开攻势，麦克斯感到“困惑和厌恶”。那年春天，契弗记道：

> 我对Z的爱是多么残酷、不近人情、不可饶恕。我似乎意欲蚕食Z的青春，把Z逼入悲惨的孤立中，不让Z有一丁

点生活。爱是教导，是向我们爱的人展示我们所知的光源，这或许是一个狡诈好色的老头的告白。我只能希望不是。

事实上，众多时候他都希望不是。他的希望并未因同样也把齐默的作品寄给《纽约客》而有大体改观。

由于契弗相信性刺激可以改善他的视力，因此，两人的恋情一开始后，麦克斯的职责之一便是提供一副好眼镜本可带来的相同的慰藉。(以前晚上开车时，契弗要求妻子抚弄他的阳具“到勃起为止”。)“每当麦克斯提交一篇作品稿时，”贝利写道，“契弗都会首先要求这位青年用手帮［他］‘明目’。”之后（如麦克斯在日记中所写）契弗会“拿着我的短篇上楼，回到楼下时带着一脸恍惚的惊愕，不着边际的评语，只是进一步加深我的困惑。”

诚如人们所言，一头雾水而并非实际是同性恋的麦克斯，在契弗家里感到窘迫而内疚：

> 假如他认为让我在玛丽和他的孩子面前招摇而行并无不妥，那我想就没什么不妥吧。至于我对这么做感到不妥的事实，问题出在我……显然这是东部人的做法，他从容应付的方式。在给他手淫过后一个小时，同他一家人坐在餐桌旁，他的灯芯绒裤上还有当时留下的污迹，我猜这在那儿没什么不妥。这让我心力交瘁，但本待我很好，还有苏西[①]——他们应该拿起一个该死的盘子，砸在我头上——

① 苏珊的昵称。

还有可怜的玛丽，你知道。

苏珊·契弗在回忆录里写到家人对麦克斯的出现所持的看法：

> 他经常到奥西宁的家中来，虽然那不是一个令他感到自在的环境，但他对我母亲的态度带着一种释然的谦恭和敬重。事实上，他待我母亲比我父亲好很多。我总是很高兴见到他，他和气风趣，他们在一起时，我父亲似乎比平时更容易亲近。

一九七五年，六十三岁的契弗，在波士顿大学教完醉醺醺的一个学期后，戒了酒。一年后，他完成了长篇小说《法康纳监狱》(*Falconer*)。苏珊·契弗记叙这一年：

> 我父亲对自己是个作家的坚定信念，从没有什么时候比他在创作《法康纳监狱》那年间流露得更显著……每一章、每个场景，似乎从他业已谱写好的想象中源源不断地流淌出来，这些是他一直渴望表达的东西……《法康纳监狱》这部小说讲述了一个因杀害自己哥哥而入狱的男子。他是个海洛因瘾君子，他的婚姻是对山盟海誓的嘲弄。全书的核心是一段缠绵的同性之爱。

这本书出版后，契弗登上《新闻周刊》的封面，所附的文字说明是："一部伟大的美国小说。"这本书连续三周蝉联《纽约时报》畅销榜的首位。一九七九年，《契弗短篇小说全集》荣获普利策奖，赢得评论界的广泛赞誉。

《法康纳监狱》缘起于奥西宁镇两栋最重要的建筑间的冲突：契弗位于郊区的家——很多时候对他和他的家人而言那是座监狱——和辛辛监狱（Sing Sing）。七十年代初，当他因酗酒而颓废不振，也因为写了诸多以美国东海岸郊区生活内在固有的深深绝望和轻微痛楚为主题的不瘟不火的短篇而才思枯竭时，契弗受邀到辛辛监狱上课，在那儿他与一位狱犯成了朋友。在他获释后，契弗多次和这个人见面。"几乎《法康纳监狱》里的每个高潮片断，"贝利写道，"几乎每个细节……都出现在契弗有关辛辛监狱的日记篇目里的某处，以他从狱犯口中获得的信息为基础。"这部小说篇幅不长，语气中带有一种冷酷无情、一种沉重和严肃，有别于契弗的其他任何作品。这本书仿佛不仅只是一个牵强的隐喻，反映契弗人生中所感到和制造的种种痛苦，而且探究和识别这种痛苦，用一种既真实确凿又强化而克制、并注满苦难的方式将之呈现出来。这种文风存在一个危险，它会让过于直接的论述触及整体视野，犹如某些出自《圣经·诗篇》里的话。在表达对暴力、仇恨、痛苦和深刻的疏离的认识上，粗糙稚嫩；与此相对，爱情，或者说某些类似爱情的东西，以黑暗的救赎或另一形式的权力而出现。介于中间某个点的是严酷寻常的监狱生活和部分精彩绝伦的性爱场景。倘若忽略乐观、肉麻的结尾不计，《法康纳监狱》堪称是英语里的最佳俄国小说。

契弗在致力创作这部杰作那几个月里写的日记格外引人入胜。他明白，即便是最不起眼的经历，例如在机场候机，也可以通过想象变成某件重大得多的事。“关于潜藏的自传色彩这个问题，”他写道：

> 和小说的卓越不在于此的事实，我的写作不是从我在监狱当老师的经历出发，而是从我作为人的经历出发。我见识过狱中的幽闭，可我经历过的，是在步兵连里当一名下士的幽闭，是担任俘虏拘留营守卫的幽闭，是一名旅客因暴风雪在列宁格勒机场滞留三十六个小时、接着又由于罢工在开罗机场滞留了同样长时间的幽闭。我了解情感上、性欲上和经济上的幽闭，我曾真的被关进过九十三街一个收容临床酒精中毒者的戒酒所。

在下一篇里，他以他日记中一段罕见的讨人喜欢的话作为结语，这段话应成为每个在世作家的座右铭：“好吧，我想要的是一部优美动人的作品，它将于六月完成。”

契弗享受成名，在生命的最后几年里滴酒不沾。酗酒的契弗身上有几分暴躁和孩子气，如今只剩下孩子气的一面。苏珊描述那几年他沉醉在晚年的成功里：

> 财富、名声和爱对我父亲具有奇特的影响……他经历了一种名人的青春期。有时，他仿佛是他自己的头号崇拜者……在餐厅，他让领班服务员知道，他是某位要人。由

于他不熟悉这种行为方式，表现得不是特别优雅得体。

费德里科对父亲的评价以睿智和总体的和善而著称，在谈及父亲的名望时，他有一段妙语："如果你是音乐家，人们可以叫你演奏；如果你是电影明星，人们可以叫你签名；可一个出了名的作家该做什么呢？喔，你开始高谈阔论。你谈起美学及类似的话题。这是你拥有的杀手锏。"

在努力弥补他给家人造成的伤害的同时，契弗也意识到，他那四千页的日记，放在抽屉里，像一颗可爱的玩具定时炸弹。去世前两个星期，他打电话给儿子本："我要告诉你的是，"他说，"你的父亲曾经和不少声名狼藉的家伙亲热过。我想我该把这告诉你，因为迟早会有人告诉你，我宁可由我自己来讲。"本写道，他"原谅了他"。"但我更多的是完全不知所措，如今回想起来，我的回答几乎像是耳语：'我不介意，爸爸，如果你不介意的话。'"契弗死后，苏珊因需要充实她的回忆录而读了这些日记，她对总的语气和内容大感讶异，"不仅仅，"诚如贝利所写，"因为那些阴暗、冷酷的性内容。"《纽约客》和科诺普出版社以一百二十万美元买下版权，这些日记于一九九一年出版问世。陪伴他走到生命尽头的玛丽·契弗没有读过这些日记。"我对它们是否出版没有太大感觉。这些日记我读不下去。我读过其中的只字片语，但要我坐下来阅读这些东西，我做不到。那根本不是我的人生。是他，全是他，全是他心里所藏的"。

鲍德温和“美国的困惑”

一九六二年十二月，《纽约客》请几位当年的畅销作家写一段话，描述“在他们看来，是他们的书或时代氛围的哪一点，使得‘他们的书’如此受欢迎”。在答复里，例如，万斯·帕克德（Vance Packard）解释他的书《攀登金字塔的人》（*The Pyramid Climbers*）之所以成功，是因为在他看来，“美国人对他们的生存环境有种日益增长的不安，许多人告诉我，我经常说出他们内心的忧惧”。《天才》（*Genius*）的作者帕特里克·丹尼斯（Patrick Dennis）写道：“我想不出是什么原因让我的书大卖，任何一个自称知道的作者要么是笨蛋，要么是骗子，或两者皆是。”这番话没有吓住艾伦·德鲁里（Allen Drury），他的书《细微差别》（*A Shade of Difference*）亦名列其中。“我希望，”他写道，“喜欢我非说不可的话的读者，之所以喜欢这些话，是因为它真诚、表述得好，并且与我们生活的世界息息相关。”

詹姆斯·鲍德温的《另一个国家》（*Another Country*）也是畅销书之一，鲍德温利用这个机会，暧昧地将自己置于美国之美的两座中央万神殿内。“我不想把自己和两位我毫无保留仰慕的艺术家作比，”他写道：

> 迈尔斯·戴维斯和雷·查尔斯——但我愿意相信，有部分喜欢我的书的人，对这本书的反应，类似于他们听到迈尔斯和雷在吹奏爵士乐时所产生的反应。这两位艺术家，以各自截然不同的方式，唱出一种普世的布鲁斯之歌……他们在向我们讲述某种活着的感觉。在他们的音乐里，听到的不是自怜，而是悲悯……我想，我完全情不自禁地以爵士乐手为榜样，努力照他们的演奏方式来创作……我志在达到亨利·詹姆斯所称的“激情之巅的感知力”。

鲍德温是在声称他的文风和小说结构具有某些戴维斯和查尔斯的强化的、伤感的美；他的意思是，他个人用词的节奏，在这两位美国音乐家呈现给世界的孤独的痛苦、坚定的魅力中找到方向。但为了谨防阅读他作品的人因此将他归类为原始派艺术家，一个对自己作品没有规划、而只是任其飞扬翱翔的作家，一个并非沉潜在写作艺术传统中的作家，鲍德温也需唤出美国精益求精派的领袖，一位无论多么高亢都不是以他强烈的情感、而是以他控制想象的苛严而著称的作家。

一九六二年的畅销作家鲍德温想要两者兼得。这个需求，首先是一种把他从任何简单的分类中解放出来的手段，并且也是他作为艺术家所走的道路的关键，他生性体会到詹姆斯对意识的兴趣，既是某些炫耀夺目的东西，也是某些隐藏神秘之物，担心语言既是粉饰又是纯粹的揭露。但鲍德温也迷恋酣畅淋漓的文采、飞扬的短语、步步紧逼的节奏、文句犀利雄浑的语气。使他成为一名如此耐人寻味的文体家的要素，举不胜举。经年累月，他会对这些要素进行变换重组。有时，他这么做是为了转移读者对他本身艺术性和复杂性的注意力；有时，他这么做是因为他从其音韵和变奏的角度喜欢这种排列，例如他在《土生子札记》(*Notes of a Native Son*) 里列出的这串清单："钦定版《圣经》、店堂教堂①的雄辩术、黑人演讲里的某些反讽、暴力和永远轻描淡写的内容——和某些狄更斯式的对华美风格的钟爱。"但这种风格本身的形成，并不直接明了；它变化多样，难以定义。它有真正艺高胆大的时刻，犹如一组著名的连复段，或一次返场，像《另一个国家》第一部里的这段话，写鲁弗斯和维瓦尔多来到格林威治村的本诺氏酒吧：

> 酒吧里挤满了人。做广告的人在那儿，喝着双份冰块波旁酒或伏特加；大学生们在那儿，湿漉漉的手指在啤酒瓶上滑动；孤独的男人们站在大门附近或站在角落里，注视着那些随波逐流的女人们。那些大学生们，显得无知，极端天真，正可怕地使尽浑身的解数，想要吸引异性的注意，但只是成功地相互吸引。一些男人替一些女人付酒钱——这些女人不断从舞场逛到酒吧——她们微笑，面面相觑。她们的微笑极其诡秘，精确地设定在渴望和蔑视之间。黑白伴侣聚在这儿——现在贴得很近，比他们晚些时候回家还要近。这些事情淹没在一浪高过一浪冲击酒吧的嘈杂声中；这些事情被封闭在沉默之中，如同冰河一般的

① 指以店堂为聚会场所举行激动礼拜仪式的教堂。

> 沉默之中。只有自动唱机在唱着，每天晚上吱吱唱着，整夜唱着，唱着切分音的节奏，发出虚假的爱的悲叹。①

在这段话里不难感受到爵士乐的节奏，而且还有上一代作家的行文风格，像创作《了不起的盖茨比》时的菲茨杰拉德、写《太阳照常升起》时的海明威。鲍德温不惧重复（“一些男人替一些女人付酒钱”），不惧建立拍子和语音的范式（注意不断出现的“were”②），不惧小心克制地使用句号（注意“比他们晚些时候回家”前的逗号；注意“冲击酒吧的嘈杂声中”后的分号），进而用一个短语或一句评论击中要害，大大出人意外，又趣味无穷（且看“显得无知，极端天真”，或是“极其诡秘，精确地设定在渴望和蔑视之间”）。

虽然鲍德温完全沉迷在这种华丽的语气中，但他也能够写出温和有力、饱含激情的句子。在《向苍天呼吁》（*Go Tell It on the Mountain*）开篇的六十一个单词里，只有一个单词——第一个——有超过三个音节，而四十一个单词都只有一个音节：③

> 每个人总说，约翰长大后会像父亲一样成为牧师。这

① 此处《另一个国家》的译文采用的是张和龙翻译的版本。

② 由于这是英语里的一个助动词，不具实际含义，因此可能无法完全体现在中文的译文中。

③ 有关单词音节的特点，很遗憾无法体现在下面的译文中，因此附上原文：Everyone had always said that John would be a preacher when he grew up, just like his father. It had been said so often that John, without ever thinking about it, had come to believe it himself. Not until the morning of his fourteenth birthday did he really begin to think about it, and by then it was already too late。

种说法经过一而再再而三的重复，连约翰自己也不假思索地开始信以为真。直到十四岁生日那天早晨，他才真正开始考虑这个问题，可已为时太晚。

这种风格似乎更接近海明威，而不是爵士乐或詹姆斯；它表明，鲍德温在面对自己从大部分正处于他们声望巅峰期的一代作家身上所继承的传统时，和他刚开始投身写作时一样轻松泰然。有史以来，没有年轻作者愿意过多地把功劳归因于可能成为他们父辈的作家。他们更喜欢向祖父辈，向画家、音乐家、芭蕾舞家或杂技表演家致敬。这是一种弑父之法，一边像老鹰般密切注视他的步调，一边假装他对你毫无影响。

同样，在鲍德温的短篇小说里，这种开门见山的风格，也完全没有一丝詹姆斯或爵士乐的味道。《岩堆》(*The Rockpile*)的开篇："隔着街道，在他们房子的对面，两栋建筑间的一块空地上，堆着一堆岩石。"《郊游》(*The Outing*)的开篇："每年夏天，教会都会组织一次郊游。"《桑尼的蓝调》(*Sonny's Blues*)的开篇："我在上班途中的地铁里，从报上读到这条新闻。"

在一九五三年出版《向苍天呼吁》和一九六五年出版短篇小说集《去见这个人》(*Going to Meet the Man*)之间，鲍德温给《纽约时报》写了一篇文章，着手公开勾销他的几位文学之父。一九六二年一月，他写道：

自第二次世界大战以来，近期美国文坛的一些名字——海明威、菲茨杰拉德、多斯·帕索斯、福克纳——

> 已获得举足轻重的地位，变得神圣不可侵犯，以致把他们当作试金石，来暴露年轻一代文学艺术家情有可原但令人惋惜的不足……且说我们中的一员，年轻的一员，试图塑造一个不安分、不幸福、放纵不羁的女主人公时，立刻会有人告知我们，海明威或菲茨杰拉德写过了，而且写得更好——好得不可估量。

在用嫉恨的口吻明确表达了他对这些作家的无限敬意后，鲍德温转而开始推翻他们：

> 不无裨益的是……别忘了，就海明威而言，他的声誉正是在他的作品走上无可复救的下坡路的那一刻达到无可争议的地位——在写出《丧钟为谁而鸣》的前后。事后来看，我们可以说这本稚气、罗曼蒂克、夸张浮华的书，标志着海明威放弃了试图理解存在于这个世界上的多面的邪恶的努力。这正等同于表示，他在某种程度上放弃了想成为一个杰出小说家的努力。

在也粉碎了福克纳（“像《坟墓的闯入者》或《修女安魂曲》这样不可原谅的晦涩之作”）、多斯·帕索斯“晚年的进步”（“如果可以这么叫的话”）和菲茨杰拉德（“对于菲茨杰拉德已无话可说”）后，鲍德温把美国这个主题本身视作一个由失败的想象所组成的王国。

> 前面提到的这些巨匠，至少有一点共同之处：他们的单纯……这是美国人看世界的方式，把它看作是一个可纠正的地方，纯真在那儿不明所以地失落了。正是这种几乎无法用言语表达的痛，给海明威早期的一些短篇——包括《杀手》——和《太阳照常升起》里精彩绝伦的钓鱼片断增添了如是的感染力；这也是为什么海明威笔下的女主人公显得那么不性感、呆板僵硬。

此时，在企图给自己的作品创建背景环境中，鲍德温迈出了非同寻常的一步，断言亨利·詹姆斯作为小说家，探讨的是美国败落的男子气概，以此召唤出詹姆斯的魂。在《使节》（*The Ambassadors*）里，鲍德温写道：

> 若不是在午夜时分意识到他不知怎的枉为男人这一点，那么兰伯特·斯特莱塞的道德困境是什么：是詹姆斯所言的“男性感知力”在他身上失了灵吗？……斯特莱塞的胜利在于他能够意识到这一点，尽管他明知对他而言，采取对策已为时晚矣。正是詹姆斯对这种独特的不可能性的洞见，使他直至今日仍是我们最杰出的小说家。他提出的、用他笔下女主人公的后背所折射出的问题，正是如今严重困扰我们的问题。这个问题是：美国人怎么成为男人？这恰好等于问的是：美国怎么成为一个国家？和他相比，两次世界大战期间崭露头角的那些巨匠，仅是哀悼了这一窘境。

鲍德温认识到小说在美国独一无二的重要性，因为他把他祖国所面临的困境视作本质上是一个内在的困境，一种始于个人心灵、但继而蔓延到政治领域的毒素。他的政论文章，维持和他小说一样的天然生动，因为他相信，社会变革不可能只通过立法一条途径实现，还需要通过对私领域的再想象。因此，对鲍德温而言，考察小说里经过戏剧化的个体灵魂，具有庞大的力量。他发现，最终，这关系到爱，他不惧使用这个词。在一九六二年《纽约时报》的文章里，他写道：

> 多斯·帕索斯作品里描绘的城市的孤独，现在比以往任何时候更甚；现在，这些城市比以前更加危险，它们的市民甚至更得不到人们的爱。那些明显大大辜负了多斯·帕索斯的灵丹妙药，同样也无助于这个国家和这个世界。问题比我们期望料想的更加严重：问题出在我们自己身上。我们永远别想重建这些城市，或克服我们残酷的、无法承受的人的孤立——我们永远别想建设人类社区，除非我们正视我们的惨败。

在开始发表小说以前，鲍德温是一位有个性的评论家，一位对美学的崇高地位有高度认识的作家，一个赤口毒舌的埃德蒙·威尔逊。例如，在一九四七年十二月的《新领袖》杂志上，二十三岁的鲍德温采用了三个否定，尖锐地批评了厄斯金·考德威尔（Erskine Caldwell）的《上帝的巧手》（*The Sure Hand of*

God)：“诚然，在这本书里，没有一样内容不是在证明以下怀疑，即考德威尔先生关心的，没有什么比清除他写过的有关宗教团体的谎言文章里的部分内容、比复兴若干最初令他扬名的陈腐典范、和（顺便）从中赚点小钱来得更重要。”同年的早些时候，他把矛头指向马克西姆·高尔基：“高尔基不习惯描绘中间色彩，即便当他疑有其存在时亦然，在《母亲》里，他写的一曲俄国战歌，一转眼就被历史淘汰，以致我们几乎不愿认为它有任何现实意义。”他继续写道，高尔基“是‘艺术是工人阶级的武器’这条准则的首要倡导者。或许他也是证明这样一种教条无效的主要实例。（毋宁说，艺术是美国家庭主妇的武器）”

从俄国出发，带着仔细慎重、青春气盛的深思和兴味，一九四八年八月，鲍德温做了一件颇得许多严肃小说家心的事。他向一位广受欢迎、因简洁的风格和节奏而备受赞誉的作家发起挑战，这回的对象是《邮差总按两次铃》（*The Postman Always Rings Twice*）的作者、倒霉的詹姆斯·M. 凯恩。鲍德温把凯恩的全部作品纳入考量，“他不仅言之无物，”他写道：

> 而且所讲的，可谓是胡说八道……他的创作，带着美国白手起家者的那种冷淡、毫无幽默感的笃定。有关他令人喘不过气的、断续不连贯的“节奏”，他简洁、凌厉的“风格”，他在记录美国生活更丑恶一面上的重要性，已经论述得够多。这是无稽之谈：凯恩先生写的是幻想，是最难令人容忍的感伤煽情的幻想。

一九四九年一月，在《评论》杂志的一篇散文里，鲍德温阐述了日后将成为他特有的战斗口号的观点，六十年代，当白人里的自由派和改革派发现他们有理由听信他时，这番论述令他们百思不解，又大为恼火——美国的问题，他认为，存在于每一个美国人的灵魂里，黑人白人都一样；全体黑人不是在寻求和一个远未能认清自身——更遑论受它压迫的群体——的白人世界的平等。“就真正意义上来讲，”他在文章里写道：

> 黑人问题已变得落伍过时；问题全在我们自身，我们必须探索的是我们的内心。这既不是识时务也不是受欢迎的说法，但黑人面对白人，当他发现自己被看作是那个白人良心上的道德问题时，立刻变得轻蔑和忿恨。

一九五〇年三月，鲍德温在《评论》上发表了一则短篇，名叫《先知之死》(*Death of a Prophet*)，他没有将这收在《去见这个人》里。据我所知，这是他发表的第二篇小说。第一篇——也是刊登在《评论》上，时间是一九四八年十月——《原状》(*Previous Condition*)，收录在《去见这个人》里，涵盖了《另一个国家》里探讨的几个要点。不难看出鲍德温为何不想让《先知之死》出现在一本短篇集里，因为很明显，那里面包含了《向苍天呼吁》的萌芽，讲述哈莱姆区一个男孩的故事，他的父亲是牧师。鲍德温明白，父与子是一个有趣的题材。一九六七年，他在《纽约书评》的一篇评论里写道：“父子关系是世上最具考验性、最危险的关系之一，佯称它可以有另外的面貌，实际相当于一种极其危险的异端邪说。”

虽然《先知之死》和《向苍天呼吁》讲的是父子故事，很大程度上，是他自己的故事，在一些自传性的散文里有过细述，但鲍德温认识到，几代男人之间的紧张关系是一则典型的美国故事。他相信，这不仅是导致美国分裂的原因，而且破坏了他祖国的形象——儿子在一个不断前进和上升的社会里为自己的父亲感到羞辱，抬不起头。

因此，他的小说作品，即便在像《另一个国家》这样的长篇里，都以父亲的缺席而著称，用最私密、最个人的故事，论述一个极具公共性、迫在眉睫的问题。在一九六四年的一篇散文里，鲍德温阐述了这番理论：

> 发生在单个人身上的事，无论听起来可能多么离奇，同样也发生在一个国家身上……例如，一个从意大利来的意大利移民，或父母是出生在西西里的儿子，他铁了心不说意大利语，因为他要成为美国人。他无法忍受自己的父母，因为他们落后。这也许看起来是一桩小事。但当一位父亲遭到儿子的鄙夷时，这是了不得的大事，这是美国生活真实的一面，是我们在谈论上进心时，以闪躲和唬人的方式，真正所涉及的。

《先知之死》的文笔高雅讲究，有时简直过于精雕细琢，但满腔热忱，怀有严正的抱负和深厚的情感。鲍德温在一九四七年九月《新领袖》上的一篇书评里自称这个短篇是“一次对人的无助的探究”；它认为，强尼——父亲濒临死亡，他已然成为父亲眼中的陌生人——的性格，不是“和受压迫有关”，诚如鲍德温在一九四七年另一篇论高尔基的文章里所言，而是和人物自身的恐惧与不足有关。即便在他创作初始，尽管深深意识到政治和个人的关系，但鲍德温决意不让他笔下的人物受限于狭隘的政治议题；他设法确保他笔下人物的行为和失败首先应被视作个人特有的，其次才被视为某些通病的一部分，联系到人类的堕落和奴隶制的创建，并强调，和黑人受恶法压迫的预定角色无关。他亦想仿效罗伯特·路易斯·史蒂文森的榜样，一九四八年一月他评了史蒂文森的长篇小说和短篇；他想写出，用鲍德温的话说，“一流的佳作”，并想确知那会是，像对史蒂文森而言一样，“最持久的快乐”。鲍德温希望以一个美国人和人的身份创造并生活，关于他国家的状况和其雄风，他有许多要表达的。(一九六六年四月，他写道：“美国的困惑，很大程度上，即便不是最大程度，是美国人竭力回避把黑人当作人来对待的直接后果。”）他得益于坚持不让自己从属任何边缘群体，又能够在可为他所用时掌握那个边缘群体。他喜爱自己这种模棱两可的定位，并擅于掩盖自己的踪迹。

例如，在谈到拳击的话题，一个会令他的许多异性恋同事兴奋不已的题材时，他声称自己一无所知。可是，他使出他同性恋的全部威力，动人地刻画了弗洛伊德·帕特森和一九六三年他与桑尼·利斯顿的拳赛，研究这两个男人的心理状态和他们凝聚了浓烈荷尔蒙的气息里的错综微妙之处。关于帕特森，他写道：

我想，他激起的一部分恨意，归因于他给人们视之为——完全错误地——简单的活动，注入了一种可怕的复杂性。这是他的个人风格，这种风格强烈地使人联想到最不美国式的特质、隐私和独处的意愿；我个人猜测，他的羞怯依旧丝毫不减，厉害得很——他依旧勇敢地忍受着自己的伤痕，但不是所有伤痕都已痊愈——虽然他找到了一种驾驭这的手段，但找不到隐藏的方式；例如，像另一位异常固执而温柔的男人，迈尔斯·戴维斯，勉力做到的一样。

关于利斯顿，他写道：

他令我想起我认识的魁梧的黑人，他们获得粗野暴力的名声，为的是隐瞒自己不冷酷强硬的事实……总之，我喜欢他，非常喜欢他。他与我面对面，坐在桌旁，侧过身，低着头，等待哨音：利斯顿明白，就像只有承受难以言喻的苦难的人所能明白的一样，他是多么不善辞令。但请让我澄清一点：我说苦难，是因为在我看来他似乎承受了很多。那写在他的脸上，写在那张脸的沉默里，写在他眼中异常遥远的光芒里——一种极少发出信号的光芒，因为应答的信号少之又少……我说："我无法问你任何问题，因为一切都已经问过了。讲真的，也许我只是到这儿来，说一句祝你健康"……我很高兴我讲出了那句话，因为那时他看了我一眼，第一次真正的一眼，他和我聊了一会儿。

可是，在同样那些年里，他的讲话和写作也表现得他仿佛是个开国元勋，在自己的祖国具有无可争议的地位，是主要代言人之一。一九五九年，他在《纽约时报》上写道：

> 我认为，我们牢牢抓住种族概念不放的做法，有其可疑之处，身处正在逐步废弃的种族藩篱两侧的双方都一样。白人，在他们尚未完全被他们的恐慌压垮时，沉湎在内疚中，通常称自己是“自由派”。黑人，在他们尚未淹溺在他们的怨恨中时，沉湎于愤怒，通常称自己是“斗士”。两方阵营都设法回避了在社会和个人层面上我们境遇的真正骇人的复杂性。

同一年，在回答五十年代是否是一个“对身为作家的你提出特殊要求”的十年的问题时，他采取了他最擅长的一种口吻，居高临下、理想主义、开诚布公，同时又保持一贯的犀利、直接和挑衅：“可最后，对我而言，难的是和私生活保持联系。私生活，包括他自己的和别人的，是作家的题材——他取得成就的要诀和我们助他成就的要诀。”亨利·詹姆斯若在世，该为他感到骄傲。

(这份骄傲有双重含义。一九六四年，鲍德温在《花花公子》上强把詹姆斯划归为和他一派，不像绝大多数美国人一样，一生都在“逃离死亡”。他将詹姆斯写给一位丧夫友人的信中的一段话——“悲伤折磨并耗损我们，但我们也折磨并耗损悲伤，这是看不见的。然而我们，以某种方式，领悟理解”——和贝西·史密斯的几句歌词作比：

> 早安，忧郁，
> 忧郁，你好吗？
> 我一切都好。
> 早安，
> 你呢？

詹姆斯若在世，该又一次感到骄傲，不过需要补充的是，无论在他生前还是身后，他和他的追随者都不曾完全意识到他真正所做的是在哼唱布鲁斯歌曲）

同样，一九五九年，在提交给一本专题论丛的一篇名叫“大众文化和创造性艺术家”的论文里，鲍德温总结道：

> 如今，我们正处在一场巨大的蜕变中，诚挚地希望，这场蜕变能夺走我们的神话，赐予我们历史，能摧毁我们的立场，还我们以个性。与此同时，大众文化只能反映我们的混乱：也许我们该谨记这团混乱里包含了生活——还有一股磅礴的变革能量。

这些年里，他小心翼翼地把自己推到论战中心，拒绝承担一直以来赋予他的角色，当少数裔的代言人，只有在这群少数裔派变得焦躁、危险或有报道价值时才有人聆听他的声音。

六十年代，鲍德温在给报章杂志撰文方面，言语中少了些含糊暧昧，但更加尖锐犀利，特别是在对黑人讲话时。例如，一九六三年十一月，肯尼迪遭暗杀后，在一次给学生协调委员会所做的演讲中，开头他这么说道：

> 美国人为错觉付出的部分代价，我们对自己的部分所作所为，在得克萨斯州的达拉斯报应在我们身上。这件事发生在一个文明国家里，这个国家是自由世界的精神领袖，某个丧心病狂的疯子打爆了总统的头。此刻，我想提出一点，我不希望让人听起来觉得刺耳，但我们都知道，经过了许多代人，至今打爆黑人的头的事依旧没有停息——无人关心。因为，就像我以前所讲的，这不是发生在一个人身上，是发生在一个“黑鬼”身上。

两年后，在一篇愤慨的有关黑人历史的散文里，他看不到改变的可能，有的只是改变的理由：

> 与此同时，女士们先生们，经过一段短暂的间歇——暂停一两份委员会的报告，暂停反贫困的激励性讲话，暂停把越南孩子变成孤儿、继而煞费苦心地抚养他、教他热爱我们的种种善行，暂停白宫会议，暂停布置和增派警力，暂停购买黑人、关押黑人、棒打黑人和残杀黑人——经过一段短暂的间歇后，女士们先生们，戏又在拍卖大厅开演

了。你将听见昔日相同的钢琴声，奏出布鲁斯乐曲。

其他时候，他似乎通过向白人说教而自娱自乐，坚称事实上，白人是最需要挣脱专制暴政的群体。一九六一年，他写道：

> 这里有一个庞大的受奴役的黑人群体，这众所周知，但不为人知的是，这里也有一个庞大的受奴役的白人群体。至今尚无人有力地指出，假如我在这儿不是人，那么你在这儿也不是人。你不可能一边用私刑绞死我、把我关进隔离区，一边自己却不变成恶魔。

在一九六四年一月的《花花公子》上他写道："我远更关心的是白人对自己犯下了什么；对我犯下了什么，这无关紧要，因为你对我犯下的事不可能再多。但是，在犯下这些事时，你对自己也犯下了些什么。在回避我的人性当中，你对自己的人性也犯下了些什么。"

在一篇同样发表于一九六四年、题为《白人问题》的散文里，他嘲弄美国白人的偶像，坚称美国白人和黑人的区别近似可笑和严肃、幼稚和成熟之间的区别：

> 在这个国家，在一段岌岌的漫长时期内，一直存在两种层面的经历。一种，不客气地说，但我认为是十分如实的说法，可以用多丽丝·戴和加里·库珀的形象来概括：世界上历来最怪诞的两种对纯真无辜的诉求。另一种，暗

地里，不可或缺、但不予承认的，可以用雷·查尔斯的歌声和表情来概括。在这个国家，这两种层面的经历从未有过真正的正面相遇。

在一九六四年的另一篇文章《肤色和美国文明》里，他进一步取笑白人兄弟姐妹所患的神经官能症：

> 白人不肯承认的——对他而言显然是不可言说的——私下的恐惧和渴望，给投射到黑人身上。他能够让自己从黑人的残暴强权下解脱出来的唯一方式，是同意，在实质上，让自己变成黑人，变成那个受苦受难、跳跃舞动的国家的一部分，那个如今他从孤独的高高在上的统治地位、向望地注视着的国家，那个他带着精神上的旅行支票、于天黑后偷偷摸摸造访的国家……我无法赞同的论点是，美国黑人四百年的苦难，结果只达到美国文明今天的高度。我完全不相信，从非洲巫医手里解脱出来是值得的，即便现在我……有望依赖美国的精神科医生。这个交易，我拒绝接受。

五年后，在给《纽约时报》撰文时，他极尽自己雄辩的口才，再次坚称在美国，黑人群体所背负的包袱，不可能通过立法来改变，而只能依靠某些牵涉面更广泛深远的途径——白人群体的彻底转变，他们的道德堕落和自我疏离，在他看来，恶劣到无以复加。“我可以斩钉截铁地说，”他写道：

> 这个国家的白人群体，大部分令我钦佩，并且令我深深钦佩了很久，就其在道德重建方面没有任何可揣想的希望的事实。恕我直言，他们身为白人的时间太久了；他们和白人至高无上的谎言联姻了太久；他们的个性、他们的生活、他们对现实的理解，像让庞贝城民永远凝固定格的熔岩一样具有毁灭性。他们无法想象他们口中的现实，他们要求我接受的现实，是对我过去的侮辱和对他们过去的嘲讽，也是对我本人无可容忍的侵犯。

鲍德温在他的小说里追寻一种新的自由，一种随心所欲创造人物的自由。他笔下的黑人不一定非洋溢着遭白人势力摧毁的坚忍美德。他的长篇小说《乔凡尼的房间》(*Giovanni's Room*)甚至根本没有黑人的角色。他笔下的同性恋也不把自己的命运交由历史来决定；他把他们塑造得太有趣而无法由历史来决定。在给报章杂志的撰文中，他试图改写历史，而不愿专注于政治。一九六三年十月，在一次对哈莱姆区教师的讲话中，他说：

> 在美国，被视作身份认同的，是有关一个人的英雄祖先的一系列神话。例如，有这么多人真的似乎相信，这个国家是由一群想争取自由的英雄所创立的，这叫我讶异。事实恰好不是如此。事实是，一部分人离开了欧洲，因为他们在那儿待不下去，不得不另找一处地方谋生。仅此而已。他们饥肠辘辘，他们一贫如洗，他们是带罪的囚犯。

譬如，那些在英国过得好好的人，并没有登上五月花号。这个国家是这样开拓出来的。

到一九七九年，他对美国历史的描述，变得益发忧心忡忡。在《洛杉矶时报》的一篇文章里，他写道：

有个非常残酷严峻的事实不得不说：这个多愁善感的国家意图对黑人施行的——若有人怀疑我的话，可以问问任何一个印第安人——始终是种族灭绝。他们在劳动力和体育运动上需要我们。现在他们无法铲除我们。我们不可能被放逐，也不可能得到包容。总要付出点什么。这个国家的国家机器日复一日、时时刻刻地运转，为的是让黑人永远不得翻身。

在那篇文章里，他把“民权运动”称为“最后的奴隶起义”。

五年后，在一篇给《本质》杂志的文章里，他继续思考美国历史和种族灭绝的这番观点：

美国变成了白人的世界——那些照他们声称的、“开拓了”这个国家的人，变成了白人——是因为必须否认黑人的存在，为镇压黑人正名。没有一个社会可以以这样一条原则为基础——或换言之，没有一个社会可以建筑在如此赶尽杀绝的谎言上。白种人——例如从挪威来的，在挪威他们是挪威人——通过宰杀牛群、在井里投毒、火烧房子、屠戮印第安人、强奸黑人妇女而变成了白人。

阅读他的演讲和他给报章杂志写的文章，很多时候，不难想象，在他过世二十年后，他会对当前的时事做出什么回应。自一九八七年以来所发生的一切，几乎没有一样会令他感到意外。一九七九年，他写道：“倘若他们无法和我的父辈打交道，那么将来，他们怎么和德黑兰街上的人打交道？倘若他们发问的话，我本可以告诉他们的。”这句话里可以轻易填上巴格达或巴士拉。一九六四年，他写道：“不了解自己私底下是什么人的人，接受——诚如我们近十五年来一直接受的一样——我们称之为美国政治和我们称之为美国外交的惨败，一方的不一致连贯正是另一方不一致连贯的映照。”现在只需要改一下日期而已。他若在世，一定不会对佛罗里达的点票感到惊讶；他若在世，一定不会对阿布哈里卜监狱感到震惊；他若在世，一定不会对新奥尔良感到震惊。每一次，他都会清楚自己该说什么。不过，对于“九一一”，他的反应较难确定，仅可猜测，他能涌起的同情，估计和他大部分时候标志性的冷静雄辩的睿智相当。但也难以不叫人回想起一九六〇年他对威廉·斯泰伦说过的话，当时斯泰伦及其友人问他眼下将发生什么。“吉米的脸会变成一张沉着自信的面具，”斯泰伦写道，“他会一边轻柔地说‘老兄，烧吧’，一边瞪大眼睛、怒目而视地回望，‘真的，老兄，我指的是烧。我们将烧光你们的城市。’”

如今，阅读他的演讲和给报章杂志写的文章，在他的祖国，似乎只有一场新生的灾难，是他没有预见到，并大概会令他深感意外的。这场灾难是监狱犯人数的巨大、无情的增长，尤其是年轻黑人男性的数量。然而，他洞见了导致这一现象的背景，并在一九六四年《花花公子》上的文章里非常清楚地表明了自己的立场：

> 我们这一方没有接受悲苦、怆痛、暧昧、死亡的现实，使我们变成了一个非常奇特而丑恶的民族。它意味着，首先，而且是非常重要的一点，没有经历过的人没有同情心。没有经历过的人认定，如果一个人是贼，那他就是贼；可事实上，这不是他最重要的特质。他最重要的特质是他是一个人，而且，假如他是小偷、杀人犯或不管是什么，那么你也可能变成那样，你该认识到这一点，凡是真正敢于活着的人都该认识到这一点。

他没有洞识这其中的全部隐含之意，因此同一年，他写下了某些如今看来天真幼稚的话，也许是他发表过的唯一一段真正天真的言论："任何政府可以收监的人数是有限的，甚至这种做法的实效性也有严格的限度。"十五年后，在《洛杉矶时报》上，他以一派乐观的调子对自己的文章做结论：

> 但黑人握有王牌。当你企图大开杀戒时，你创造了失无所失的人。假如我已失无所失，你将拿我怎么办？的确，我们有一样可失去的东西——我们的孩子。可是，我们从

未失去过他们，现在我们亦没有理由这么做。我们握有王牌。我指的是：耐心，加上洗牌。

牌顺利地洗过了；任何政府可以收监的人数是有限的这一观点变成了鬼牌；游戏包含了“三击不中出局”的可能性，连同种种不留神和缺乏必需的同情心。二〇〇五年底，美国联邦、州及地方监狱里有近二百二十万名犯人。每十万个活着的黑人男子里，有三千一百四十五个是被判刑的犯人，相比之下，每十万个活着的白人男子里被判刑的犯人是四百七十一人。至于二〇〇六年，美国有七百万人关在狱中、处于缓刑或假释中。美国人口占世界人口的百分之五，却拥有全世界百分之二十五的犯人，每十万人中有七百三十七人，相比之下，澳大利亚是一百人、挪威五十九人 、日本三十七人、冰岛和印度二十九人。英格兰和威尔士，犯罪率与美国大致相同，每十万人中有一百四十九人蹲监。据司法部的一份报告估计，目前，二十至三十岁出头的黑人男性中，有百分之十二在坐牢，相比之下，同年龄群，白人男性只有百分之一点六。自一九九〇年以来，美国的监狱总数增加了一倍。

一九六三年，在对哈莱姆区教师的讲话中，鲍德温描绘了黑人男青年犯罪的环境背景。他论述了每个街头男孩和法律的关系：

> 假如他真的很狡猾、很冷酷、很强悍——其实我们中的很多人都这样，他会走上犯罪之路。他走上犯罪之路，

因为那是他能活下去的唯一方式。这座城市里的哈莱姆区和每个贫民区——这个国家的每个贫民区——都充斥着生活在法律之外的人。他们不会梦想去叫警察——他们已经永远地、彻底地朝这个国家背过身。他们靠自己的机智而生存，亟待渴望看到有一天整个构架（体系）崩塌瓦解。

今天，阅读他的作品，即便当里面的语气是冷静、含糊、节制的时候，特别是在他逐渐愤怒、话中带刺时，仿佛令人悲哀、简直不可思议地发现，在詹姆斯·鲍德温过世后的二十年里，用混凝土搭建起的崭新构架（建筑），在全美各处拔地而起，配合相应的法律，在这些建筑里，他书写过的许多美好，他朋友有过的许多梦，给封存了起来。鲍德温留下的遗产，是帮助我们理解某些连他都想象不到的事是怎么已然发生的。

鲍德温和奥巴马：没有父亲的男人

当这两人着手给世界留下他们的印记时，对他们而言，似乎都需要首先证明，他们的故事始于父亲去世之际，他们在没有父亲的阴影或父亲的许可下独自踏上征途。詹姆斯·鲍德温一九五五年出版的《土生子札记》，开头写道："一九四三年七月二十九日，我的父亲死了。"当时，鲍德温年近十九岁。巴拉克·奥巴马在一九九五年出版的《我父亲的梦想》(*Dreams from My Father*）的开头也写到父亲的死："在我过完二十一岁生日的几个月后，一位陌生人登门，给我捎来消息。"

接着，这两人迅速确立起各自与父亲的实际距离，不仅使他们的悲痛显得益发剧烈凄凉，而且向读者强调，他们有权做出权威性的发言，提供对自己的如是描述，部分原因是他们本人，凭借意志力和钢铁般的道德感，开创了他们现在所使用的这种话语，不曾受其他任何一个男人的训导而取得日后的地位。"我对父亲不甚了解，"鲍德温写道，"我们关系恶劣，一部分是因为我们都有死要面子的缺点，以我们不同的方式表现出来。他死后，我发觉我几乎没怎么和他讲过话。他死后过了很久，我开始希望，要是我和他讲过话就好了。"

关于自己的父亲，巴拉克·奥巴马写道："父亲在死的时候，对我而言，仍是一个谜，既不只是一个男人，又比一个男人少了些什么。一九六三年，他离开夏威夷返乡，那时我只有两岁，因此，我对他的了解，全是透过母亲和外祖父母所讲的故事。”

然后，两人都利用照片和回忆，评论父亲是黑人的事。在他们俩的例子里，似乎都需要声明或暗示父亲比儿子更黑。鲍德温写道，在他父亲身上埋藏着某些东西，给予了他“巨大的力量和乃至一种颇为令人倾倒的魅力。那与他是黑人有关，我想——他很黑——与他的黑和他的美有关。”

在孩提时，奥巴马写道：“我的父亲看上去和我周围的人完全不像，他乌漆墨黑，我的母亲白如凝脂。”

此外，在这两个例子中，作者都设法澄清，他们父亲的过去并不是他们自己的过去，而是另一个国家、一个他们不和父亲共同拥有的国家的过去。“他是第一代获得自由之身的人，”鲍德温写道，“他，和其他几千个黑人，在一九一九年以后来到北美，我所属的这一代人，从没见过有时黑人口中所称的‘故国’的风景。”奥巴马的父亲来自一个更遥远的地方：“我后来得知，他是非洲人，来自肯尼亚，属于卢奥（Luo）部落，出生在维多利亚湖边上一个名叫艾勒勾（Alego）的地方。”

虽然奥巴马在《我父亲的梦想》里顺带提到，他年轻时，在芝加哥从事社会活动期间，读过鲍德温的作品，但书中并无迹象显示，他有在任何方面参照鲍德温的作品来讲述自己的故事。他们描述自己在美国成了怎样的人和是如何做到的，中间有不少相似之处和共有的重要时刻，那不是因为奥巴马把鲍德温当作模版或榜样，而是因为相同的障碍、类似的环境和同样的紧要关头，竟几乎天生地降临在他们两人身上。

鲍德温和奥巴马，尽管方式不同，但都体验到教会和强烈的宗教感情是他们人生的关键要素。他们都四处游历，并在国外和非美国人的黑人在一起时，发现自己本质上是美国人，简直宛如当头一棒。他们都在一个政治分裂的时期内，开始认识到某些与对方相同的价值观念。他们都利用能言善辩的口才，辅以细腻敏锐的宗教热诚。

身为北方人，他们都对南方感到震惊。他们都必须勇于直面潜藏在他们心里的、也是在和他们一样的每个人心里的愤慨、盛怒，将之作为给自己祛毒的手段。这几乎好比是，在追求权力的过程中——鲍德温成了他那一代人里最杰出的美国散文文体家，奥巴马当上了美国总统——他们都不得不在同一个源泉里汲取既苦涩又甘甜的智慧，因为没有别的可汲取的源泉。他们的故事在某些方面是相同的，因为难以有别的可能。

在随笔《土生子札记》里，詹姆斯·鲍德温写到愤怒："没有一个活着的黑人，血液里不流淌着这份愤怒——只有两个选择，有意识地忍耐它或屈从于它。至于我，这份狂热的情感，无论是过去、现在，还是未来，都将在我心中起起伏伏，直到我死的那天为止。"二〇〇八年三月，在竞选演说中，巴拉克·奥巴马用更节制、更忍让、但不失迫切的语气，阐述了相同的问题，这些问题在鲍德温的随笔问世五十多年后仍感受得到：

> 败北留下的影响，转移到后代身上——那些男青年和渐趋年轻化的女青年，我们目睹他们站在街角或在狱中受罪，无希望或前途可言。即便对于那些确实成功发迹的黑人而言，种族问题和种族主义，继续从根本上决定着他们的世界观。对于和赖特牧师同一代的男女而言，耻辱、怀疑和恐惧的回忆并未消逝；那些年的愤怒和仇恨也未消逝。那份怒意，也许没有在公开场合、没在白人同事或白人朋友面前表露出来，但它的确在理发店或餐桌旁得到抒发。时而，这份怒意被政客利用，依照种族的划分来网罗选票，或弥补政客的个人过失。

在一九五三年出版的第一部长篇小说《向苍天呼吁》里，鲍德温以惊人的生动文笔，描写了祈祷和布道对一个除此以外无能为力的社会群体的威力，待在教堂里的时间，给人感觉充满了激增的可能性，与外面的苦难世界形成反差。仿佛正是那份苦难，给全体教徒提供了独一无二的洞察力，去深刻领悟基督的受难，使全体教徒，在祈祷和布道那段时间内，成为上帝的选民，他们灵魂的升华，通过其各种慷慨激昂的言辞和有声有色的宣泄，是白人绝不可能体验过的。

一九六二年，鲍德温发表了一篇呼应他小说的散文《在十字架上》(*Down at the Cross*)，文中他记述了自己青少年时期皈依基督教，满腹怀疑、恐惧、抱负和一股强烈的遭排斥感：

> 有一刻，我站起身，唱歌、拍手，与此同时，在脑中

构思一个当时我正在创作的剧本的情节；下一刻，在毫无过渡、毫无坠落感的情况下，我仰躺着，光打在我脸上，所有直立的圣徒出现在我上方。

鲍德温强调，由于黑人的苦难已被黑人宗教领袖非常隐秘、非常彻底地转化成了精神上的受难，所以必须先全面认识、用戏剧化的手法表现和说明发生在黑人教堂里的情景，才能找到可行的解决方案。他的首部长篇小说和散文《在十字架上》试图让白人了解礼拜日对黑人社区的奥秘所在：

教会是个非常激动人心的地方。我花了很长时间才让自己从这种激动中抽身，而在最隐蔽、最肺腑的层面，我从未真正做到，也永远无法做到。没有音乐像那种音乐一样，没有戏剧性的场景像那种戏剧性的场景一样，圣徒的欢庆、罪人的呜咽、铃鼓的急响，各种声音汇聚一堂，向上帝发出圣哉的呼号。对我而言，依旧没有感伤的画面，能与这感伤的画面相当的，是那些肤色迥异、憔悴、莫名露出得意神情、变形扭曲的面孔，从内心深处诉说着一种可见、可触、持续不断的绝望，看不到上帝的仁慈……自那以后，发生在我身上的一切，没有一样可与我在布道中间、当我知道自己不知怎的、在某种神迹作用下、真的有他们所谓的“耶稣基督”上身时偶尔感到的威力和荣耀匹敌——那时，教会与我合二为一。

从压迫中继而产生了一种只有教会可提供的自由，使教会对黑人社区具有独特而决定性的影响力，既超越政治，又深植于政治，一种波兰和爱尔兰的天主教会也常具有的影响力。“也许我们，我们所有人，”鲍德温写道，“因我们受压迫的本质，因我们非冒不可的风险的独特、罕见的复杂性，而联结在一起；如果是这样的话，在这些限制内，我们有时互相实现了一种近似于爱的自由。”

在《我父亲的梦想》里，巴拉克·奥巴马记述了他在芝加哥皈依宗教、聆听美国黑人教会的历史，“奴隶宗教的历史……刚登上充满敌意的海岸的非洲人，围坐在火堆旁，将新发现的神话和古老的神话融合起来，他们的歌谣承载了那些最基本的理想——生存、自由和希望”。他描绘了参加芝加哥三一联合基督教堂耶利米·赖特牧师举行的一次布道的场景：

> 人们开始大喊，从座位上起身，拍手，叫嚷，一股强风把牧师大人的声音吹入椽木中。我从座位上观察倾听，开始听见过去三年里围绕在我身边的各种音符……渴望放手，渴望逃离，渴望把自己交给一个能够以某种方式给绝望设定底限的上帝。

在这些教堂里听到的布道，宣讲的不仅是永生和灵魂的永生，还有灵魂在这个地球上、在这片美洲大地上所受的苦难，以及这种苦难所激起的情感，包括绝望和愤怒。二〇〇八年三月，奥巴马试图说明，愤怒是黑人终其一生参加的宗教仪式里诸多必不可少的元素之一，鲍德温夸张而生动地描述过这种仪式，占人口多数的白人被排除在外的仪式。奥巴马说：

> 有那么多人对在赖特牧师的一些布道中听到那份怒意而惊诧，这个事实恰好提醒了我们那句老话，美国生活中种族隔离最甚的时刻，发生在礼拜日的上午。那份怒意并不总能收到成效；事实上，太多时候，它分散了解决真正问题的注意力；它妨碍我们正视我们自身在我们境遇中的共谋关系，阻止非裔美国人社群组成要带来真正改变而所需的联盟。可那份怒意是真实存在的；它声势浩大；仅凭主观愿望想让它消失，一味谴责却不了解它的根源，只会拉大种族间存在的误解的鸿沟。

奥巴马讲的教会和鲍德温在《向苍天呼吁》里描述的一样，那是一处“仿佛所有人都是强者”的地方，它“撼动上帝的权威”，给予社区某种在别处得不到的高贵的尊严、统一性和超脱感。“那曾是我在三一会的感受。”二〇〇八年三月奥巴马说。

和遍布全国的以黑人为主体的其他教会一样，三一会代表了整个黑人社区——有医生和靠救济金抚养子女的单身妈妈，有模范学生和以前的帮派成员。和其他黑人教会一样，三一会的宗教仪式充斥着喧闹的笑声和时而下流的玩笑。这些仪式里尽是跳舞、拍手、尖叫和似乎可能让未经训练的耳朵感到刺耳的呐喊。教会把组成美国黑人经历的善良与残酷、卓越的才智与骇人的无知、挣扎与成功、爱与赞同、仇恨与偏见全数囊括其中。

鲍德温是个儿童传道士，他的行文体系里永远少不了那种口吻，正像那是他后来启用的修辞手法的一部分一样。由于两人都明确表示，教会不是一个辩论说理的地方，而是一个让灵魂得到升华的场所，既通过上帝的恩典，又同样借助语言，那儿发出的声音，不是出于理性，而是为了救赎目的对理性的全盘否定，因此，孤立地看待赖特牧师布道中所陈述的某些观点，要求奥巴马与此撇清关系，乃是不得要领。

如果他们的雄心壮志不是那么明确集中，他们的性格不是那么错综复杂，那么鲍德温和奥巴马本易可能成为牧师、传道士、黑人教会的领袖。但对他们俩而言，有一片阴影，一种异乡感，将造就他们，并且最终，令他们更感兴趣的，是领导整个美国，或者说愿意跟随的那部分美国，而不仅仅只是领导美国内部他们自己的族裔。他们俩都将在美国之外发现自己本质上是美国人，鲍德温在法国，他几位文学前辈的故乡，奥巴马在肯尼亚，他父亲的故乡。

他们和这两个异国的结合格外密切。事实上，二十世纪出生的美国作家里，鲜少有人与另一个国家牵连的程度，能和鲍德温与法国的关系相当；同样，难以想象有另外哪个美国政治家，像奥巴马和肯尼亚的关系一样，卷入另一个国家的生活里。

鲍德温和奥巴马不单只是观察这两个国家，在对异国的伦理道德、风俗和社会问题上有诸多发现。在这两人身上，至关重要的一点是，最后他们收获最丰的是对自己的观察。他们在自我身上所发现的东西，深刻改变了他们，使他们有别于身边的其他每个人；他们发现的东西，赋予这两个没有父亲的人，在业已拥有了从不为大多数美国人所知的源泉中获得的口才之外，以一种新的力量、自由和使命感。

一九四八年十一月，二十四岁的鲍德温移居巴黎。“我离开美国，”一九五九年他写道，“因为我怀疑自己没有能力在那儿的肤色问题风暴中幸存下来……我想要阻止自己变成仅仅是一个黑人；或乃至，仅是一个黑人作家。”那些年，他恍然意识到，他在欧洲是个异乡客，可在自己的祖国，他并不是一个像他料想中那般的异乡客。在一篇随笔里，述及在瑞士一座村庄的生活时，他写道：

> 不管什么路，没有一条可以引导美国人回归到这座欧洲村庄的简单纯朴，这儿的白人依旧可以尽情地把我视作外来客。对每个在世的美国人而言，我不再真正是个外来客。把美国人和其他人区别开来的一点是，没有其他人，曾经如此深入地和黑人的命运牵扯在一起，反之亦然。

在一九六一年出版的《无人知道我的名字》(*Nobody Knows My Name*) 的序言里，鲍德温写到自己旅居法国的经历：“我是谁的问题，到头来变成了一个有关人的问题。”在书中的一篇随笔里，他讲述了一九五六年他在巴黎参加非裔黑人作家和艺术家会议，发现自己和来自非洲与加勒比海的作家间存在巨大的沟壑：

> 实质上，把美国人和我们周围的黑人，来自尼日利亚、塞内加尔、巴巴多斯、马提尼克岛的人区分开的……是一个陈腐而陡然让人十分不知所措的事实，即，我们出生在一个在一定程度上令非洲人不可想象、对欧洲人来说不再实际存在的开放社会，而且是一个在与公正和不公正无关的意义上的自由社会。简言之，在这个社会里，没有什么是固定不变的，因此，我们生来就有更多可能性，尽管这些可能性在我们出生之际看起来悲惨不幸。此外，这片我们祖先的流放之地，经过那番阵痛，已被变成我们的家。

鲍德温总结他在法国生活的收获："在踏上法国国土的那一刻，我发现自己，不管愿不愿意，都被炼金术炼成了一个美国人。"

意识到自己是美国人这一点——虽然这个美国人是通过炼金术而诞生的——对鲍德温有深远的影响，不仅在作为政治思想家和评论家的方面，也在作为艺术家的方面。那使他得以写出了两部杰作，《乔凡尼的房间》和《另一个国家》，作品里他怀着悲悯和善感的情怀检视白人的灵魂；那使他得以树立起一个信条，作为一个也书写黑人的艺术家，注定黑人命运的不应该是他们的肤色，而是隐藏在他们灵魂里的私密空间。我们做不到以应有的关心去爱人，这成为他作品的主题；他的天赋体现在推广延伸这种做不到上，使之变成一个存在的问题，近乎一个宗教性的问题。这也使他得以认识到，美国的黑人历史既属于黑人，也一样属于白人，"结果证明，在今天我们所面对的世界里，[美国的] 黑白经验对我们也许有不可或缺的价值。今天的世界，不再是白色的，也永远不会再回到白色。”

因而，一九六七年，当威廉·斯泰伦出版了《纳特·特纳的自白》(*The Confessions of Nat Turner*)，遭到美国非裔评论者的抨击，指责他在小说里窃取奴隶代言人的身份时，鲍德温为他辩护：“他开启了共同的历史——我们的历史。”后来，鲍德温告诉《巴黎评论》：“我钦佩他敢于直面这一点，结果……他的写作，出于和我一样的诱因——写的是某些伤害了他、并使他受到惊吓的东西。”

虽然在鲍德温的演讲和著作里，不乏有比他通常写作更愤怒、更偏狭的时刻，但他的作品，似乎都出人意外的睿智宽厚，时刻准备接纳另一方，坚称身为一个美国人的复杂命运，促成了美国丰富而不为人知的多样性和它多舛却辉煌的历史。这种智慧和宽大的意识，似乎源自于他的生活方式，源自于他走在欧洲城市的街道上，知道那不是他的家，并慢慢意识到家在哪儿。家，说来奇怪，竟是美国。

二十七岁的巴拉克·奥巴马在上哈佛法学院前，第一次前往肯尼亚，在内罗毕街头感受到父亲的影子：

> 我看见他，在从我们身旁跑过的学校男生身上，他们细长、黑色的腿，像活塞杆似的，在蓝短裤和超大号鞋子之间运动。我听见他，在那对大学生的笑声里，他们在一间光线昏暗的茶室，一边啜饮加了奶油的甜茶，一边吃着

萨莫萨三角饺。我闻见他，在那位捂着一只耳朵、对着投币电话大吼的商人吐出的香烟烟雾里；在一名把碎石装载进手推车的临时工身上的汗水里，他的脸和裸露的胸膛布满尘土。父亲大人在这儿，我相信，虽然他没有对我讲任何话。他在这儿，请求我的理解。

在自传的这些章节里，当奥巴马试图去理解他所继承的肯尼亚传统时，可以分明感觉到，这是一个诚挚的美国人人生中的一段插曲，时而以观光的方式，时而认真努力地想要解开最错综复杂的身份和自我问题。有一次，他坐在祖先的墓旁，潸然泪下：

我的眼泪终于流干，我感到一股平静淌遍全身。我感觉那个圆环终于合上了……我领悟到，我在美国的生活——黑人的生活，白人的生活，孩提时我有过的遭遗弃感，我在芝加哥目睹过的沮丧和希望——所有那一切都和远隔重洋的这一小块土地联系在一起，通过不仅只是一个名字的偶然或我的肤色而联系在一起。我所感到的痛，正是我父亲的痛。我的疑问正是我兄弟们的疑问。他们的挣扎奋斗，我与生俱来的权利。

这段话表现了鲍德温和奥巴马在感受性上的差异。鲍德温试图加以区别，而奥巴马总是想要建立起联系；他力求把圆环合上，即便这些圆环无需合上，或合上显得过于匀整而无法完全叫人放心。鲍德温渴望搅乱平静，创建芜杂的真相，奥巴马则慢慢走上从政之路。

虽然竭尽全力调和自己在家乡的人生和肯尼亚的父亲的人生，但《我父亲的梦想》里有关肯尼亚的章节透露出奥巴马的困惑和不安。后来，在《无畏的希望》(*The Audacity of Hope*)里，他向真相更迈进了一步，他记述母亲在从肯尼亚到芝加哥的返程航班上承认“她盼望回家。‘我从未意识到我是多么地道的美国人。’她说。她不曾意识到她是多么自由——或者说，她多么珍爱这份自由”。

诚如奥巴马，在他日益迫切地想鼓舞人心的愿望中——许是他职业必要的一面——经常寻求一种不带仇恨、热衷疗伤的措辞一样，鲍德温，在急切地想道出棘手的真相、对白人说出他们最不想听的话时，偶尔转向一种近似于尖叫般的语气。然而，以他丰富卓越的幽默感，他也许会比谁都更钟爱阅读这段如今摘自他一九六五年一篇散文里的话：

> 我记得前检察总长罗伯特·肯尼迪先生说过，可以想象，四十年后的美国，我们也许会有一位黑人总统。在白人听来，这像是一个大获解放的宣言。当这份宣言首度传入人耳中时，他们不在哈莱姆区。他们没有听见这份宣言收到的笑声、恶言和鄙夷……我们在这儿生活了四百年，现在，他对我们说，也许四十年后，如果你优秀，我们可以让你当总统。

四十三年后，奥巴马竞选总统，只晚了三年实现罗伯特·肯尼迪眼中可想象的、但在鲍德温看来迟到太多的梦。他用这句话结束《我父亲的梦想》，“我觉得自己是在世的最幸运的人。”后来，当他首次当选美国参议员时，他写道：“然而，否认我近乎鬼魅般的好运是没有意义的。我是个外人，一个畸形人；对政界内的人来说，我的成功证明不了任何事。”

类似的，一九八五年，鲍德温写到在性格形成时期他个人在格林威治村的独特地位和姿态：“当时，格林威治村鲜少有黑人，在那一小簇黑人里，我无疑是最荒唐可笑的。”二十多年前，他写过：“要当一个黑人，更别提是黑人艺术家，必须一边前行一边伪装自己……我很早就下定决心，我的复仇是要获得比王国更长久的权势。”

两人着手确立他们权威的方式，既通过探索自己、探索他们一路前行中如何开始构建权威，也一样探索他们周围的世界。在自己混血的背景中，奥巴马见到了美国；从他个人的成功中，他见到了希望和一套新的价值体系。鲍德温取材自己的童年，写出了许多传世的文学杰作，出于努力想理解自己复杂、嬉闹的个性和他个人在历史中的独特位置，写出了数篇二十世纪最优异的散文。阅读这些文章和奥巴马的演讲，尤其是充满鼓舞人心的口号却缺乏具体政策的几篇，人们会赫然发现他们之间的联系，两个不顾万难、照着自己模样重塑世界的人，在面对属于美国下一代的未来时，不惧发出与大多数政治家格格不入的问题，用鲍德温精彩的话来说便是：“这个美丽的人儿，未来会有什么命运？”

致 谢

《简·奥斯丁、亨利·詹姆斯和母亲之死》是二〇一〇年十二月在阿默斯特市马萨诸塞大学特洛伊讲座上的讲稿，后经修改刊登在《伦敦书评》上；《威廉·巴特勒·叶芝：弑父新法》最初是二〇〇四年在斯莱戈的叶芝暑期研究所做的讲座讲稿，后刊登在《都柏林评论》上；《威利和乔治》最初刊登在《伦敦书评》上；《弑母新法：辛格与他的家人》最初收在由科尔姆·托宾编辑的《向辛格致敬》(*Synge：A Celebration*）一书里；《贝克特遇上他苦恼的母亲》和《布莱恩·摩尔：我已经从爱尔兰跑出来，大大的仇恨，小小的空间》最初刊登在《伦敦书评》上；《塞巴斯蒂安·巴里的父国》最初收入在《走出历史：论塞巴斯蒂安·巴里的作品》(*Out of History：Essays on the Writings of Sebastian Barry*）一书里，由克里斯蒂娜·亨特·马霍尼（Christina Hunt Mahony）编辑；《罗迪·道尔和雨果·汉密尔顿：宗族之语》最初刊登在《纽约书评》上；《托马斯·曼：宠坏孩子的新方法》和《博尔赫斯：一个影子里的父亲》最初刊登在《伦敦书评》上；《哈特·克兰：离家出走》和《田纳西·威廉斯和罗兹的幽灵》最初刊登在《纽约书评》上；《约翰·契弗：把家庭生活变成苦难的新方式》最初刊登在《伦敦书评》上；《鲍德温和“美国的困惑”》是二〇〇七年六月在伦敦大学玛丽女王学院的演讲讲稿，后来刊登在《都柏林评论》上；《鲍德温和奥巴马：没有父亲的男人》最初刊登在《纽约书评》上。

感谢发表了这些文章的编辑——特别感谢《伦敦书评》的玛丽·凯·威尔默斯（Mary Kay Wilmers）和丹尼尔·索尔（Daniel Soar）；感谢《纽约书评》的罗伯特·希尔维斯（Robert Silvers）和已故的芭芭拉·爱泼斯坦（Barbara Epstein）；感谢《都柏林评论》的布伦丹·巴灵顿（Brendan Barrington）；感谢安吉拉·罗韩（Angela Rohan）作为手稿编辑所做的工作；感谢伦敦企鹅出版社的玛丽·蒙特（Mary Mount）、本·布鲁西（Ben Brusey）和凯斯·泰勒（Keith Taylor）；感谢纽约斯克里伯纳出版社的南·格拉汉姆（Nan Graham）、苏珊·穆尔道（Susan Muldow）和保罗·维特拉奇（Paul Whitlatch）；感谢多伦多麦克克里兰 & 斯图瓦特出版社的艾伦·塞里曼（Ellen Seligman）；感谢我的经纪人彼得·斯特劳斯（Peter Straus）；感谢埃丹·多纳（Aidan Dunne）、卡特里欧娜·克洛维（Catriona Crowe）、佩吉·奥布莱恩（Peggy O’Brien）、约瑟夫·巴尔索罗米奥（Joseph Bartholomeo）、克里斯蒂娜·亨特·马霍尼（Christina Hunt Mahony）、乔纳森·阿里森（Jonathan Allison）、寇拉·卡普兰（Cora Kaplan）、比尔·舒沃茨（Bill Schwartz）、莉莉安·钱伯斯（Lilian Chambers）和加里·西涅斯（Garry Hynes）。

特别感谢已故的威廉·墨菲（William Murphy）教授，感谢在我研究约翰·巴特勒·叶芝的书信期间他的热心和鼓励，那些书信由他苦心孤诣收集起来，保存在斯克内克塔迪市联合学院图书馆的特别收藏里。